# OS MARIDOS

# OS MARIDOS

## HOLLY GRAMAZIO

Tradução de Mariana Moura

intrínseca

Copyright © Holly Gramazio, 2024

TÍTULO ORIGINAL
The Husbands

REVISÃO
Juliana Souza

DIAGRAMAÇÃO
Henrique Diniz

ILUSTRAÇÃO DE CAPA
Ing Lee

DESIGN DE CAPA
Lázaro Mendes

**CIP-BRASIL. CATALOGAÇÃO NA PUBLICAÇÃO**
**SINDICATO NACIONAL DOS EDITORES DE LIVROS, RJ**

G771m

    Gramazio, Holly
    Os maridos / Holly Gramazio ; tradução Mariana Moura. - 1. ed. - Rio de Janeiro : Intrínseca, 2024.

    Tradução de: The husbands
    ISBN 978-85-510-1002-0

    1. Romance australiano. I. Moura, Mariana. II. Título.

24-89112
CDD: 828.99343
CDU: 82-31(94)

Meri Gleice Rodrigues de Souza - Bibliotecária - CRB-7/6439

01/04/2024    04/04/2024

[2024]
*Todos os direitos desta edição reservados à*
EDITORA INTRÍNSECA LTDA.
Av. das Américas, 500, bloco 12, sala 303
22640-904 — Barra da Tijuca
Rio de Janeiro — RJ
Tel./Fax: (21) 3206-7400
www.intrinseca.com.br

2023
———————
2ª reimpressão

Este livro foi composto em Calluna e Apercu Pro.
Impresso pela BMF Gráfica e Editora,
sobre papel Pólen Natural LD 70g/m².

*Não vão nos matar agora*
Jota Mombaça

*Performances do tempo espiralar, poéticas do corpo-tela*
Leda Maria Martins

*Aimé Césaire, textos escolhidos: A tragédia do rei Christophe; Discurso sobre o colonialismo; Discurso sobre a negritude*
Aimé Césaire

*Adinkra: Sabedoria em símbolos africanos*
Elisa Larkin Nascimento e Luiz Carlos Gá (orgs.)

*Homo modernus — Para uma ideia global de raça*
Denise Ferreira da Silva

*Para Terry, meu marido favorito*

# Capítulo 1

Ao voltar tarde da noite da despedida de solteira de Elena, ela encontra um homem alto e de cabelo escuro desgrenhado à espera no patamar da escada.

Ela solta um gritinho e dá um passo para trás.

— O que... — começa, então tenta de novo. — Quem é você?

Ele suspira.

— Se divertiu hoje de noite?

Degraus acarpetados levam ao homem e ao patamar sombrio. Este com certeza é o apartamento certo, né? Tem que ser, a chave dela abriu a porta. Ela está bêbada, mas não a ponto de invadir a casa de alguém por acidente. Dá mais um passo para trás e tateia a parede em busca do interruptor, sem tirar os olhos do estranho.

Ela o encontra, hesita por um segundo, e então *clique*. Diante da luz súbita, tudo está em seu devido lugar: o ângulo dos degraus, as paredes pintadas de creme, até o interruptor sob seus dedos. Tudo parece certo, menos ele.

— Lauren — diz ele. — Suba, vou preparar um chá para você.

O homem sabe o nome dela. Será que era o... não, faz meses que eles terminaram, e além disso, ele era loiro e tinha barba, não era ele. Será que era um ladrão? Como um ladrão saberia o nome dela?

— Se você for embora, não vou ligar para a polícia — diz ela.

Sem dúvida ligaria. Ela leva a mão até a maçaneta e tenta girá-la, fazendo mais barulho do que esperava, mas não desvia o olhar, ainda mais agora que — ai, Deus — ele está descendo a escada. Ela sai do apartamento e dá passos cuidadosos até travar um embate com a porta da frente do prédio, que se abre para o ar quente e pesado do verão. Ela sente os chuviscos irregulares na pele e percebe que não se afastou a ponto de não poder mais vê-lo.

Ele cruza o hall de entrada, sua silhueta demarcada pela luz clara atrás dele.

— Lauren, o que você está fazendo? — pergunta o homem.

— Vou chamar a polícia — responde ela, procurando o celular na bolsa e torcendo para que ainda reste um pouco de bateria.

No bolso onde o aparelho deveria estar há um minúsculo cacto em um vaso pintado, da oficina do dia. O telefone está mais no fundo. Ele se acende e ela o tira da bolsa.

E então, ela olha para a tela de bloqueio.

E o que vê é uma foto de si mesma, na praia, abraçando o homem que está no portão.

Dois por cento de bateria, quase um. E o rosto dele. Inconfundível. E o dela.

Com a outra mão, pega o pequeno cacto, pronta para atirá-lo.

— Fique onde está.

— Tudo bem — diz ele. — Tudo bem. Vou ficar aqui.

Ele já deu alguns passos porta afora, descalço. Ela o olha de novo: o rosto dele brilhando no telefone, o rosto dele diante de si. Ele está de camiseta cinza e calça xadrez. Não uma calça qualquer, ela se dá conta, mas de pijama.

— Certo, pode se aproximar — diz ela, e assim ele o faz, suspirando, mais meia dúzia de passos descalços, e agora ela tem espaço suficiente para contorná-lo e ir até a porta da frente, passando pelas cortinas fechadas do apartamento do andar de baixo. — Fique aí — ordena, encarando-o ao dar a volta.

Ele se vira, observando. Ela passa pela porta do prédio, chega aos ladrilhos do corredor e arrisca dar uma olhada para confirmar: sim, é a porta do apartamento de Toby e Maryam de um lado, a porta aberta de seu apartamento bem atrás de si do outro, a escada familiar, a casa certa.

— Lauren — ela ouve o homem dizer.

Ela gira e dá um gritinho, e então o homem para, mas ela disse para ele ficar onde estava e ele se mexeu! Ela bate a porta do prédio na cara dele, entra depressa em casa e tranca a porta.

— Lauren — repete ele do lado de fora.

Ela pega o celular outra vez para chamar a polícia, mas o aparelho se acende — o rosto do homem — e se apaga. Acabou a bateria.

Merda.

— Lauren — diz ele, junto com o barulho da maçaneta da porta chacoalhando. — Qual é?!

Ela sobe a escada correndo, passa pelo patamar e entra esbaforida na cozinha em busca do carregador. Vai ligar para qualquer pessoa, até para Toby, do andar de baixo. Mas então ela escuta o som de passos, e o homem está subindo, e de repente ele está *dentro do apartamento*.

Ela corre até a porta da cozinha.

— Cai fora, porra! — exclama ela quando chega ao patamar, segurando o cacto com firmeza.

Está pronta. Se ele se aproximar, ela vai jogar.

— Calma — diz o homem, chegando ao topo da escada. — Vou pegar um copo d'água para você.

Ele dá um passo na direção dela, e ela manda ver, joga o cacto, mas a planta passa por ele, bate na parede, sai quicando e desce pelas escadas, *pof, pof, pof-pof-pof*, acelerando pelos degraus ao quebrar o silêncio da noite, parando com um último *pof* junto à porta lá no fundo.

— Qual é o seu problema? — diz o homem, segurando as chaves.

Foi assim que ele entrou: roubou as chaves reservas dela. Claro. Talvez ele tenha hackeado o computador dela e acessado seu celular remotamente, por isso agora sua tela de bloqueio é uma foto dele. Isso é possível?

— Pelo amor de Deus — implora ele. — Pare e sente um pouco. Por favor.

Ele desliga a luz da escada e liga a do grande patamar quadrado que dá acesso a todos os cômodos, o grande patamar pintado de cinza por onde ela passa diversas vezes por dia.

Que agora está, por algum motivo, azul.

E tem um tapete. Ela nunca tinha colocado um tapete naquele chão. Por que tem um tapete ali?

Ela não pode parar para olhar: o homem está indo em sua direção. Ela vai para trás, pisa no tapete, que parece grosso e macio mesmo sob seus sapatos, e segue até a porta da sala de estar. Fica bem em cima do quarto de Toby e Maryam. Se gritar, pensa ela, eles vão ouvir. Mas, mesmo no escuro, a sala não parece normal.

Ela tateia a parede em busca do interruptor.

*Clique.*

A luz recai sobre outros objetos estranhos. O sofá é marrom-escuro, e certamente era verde quando ela saiu de casa de manhã. O relógio na parede tem numerais romanos em vez de números normais, e é difícil ler numerais romanos, VII, XIIIII, VVI. Ela precisa semicerrar os olhos para que os números não fiquem embaçados. Tem tulipas no seu antigo vaso em cima da estante, e sua linoleogravura de coruja sumiu. Seus livros não são aqueles e estão nos lugares errados, as cortinas foram substituídas por persianas. A maioria dos retratos está errada, e um deles... um deles está *muito* errado. Um deles é de um casamento... ela se aproxima da foto, o nariz quase colado no vidro... é *ela*. E o homem.

O homem que entrou na sala de estar atrás dela.

O marido.

Ela se vira e ele lhe estende um copo de água. Após um instante, ela pega, e só então se dá conta de que há uma aliança em seu dedo.

Ela transfere o copo para a mão direita e estica a esquerda diante do corpo, vira a palma para cima, a aliança ainda lá enquanto ela dobra os dedos e toca o metal com a ponta do polegar. Ahn?

— Venha — diz o marido. — Sente. Beba água.

Ela se senta. O sofá tem o mesmo formato de antes, apesar da cor. E tem a mesma estrutura desigual.

O marido também se senta, mas no braço do sofá, e, a princípio, ela não consegue ver se ele também está de aliança, mas ele se debruça e lá está: reluzente em seu dedo. Ele a encara. Ela o encara de volta.

Ela acha que está muito bêbada, então talvez não esteja notando algo óbvio. Mas acabou de aceitar um copo de água de um homem que nunca viu antes, e a possibilidade de inesperadamente estar casada com esse cara deveria deixá-la mais, e não menos, desconfiada.

— Vou… beber daqui a um segundo — diz ela, com cuidado, enunciando cada sílaba e sentindo que parecia mesmo haver mais sílabas do que de costume.

— Tudo bem.

Se ele realmente mora ali, por que não está dormindo?

— Por que você não está dormindo?

Ele suspira.

— Eu estava — responde ele. — Mas sua chegada não foi exatamente discreta.

— Eu não sabia que você estava aqui!

— O quê? — retruca ele. — Olha, bebe a água e tira o vestido, vou te ajudar a ir para a cama. Precisa de ajuda com o zíper?

— Não! — exclama ela, agarrando uma almofada e a colocando diante do corpo.

Merda. Ela nunca o viu antes, não vai tirar a roupa na frente dele.

— Tudo bem, tudo bem, não… shh, está tudo certo, beba sua água.

O rosto cansado dele. As bochechas redondas levemente enrubescidas.

— Tudo bem? — pergunta ele.

— Tudo bem — diz ela, e após um instante: — Vou dormir aqui. Para... para não incomodar você. Pode ir.
— Quer ficar no quarto de hóspedes? Vou arrumar a cama...
— Não — responde ela. — Não. Aqui está bom.
— Tudo bem — repete ele. — Vou pegar seu pijama. E a manta.

Ela permanece tensa, ainda cautelosa, enquanto ele vai e volta. O pijama é o de sempre, que ela comprou na Sainsbury's, com estampa da Família Mumin, mas o mesmo não pode ser dito sobre a manta: quadrados azul-escuros e azul-claros alternados, dispostos como retalhos, só que é uma estampa. Ela não gostou.

— Pois é, mas veja por esse lado... — diz ele. — Se você vomitar em cima dela, finalmente vai ter uma desculpa para jogar essa manta fora.

Isso não faz sentido, "finalmente", mas tudo está intenso e confuso e ela não quer discutir. A sala está zumbindo de leve.

— Tudo bem — diz ela.

Eles pareciam se revezar com os "tudo bem", os suspiros e as esperas. Talvez seja isso que acontece quando duas pessoas se casam — mas ela não tem como ter certeza, é sua primeira experiência como casada.

O marido liga um abajur e apaga a luz.

— Tudo certo? — diz ele. — Quer uma torrada?

— Comi batatinha — contou ela, ainda sentindo o gosto na boca. — E frango.

Ela é vegetariana, menos quando está bêbada.

— Tudo bem — diz ele mais uma vez. — Beba sua água — acrescenta de novo, logo antes de fechar a porta.

Ela o ouve na cozinha, depois no quarto, depois o silêncio.

Muito bem.

Ela vai até a porta e tenta escutar por um instante. Silêncio no apartamento. Ela veste o pijama, passo a passo, como se estivesse no vestiário da escola: primeiro o short por cima da calcinha, a camisa do pijama por cima do sutiã, tira o sutiã, abrindo o fecho e contorcendo os braços, um por um, até puxar a peça triunfantemente a partir da cava, e nesse ponto ela se desequilibra e tomba no sofá com um baque e um tinido assim que o celular sem bateria cai das almofadas direto no chão.

Ela congela, esperando para ver se o marido iria voltar. Nada.

Um rangido, talvez. Uma caminhonete ou um ônibus do lado de fora, subindo a rua principal.

Pelo menos agora está sentada.

Mais um ronco de carro. Talvez um trem, mais longe, embora esteja tarde para isso. Talvez ela tenha imaginado, assim como o marido.

Se ele não é fruto de sua imaginação, há um estranho em sua casa. Ela se apoia para se levantar, se sentindo sem firmeza outra vez. Caminha silenciosamente até a mesa de canto, pega uma cadeira e a leva — bem devagarinho — até a porta. Nunca fez isso antes, mas já tinha visto em muitos filmes: é só encaixar a cadeira para prender a porta, né? Ela ajeita e equilibra a cadeira, o espaldar enganchado sob a maçaneta. Após algumas tentativas, finalmente dá certo, a cadeira fica emperrada no lugar que ela queria, então Lauren olha para ela, se senta no sofá e começa a pensar no que fazer a seguir até cair no sono.

# Capítulo 2

Ela acorda e descobre que está menos bêbada, mas se sentindo muito, muito pior.

A sala está iluminada, as tiras da persiana inclinadas para deixar a luz quente entrar, pintando tudo de amarelo.

Ela se levanta sem muitas dificuldades e olha ao redor. A cadeira que usou para montar uma barricada na noite anterior está caída de lado perto da porta, sem bloqueá-la, e a porta está entreaberta. Ela consegue ouvir sons vindo do resto do apartamento: passos, um barulho.

O marido.

Embora não esteja se sentindo tão bem, ela pega o celular sem bateria, ajeita a cadeira caída e espia pela porta. O som vem da cozinha.

Ela atravessa o patamar correndo na ponta dos pés até o banheiro e tranca a porta. Fica dividida entre esvaziar a bexiga e vomitar; opta por priorizar a segunda opção, se debruçando sobre a privada enquanto cede ao impulso de um bom vômito de bêbado.

A dor de cabeça desaparece na mesma hora e a náusea diminui, dando lugar a uma clareza mental que ela sabe que vai durar no máximo vinte minutos, antes que seu corpo perceba que tem pendências a resolver. Na pia, ela faz um bochecho com a água, cospe, põe mais água na boca e desta vez engole. Ela quer muito escovar os dentes, mas no canto da pia estão duas escovas de dente que ela nunca viu, uma amarela, a outra verde. Vai ter que ser com a pasta de dente no dedo, então.

Fazia tempo que ela não bebia tanto.

— Lauren? — chama o marido do outro lado da porta, muito perto.

— ... Sim — responde ela. — Só um minuto.

— Vou preparar o café da manhã.

Ela fica olhando para a porta, esperando ouvi-lo se afastar, então lava o rosto, limpando os últimos vestígios de glitter e rímel da noite anterior. Tira a camisa do pijama e se limpa com uma toalha: rosto, ombros, debaixo dos seios, debaixo dos braços. Vai tomar um banho só depois que descobrir o que está rolando com esse tal de marido.

Suas roupas da noite anterior estão no cesto de roupa suja. Ele deve ter entrado na sala para pegá-las enquanto ela dormia. O vestido só pode ser lavado a seco, então o cesto definitivamente não é o lugar certo para ele, mas por baixo ela encontra o sutiã da noite anterior, uma camiseta e uma cueca boxer de homem, além de um casaco de moletom cinza que ela reconhece como seu e uma legging que nunca usou. Sutiã, moletom, então ela troca a calça do pijama pela legging e se olha no espelho.

Corretivo? Rímel? Não. Ela não vai para um encontro: está tentando descobrir por que aquele homem está na sua casa. Ela está limpa, mais ou menos limpa, e isso basta.

Destranca a porta.

O marido (cardigã, calça) está na cozinha, onde as paredes não estão amarelas como ela se lembra, mas azuis como as do patamar. Sua torradeira (a mesma), uma cafeteira (nova), uma mesa minúscula com duas banquetas espremidas junto à parede (novas). No fogão, algo está fritando.

— Está viva! Aqui — diz o marido, entregando um café a ela e se voltando para a cafeteira para preparar outro. — O bacon está quase pronto.

— Sou vegetariana — afirma ela sem convicção.

— Não existem ateus nas trincheiras — declara o marido.

Um carregador está ligado a uma tomada na parede, o fio dando uma volta em cima da mesinha. Ela se senta na banqueta do lado mais distante e conecta o celular. O marido monta um sanduíche e o coloca diante dela na mesa.

Se ele fosse um assassino, poderia tê-la matado na noite anterior. Esperar até a manhã seguinte e envenená-la com um sanduíche seria enrolação demais. Ela dá uma mordida e o sanduíche está bom, muito bom: crocante por fora, salgado, amanteigado, o pão fresco ao morder, o sabor picante do molho barbecue. Antes mesmo de virar vegetariana, tinha começado a evitar carne de porco. Uma vez, no mesmo dia da festa de aniversário de seu sobrinho Caleb, ouviu que porcos são inteligentes como um ser humano de três anos — desde então, nunca mais comeu porco. Mas jogar fora um sanduíche agora não vai salvar porco nenhum. Lá pela quarta ou quinta mordida lenta, ela já se sente um pouquinho melhor.

— E aí... — diz o marido, se sentando ao lado oposto da mesa com seu próprio sanduíche. — A noite foi boa?

A noite foi ótima. Ela se lembra de pintar os vasos de cacto e depois beber enquanto eles secavam, então um banquete, karaokê e um bar de drinques, depois dançar e tomar mais drinques, enfiar batatinhas de fim de noite goela abaixo, salgadas e gordurosas, enquanto Elena tirava fotos das duas fazendo pose diante dos azulejos espelhados da lanchonete, com luzes que brilhavam quentes na noite cada vez mais fria. Ela se lembra de Elena prometer que não vai abandoná-la depois de casar, *você sabe que eu nunca faria isso*. Lembra que se sentou no andar superior do ônibus noturno que ia para Norwood e viu a lua imensa no céu. Lembra que viu Londres passar através dos respingos da chuva de verão na janela, dos semáforos, das pessoas estranhas, dos kebabs e da ponte larga, e da longa jornada rumo a ruas onde a cidade se espalha pelos subúrbios.

E então chegou em casa e encontrou o marido.

— Foi — responde ela.

Como se deve conversar com um marido?

— E você? O que fez quando acordou?

— Fui nadar — conta ele. — Dei uma arrumada na casa. E ajudei Toby a consertar aquela janela para eles não terem problemas com o proprietário.

Certo, pensa ela, o marido conhece Toby. Ele continua:

— Finalmente levei aquelas caixas para o sótão. Talvez eu mexa na hortinha hoje.

Ele parece bem cuidadoso. Ela não tem horta, mas talvez ele tenha trazido consigo. O apartamento inteiro se tornou um jogo dos sete erros: mais livros de culinária, a falha na parede daquela vez em que bateu a porta com força demais tinha desaparecido, uma lâmpada ainda está torta no bocal. O vaso de cacto que ela pintou na noite anterior está no parapeito da janela, o cacto colocado de qualquer jeito lá dentro. O marido deve tê-lo pegado na base da escada para ela. Ele parece legal mesmo.

Mas isso não torna a presença dele menos inquietante.

Ele apareceu enquanto ela estava fora. Se ela sair e voltar, será que tudo volta ao normal?

— Eu... vou dar uma volta. Espairecer um pouco — arrisca ela.

— Quer companhia?

— Não, tá tudo bem.

Talvez ela tenha entendido algo errado e, assim que tomar um arzinho, tudo vai fazer sentido.

Ela encontra meias, sapatos, chaves. Volta à cozinha para pegar o celular, que está com trinta por cento de bateria. O marido está mastigando animado o último pedaço do sanduíche. Ela abre a geladeira para tomar aquela Coca-Cola da ressaca, mas só tem uma lata de água saborizada de toranja. Vai ser o jeito.

Ela desce a escada e sai do prédio. Olha para as janelas do apartamento, aquelas persianas novas.

Olha para a rua a sua frente. Casas, um trecho vazio a meio caminho da rua principal, árvores e folhas verdes. Ela se afasta do prédio, conta vinte passos e olha para trás: as persianas ainda estão lá.

Ao chegar à esquina, avista o ponto de ônibus da noite anterior. Até onde sabe, está como sempre esteve. Atrás, vê o posto de gasolina e a garotada conversando entre si, com as bicicletas reclinadas contra um muro. Ela atravessa a rua, se senta no banco torto do ponto de ônibus e pega o celular.

A tela de bloqueio ainda mostra a imagem dela com o marido, juntos, e o mar atrás.

Ela toca na tela e o aparelho pede a senha. Talvez isso também tenha mudado; mas, não, o celular destrava com a mesma senha usada há anos.

Primeiro ela abre a galeria de fotos e desliza o dedo para baixo para ver as da noite anterior. O trajeto de ônibus, a lanchonete, o bar, o outro bar, a oficina de cerâmica com todos os vasos de planta feitos na aula enfileirados juntos, o de Elena decorado com desenhos de diamantes, o de Noemi com muitas imagens de pintos. Beleza. Ela aplica um filtro que mostra apenas as selfies e dá uma passada rápida pelo último ano: algumas são apenas dela, mas há muitas fotos dela com o marido. Mais para trás: ele ainda estava lá em algumas fotos e em outras, não. Ele de barba. Depois sem barba. Os dois em uma colina. Os dois ao lado de uma árvore. Os dois diante de um cisne; o cisne se aproxima deles; ela tenta alimentar o cisne; o cisne não está feliz.

Ela olha para cima, pensando em como tudo aquilo é surreal, o rosto do homem em seu celular em contraste com o dia ensolarado. Uma das crianças no posto de gasolina chuta uma garrafa de plástico pela calçada enquanto outra defende o gol. Um táxi para do outro lado da rua e alguém sai.

Ela vê as mensagens enviadas: vários corações para Elena, *"EU TE AMO SEI QUE VOCÊ VAI SER MUITO FELIZ"*, e uma foto do reflexo delas na lanchonete com a legenda: *Deve ser muito difícil para os outros lidar com a nossa beleza.* Depois, Lauren descobre que mandou "CHEGANDO CASA TE VEJO EM CAS JÁ JÁ SIMM OI JÁ JÁ" para — ah, lá vamos nós — um tal de Michael.

O marido se chama Michael. Ela desliza o dedo pelas mensagens.

Mais uma para ele, de dois dias antes: *Limões, detergente, valeu!*

Mais uma: a foto de uma pera com olhos grandes e fofinhos grudados nela. Uma dele, alguns dias antes: *Quase chegando te vejo em cinco min.*

Ela faz uma busca por "Michael" em suas mensagens e percebe que fala dele com frequência para todo mundo: Michael foi trabalhar, Michael está treinando para uma meia maratona, então não vai poder ir para o bar, Michael vai levar panzanella para o churrasco.

Michael isso, Michael aquilo. Ninguém respondia com um: *Mas quem é Michael?*

Então tá. Já que seus amigos o conhecem, algum deles pode explicar.

Ela encontra o número de Toby; o marido o mencionou, e ele mora no andar de baixo, deve saber o que está rolando. *Oiê, eu sou casada?*, escreve ela.

Uma resposta quase imediata: *Até onde eu sei, sim*, responde ele. *Cara alto, bonito. Mora com você. Você sabe quem é.*

*Beleza, quando a gente se casou?*

A resposta: *14 de abril. Isso é um questionário? Fui aprovado?*

14 de abril. Deste ano? Se for, então foi alguns meses atrás. Não havia fotos de uma festa de casamento na sua galeria, mas ela decide procurar nas mensagens e acaba encontrando uma que enviou à mãe: *Essas são só as primeiras... o fotógrafo vai mandar o resto em um ou dois meses.*

E quatro fotos.

Primeiro uma em grupo, a que ela viu na sala de estar. Ela com um vestido cor de creme, manga comprida, saia larga até o meio das panturrilhas, salto cor-de-rosa, um buquê de flores rosadas (não rosas, outra flor). Sem véu. O marido, Michael, com um terno marrom-escuro. Sua mãe. Sua irmã, Elena e uma mulher que ela não conhece, as damas de honra, usam diferentes tons de verde. Pessoas estranhas: amigos e familiares dele.

A próxima foto: só ela e o marido, dançando. Olhando um para o outro. Ele sorrindo, ela séria.

A próxima: assinando os papéis.

E a última: ela e Michael de novo, se beijando. Ela toca os lábios. Estão secos.

Então rolou mesmo uma festa de casamento.

Ela é casada. Tem um marido, que está lá no apartamento.

Uma mensagem dele pipoca na tela, como se para confirmar: *Oi, se for passar pelo centro, pode comprar uma lâmpada? De rosca, não baioneta.*

Ela quase deixa o telefone cair, como se ele a tivesse flagrado espionando, mas se acalma e responde: *Claro.* É a coisa certa a se dizer, né?

Beleza, e o que mais? Primeiro, ela pesquisa "Michael" no e-mail e encontra um sobrenome: Michael Callebaut.

Aparentemente, ela também se chama Callebaut. Muito bem. Melhor que Strickland.

Ela procura o nome do marido no Google, mas há muitos Michael Callebauts por aí, então acrescenta "Londres" e confere os resultados de imagem. Meu Deus, será que ela ainda se lembra da cara dele? Sim: lá está um retrato dele diante de um muro de pedra, olhando para ela.

É de um escritório de arquitetura, a foto aparece na aba "Sobre nós". No site da empresa há fotos de igrejas, uma biblioteca, um saguão na Prefeitura, um parque de diversões, mas não dá para saber se são fotografias de projetos que eles construíram ou simulações computadorizadas de coisas que imaginaram.

Um arquiteto, hein? Que emprego perfeito para um marido. Ambicioso mas concreto, artístico mas prático, glamoroso mas sem um vício industrial em drogas. Não é de se admirar que ele tenha consertado a falha na parede da cozinha e plantado uma horta. Peraí, será que ela tem outro emprego neste novo mundo? Ela confere, e não: ainda é consultora de negócios na prefeitura, continua convencendo as empresas a se mudarem para Croydon e ajudando os moradores a planejar novos projetos. Seu calendário está grifado de azul em vez de verde, mas a maioria das reuniões é a mesma, talvez em ordem diferente.

Mesmo assim, precisa se acostumar com várias outras mudanças.

— Lauren Callebaut — diz ela em voz alta, para testar.

Ela abre a lata de água e toma um gole. O gosto é metálico e desagradável, sem gosto e amargo ao mesmo tempo, mas ela bebe de novo. Talvez essa seja sua nova vida: agora ela bebe água saborizada de toranja.

Ela volta devagar, com cuidado, compra uma lâmpada na loja de conveniência do posto de gasolina e para por um instante na esquina de sua rua, tentando agir como se estivesse tudo bem. Mas, ao se aproximar do prédio, as persianas ainda estão na sua janela em vez das cortinas.

Ela para na porta da frente. Não. Ainda não. Dá a volta no prédio, faz um desvio pelas lixeiras, observa os fundos do edifício e olha para as janelas do quarto e da cozinha, onde vê um pote de cerâmica que ela nunca teve cheio de utensílios em cima da bancada.

O jardim está um pouco diferente. A parte de Toby e Maryam, visível por cima da cerca baixa, está do mesmo jeito, meio acabada depois de uma tentativa de manter um jardim apresentável. A parte dela — dela e de Michael, supõe — parece estar um pouco melhor do que antes, com a horta nos fundos (é bem pequena, só tem algumas ervilhas e uma alface). Há uma fileira de flores rosadas ao longo da cerca. Uma tigela preenchida até a metade com ração ao lado da torneira da área externa. Ela tem um gato. Ou será que Michael tem um gato? Ou eles têm um gato juntos?

*Qual é o nome do meu gato?*, pergunta a Toby.

Ela também manda uma mensagem para sua irmã, Nat: *Pergunta rápida, o que você acha do meu relacionamento?* E para Elena: *Você estranhou alguma coisa quando voltou para casa ontem?*

Na mesma hora ela recebe uma ligação de Nat e atende, mas no fim das contas é Caleb quem está com o celular.

— Tia Lauren! Quer escutar meu treino de caratê?

Então ela ouve barulhos de movimentos, um grito e um baque.

— Caleb! — chama ela. — Caleb. A mamãe está aí?

— Não! Ela está dando banho na Magda! Vou chutar de novo.

A esta altura ela falaria com qualquer adulto.

— E a mãezinha?

— Não! Elas dizem que precisa de duas pessoas para dar banho na Magda! Você ouviu?

Meu deus, ela é louca por ele, mas esta não é uma boa hora.

— Caleb. Preciso ir já, já. Devolva o celular para a mamãe, está bem? E fale para ela me ligar. Pode me mandar um vídeo seu lutando caratê, beleza?

— Vou devolver para ela se você chamar o tio Michael! — diz Caleb. — O tio Michael sempre me ouve.

Bom. Talvez Caleb possa ajudá-la.

— Sim. Caleb. O que acha do tio Michael?

— Ele adora quando eu mostro meus chutes irados — conta Caleb, em tom decidido. — E o dinossauro favorito dele é o triceratops e o pássaro favorito dele é o cisne.

— E vocês se veem muito?

— Eu sou o sobrinho favorito dele!

— Caleb. Você se lembra do casamento? Quando eu e o tio Michael nos casamos?

— Foi chato — responde ele. — Fala pro tio Michael me ligar para ver os meus chutes.

E desliga. Ela olha para o celular.

— Você está bem? — diz Toby do outro lado da cerca.

Ele está nos degraus da porta dos fundos, com o telefone na mão. Voz firme, covinha funda, camiseta larga que não valoriza o seu corpo. É bom ver que nem tudo mudou.

— Aham — diz ela. — É só que... eu não tinha um marido ontem. E agora sou casada há meses? Com um cara que gosta de treinar chutes com meu sobrinho? Quer dizer, até onde sei, ele é o cara perfeito.

— Eu gosto dele.

Toby sempre levou as coisas numa boa. Durante o lockdown, enquanto Maryam estava no hospital, os dois ficavam em seus respectivos jardins, tomando chá e conversando tranquilamente. Ele era confiável e imperturbável, um conforto em meio à estranheza. Agora é bom dizer em voz alta o que aconteceu.

— É muito louco — diz ela. — E aparentemente nós temos um gato?

— Aham.

— Qual o nome dele?

— Gladstone — responde ele.

— Como o primeiro-ministro?

— É, você disse que foi por causa das costeletas.

Lauren tem certeza de que não sabe como são as costeletas de Gladstone. O que Gladstone fez? Era racista? Ela tem um gato problemático? Talvez essa não seja a questão mais importante.

— Há quanto tempo eu estou com o Michael?

— Peraí, é sério que você não lembra? Você... você se machucou? Quer que eu chame a Maryam?

— Não, estou bem — diz ela. — Não preciso ir ao médico. Só estou zoando, pode me ignorar. Estou bem.

Na frente do prédio, ela hesita novamente. A porta principal, o corredor azulejado, a porta do apartamento, a escada.

— Olá — arrisca ela, e o marido aparece, a cabeça no alto do patamar.

— Bem-vinda de volta — diz ele. — A caminhada foi boa?
— Aham — diz ela. — Claro.
Sobe a escada, um degrau de cada vez.
— Comprou a lâmpada? — pergunta o marido.
— Ah — diz ela, enfiando a mão na bolsa e tirando a lâmpada no caminho até o topo. — Aham, aqui.
Ela vai ter que contar para alguém o que aconteceu, pensa. Talvez tenha que contar até mesmo para aquele cara, aquele marido. Mas, primeiro, precisa se sentar um pouco.
— Quer um chá?
— Seria ótimo — diz ele. — Só um segundo. A luz do sótão queimou enquanto eu estava lá em cima ontem. Só deixa eu trocar para não esquecer depois.
— Aham, beleza — diz ela.
Ela vai para a cozinha enquanto ele fica no patamar e puxa a escada. Escuta quando ele dá um puxão para o lado no ponto onde sempre emperra, como se ele morasse lá há anos. Ela abre a geladeira e encontra três leites diferentes, um do lado do outro: de aveia, de castanha, de vaca. Meu deus, e se ele tomar chá preto? Afinal, é arquiteto. Ela vai ter que perguntar, e se ele estranhar, paciência. Talvez seja uma forma de engatar uma conversa que ainda não sabe como começar.
— Quer leite? — grita ela, voltando para o patamar com a caneca vermelha nas mãos.
— O quê? — diz um homem completamente diferente, descendo a escada do sótão.

# Capítulo 3

O segundo homem é ainda mais alto que o primeiro, e mais robusto. Ele tem cabelo curto e as entradas hesitantes de alguém que está ficando calvo jovem e não está em paz com isso, mas é surpreendentemente bonito, maçãs do rosto bem marcadas, pele bronzeada impecável, camiseta verde-escura bem justa.

— Hã... — esboça ela, olhando para o rosto dele e para os antebraços (e que antebraços!).

Ele também está de aliança.

— É para mim? — diz ele, apontando com a cabeça para a caneca.

Um leve sotaque: turco, talvez? A caneca nas mãos dela é amarela com listras pretas finas.

— ... Sim?

— Ótimo — diz ele.

Seus cílios são escuros. Ela fica imóvel.

— Você está bem? — diz o belo marido talvez turco após um instante, as sobrancelhas imaculadas franzidas em preocupação.

Ela olha para o sótão em busca de Michael e se volta para o patamar. As paredes — normalmente cinza, mais recentemente azuis — estão brancas. Ela dá um passo para trás e espia a sala de estar. A foto do casamento desapareceu.

— Você ainda está de ressaca? — pergunta o homem.

— Não — mente ela, e volta a focar nele. — Você acabou de descer do sótão?

— O quê? Sim. Você me viu.

— Tinha mais alguém lá?

— Onde?

Ela olha para o quadrado escuro.

— Lá em cima. O Mich... tinha alguém no sótão?
— Tipo um esquilo? Ratos? Acho que não. Quer que eu dê uma olhada?
Ele se levanta, uma das mãos na escada, e uma expressão meio irritada e preocupada. A caneca ainda estava quente nas mãos dela.
— Quero — diz ela.
— Tem certeza de que está bem?
— Tenho, tenho. Se você puder dar uma olhada lá, por favor.
O marido franze os lábios, sobe alguns degraus e entra no sótão. Os pés descalços (sem calos, perfeitos) desaparecem diante dos olhos dela. Por um instante, há uma movimentação e um brilho acima dela, como um clarão de luz do sol entrando pelas janelas do trem, e um estalo surdo.
No momento seguinte, uma pantufa azul surge do alçapão.
Depois outra.
Hã.
O terceiro marido não é tão atraente quanto os dois primeiros, com uma cabeça retangular e marca de sol no nariz pálido. O cabelo castanho-avermelhado desponta para todas as direções. Ela ainda está segurando a caneca (que agora é cor-de-rosa). Suas mãos estão quentes; ela ajeita a caneca. As pantufas dele têm bolinhas roxas e garras pretas, como o personagem de *Monstros S.A*.
— A gente deveria mesmo limpar tudo ali em cima.
Pela voz, parece galês. Ela não tem certeza. Ele joga uma sacola no chão e, sem esperar uma resposta, volta, sobe metade do caminho, traz para baixo outra sacola que deve ter deixado perto do alçapão e volta a subir, desta vez completamente. Há mais um clarão, depois tudo escurece e ela ouve um ruído. Após alguns instantes — e desta vez quase não se surpreende —, um novo homem a chama, a voz alta e encorpada, como um professor agitado:
— Lauren, Lauren, olha o que encontrei. É uma coisa incrível. Extraordinária.

Desta vez, os pés que emergem estão descalços de novo. As pernas e as nádegas surpreendentemente redondas que os seguem também não estão cobertas. Ela dá dois passos para trás enquanto o dono das nádegas termina a descida e se vira de frente para ela, então abre os braços. Este marido é mais baixo que os outros e extremamente magro, a não ser pela bunda admirável, com canelas finas, costelas visíveis e um pênis fino, mas muito longo, para o qual ele aponta com as duas mãos.

— É um pênis! — diz ele.

Ela olha. Enquanto o homem aponta, ela percebe que ele também está usando aliança. E nada mais.

— Não é engraçado? Ah, qual é, estou sem roupa!

Como ela não reage, ele espera um instante e repete, no mesmo tom animado:

— Pênis!

Ele então segura o pênis com a ponta dos dedos e o gira de um lado para outro.

Lauren ajeita a caneca, pronta para atirar o chá quente nele caso se aproxime.

— Podemos mandá-lo para o *Antiques Roadshow* — diz o marido, balançando. — Um belo espécime, fabricado com perfeição, em excelentes condições, e não é comum ver um desse tamanho.

Justiça seja feita, o pênis de fato é extraordinariamente longo.

Lauren está dividida entre querer dar uma olhada no sótão e não querer chegar nem perto dele ou do homem nu. Ela decide não fazer nada.

— Uma peça excepcional — acrescenta o homem. — Não? Ainda não tem graça? Esquece, só um minuto, também achei outra coisa.

Ele volta para o sótão, e felizmente ela nunca saberá qual seria a próxima piada, porque, em vez disso, ela ouve o zumbido e vê o clarão de novo, e o homem que desce após trinta segundos está totalmente vestido com calça jeans e camiseta, e até um avental onde se lê "cozinheiro feminista". Seu cabelo tem mechas cor-de-rosa, que ela não sabe se gosta, mas só lidará com isso depois que lidar com o cara à sua frente.

— Nada — anuncia ele. — Nem sinal.

Ela ainda está com a caneca nas mãos. Ele vai na direção dela, e ela a estende automaticamente.

— Tim-tim — diz ele, e pega a caneca. — Acabou o leite?

— Esqueci — responde ela, se sentindo atordoada, ainda tentando entender o que está acontecendo, mas o apartamento está diferente outra vez.

Quando ela olha para o chão, há um carpete diferente; tudo está mudando, mas sempre às suas costas; tudo parece estar no lugar, até ela desviar o olhar, e quando ela se dá conta é como se alguém tivesse virado uma carta ou puxado uma alavanca e exposto um mundo novo.

O marido de avental leva o chá para a cozinha, e ela o ouve abrir a geladeira. Ela olha a sala de estar, as paredes, o sofá e os livros novos.

— Você está bem? — pergunta ele, voltando para o patamar, cujas paredes adotaram um tom claro de laranja. — O que está rolando?

Ela olha para o sótão aberto.

— Achei que tivesse ouvido alguma coisa. Talvez um esquilo — acrescenta, lembrando-se do marido que tinha aqueles cílios e antebraços. — Pode dar uma olhada?

— Putz, sério? Meu Deus, espero que não sejam ratos outra vez.

O marido apoia o chá agora com leite no aquecedor e sobe a escada, parando na metade do caminho.

— Como foi o barulho? — pergunta ele.

— Tipo um chiado — afirma ela. E realmente parecia um chiado.

— Não sei se ratos chiam — diz ele, desconfiado.

E sobe. O barulho, o ruído branco abafado. Ela olha para cima, os olhos focados na parede laranja-claro pálida do outro lado, no pôster de uma propaganda antiga de trem: VÁ DE MATLOCKS PARA TER FÉRIAS TRANQUILAS, SERVIÇOS RÁPIDOS & TARIFAS BAIXAS. Se a mudança ocorrer de novo, ela vai ver.

Há uma música tocando na sala de estar atrás dela, algo antigo, um homem cantando. Ela não se deixa distrair. Permanece focada, mesmo quando ouve passos lá em cima se moverem em direção ao alçapão, e, de soslaio, vê calças estampadas descendo, mas ela ainda está olhando para a parede, tentando pegar a mudança no flagra; então o homem empurra a escada para cima e Lauren não resiste: desvia o olhar rapidamente para vê-lo. Negro, esbelto, de óculos, calça estampada xadrez verde. Quando ela volta a olhar para o pôster, ele já se tornou uma impressão emoldurada de uma casquinha de sorvete fluorescente. As paredes estão pintadas de branco.

— Pode deixar a escada? — diz ela ao novo marido, com as mangas da camisa enroladas, sem aliança, mas talvez tenha tirado para cuidar dos afazeres.

— Claro — responde ele, puxando a escada. — Mas só por uns minutos, tá? Está quente lá em cima, não quero que o apartamento todo fique quente.

— Tá bem — diz ela.

Ela olha para o celular. Desta vez, na tela de bloqueio tem uma foto de seus sobrinhos. Na mesinha no patamar não há nenhuma carta, mas uma carteira, que ela abre. Encontra um nome, Anthony Baptiste, em um cartão de doador de órgãos.

— Anthony — chama ela.

— Oi? — diz ele da sala de estar.

Ela volta para a escada e toca nela.

— Oi? — repete ele. — Falou alguma coisa?

Ela pensa em filmá-lo, gravá-lo subindo e outro homem descendo. Obter provas.

— Dê mais uma olhada no sótão — pede ela em tom firme.

— O quê? — diz ele. — Para quê? Vai cair um balde d'água na minha cabeça?

— Não. Não vai acontecer nada. Só preciso que você dê uma olhadinha.

— Para quê?

— Está tudo bem — diz ela. — É uma... é uma surpresa. Um presente. Já, já isso tudo vai fazer sentido.

Ela está confiando demais no que pode acontecer no sótão, mas dá um jeito de abrir um sorriso.

— Não é uma aranha de borracha enorme, né? Você sabe que eu não consigo pular de susto.

Caras ansiosos são bem o tipo dela, na verdade. Ela gosta de homens que se encaixam nos extremos da autoconfiança: que sabem o que querem e são extremamente confiantes ou que têm pavor de não ser assim. Ela até consegue se imaginar com esse cara.

— Não — diz ela. — Você vai adorar. Nada de aranhas de borracha.

Está se enfiando em um buraco de onde não tem como sair, mas, até o momento, tudo indica que ela simplesmente não vai ter que sair.

— Você vai ficar superfeliz — acrescenta ela, cheia de promessas. — Faz meses que ando planejando isso.

Anthony deixa a expressão de preocupação virar um sorriso intrigado, olha para cima, entrega a ela sua caneca e sobe.

— Devo procurar pelo quê? — diz ele, com metade do corpo para dentro.

Seu corpo se estica, emoldurado pelo sótão; ela pega o celular e começa a filmar.

— Continue. Mal posso esperar. É a melhor coisa que eu já fiz por você.

Ele sobe de novo. Mais uma vez, um pé lá em cima, e, enfim, o outro pé desaparece de vista. O sótão se ilumina, e desta vez ela vê:

a luz vem da lâmpada que está pendurada, iluminando as vigas de madeira do teto, e se apaga.

— Oi? — chama ela, esperando mais um homem, mais um marido. Dá um passo para trás, se vira, ansiosa, e encontra um novo mundo se encaixando atrás de si.

As paredes mudaram novamente, mesmo com a câmera apontada para elas o tempo todo. Ela se sente melhor — talvez nesta versão do mundo tenha bebido menos na noite anterior, ou talvez as coisas estejam começando a fazer sentido. Um som vem lá de cima.

— Como estão as coisas aí? — grita ela, se perguntando quem vai responder.

# Capítulo 4

— É a porra do sótão, como você acha que é? — responde um homem.

Uma pilha de toalhas passa através do buraco e cai no pé da escada, se espalhando pelo chão.

Ela observa o marido (o sexto? sétimo?) emergir de costas, tênis de corrida, calça de moletom, camiseta e uma braçadeira de corrida com suporte para celular.

Ele é alto e pálido, e está irritado com alguma coisa. Começa a pegar as toalhas e dobrá-las novamente, depois as empilha no quarto de hóspedes e se vira para sair, mas ela o segue. Ele para e projeta o queixo para a frente, esperando que ela o deixe sair.

— Lá deveria ter mais duas toalhas — diz ela, abrindo passagem.

Vai mandá-lo subir para substituí-lo por um marido menos mal-humorado.

— São as minhas toalhas, porra! — exclama ele. — Sei quantas são.

— Eu tinha certeza que eram seis.

— Pois se enganou.

Beleza, então.

— Será que você pode pegar a… hum… toalha de mesa também?

— Ah, então agora você quer usar toalha de mesa?

Até onde sabe, ela não tem opinião formada sobre toalhas de mesa, mas, pelo visto, por algum motivo, elas são uma questão delicada para o marido. Parece que ele tem muitas questões delicadas e que é impossível convencê-lo a fazer qualquer coisa: pedir que vá conferir algum barulho, um *só guarda essa caixa lá em cima*, uma promessa de uma surpresa legal.

Ela imagina que eles estejam brigados. Ele vai ao banheiro, e ela sai à procura de um nome, algo para se orientar, mas ele logo retorna e vai até a cozinha para pegar uma garrafa de água na geladeira e volta ao patamar. Ele para.

— Que horas eles vão chegar? — pergunta.
— Hum... não sei.
— Então descubra — diz ele.

Seus pés pesam ao descer a escada; a porta lá embaixo bate ao se fechar. Ela vai até a sala, vê objetos novos por onde olha e o observa da janela, acelerando rua acima, passando pelo trecho vazio e se afastando do prédio para correr.

O apartamento está vazio de novo. Mas tudo está errado. O sofá original reapareceu, mas nada da mesa de centro que ela se orgulhava tanto de ter comprado num brechó por dez libras, a falha na parede está de volta, a televisão é menor, almofadas estranhas. Centenas de minúsculos sinais de um novo marido. E ela não foi nem um pouco com a cara deste.

Ela checa as mensagens. Ele deve ser o Kieran.

Olha a galeria de fotos, e o vídeo que tentou gravar dele surgindo do sótão não está lá. E, pior, ela encontra as fotos da festa na aula de cerâmica de Elena, e o primeiro bar, mas não o segundo nem a lanchonete a que elas foram ao fim da noite. Segundo o que o celular mostra, ela chegou em casa cedo.

Ela passa o dedo pela tela, confere, e não só não há mensagens de Elena tarde da noite, como também não tem nada dela por semanas, nenhuma mensagem para Maryam a não ser o aviso de uma encomenda que foi entregue por engano, e nem sinal de Toby. Algumas para Zarah do trabalho. Algumas de Nat, mas nenhum aviso, nenhuma instrução, nenhum link de matérias que ela deveria ler; só *Pensando em você, vamos marcar de bater um papo* ou fotos das crianças.

Quando se vê no espelho, percebe que está definitivamente mais pálida do que achava que estaria a esta altura do verão, mais pálida do que na noite anterior, e seu cabelo, preso em um coque, está diferente. Ela solta o elástico. Geralmente, corta o cabelo na altura do ombro, mas agora está de sete a dez centímetros maior, e, de alguma forma, isso é o que a choca mais, que a deixa tonta, embora não esteja. Ela fica horrorizada com o próprio corpo, se encolhe, sente os dedos tremerem, arrepios, um embrulho no estômago que sobe até o peito.

Deseja tanto não ter aquele cabelo longo e estranho que pensa em pegar a tesoura da cozinha e cortá-lo. Em vez disso, o prende de novo. O marido vai embora, e o cabelo também.

Todo mundo tem dias ruins, é claro. Todo mundo grita com o parceiro às vezes — pelo menos é o que Elena diz. Mas Lauren geralmente prefere evitar discussões e se limitar a comentários sarcásticos, e seu relacionamento com Amos, o mais longo de sua vida, teve um término tranquilo há quatro anos. Ele ia se mudar para o apartamento dela, mas, no dia da mudança, telefonou da fila de uma montanha-russa do parque Alton Towers para dizer que achava que talvez eles estivessem indo rápido demais.

Mas nada neste casamento parece bom.

E se ela quiser se livrar deste cara, não pode perder tempo se perguntando o que está rolando, se recusar a acreditar, se beliscar, ligar para uma de suas poucas amigas.

A situação, embora estranha, está clara. Maridos estão surgindo, e a cada vez que um marido entra no sótão, ele é substituído por outro. De onde os maridos vêm, quantos são, e até seus nomes, são mistérios que ela pode desvendar em seu devido tempo. Mas a mecânica básica é inegável, assim como o fato de que o marido atual é... bem, pode-se dizer que é *um grande babaca*.

***

De volta ao patamar, o sótão paira sobre ela como uma ameaça. Mas ela tem um plano.

Encontra uma caixa de som na cozinha e a conecta ao celular. Desativa o Bluetooth, o ativa de novo, aperta um botão — "Desparear dispositivo" —, faz todo o processo novamente. Começa a se preocupar, ouvidos atentos à porta, mas finalmente consegue conectar. Demorou o quê, quatro minutos? Cinco? Está ótimo. Tem bastante tempo.

Certo, segundo passo. Ela sobe a escada, um pé após o outro, mais um degrau e outro. Está com a caixa de som na mão. Isso é seguro, diz a si mesma, tentando refrear o medo. Os maridos só mudam quando entram de corpo inteiro. Mas a outra mão está segurando firme o último degrau, então ela respira fundo e enfia a cabeça na escuridão.

É o sótão de sua casa.

Em meio às trevas só há móveis, caixas e uma silhueta escura que a faz estremecer antes de perceber que é uma árvore de Natal parcialmente desmontada. Nada de Michael, nem do homem nu com um bumbum incrível, nem de Anthony, nem do homem bonito que parecia intrigado. Não há maridos congelados apoiados nas paredes, nem uma porta dourada pela qual eles saem e entram, nem fios de fumaça verde brilhante, nem fantasmas sentados ao redor de uma mesa jogando pôquer para ver quem vai sair do sótão. Nem silhuetas dependuradas das vigas como morcegos, inspirando e expirando, em uníssono. Nem corpos empilhados como tapetes que ganham vida ao serem desenrolados.

Apenas o sótão e a lâmpada no teto, que está, nitidamente, começando a falhar.

Certo. Prioridades. Faz o quê... dez minutos desde que Kieran saiu? Doze? Quanto tempo ela tem?

Ela vai o mais longe que pode sem dar um passo além. A luz brilha acima. A caixa de som solta um estalo quando ela a põe no chão e depois a empurra. Desce a escada para pegar um guarda-chuva, volta a subir e o usa para afastar ainda mais a caixa de som, até ficar fora do alcance de um braço, mais um estalo enquanto ela a empurra através da poeira até estar longe o suficiente para ninguém conseguir alcançá-la sem precisar entrar.

Em seguida, abaixa a cabeça e respira com dificuldade no patamar claro. A luz lá em cima vai se apagando.

Escada abaixo, tenta transmitir algo pela caixa de som a partir do celular. Imediatamente, ela ouve a playlist do dia anterior com as músicas que as amigas de Elena acrescentaram durante a oficina de cerâmica.

Ela abre o YouTube para procurar o barulho certo.

Encontra.

De volta à sala de estar, olha pela janela para saber se Kieran está chegando. Não procura fotos do casamento no celular, nem de sua vida a dois. Qualquer que seja a situação, vai consertá-la. Não precisa saber.

Faz quinze minutos, vinte. Vinte e cinco. Ela odeia correr. A vista ao redor, o trânsito, as pessoas que passam correndo mais rápido; ela não sabe quanto tempo demora uma corrida, mas ele já não deveria ter voltado? Ele vai vir pelo alto da rua, a menos que tenha circulado até pegar a alameda.

Ela finalmente o vê a meio caminho entre a alameda e a casa. Leva um instante para reconhecê-lo — afinal, só o viu por alguns minutos. Ela estava procurando por um homem pálido correndo, mas ele está caminhando, então se debruça com as mãos nos joelhos, se levanta, o rosto vermelho. Ela tem um minuto, talvez dois.

Está calma. Vai dar certo. Vai dar certo, não vai? E se o sótão não fizer a troca? E se ela só puder ter sete maridos e Kieran for o último? Sete é um número de conto de fadas, sete é o tipo de coisa que pode ser verdadeira.

Não. Ela pode se preocupar com isso depois. Por ora não tem escolha a não ser confiar no sótão. Dá play no vídeo, e lá vem uma propaganda: *Hello Fresh vale a pena? Com certeza!* Mas ela pula o anúncio, e logo vem o som de água, ou, como diz o título do vídeo: *Duas horas de ASMR de água caindo de canos estourados*, tocando através do alçapão aberto, e, sim, quando ela aumenta o volume ao máximo ouve o barulho pelo apartamento inteiro: uma goteira, uma torrente, um estrondo.

Ela corre para o quarto, entra e fecha a porta. Queria se enfiar debaixo da cama, mas aquela não é sua cama e está presa ao chão. Decide se esconder no guarda-roupa; as roupas de Kieran estão lá, assim como o cheiro de um sabão estranho, mas agora não é hora de pensar nisso.

Ela se aninha, puxa alguns casacos pendurados para envolver o corpo, se ajeita para que as portas fiquem retas e estica uma perna para evitar câimbras. Conforto e escuridão, com uma fresta de luz. O som de água pingando, abafado, mas ainda audível, vindo do sótão. Ela ouve a porta de baixo bater, os passos do marido subindo a escada e, quando ele chega ao patamar, sua respiração, ruidosa e rápida.

# Capítulo 5

— O que custava você fechar a porra do sótão?

Ela o ouve gritar. Ele vai à cozinha; uma torneira é aberta, multiplicando o barulho de água.

— Lauren — chama ele.

A porta do quarto se abre, mas ele não entra. *Ouça o barulho*, pensa ela. *Ouça o sótão*. Está mais alto agora, com a porta do quarto aberta. Ela ouve um rangido que pode ter sido da escada, talvez ele esteja subindo, mas provavelmente não entrou por completo, não a ponto de ser substituído. Ela pensa na luz da caixa de som, na chance de isso colocar tudo a perder.

— Lauren! — chama ele de novo.

*Vamos lá*, pensa ela, *quem escuta barulho de água vindo do sótão e não vai investigar?* Então seu celular se acende com uma ligação vinda dele, iluminando as roupas e suas mãos e a parte interna da porta do guarda-roupa. Mas o som do toque ressoa mais acima, no sótão, pela caixa de som, *turururu, turururu*. Fodeu, *fodeu*.

Ela vira o celular para baixo sobre o joelho, para esconder a luz, mas o barulho continua; ela o vira de novo e tenta silenciá-lo, mas se atrapalha.

— Que porra é essa, Lauren? — ela ouve o marido dizer, a voz vinda do outro lado da porta, crepitando lá de cima. Um segundo depois, ela recusa a ligação e tenta dar o play de novo no som de água, mas deve ter feito algo errado, porque a playlist da despedida de solteira recomeça, e uma música do The Veronicas passa a tocar lá em cima.

Ela aperta o stop e fica imóvel enquanto o escuta praguejar de novo e começar a subir a escada. Ele para, depois retoma a subida.

Mais um passo. E mais outro.

Então o som de estática começa a ressoar, aquele crepitar surdo, mais alto do que de costume. E ela ouve alguém descendo.

Funcionou. Só pode ter funcionado.

— Oi. — É tudo o que a voz diz, mas ela tem quase certeza de que não é Kieran.

E novamente, vindo do patamar:

— Lauren? Aonde você foi?

Desta vez tem certeza. As vogais, o ritmo da voz, outro homem. Ela tomba para fora do armário, derrubando um casaco velho no chão, tirando camisas e vestidos do lugar e arrastando um deles pelo quarto mais uma vez transformado, até o patamar, onde abraça com força o novo marido. Ele é da mesma altura que ela, talvez um pouco menor, e está sem camisa, revelando uma tatuagem de raminhos arqueada sobre um dos ombros, o que o torna o primeiro marido cujo peito ela toca. O cabelo dela volta ao comprimento certo, na altura dos ombros, e ela sente sob os pés o piso de tábuas lisas.

— Oi, oi — diz o marido, e ri.

Ela afasta a cabeça para olhar para ele. Os olhos se enrugam nos cantos; o cabelo é curto e cai em cachos soltos, como um buquê de flores. Ele está de calça jeans e tênis de lona. É forte, bronzeado, tem cheiro de suor e luz do sol. Ela não sabe quantos anos ele tem, embora os olhos sugiram que seja mais velho do que ela. A mudança de marido não pode ter afetado o clima, mas o patamar está reluzente. Talvez sejam as tábuas do chão, ou as novas paredes amarelas.

— Oi — diz ela, e sente um sorriso se abrir.

— Quer um café? — pergunta ele, retribuindo o sorriso.

— Eu adoraria.

Ela acabou nem bebendo o chá que ficou indo e voltando entre ela e os outros maridos.

O marido ri de novo, como se estivesse gostando de vê-la animada. Ela tenta se conter, mas não consegue, porque deu certo, se livrou de Kieran e o sótão a presenteou com um homem alegre e disposto a fazer café. Ela se afasta do peito nu dele, um pouco envergonhada.

— Quer tomar no jardim? Eu levo lá para fora.

— Perfeito — diz ela.

O jardim! Ela sempre quis usar mais o jardim.

Ela dá um passo para trás para observar o apartamento todo. Embora pareça mais claro do que antes, está uma zona: papéis na bancada da cozinha, toalhas em uma cadeira no canto, cabos, uma caixa de latas vazias.

— Ei, você não vai subir mais, vai? — diz ela, apontando com a cabeça para o sótão.

— Ah, não, já acabei — responde o marido. — Desculpe, eu deveria ter fechado.

— Que bom — diz ela, empurrando a escada. — Prometa que não vai voltar lá para cima.

Ele olha para ela.

— O que foi?

— Nada — responde ela. — É só que… já deu de mexer no sótão por hoje, tá? Ou amanhã. Eu tive uma… tipo uma premonição de você caindo. Então fique longe.

Ele ri.

— Prometo. Nada de sótão.

O carpete desapareceu da escada, mas no meio há uma passadeira verde. E quando ela contorna a lateral para ir até os fundos, encontra um arco de rosas, passa através dele e se vê em um jardim de verdade.

Flores, grama e uma mesa de madeira. Uma dúzia de pequenos pássaros amarronzados levanta voo quando ela se aproxima. No canto dos fundos, há uma grande caixa de rede que abriga um emaranhado de galhos e um melro do lado de fora, se apoiando e bicando os buracos. A cerca que separa o lado deles do jardim do de Toby e Maryam é uma treliça de madeira, mais alta e cheia de videiras, algumas verdes, outras com ramos de florzinhas brancas minúsculas e outras ainda com longos cachos roxos; mas no meio há um portão conectando os dois lados.

Lauren checa o celular, e as mensagens para suas amigas reapareceram, assim como as aventuras da noite anterior. Vê até o registro de um Uber que a levou para casa em vez do ônibus. Espere, agora ela é rica? Metade do apartamento é dela; ela e Nat o herdaram da avó, então ela tem o bastante para não precisar reclamar de dinheiro na frente das amigas. Mas será que é rica do tipo que paga uma corrida de 45 libras? Talvez!

Ela tira uma foto do novo jardim exuberante, as cadeiras, as árvores, as videiras.

Maryam sai da cozinha pela porta ao lado com um cesto de roupas e vai retirar os panos de prato do varal.

— Oiê — cumprimenta Lauren. — Que dia maravilhoso!

— Ah, oi — diz Maryam. — É, está lindo, não está?

Ela olha para o céu como se fosse uma surpresa. É por isso que ela e Toby se dão tão bem, pensou Lauren: Toby observa e Maryam age.

— Vem cá, eu já tive um gato? — pergunta Lauren.

— Acho que sim — diz Maryam. — Você faz o tipo.

— Não, quero dizer desde que me mudei para cá.

Mary pega mais um pano e olha para ela. Está sempre distraída, pensa Lauren, até que não está mais, e, por um instante, você é a pessoa mais importante do mundo. Lauren consegue sentir a virada de chave enquanto Maryam vai do segundo para o primeiro plano, intrigada.

— O quê? — pergunta ela. — Não. Acho que não. Né?

Lauren presume que foi uma pergunta esquisita a se fazer.

— Tem razão — diz ela. — Nunca tive nenhum gato.

Maryam franze a testa, mas logo esquece. Então Gladstone nunca existiu?

Lauren se senta atrás da mesa e estende as pernas, com o rosto na sombra, mas o corpo se alongando para o sol da tarde.

O sol está pegando bem nos pelos de suas pernas, esparsos mas aglomerados logo abaixo do joelho; ela presume que parou de se depilar depois que casou. Depois que se tornou *esposa*. Ela não gosta de ver seu corpo se transformando assim, sem escolha. Não só o mundo está mudando, mas ela também. Puxa a cadeira para a frente e coloca as pernas sob a mesa, para sair de vista até poder se depilar mais tarde. Então olha para cima, na direção da cozinha. Mal consegue ver o marido lá dentro, uma silhueta escura em movimento.

Há um vaso de margaridas na mesa. Ela pega uma e tira uma pétala, duas, três. Está na metade quando o marido aparece debaixo do arco de rosas. Está segurando uma bandeja, com duas xicrinhas e um pacote de biscoito de chocolate pela metade, com a ponta torta. Ele vestiu uma camiseta e calçou um par de chinelos. Ela consegue vê-lo melhor quando ele se aproxima: nariz torto, olhos arregalados, sobrancelhas quase juntas. Ainda é difícil dizer a idade dele, mas de longe as rugas em volta dos olhos não são tão gritantes, deve ter mais ou menos a idade dela. E está sorrindo.

Parece um marido com quem ela conseguiria viver por um tempo.

# Capítulo 6

Os pássaros, os insetos, o barulho distante do trânsito, o marido comendo biscoitos de chocolate. Ela absorve tudo isso e relaxa; merece uma pausa depois de conseguir se livrar de Kieran. Pode lidar com a questão dos maridos mais tarde. Ela olha de soslaio para este marido, os dedos largos dele.

— O jardim está lindo — comenta ela.
— Pois é — diz ele. — A hortênsia está mesmo ganhando vida.
— É… verdade.
— É aquela ali — diz ele, apontando.
— Eu sabia.
— Claro que sabia.

Ele não parece irritado; talvez esse seja um *lance* deles, uma piada interna. Quando você mora com alguém há anos, deve encontrar motivos para se divertir de todas as formas.

— Amo aquele humbrúgio — diz ela, testando. Ele sorri, e os dois voltam a ficar em silêncio.

Ela o observa de soslaio.
Ele bate em um mosquito.
Ela toma mais um gole de café.

— O café está bom — arrisca ela.
— É — diz ele. — É o resto daquele café que a gente comprou.

É difícil puxar assunto com um marido cujo nome ela nem sabe qual é. Mas, felizmente, não parece ser necessário. Ele parece estar feliz em só ficar ali tomando café.

— Ah, paguei o encanador — avisa ele a certa altura.
— Que ótimo — diz ela, o que deve ser a resposta certa. — Obrigada por resolver essa — acrescenta, de maneira casual.

Mas ela não resiste e sorri para ele, que retribui o sorriso, satisfeito e pensativo.

Ela permanece no jardim depois que ele entra em casa; pega o celular e tenta ligar para Nat de novo.

— O quê? O que houve? Você está bem? — diz Nat, assustada ao atender, já que elas não são do tipo que se telefonam do nada.

O sol ficou encoberto, mas o dia ainda está quente.

— Aham — responde Lauren. — Tudo bem. Só queria saber como estão as coisas.

— Hum. Talvez amanhã? Tô indo buscar Caleb no caratê e tentando colocar a Magda no carro, só que ela... — Nat sussurra a próxima palavra — ... ela me *mordeu* hoje de manhã. Mas eu obviamente ainda a amo.

— Aham — diz Lauren. — Claro. Só rapidinho... — Ela faz uma pausa para respirar fundo. — Você conhece meu marido?

Um instante de silêncio.

— Quem, o Jason?

Jason! É, ele tem cara de Jason mesmo.

— Jason — repete ela. — Você gosta dele?

— O quê? Gosto, claro. Por quê?

— Ah, é que eu estou... testando um negócio.

Talvez um tom convincente importe mais do que o que ela está dizendo de fato.

— Tem alguma coisa ruim que eu deva saber sobre ele?

— Ah, que ele mastiga estranho? Mas já falamos sobre isso. Magda, *não*.

Um som agitado.

— Ela acha que pode comer as chaves. Eu te contei que ela foi expulsa do berçário?

Mastiga estranho? Como assim?

— Não contou, não.

— Com um ano e meio de idade! Tive que tirar a semana de folga, estamos tentando encontrar outro lugar, mas eles têm listas de espera. Lista de espera para ficar numa sala lambendo blocos de montar. Olha, preciso ir...

— Tudo bem — diz Lauren, e resolve forçar um pouco a barra. — Mais uma coisinha, você já notou algo estranho no sótão daqui?

— O quê? Não. Algum problema? É a caixa-d'água? Já falei, se ela começar a fazer aqueles barulhos você tem que chamar alguém, não dá para esperar até quebrar. Poxa, você deveria saber dessas coisas. Você que é a responsável pelo apartamento.

— Isso significa que eu posso parar de te pagar o aluguel?

Peraí, pensa ela, no mundo antigo todo mês ela pagava a Nat por sua metade do apartamento, mas e se aqui for diferente?

Mas não, parece que ela se safou.

— Aham — responde Nat. — Engraçadinha. Olha, preciso buscar meu filho *que não morde*, mas amanhã te mando mensagem.

Em seguida, ela tenta falar com Elena, mas a amiga não responde, o que faz sentido; Elena sempre foi o tipo de garota que dorme de ressaca. Manda mensagem para Toby: *Oi, eu já tive um gato?* Os maridos não sabem que estão aparecendo e desaparecendo, Maryam não sabe sobre Gladstone, mas será que Toby vai se lembrar da conversa que tiveram pela manhã?

Ao entrar em casa, ela descobre, fuçando papéis empilhados na bancada da cozinha, que o marido se chama Jason Paraskevopoulos e que ela manteve o sobrenome de solteira, talvez por razões políticas ou talvez pela facilidade da pronúncia.

— Ainda estou com um pouco de dor de cabeça — conta ela, lavando as canecas e olhando para o jardim que está escurecendo.

Os pássaros estão cantando alto, mais alto do que de costume, mais alto do que ela gostaria, mesmo a esta altura da ressaca.

— Uma dor de cabeça do tipo de quem encheu a cara ontem à noite? — diz Jason.

— É, não sei, parece diferente.

Lauren está preparando o terreno para dormirem em camas separadas, tentando sugerir isso com um ar de naturalidade. Ela gosta de Jason, mas não está pronta para dividir a cama com ele como marido e... se esquiva novamente da ideia de ser *esposa* de alguém.

— Tomara que eu não tenha pegado alguma virose.

Jason parece não acreditar nessa opção, mas admite a possibilidade.

— Talvez você tenha pegado aquele resfriado que eu tive — diz ele, generoso. — Deve durar só uns dias.

— É, acho que pode ter sido isso.

Tudo parece tão plausível que ele leva paracetamol para ela e pede um curry ("O de sempre?", pergunta ele). Enquanto esperam, eles assistem a *Mindhunter*. Já viram quatro episódios. Ela não pensa muito nisso, mas talvez haja um contexto do qual não esteja a par. O curry chega na metade do episódio, e o "de sempre" dela é grão-de-bico. Torcia para que fosse paneer, mas pelo menos é vegetariano.

Precisa de tempo para pensar. Será que consegue ir para a cama cedo? Pelo menos o sol já tinha se posto quando jogaram fora as embalagens de comida.

— Vou dormir no quarto de hóspedes — declara ela. — Acho que vou ter um sono agitado.

— Que isso, é você que está doente — diz Jason. — Eu durmo lá. Além do mais, preciso responder uns e-mails logo. Amanhã já começo cedo.

Dez minutos quase insuportáveis se passam — agradecendo o marido pelo chá de hortelã que ele lhe preparou, depois por ter pegado o livro sobre a história dos cogumelos que ela supostamente estava lendo — até ele finalmente parar de fazer perguntas e coisas para ela. Acabou? Ela acha que sim.

— Boa noite — diz ela.

Ele se inclina porta adentro para beijá-la e ela olha para os cachos e o sorriso dele e decide que está de boa com isso. Inclina a cabeça na direção da dele, mas no último minuto ele desvia:

— Peraí, se você está doente, é melhor a gente evitar.

— É, tem razão.

Ela percebe que está um pouco decepcionada.

Ele se afasta e fecha a porta.

Ele ainda está lá, ela sabe (escuta o marido dando descarga, pegando algo na cozinha). Mas no quarto só há ela e o abajur na mesa de cabeceira.

As roupas ainda estão jogadas pelo chão de quando ela saiu de dentro do armário e as levou pelo caminho sem querer. Ela sacode o vestido de dama de honra do casamento de Elena, amassado dentro da capa protetora — mesmo faltando quase duas semanas para o grande dia, ou seja, bastante tempo para passar a roupa. Todo o resto, ela só enfia no guarda-roupa, e então fecha a porta; pode lidar com isso de manhã.

Uma das novas mesas de cabeceira tem um elástico de cabelo e o tipo certo de cabo de celular, então presume que é seu lado da cama. Ela se senta com cuidado e apaga o abajur.

Na escuridão, tudo é familiar novamente. O luar que vem de fora entra quase como se o quarto ainda fosse o mesmo.

Ela não dorme.

Primeiro, olha as fotos do celular, vai passando o dedo pela tela, cada vez mais para trás.

Várias delas parecem familiares. Talvez não as fotos exatas que ela tirou, mas quase lá. Um pôr do sol particularmente bonito, vislumbrado entre dois prédios residenciais. A esposa de Nat, Adele, em cima de uma toalha de piquenique, sorrindo e olhando para a pequena Magda, cujo rosto de bebê está contorcido numa enorme careta. Nat e Caleb com água na altura dos tornozelos na fonte do museu V&A, as paredes de tijolos vermelhos ao redor. Uma lanchonete de peixe com fritas chamada "Peixoteca". Uma tábua de queijos de que ela talvez se lembre, ou talvez seja uma tábua de queijos diferente, mas parecida.

Algumas fotos são novas. Um restaurante aonde nunca foi; uma pichação no chão de um vagão do metrô que dizia: *duas dúzias de ovos, por favor*. Ela encontra várias fotos de colinas, colinas grandes e irregulares, um piquenique em meio à névoa de uma colina, um pássaro grande no arbusto espinhoso de uma colina, ela numa colina, ela e o marido, ela e estranhos, tudo numa colina. Ao que parece, agora ela gosta de fazer trilhas.

Ela segue rolando por três ou quatro anos de fotos até o mundo começar a se parecer mais com suas lembranças. Caleb quando era bebê; ela e Amos em um parque; ela, Elena e sua amiga Parris, antes de Parris ter se mudado de Londres. Ela liga o abajur de novo e escreve uma lista dos maridos no verso do livro de cogumelos:

*Michael*
*(Bonito)*
*(Pantufa)*
*(Nu)*
*Anthony*
*Kieran*
*Jason*

Ela fica olhando a lista, então se lembra do *(Avental Feminista)*, que veio antes ou depois do *(Nu)*.

Não tem certeza do que fazer com essa informação. Vai voltar a ela mais tarde.

Escreve: *quando eles vão para o sótão, eles mudam*
E: *a luz se acende, tem um barulho*
E: *algo está diferente no passado, talvez*
Isso também não ajuda em nada.

Ela pega o celular outra vez e checa os e-mails para ver se alguma coisa importante mudou no seu dia a dia. E, merda. Ela não trabalha mais na prefeitura. Na verdade, ela administra uma grande loja de ferragens e jardinagem que fica mais adiante na rua. Uma loja de ferragens! Ela não sabe nem se a cabeça de uma chave Phillips é aquela com uma cruz ou uma linha. Pelo menos sabe que existe uma coisa chamada chave Phillips, mas isso provavelmente não a torna uma especialista.

Amanhã já é segunda. Ela faz uma busca pelos e-mails enviados até encontrar um de seis meses atrás, avisando que estava doente; ela manda a mesma mensagem novamente, para o mesmo endereço. Intoxicação alimentar, desculpa. Pode se preocupar com isso na terça.

De volta às investigações. Ela pesquisa sobre Jason Paraskevopoulos e encontra o site dele: *Design e Manutenção de Jardins*.

Lê as mensagens dos amigos no WhatsApp e encontra um canal no Discord cheio de estranhos fazendo piadas sobre panquecas e a tagueando. Ela tem uma conta no Instagram, mas a última vez que postou foi dezoito meses atrás, a foto de um cemitério enevoado, e dois meses antes um rolinho de canela. Ao dar uma olhada nas pessoas que segue, percebe que não reconhece a maioria dos nomes, e isso tem um gostinho de liberdade: *não precisa olhar.*

Quando saiu no sábado à tarde, ela não esperava que a festa de Elena fosse ser a parte menos agitada do seu fim de semana. São três da manhã, nem 24 horas se passaram desde que pegou aquele ônibus. Ela se levanta e vai até o patamar em direção à porta entreaberta do quarto de hóspedes. Empurra um pouquinho, até ver um volume escuro na cama. Mais um empurrão, meio passo à frente. O marido está respirando, abraçando um travesseiro.

# Capítulo 7

Lauren acorda antes das sete com o barulho do marido se arrumando. Ela sai da cama em silêncio, de fininho, na ponta dos pés, e gira a maçaneta como se não quisesse assustá-lo. Ela consegue ouvi-lo na cozinha. Será que ainda é ele?

— Oi — diz Jason. — Você acordou! Como está? Dormiu bem?

As mesmas rugas em volta dos olhos, um sorriso ao vê-la.

— Até que não dormi mal — responde ela.

— Essa vai ser uma grande semana para mim. Você não vai trabalhar?

— Não — diz ela. — Preciso de um dia para descansar.

Quando ele vai embora, ela o observa da janela da sala de estar. Ele entra em uma van estacionada mais na frente, uma grande logo na lateral, com uma árvore no meio. Quando ele arranca no fim da rua e vira à direita, os ombros dela relaxam, a tensão é liberada.

O apartamento é dela outra vez.

Ela se senta no sofá, se recosta, fecha os olhos. Está tudo bem. Tudo bem.

Acorda novamente às dez e meia e toma um banho até se sentir limpa e renovada; seca o cabelo, depila a perna. Suas pernas parecem um pouco mais largas do que antes, mais musculosas. Ela levanta e abaixa uma das coxas sobre o vaso sanitário.

No guarda-roupa há botas de trilha e uma daquelas jaquetas cheias de zíperes e botões. Mas também há algumas calças que ela comprou há anos, uma camiseta verde que ela tem desde a faculdade e uma camisa que ela acha que quase comprou uma vez mas desistiu porque achou que era cara demais. Decide vesti-la.

Começa a puxar a escada que leva ao sótão.
Para. Sente náusea.
Empurra a escada.
Ela deveria comer. Faz uma torrada e passa pasta de amendoim nela, mas essa é de uma marca diferente, grossa e doce demais, e gruda no céu da boca. Ela está calma, mas debaixo da calmaria algo está alvoroçado. Ela precisa sair de casa. Deixa a torrada no prato, só com uma mordida, e pega o celular.
Olha lá de baixo para a escada enquanto sai, a passadeira verde, e fecha a porta.

Ela se sente melhor fora de casa; quanto mais se afasta, mais fundo consegue respirar. Avista o ponto de ônibus, exatamente onde costumava ficar! O centro cultural ao qual ela sempre pensa em ir para assistir a um espetáculo qualquer hora. O céu, a rua, os carros, as árvores, o posto de gasolina. O leve declive da colina sob os pés conforme ela aperta o passo.
Talvez ela devesse ir a um hospital. As evidências parecem indicar que ela é mesmo casada. Não tem nada que sustente sua convicção de que na tarde de sábado não era casada. O sótão de sua casa não está fabricando homens, o mais lógico é que ela deve estar doente, ou há um vazamento de gás — uma possível explicação que ela viu na internet —, ou ela tomou alguma coisa na festa de Elena que ainda está fazendo efeito.
Mas ela não quer ir ao hospital. Quer se sentar em algum lugar e tomar um café.
Ou até uma cerveja, pensa ela enquanto a colina se nivela e o pub da esquina entra em seu campo de visão com as mesas dispostas do lado de fora. Ela normalmente não beberia em uma segunda-feira ou às onze e meia da manhã, quanto mais as duas coisas, mas são circunstâncias excepcionais. Então é isto: se é para tomar uma atitude, melhor ir com tudo.

Ela entra no pub vazio e pede o cardápio de drinques. A mulher atrás do balcão diz "Pois não", se abaixa, vasculha e lhe entrega uma folha plastificada. Líquidos claros brilham em taças sofisticadas que ela nunca havia visto no pub, Lauren tem certeza disso.

— Vou querer... — diz ela após examinar o cardápio por um instante — ... um Fascínio de Frutas Vermelhas. E um expresso com leite.

A mulher se agacha sob o balcão de novo e desta vez pega um fichário e folheia as receitas de drinques.

— Isso talvez... quer saber, já levo para você.

— Ótimo, obrigada — diz Lauren, sorrindo. — Vou sentar lá fora.

Ela encontra uma mesa longe do sol e espera até que a porta se abra, e a mulher traz um café e um drinque cor-de-rosa em uma taça de vinho.

— Estamos sem aqueles guarda-chuvinhas — diz ela em tom de desculpas.

— Muito obrigada — responde Lauren.

O Fascínio de Frutas Vermelhas é doce e borbulhante e vem com uma fatia de maçã na taça.

Lauren olha na direção do cruzamento. Um homem com uma sacola de compras permanece parado ali como se nada tivesse mudado. Ela confere que horas são na Espanha e manda uma mensagem para a mãe: *Oi! Espero que esteja tudo bem! Pergunta estranha, mas o que você acha do Jason?*

Alguns minutos depois, recebe uma resposta: *Oi, querida, que ótimo ter notícias suas. Sempre gostei do Jason. E é nítido que ele é louco por você. Estou ficando sem sachês de chá que prestem e Marmite, você poderia me mandar?*

Ela pensa em ligar para Nat novamente, ou para Toby, pensa até em revelar tudo para Jason, embora pense ser uma péssima ideia. Provavelmente ele não acreditaria e iria ao sótão para provar que ela está errada — ou pior, ele acreditaria, *sim*, e se recusaria a subir de novo. Ela gosta dele, mas não tem certeza de que está pronta para esse tipo de compromisso.

Além do mais, é para Elena que ela conta as coisas. *Vou para a casa da Elena à noite, ela está superestressada com o casamento*, escreve a Jason.

Próxima: Elena. *Oiê, preciso conversar, posso ir aí?*, ela manda. Talvez Elena tenha outros planos, mas é segunda-feira e faltam apenas duas semanas para o casamento. *Posso te ajudar a encher os balões*.

Ela confere o contador de passos do celular, que agora mostra números astronômicos por causa das trilhas: 28.300, 35.600. Abre um aplicativo de monitorar raios e uma enxurrada de pontinhos vermelhos e amarelos pipocam no lado oeste. Então chega a mensagem: *19h. Você vai arrumar as amêndoas, vai gostar*, diz Elena.

Às duas da tarde, finalmente termina de pesquisar termos como: *homens que aparecem no sótão* (notícias sobre locais secretos para se morar), *transformação no sótão* (reformas caras), *desaparecimento de marido* (mais notícias, mais uma boa dose de bigamia, que é quase o oposto de seu problema). Ela arrisca *marido magicamente surgiu do sótão e quando ele volta é outra pessoa*. Uma salada mista de resultados: uma mulher que manteve um amante secreto no sótão; um homem abusivo; alguém que pediu conselhos para uma coluna porque o marido descobriu que é gay; a sinopse do filme *O Jardim dos Esquecidos*.

Ela vai ter que puxar a escada de novo para dar uma olhada.

Mas quando volta para casa, a van do marido já está em sua vaga outra vez; ou seja, não vai haver investigação no sótão. Ela mal consegue esconder o alívio e a gratidão por poder continuar ignorando o problema. Jason a resgatou pela segunda vez.

Quando ela entra, ele surge do banheiro usando roupa de baixo, mais uma vez revelando a tatuagem de raminhos que contorna o ombro. Ele está com o cabelo molhado, acabou de sair do banho, e parece — como sempre — muito feliz em vê-la.

— Estava me perguntando onde você se meteu — diz ele.

— Pois é, fui dar uma caminhada — conta ela. — Que bom que você já voltou! Estou me sentindo bem melhor.

— Ah, é? — diz ele, chegando perto dela. — Quanto exatamente?

— Bastante — responde ela, e só então se dá conta do que ele insinuou.

Ora, ora. Ela gosta dele. Ainda está corada de alívio por adiar a investigação do sótão. E já faz alguns meses. Por que não?

— Bem, bem melhor — acrescenta ela, indo na direção dele.

Ele abaixa a cueca.

Isso é normal, diz a si mesma enquanto eles se encaminham para o quarto. Ele está nu diante dela e isso é normal para ele. Ela desabotoa a camisa, o que também é normal. O marido acha que ela já ficou nua na frente dele centenas, milhares de vezes; só ela sabe que isso nunca aconteceu antes. Ela tira a calça e se senta na beirada da cama, a expectativa virando incerteza. Olha para ele, para o sorriso do homem com quem é casada. Ela já dormiu com pessoas que tinha acabado de conhecer, esse não é o problema; a questão é o marido. Nunca dormiu com um marido antes.

Mas ela se deita enquanto ele pula na cama com entusiasmo, e, antes que ela possa dizer qualquer coisa, ele já desceu com tudo, a cabeça lá embaixo.

Ela abre as pernas. Teria preferido uma manobra mais delicada, pensa ela enquanto olha para seu corpo e para o marido empenhado, mas ele sabe bem o que está fazendo. Língua firme, entusiástica, eficiente, o corpo dela curtindo cada vez mais conforme a mente entra no clima — sim, lá está ele, trabalhando duro; ela toca os cachos soltos do marido com uma das mãos. E nem três minutos depois, talvez quatro, ela percebe que está se contorcendo de prazer, as pernas se ajeitando na lateral dos ombros dele, enquanto sua cabeça ainda pensa na frequência com que ele acredita fazer isso, no abajur cuja cor ela acaba de notar que está errada.

Ainda sorrindo, ele se ajoelha na cama e inclina a cabeça, gesticulando para o pênis, tipo "hum?", como se estivesse oferecendo mais um biscoito de chocolate. Ela assente, e ele se contorce até ficar confortável em sua vez de ter um orgasmo.

Ele demora um pouco mais, mas a coisa toda não leva mais do que dez minutos.

*Nossa. A vida de casada*, pensa ela.

Ela pega suas roupas, vai até o banheiro, se lava e se veste. O marido está na cozinha, ainda nu, comendo o resto da torrada que ela abandonou pela manhã.

— Isso está aí desde o café — avisa ela.

Não deve estar bom depois de tantas horas.

— Economizar para não faltar — diz ele.

Ele mastiga de boca aberta, fazendo barulho. Deve ter sido isso o que Nat quis dizer sobre mastigar estranho. Ela sente a atração pós-coito diminuir um pouco.

— Que horas você vai para a casa da Elena? — pergunta ele.

Ela quase se esqueceu. São três e quinze da tarde. Será que está pronta para passar mais algumas horas com o marido?

— A gente podia ver mais um episódio de *Mindhunter* — sugere ele, com pedaços de torrada ainda visíveis em seus dentes.

Não.

— Preciso resolver umas coisas no caminho — responde ela. — Vou jantar com a Elena, não precisa me esperar se estiver cansado.

— Será que eu volto para o quarto hoje? — pergunta ele enquanto ela sai.

A esta altura, por que não?

— Aham, eu já devo ter melhorado, seja lá o que foi que eu tive.
— Ótimo — diz ele. — Senti sua falta ontem à noite.
Ele é realmente empolgado.

Lauren chega a Walthamstow às quatro e meia da tarde. Vai enrolar por duas horas e meia até encontrar Elena. Ela se acomoda em um café para ficar fuçando no celular outra vez, mas não aguenta mais, então começa a caminhar, depressa e sem rumo. Passa por portas coloridas, uma loja de penhores, um gato se aquecendo na tampa de uma lixeira preta, os grandes murais de uma vizinhança que recentemente resolveu ser estilosa, bicicletas de entregadores reunidas do lado de fora do Nando's. Reclinado contra um muro está um colchão em que alguém rabiscou com caneta permanente: DESCARTE INAPROPRIADO É CRIME MATTHEW.
Ela para em uma confeitaria e pede duas bolas de sorvete, uma de água de rosas e outra de menta com gotas de chocolate, e a atendente lhe dá três barrinhas de chocolate de graça.
— Se quiser mais, querida, pode pedir, é que já estão quase estragando... daqui a pouco não vou poder mais vender.
Ela toma o sorvete e segue em frente. Pelo visto as trilhas serviram para alguma coisa: ela mal percebe que caminhou por duas horas, nada de bolhas nos pés nem cansaço nas pernas.
Quando finalmente são quase sete da noite, ela vai para o apartamento de Elena e fica muito feliz ao perceber que nada mudou. Está mais bagunçado por causa do casamento — a mesa da cozinha repleta de cartões, os nomes dos convidados dispostos pelo mapa das mesas —, mas as paredes, os móveis e os pratos são os mesmos de sempre.
— Ah, meu Deus — diz Elena, se jogando no sofá e colocando as pernas para cima. — Festa de casamento é um horror. Você deveria ter me avisado como dá trabalho. Quer dizer, você avisou, mas deveria ter sido mais convincente.

— Pois é — diz Lauren.

Faz meses que ela vem ouvindo os planos de Elena, pesquisando vestidos e conversando sobre flores. Tem sido divertido, mas é estranho fazer isso estando solteira: ajudar alguém a planejar uma festa que só mostra o quanto vocês são diferentes. Como teria sido fazer isso com um marido para chamar de seu?

— Não fiz nada para o jantar — diz Elena. — Bom, obviamente você viu o estado da cozinha. Já, já vou pedir um macarrão.

— Legal, beleza.

— E depois podemos arrumar os saquinhos de amêndoas — acrescenta Elena. — Mas primeiro me fala o que você queria. Foi mal, não sei por que estou assim, só consigo pensar na festa. Para quê ficar encucada com a posição da mesa dos presentes? Ou remoendo se o pisca-pisca deve ser num tom de branco quente ou frio? Quente é melhor, né?

— Sim — concorda Lauren com firmeza. — Com certeza quente.

— Meu Deus, olha eu surtando de novo. O que você queria falar?

Elena se senta, se debruça para a frente e empurra o celular para longe na mesa de centro. Atenta. Toda ouvidos.

Agora que chegou o momento, Lauren percebe que não é tão simples assim. Não dá para simplesmente dizer: *meu sótão esquisito tem poderes mágicos*.

— Então — diz ela. — Meu sótão esquisito tem poderes mágicos. Ele tem criado vários maridos diferentes, e eu não sei o que fazer.

# Capítulo 8

— Ah, sim — diz Elena. — Tipo, cem maridos? Mil? Meu Deus, imagina!

— Oito ou nove. Mas um de cada vez.

— Provavelmente é melhor assim — diz Elena. — Você tem aquele quarto de hóspedes, mas mesmo assim.

Ela preferia ter ouvido um *minha nossa, isso é tão estranho, mas eu definitivamente acredito em você, me conte mais*, mas pelo menos não recebeu um *ah, você precisa ir ao médico imediatamente*.

— Então, eu não faço ideia do que está rolando — conclui ela.

— É, dá para ver — diz Elena. — Sei que estudamos coisas diferentes na faculdade, mas acho que nenhuma de nós teve aulas sobre sótãos mágicos.

A amizade delas sempre foi baseada nas convicções de Elena e na cooperação de Lauren. Nas primeiras semanas da faculdade, Lauren ficou muito aliviada por encontrar uma amiga que parecia saber o que estava fazendo, e que estava disposta a compensar caso não soubesse, que não se importava em pedir uma cerveja específica apesar de não saber o que era uma cerveja *sour* nem se iria gostar (não gostou), que a convencia de que era ótimo usar tênis em uma noitada (era mesmo), que conspirava para pegar uma mesa pela qual, por acaso, um garoto específico poderia passar: "Não, aqui é melhor para estudar, não tem nada a ver com o Nick" (tinha, sim). Após a faculdade, quando Nat se mudou do apartamento e Elena ficou com o quarto, elas inventaram juntas as regras da vida adulta, uma amizade baseada em nunca dizer: "Ah, não, isso não pode estar certo, não é assim que funciona."

É claro que ela não acredita em Lauren, mas está jogando o jogo. E o que é mais importante? Ter razão ou conversar?

— Achei que você poderia me ajudar — diz Lauren. — Tipo... você sabe como eu conheci o Jason?

— Na festa da Noemi, né? Logo depois que você e Amos terminaram.

Há quatro anos. Isso condiz com as fotos do celular.

— Do que eu gostei nele?

— Ah... hum. Do cabelo? Da cheesecake que a mãe dele faz? Da maneira como ele, você sabe, está sempre rodeado de pássaros e flores, como uma princesa da Disney? Daquela joaninha que ele resgatou na Pizza Express, o que, aliás, ainda acho que ele forjou para te impressionar. Não que isso seja ruim. Demonstra dedicação.

Lauren tenta uma abordagem diferente.

— Aconteceu alguma coisa estranha quando você voltou da despedida de solteira? — pergunta ela.

— Tipo o quê?

— Ou enquanto estávamos na rua. Eu parecia bem?

— Aham... O que está rolando?

— Eu mencionei o Jason?

— Aham, você passou dez minutos falando sobre o quanto era ótimo estar casada e que eu iria adorar. Por quê?

Ela vai precisar ser mais direta.

— Certo — diz ela. — Sei que parece loucura, mas eu realmente tenho um sótão mágico que está criando maridos para mim.

— Aham, você falou — diz Elena, ainda sem reação.

— Eu tô falando a verdade, não sei o que fazer — continua Lauren, sem saber como ser mais clara do que isso.

Elena olha para ela como se estivesse prestes a dizer algo óbvio.

— Vai examinando um por um até encontrar o melhor — sugere ela. — Gostoso, rico, divertido, bom cozinheiro, família legal, coreógrafo de lutas em filmes de médio orçamento.

— É — diz Lauren. — Pode ser.

— Você sabe que o casamento está chegando, né? — diz Elena. — Se isso for uma tentativa de me dizer que na verdade casamento é um saco e eu não deveria embarcar nessa, vai precisar ser mais convincente.

— Não é — diz Lauren. — Não é isso. É...

E para. Poderia insistir. Poderia chorar e dizer *Não, isso não é uma piada, isso é real* ou *Sei que não faz o menor sentido*. Poderia realmente tentar, e claro que Elena não acreditaria, mas talvez pelo menos aceitasse que não é uma piada.

Provavelmente, Elena ficaria preocupada, telefonaria para Deus e o mundo, pesquisaria na internet coisas que Lauren já pesquisou, e claro, *claro* que acabaria presumindo que sua festa de casamento desencadeou algum tipo de crise nervosa, e essa conversa se tornaria eternamente uma coisa que Lauren inventou logo antes do casamento. Uma história, um delírio.

— Não — insiste. — Você deve se casar, sim, sem dúvida.

— É o que eu também acho — diz Elena. — Mas recebi uma ligação do pessoal da fazenda hoje e eles disseram que só têm cem capas de cadeira vermelhas. Então precisamos escolher outra cor, ou será que fico com metade vermelha e metade branca? Será que vai ficar bom? Meu Deus, odeio me importar demais com essas coisas. Me desculpe. Vamos pedir a comida. E se você ainda estiver a fim de mexer com as amêndoas, podemos cuidar disso enquanto esperamos.

Ela aponta para o chão, repleto de pedaços de tule, laços e grandes sacolas plásticas de cores vibrantes contendo amêndoas caramelizadas.

Não demorou muito para pegar o jeito. Cinco amêndoas: vermelha, laranja, cor-de-rosa, branca, dourada. Pegue o tule. Amarre um laço. As duas trabalham enquanto conversam sobre o casamento, mas Lauren não presta muita atenção: reflexões finais sobre os votos; se é melhor pedir ao jardineiro para manter as galinhas no galinheiro porque é mais prático ou deixá-las livres porque é excêntrico; pensar em mais músicas que o DJ está proibido de tocar.

Quando o macarrão chega, elas comem usando o único canto da mesa da cozinha que não está ocupado pelo mapa dos assentos dos convidados. Lauren vê seu nome junto com o de Jason em uma mesa à esquerda.

No mundo real, teria sido decepcionante ser só dama de honra e não madrinha. Continua sendo decepcionante o fato de que isso não mudou nessa nova realidade, mas pelo menos ela não vai ter que fazer um discurso, nem Jason vai ficar à mesa principal mastigando de boca aberta.

Ela vê quem vai sentar ao lado dela.

— Está tudo bem entre você, Amos e Lily, né? — pergunta Elena, apontando. — Eles não conhecem os outros convidados, e nós fomos chamados para o casamento deles, então tivemos que convidá-los. Mas eu arranjei uma mesa especial para as pessoas que tiveram filhos e se arrependeram. Se quiser, posso colocá-los lá para eles se divertirem um pouco.

— Não — responde Lauren. — Está tudo certo. O que for mais fácil. Vai ser bom pôr o papo em dia.

Não vai ser bom pôr o papo em dia, não. O lance de ter um parceiro que critica tudo, pensa ela, só é ótimo quando ele gosta de *você*. Se a pessoa odeia o mundo, e você é a única exceção, certamente isso prova alguma coisa. Quando ela e Amos estavam juntos, julgar os outros era um hobby que compartilhavam e uma forma de calibrar quem ela gostaria de ser. Pessoas que se vangloriam de nunca usar receitas: *criticadas*. Pessoas que não devolvem a garrafa vazia para o bar mesmo quando passam por ele: *criticadas*. Pessoas que devolvem a garrafa vazia para o bar mesmo quando não passam por ele e fazem questão de que os funcionários as vejam fazendo isso: *duplamente criticadas*. Amos julgava principalmente as pessoas que suspiravam alto ao ver que o trem estava atrasado, porque *Estamos todos nesse trem, você não é especial, não há nada particularmente ruim no atraso da sua viagem específica.* Também adorava criticar pessoas que usam legging azul-turquesa, qualquer coisa de veludo ou perfume para ir ao cinema. Casas com nomes. Campainhas com câmeras. Água com gás. Banheira de metal para pássaros, por alguma razão. Como era prazeroso encontrar coisas erradas no mundo e rotulá-las juntos, dar e receber críticas como um presente.

Não é tão divertido estar de fora da pequena conspiração do julgamento. Ela encontrou Amos poucas vezes desde que terminaram, mas toda vez que o viu teve certeza de ter quebrado sem querer alguma regra recém-descoberta, e de que ele ainda faz piadinhas maldosas, mas desta vez são sobre ela, e não para ela.

Pelo menos com Jason ela vai ter um acompanhante e não vai ficar sozinha com o ex e a esposa, ouvindo votos sobre o quanto é incrível não ser solteira.

Quando ela entra em casa, já passa da meia-noite. Jason dorme cedo, então ela sobe a escada em silêncio.

Ele deixou a luz da cozinha ligada, o que é fofo. Quando ela vai para a cama, a respiração dele muda, uma pequena lufada de ar, *pffff*, um reconhecimento. Ela se deita atrás do marido, perto o bastante para sentir o calor dele irradiando, e toca seu ombro, próximo de onde sabe que a tatuagem de raminho deve estar.

Ele faz mais um barulho, um barulho caloroso de conforto, *mmmmf*, e se contorce na direção dela. Ela não sabe dizer se ele está dormindo, mas o abraça e se aproxima, o corpo dele se mexendo a cada respiração ao seu lado.

Na manhã seguinte, ela diz a Jason que o resfriado voltou e liga para o trabalho avisando que está doente. Chegou a hora. Não consegue mais evitar o sótão. Claro que não vai subir lá; viu o que acontece com os maridos. Em vez disso, dá uma olhada lá dentro e afasta a cabeça depressa, sem dar tempo para os olhos se adaptarem, sem ver nada a não ser a escuridão.

Em seguida, olha mais devagar, ainda no meio da escada. A lâmpada lá em cima mais uma vez começa a brilhar. Não a todo vapor, só um pouco, iluminando pela metade o que parece ser apenas seu sótão normal.

Ela não gosta disso. Afasta a cabeça para respirar. Na terceira tentativa, leva o celular, com a lanterna ligada. Mas ao levantar o braço, o feixe de luz falha, a tela emite um brilho laranja. Merda. Do lado de fora, a tela volta ao normal.

Ela tem uma lamparina em algum lugar. Costumava ficar em uma gaveta, mas neste mundo a encontra em cima da geladeira.

Desta vez, ela sobe mais, metade do corpo dentro do sótão. A lamparina se acende sozinha, depois se apaga com um barulho alto, e permanece apagada quando Lauren volta ao patamar. Ela encontra o livro sobre cogumelos e acrescenta mais notas no verso:

*celular e lamparina se comportam de um jeito estranho no sótão*
*??*
*?????*

Ela conduz uma série de pequenos experimentos:

*luz no sótão ainda acende mesmo com o disjuntor desligado*
*escova de dente elétrica, chaleira etc. também ligam no sótão*
   *(mesmo sem estarem na tomada)*
*batata deixada no sótão não vira outra batata*
*flor deixada no sótão não vira outra flor*
*impossível saber se formiga deixada no sótão não vira outra*
   *formiga*

De repente, ela pensa: *caracol*. Seus olhos humanos não conseguem diferenciar uma formiga de outra, mas e se salpicar uma gota de tinta na concha de um caracol e ver se isso muda?

Ela encontra um caracol atrás de um grande vaso de terracota, estremece ao arrancá-lo da superfície e sentir a tensão do corpinho de lesma se agarrando ao solo. Volta para o apartamento com o bicho dentro de um pote de plástico. Em vez de tinta, usa uma gota de maionese. Deixa o caracol desacompanhado por três minutos; afinal, eles são lentos.

Quando enfia a cabeça no sótão mais uma vez, pensa por um instante que o caracol sumiu e que talvez isso seja um avanço, mas quando a luz começa a brilhar ela vê que o caracol apenas saiu rastejando do pote e ainda está com a mesma mancha de maionese. Ela pega o animal e o leva de volta para o jardim.

E agora? Poderia chamar um eletricista, mas embora se divirta com a troca de maridos (que, afinal, têm sido criados pelo sótão, para começo de conversa), não parece justo mandar um cara aleatório para lá só para desaparecer e ser substituído.

Na internet, encontra um fórum que promete responder qualquer pergunta. De que história de ficção científica estou tentando me lembrar? Qual é a melhor forma de limpar persianas? Como preparar goulash? Ela se inscreve com um nome falso e posta: *Já ouviu falar de uma situação em que maridos diferentes brotam na sua casa, um de cada vez, e o mundo muda?* Mas quando ela vai conferir, meia hora depois, sua pergunta foi deletada: *Bem-vinda, Tallulah Callebaut! Este fórum é para perguntas que possam ser respondidas. Não é possível responder sua pergunta, mas fique à vontade para tentar novamente com algo mais específico.*

Não é culpa *dela* se a vida lhe ofereceu uma questão impossível de ser respondida. A esta altura, no entanto, já tentou comer torrada com pasta de amendoim de novo (é mais fácil engolir agora do que ontem, então manda para dentro meia fatia de uma vez). Também continua sua pesquisa, e lá na quarta ou quinta página de resultados encontra um longo artigo de um físico sobre uma teoria de criação espontânea de vida a partir de campos magnéticos. Não consegue acompanhar o texto, mas mesmo assim manda uma mensagem para o autor. Com o nome falso outra vez, sem saber o motivo.

Lauren quase tinha parado de acreditar que aquilo tudo era real: será que ela está simplesmente *louca*? Mas toda vez que dá uma olhada no sótão ouve um estalo; e quando Jason chega em casa, sua presença é, como sempre, desconcertante. Ele lhe trouxe uma sopa, está deliciosa, mas ele suja três panelas, uma frigideira e cinco colheres de pau para esquentá-la, e não lava nada. Se ela tivesse inventado um marido, teria inventado um que lavasse a louça, certo?

Na quarta de manhã, ela manda um e-mail para o trabalho pelo terceiro dia consecutivo avisando que está doente e entra em seu e-mail falso. Uma resposta do físico. Ela abre, tentando conter a esperança que borbulha em seu peito. O e-mail diz: *Tallulah, querida, as vibrações do universo trouxeram você até mim. O prisma da eternidade reluz. A décima sétima dimensão foi parar aonde sempre pararia. Destino = $\Delta eS+iN\Gamma$*.

Hum. Volta para o site dele, lê direito e vê que o doutorado dele é em Sol, Lua e a Imanência do Mundo.

Uma notificação. Ele mandou outro e-mail: *Querida, você tem alguma foto de perto da pele entre seus dedos esticados?*

Ela fecha o e-mail.

À tarde, tenta refazer seus passos da noite de sábado. O ônibus até a estação St Pancras. Passa pelos passageiros e estudantes de arte até chegar à lanchonete, seu rosto nas paredes espelhadas. Mais um ônibus até o Soho, onde os bares a que elas foram estão fechados durante o dia, mas ela olha pelas janelas, põe o ouvido em uma porta fechada enquanto entregadores se entrecruzam e pombos se reúnem ao redor de um pão que desponta de um saco na calçada.

Nada.

No ônibus de volta para casa, ela se dá conta de que não dá para faltar ao trabalho para sempre.

Na quinta, se levanta cedo e vai para a loja de ferragens meio centro de jardinagem onde supostamente trabalha. É aterrorizante aparecer lá; ela vasculhou o site da empresa e seus e-mails, mas ainda não sabe o que faz ou como.

Chega meia hora antes do horário de abertura da loja e fica parada na rua. Os funcionários passam por um portão lateral, levam carrinhos de plantas até a calçada. Pelo menos ela é da administração e não do atendimento ao público; não vai ter que tentar descobrir como usar uma maquininha de cartão sob os olhares de uma fila de clientes.

Ela prendeu o cabelo num rabo de cavalo, o que dá uma sensação de eficiência. Alguns minutos antes do início do expediente, alguém abre a porta principal da loja, então ela não precisa entrar de fininho pelo portão lateral e torcer para não pedirem senha. Lá dentro passa por um balcão, onde um funcionário a cumprimenta com um aceno de cabeça. Uma fileira de serras, martelos, cortadores e chaves de fenda. Um pequeno mostrador de objetos de decoração aquáticos. Vê uma porta com uma placa que diz APENAS FUNCIONÁRIOS, então reúne toda a sua determinação para abri-la; mas, quando faz isso, dá de cara com um pequeno pátio com móveis de jardim que não combinam e um homem com uma barba longa fumando.

— Bom dia — diz ele.

Por fim, encontra uma porta sem marcações atrás de uma boa extensão de tábuas de madeira que leva a um escritório estreito com pequenos basculantes. Quente, sem ar-condicionado. Ela já está lá há alguns minutos, tentando descobrir qual mesa vazia é a sua, quando um outro homem chega com uma pasta de plástico e diz:

— Ah, que bom que você voltou, pode fazer esse pedido para mim?

E vai embora na mesma hora. Um telefone em sua possível mesa toca; é alguém chamado Bev, querendo saber se o C040338-14 já chegou.

— Já te ligo — aprende ela a dizer —, só estou me inteirando do que rolou nos últimos dias!

Mas não vai ligar para ninguém. Ela não sabe dizer quem é seu chefe; ao longo da próxima hora, o homem da pasta de plástico volta duas vezes para entregar mais papéis, e o barbudo traz um cavalete, o deixa quase bloqueando a porta e pede a ela para "adesivá-lo". Acaba pegando os onze formulários diferentes que recebeu ao longo da manhã e os enfiando no triturador antes de tirar o cavalete do caminho para sair mais cedo para o almoço, às onze e meia, e não voltar mais.

Naquela noite, ela fica preocupada, e Jason tenta animá-la.

— Qual é, vamos dar um pulo ali na pizzaria.

É legal da parte dele, mas a conversa se arrasta e ele, mais uma vez, come de boca aberta. Ela sente muito, mas vai ter que mandá-lo de volta.

Não dá para permanecer casada com alguém para sempre só porque a pessoa apareceu no seu sótão certa tarde. Ele a salvou de Kieran, e ela é grata por isso, mas já o conhece há quatro dias, e não foram dias nada interessantes. Tudo o que fizeram foi assistir a *Mindhunter*, lavar calças de fazer trilha e tomar café. Ela não deve a ele o resto de sua vida.

Ela não quer levá-lo ao casamento e ver Elena e Rob declarando amor eterno nem Amos e Lily, seja lá quem for, julgando o barulho que ele faz ao comer. E, graças ao sótão, ela não precisa: pode mandá-lo embora sem uma DR constrangedora.

Na manhã seguinte, ignora os e-mails de trabalho e as respostas aos seus e-mails anteriores avisando que estava doente, assim como as quatro ligações de uma tal de *Christine (trabalho)*; toma sorvete e lê deitada no sofá. Agora que sabe que vai mudar tudo, que suas ações não têm consequências, ela liga para Elena logo antes de Jason voltar e tenta explicar mais uma vez o que está acontecendo: *O lance que eu te contei sobre o sótão, eu sei que parece loucura...*

É claro que Elena não acredita, e reage exatamente como Lauren imaginou: *Olha, vou dar um pulo aí, não vá a lugar nenhum, mantenha as janelas abertas. Tem alguma coisa errada com o gás? Toby está trabalhando de casa? Você pode ir pra lá?*

Jason volta, e a hora chegou.

— Bem-vindo — diz ela.

— Você voltou mais cedo — observa ele.

— É, terminei mais cedo.

Ela está aprimorando seu novo tom que quer dizer *isso explica tudo*.

— Que ótimo — diz ele.

— Acho que ouvi alguma coisa no sótão... será que você pode ir lá dar uma olhadinha?

Um feitiço, uma perguntinha.

— Aham, claro.

— Vou começar a preparar o jantar enquanto você vai lá em cima.

— O que você vai fazer? — pergunta ele.

— Seu favorito.

Ele provavelmente tem um favorito.

Da porta da cozinha, ela o observa puxar a escada.

— Ei — diz ela quando ele está prestes a subir. — Obrigada.

E dá um beijo na bochecha dele, evitando a boca molhada demais.

— Sem problemas — diz ele, então sorri e sobe.

# Capítulo 9

Assim que o pé dele desaparece, ela é tomada pela dúvida. Será que vai passar a receber maridos cada vez piores? Será que era melhor ter ficado com Jason? Talvez ela tenha ferrado com tudo.

Apenas alguns segundos se passam antes do novo homem começar a descer a escada. E continua. Ele é *muito* alto, e, enquanto desce, mais e mais de seu longo corpo é revelado. Não, pensa ela. É sexta-feira. O casamento de Elena e Rob é no sábado da próxima semana, dali a oito dias, e o que ela quer agora é encontrar alguém para ser seu acompanhante. Além disso, eles terão que acampar juntos no local, e esse homem é grande demais para caber em uma barraca.

— Desculpe, só um segundo — diz ela antes mesmo que ele desça completamente. — Ouvi alguma coisa, você poderia olhar lá de novo?

O próximo marido põe um pé na escada. Ele está usando tênis com dedos separados. De novo: não.

Antes mesmo que o próximo marido apareça, ela ouve um barulho na sala de estar e se vira para olhar: *Mindhunter* na televisão, o mesmo episódio que ela viu com Jason. Não.

Mas está dando certo, o processo está dando certo.

O próximo marido está de tênis esportivo, calça jeans e camisa azul com estampa geométrica pequena. Ele parece sul-asiático, é forte, mas não muito musculoso. A ponta da língua dele fica à mostra no canto da boca enquanto ele desce a escada, concentrado. Ela gosta disso, é fofo. Ele está segurando um vaso azul irregular em uma das mãos e o leva até a cozinha. Ela o segue.

— Ei — diz ele, e sorri.

Ela se inclina para a frente para beijá-lo, e ele tem cheiro de mar.

Até agora, tudo bem.

E melhor ainda: ela ouve um barulho na sala de estar, e, quando vai investigar, é sua irmã, Natalie, deitada no sofá, mexendo no celular.

Perfeito! Ela vai ter que descobrir com o que trabalha nesse novo mundo. E ver se o marido tem um terno. Mas gostou dele. Consegue se imaginar ao lado dele no casamento, sentados a uma mesa com Amos, admirando os cavalos, compartilhando uma barraca. E ainda pode conversar com a irmã! Sem as crianças! Faz semanas desde a última vez que visitou a casa de Nat, e talvez anos que não a vê sem os filhos. Se o marido for uma decepção, poderá muito bem trocá-lo.

Ela volta para a cozinha. Vai ser mais fácil se elas saírem: não quer conversar com Nat e sacar qual é a do marido ao mesmo tempo.

— Ei — diz a ele, bem baixinho, para Nat não ouvir. — Natalie está estressada por causa de um lance da Magda, vou levá-la ao pub para ela se acalmar um pouco, ok?

— Aham — diz ele. — Que lance da Magda?

— Ah, foi na creche. Depois te conto.

— Beleza — diz ele.

Ele não é só fofo, também é gente boa!

Então ela vai até Natalie e diz:

— Ei, ele está... — diz com um gesto de cabeça ao perceber que não sabe o nome do marido — ... com dor de cabeça. O que acha de a gente ir ao pub para ele tirar um cochilo?

— Nossa, sério? Acabei de deitar. Tirei os sapatos. Metade deste apartamento é meu, lembra? Você não pode me expulsar daqui.

— Vamos — insiste Lauren em tom animado, sem pensar nas consequências. — Levanta, levanta, levanta.

\*\*\*

Desta vez, todas as mesas na parte externa do pub estão ocupadas, embora o céu ameace chuviscar, mas o interior escuro está quase vazio. Lauren considera pedir uma garrafa do vinho branco mais caro que eles têm, mas talvez queira ficar neste mundo por um tempo e ainda não viu como está seu extrato bancário, então escolhe o terceiro mais barato. Não o segundo mais barato! Muito chique!

Enquanto espera o bartender conferir se tem no estoque ("Não vendemos muito desse vinho"), ela encontra o marido no celular: Ben Persaud. Ela dá uma passada rápida pelas fotos. Os dois em uma fazenda, Ben radiante ao fazer carinho em um burro. Os dois em um café compartilhando um sundae elaborado. Os dois triunfantes do lado de fora de uma *escape room* com amigos que ela não conhece, de mãos juntas e para cima. Amos, claro, achava *escape room* ridículo, um hobby para pessoas que tinham saudade de fazer dever de casa, mas ela nunca vai encontrar um marido que esteja imune às críticas de Amos.

De qualquer forma, ela sabe como achar os verdadeiros podres.

— Então — diz ela a Nat, sentadas no pub —, me conte o principal erro que estou cometendo na minha vida.

De que outra forma ela pode ter acesso imediato a informações detalhadas sobre si mesma, seu marido, seu casamento e seja lá o que não estiver indo bem em qualquer uma dessas áreas?

— O quê? Não. Vamos só tomar uma bebida.

Claro que a única vez que ela pede a opinião da irmã sobre o que está fazendo de errado é justamente a única vez que Nat não vai cooperar. Talvez possa perguntar de novo após uma ou duas taças de vinho.

— Além do mais, o prazo daquela promoção era na semana passada, não era? — diz Nat. — Então você perdeu de qualquer forma.

Trabalho! Meu Deus, se for só no trabalho que ela está errando, está tudo bem.

— Pois é, acho que sim — diz ela, e se recosta na cadeira.

Que coisa mágica é descobrir que não se candidatar a uma promoção é o maior erro de sua vida.

— Que dia lindo — comenta Lauren, o que não é nem um pouco verdade.

— Aham — responde Nat.

— E como estão as coisas?

— Ah, tudo bem.

Humm. Lauren tem estado tão preocupada com os maridos (e *com razão!*, pensa ela) que é difícil ter uma conversa normal.

— E como está Magda? Encontrou uma creche nova?

Nat franze a testa.

— O quê?

Talvez Magda seja mais bem-comportada nesta versão do mundo e ainda não tenha sido expulsa.

— Ah, certo — diz ela, então. — E Adele?

— Não sei. Faz anos que não a vejo.

Peraí. Merda.

— Desculpa — diz Lauren. — Só um segundo. Sei que parece estranho, mas você namorava a Adele?

— Sim?

Ela assente.

— Mas... vocês terminaram?

— ...Sim.

Nat a observa, esperando alguma coisa, esperando que aquele papo fizesse sentido.

— Olha. Por favor. Desculpa, mas pode me contar exatamente o que aconteceu?

— Já pedi desculpa mil vezes, Lauren, se você não consegue deixar para lá, então...

— Não — diz ela. — Não é isso. Prometo que vou explicar já, já. Por favor, Nat, só me diga o que aconteceu.

Nat se recosta na cadeira.

— Está bem — diz ela depois de um instante. — Beleza. Adele e eu terminamos no seu casamento porque você era minha irmã mais nova e parecia super certa das coisas, fazia *quatro meses* que você tinha conhecido o cara e estava se casando naquela festona enorme, e eu não sei nem como você teve tempo para planejar, enquanto eu e Adele estávamos juntas há anos e mesmo assim eu não tinha certeza. Uns vinte convidados ouviram nosso término. Em metade das fotos do seu casamento eu apareço chorando no fundo. A comida estava uma delícia.

É difícil digerir tudo aquilo. Se Nat e Adele terminaram anos atrás, há quanto tempo Lauren estava casada? Até que ponto do tempo vão as mudanças desta vez? Por que ela se casaria com um cara quatro meses depois de conhecê-lo? Se foi algo tão apressado assim, será que o casamento pode ser tão bom quanto parece? E o mais importante, pensa ela, ligando os pontos:

— Hum. Putz. Então você não tem filhos.

— O quê? Não. É claro que eu não tenho filhos. Você está dizendo isso por causa do que eu falei sobre seu trabalho? Você literalmente me perguntou, o que eu deveria fazer, mentir?

— Não — diz Lauren. — Que merda, desculpe, vou consertar isso.

Ela se levanta da mesa e vai em direção à saída, mas Nat a segue. Ela desvia, vai para o banheiro, se tranca na cabine e liga para… Ben, certo? Sim, ele está em suas mensagens. Ela liga para Ben e ignora Nat, que está do lado de fora perguntando: *Ei, você está bem?*

— Ben — diz ela —, você ainda está em casa? Preciso que faça uma coisa urgente. Sei que é estranho, mas quero que você vá ao sótão e procure uma caixa verde que está em uma estante. Veja se está lá e me mande uma foto. Quero provar para Nat que ainda a tenho, ela está muito preocupada. Vou lavar a roupa, a louça e o banheiro, tudo, se você fizer isso agora, você é o melhor, muito obrigada, te amo.

E desliga. É a primeira vez que diz "te amo" para um marido, pensa.

Ela ouve Nat batendo na porta e pensa em todo o processo pelo qual Ben vai passar: puxar a escada, talvez calçar um sapato. Não deve levar mais que um ou dois minutos, mas Nat ainda está no corredor, o que significa que Caleb e Magda ainda não existem. Ela tenta manter a respiração estável, mas não consegue. Quanto tempo se leva para subir em um sótão?

O intervalo entre as batidas se estende. Três segundos. Cinco, dez. Vinte.

Ela sente o nó em seu peito desatar.

Joga água no rosto.

Ela destranca a porta e não há ninguém no corredor. Liga para Nat e cai na caixa postal, então liga de novo, e de novo, até que a irmã finalmente atende: *O que foi, é a mamãe?* Como Lauren pode explicar?

— Não — diz ela. — Eu só queria dar oi.

Ela ouve ao fundo uma bebê gritando furiosamente, um pequeno rugido repetidas vezes.

— É a Magda? Que está fazendo esse barulho?

— O quê? Sim, lógico. Lauren, não se liga oito vezes seguidas só para dar oi. Achei que alguém estivesse morrendo.

— Eu sei — diz ela. — Desculpe. Posso falar com o Caleb?

— O quê?

— Descobri uma curiosidade sobre dinossauros para contar para ele. É muito legal.

— Você está bêbada?

— Não, só quero contar uma curiosidade sobre dinossauros.

Ela espera.

— Está bem — diz Nat, por fim. — Mas ele está estudando ortografia. Então tem que ser rapidinho.

Ela ouve Nat chamando o filho, pés correndo, e é Caleb que está do outro lado da linha, e, meu Deus, que alívio.

— Eu não gosto mais de dinossauros — diz Caleb de imediato. — Agora eu gosto do espaço. Tio Rohan me contou que um meteoro matou todos os dinossauros e o espaço é mais poderoso.

Tio Rohan provavelmente é o novo marido.

— Aham — diz Lauren —, é verdade, eu acho. Certo. Não vou mais te contar uma curiosidade sobre dinossauros.

Ela não tinha essa carta na manga, então é melhor assim.

— Pode voltar para seu exercício de ortografia se quiser.

Ela se senta onde estava antes no pub e respira fundo. Está tudo bem.

Mas vai ter que ser mais cuidadosa.

Ela se levanta e sai de lá, se apoiando na parede do lado de fora. Michael. O cara nu. O cozinheiro feminista. Monstros S.A. Kieran. Jason. O cara alto. Mais uma meia dúzia, e ela nem se lembra mais por que os dispensou. Ben. E seja lá quem for agora, seja lá quem desceu depois que Ben subiu. Tio Rohan.

Ela decide que vai mantê-lo por essa noite, a não ser que pareça perigoso de verdade. Não vai mandar ninguém de volta por conta de uma camiseta feia ou da decoração da casa, por cortar o próprio cabelo, por reassistir *The Wire*, por encher a sala de estar de Funko Pops. Ela não tem mais coragem de continuar explorando os poderes do sótão nem de tentar encontrar a companhia perfeita para o casamento.

Além disso, as regras desta situação estão ficando mais claras. Todos os maridos são homens com quem alguma versão dela poderia se casar. Nenhum deles vai ser radicalmente diferente dos maridos que já conheceu.

Ela vai para casa e vai encontrar mais um homem. Um homem que — ela consegue ver ao virar a esquina — não mudou nada relevante no apartamento. E ele vai ser um marido plausível para ela. Não vai ser um astronauta ou o rei da Ruritânia ou um homem cuja imensa dignidade o proíbe de usar a escada. Só vai ser mais um cara qualquer.

\*\*\*

Ela destranca a porta do apartamento. O carpete na escada está de volta.

— Oiê, cheguei! — grita ela.

— Por gentileza, bela donzela — diz um marido usando gibão vermelho bordado e meia-calça com estampa de diamante, a pele marrom reluzindo saúde, o cabelo preto amarrado para trás com um enorme laço.

— De onde vens tu? — diz ele. — Que traje invulgar tu vestes!

Putz.

# Capítulo 10

No fim das contas, o marido é ator e está no elenco de *Rosencrantz & Guildenstern estão mortos* da sociedade amadora de artes dramáticas local. Ele faz o papel do Jogador e trouxe um gibão para casa para se acostumar a se movimentar com ele, mas também porque acha a roupa extremamente engraçada. O atípico resplendor de sua pele é maquiagem, que ele limpa com cuidado no banheiro. Contudo, permanece de gibão.

— Prometi que não comeria nada vestindo esse gibão — diz ele, aparecendo para pegar uma cerveja na geladeira. — Mas nunca falei nada sobre beber. Ou, cê sabe...

E ele faz um floreio, o imenso babado ao redor de seus quadris ampliando o movimento. Suas panturrilhas despontando na meia-calça clara são extraordinariamente bem torneadas.

Lauren está prestes a sorrir e se oferecer para preparar chá, mas vê o ridículo floreio com babado, as panturrilhas, a autoconfiança, o senso de *diversão* e pensa: *Bom, por que não?*

Ela mal tocou na maioria dos maridos e só transou com Jason. Este cara é mais original. Tem certeza de que nunca transou com um homem cinco minutos após conhecê-lo, ou com um homem de gibão elizabetano vermelho-vivo.

O rabo de cavalo é postiço; sem ele, o marido parece menos à vontade no gibão e na meia-calça. As panturrilhas, no entanto, permanecem bem torneadas com a meia desarrumada ao redor delas.

Ela o empurra na cama enquanto ele ainda está de gibão. O tecido infla um pouco quando ela sobe em cima, *puff*. É uma gracinha.

Ele não termina de tirar a roupa até acabarem; depois puxa a meia-calça, solta o fecho do gibão e pendura o figurino com cuidado no quarto de hóspedes.

Ela vai nua ao banheiro com o celular e pesquisa sobre o marido. É, Rohan. Ele trabalha na prefeitura como diretor assistente de serviços eleitorais. Ela também voltou para a prefeitura; eles devem ter se conhecido no trabalho.

Ela tem uma noite de sono tranquila, no lado da cama oposto ao que ocupava com Jason. Na manhã seguinte, sábado, dorme até mais tarde, e, quando se levanta, Rohan está preparando chá, e ela sugere que eles tomem no jardim. Percebe que o jardim voltou para sua forma descuidada, cadeiras desgastadas pelo tempo e algumas plantas tecnicamente vivas, mas agora sabe, graças a Jason, que as duas que estão florescendo são agrião e gerânio, embora não saiba qual é qual.

Maryam está do lado de fora e se debruça sobre a cerca para bater papo.

— Acabamos de voltar do mercado. Comprei aqueles folhadinhos que você falou — conta Maryam, se referindo a Rohan —, de ameixa, sabe? Ainda não experimentei, podemos comer depois do jantar.

— Eles são muito bons — comenta Rohan.

— Tomara. Se for para quebrar meu jejum de açúcar, é melhor valer a pena.

— Pois é, faz quanto tempo que você não come bolo?

— Bolo? Desde o casamento de vocês, literalmente. Mas comi um crepe em maio, quando fomos a Paris comemorar o aniversário do Toby. E eu lambi um macaron.

— Não entendo qual é a graça dos macarons — diz Rohan. — Eu gosto de doce encorpado, com bastante massa.

Esse aí tem charme. Um marido charmoso! Quem não gostaria de um desses?

— Vou jogar fora os que comprei e pôr um pedaço de couro no forno como sobremesa, que tal? — sugere Maryam.
— Não vamos exagerar. Às sete, né?
— Sete.

Maryam sorri.

— O que a gente leva? — pergunta Lauren.
— O de sempre — responde Maryam. — Só a presença de vocês. E vinho. Tragam vinho, definitivamente.

Após o almoço, Rohan vai para o ensaio no centro cultural que fica mais adiante na rua. Se ficar com ele por bastante tempo, Lauren vai poder riscar o item "ir ao centro cultural qualquer hora dessas" de sua lista de afazeres quando for assistir à peça.

Ela deveria passar a tarde livre pesquisando sobre a situação dos maridos, mas foi uma semana cheia, ela merece uma folga. Então se deita no sofá e não faz absolutamente nada.

Rohan volta, pega uma garrafa de vinho branco no armário e coloca no congelador para gelar.

— Não me deixe esquecer essa garrafa lá dentro até explodir.

Lauren faz que sim com a cabeça e programa um alarme no celular.

Às seis e meia, ele troca de roupa e veste uma camisa elegante sem botão no colarinho, o que parece um pouco excessivo para jantar com os vizinhos de baixo, mas ele está bonito, e um pouco de vaidade é um bom presságio para um casamento.

O alarme dela apita às dez para as sete: *NÃO EXPLODA O VINHO.*

— Nós sabemos o que vai ter de jantar? — pergunta ela.
— Acho que o novo hobby dela é gastar dinheiro com queijo — responde Rohan.

E, de fato, eles entram no apartamento de baixo — que tem uma planta quase igual à do seu apartamento, mas a sala de estar e o quarto são trocados, e é pintado todo de um tom quente de branco — e encontram uma enorme tábua com uva, tâmara, damasco seco, um queijo alaranjado, outro amarelo e outro coberto de cinzas, além de quatro tipos de biscoito salgado.

— Oi — diz Toby.

— Bem-vindos — diz Maryam, olhando com atenção para os dois, mas especialmente para Rohan, de trás da tábua de queijos com as mãos na mesa, se inclinando para a frente.

É estranho. Tem algo errado. Maryam nunca fica focada assim em ninguém. Ela não *se inclina*. Lauren olha de um para o outro e pensa: *Maryam e Rohan estão tendo um caso, ou estão pensando nisso, dançando ao redor dos limites do flerte e do frisson.*

Mas que *porra* é essa?

Ela já foi traída antes, mas fazia anos que isso não acontecia, pelo menos até onde sabe. Não desde a faculdade. E isso não é aceitável. Toby e Maryam são um casal perfeito, a prova de que duas pessoas imperfeitas podem fazer algo dar certo, algo sincero e bom. Não são como Elena e Rob, que brigam e se reconciliam o tempo todo — Elena até voltou a morar no quarto de hóspedes por dois meses durante o lockdown porque precisava de um tempo. Nem como Nat e Adele, que vivem exaustas por conta dos filhos. São só duas pessoas que vivem felizes uma com a outra, duas pessoas cuidadosas e afetuosas, a distração de Maryam contrastando com a calma e a atenção discreta de Toby. Como eles *ousam* comprometer isso?

Rohan claramente quer retribuir o interesse. Ela mal o conhece, e talvez ele seja só caloroso e galanteador por natureza; ele parece ser afetuoso tanto com Toby quanto com Maryam, mas ela é linda e tem olhos enormes. Algumas pessoas falam como se cada palavra estivesse sendo dita pela primeira vez, como se nunca tivessem sido pronunciadas em conversas anteriores; elas entregam a você cada pensamento com todo o cuidado possível. Rohan talvez seja um pouco assim. Mas Maryam ou mal escuta, ou, quando está focada, escuta como se cada palavra da pessoa fosse algo que ela nunca havia escutado. Como Lauren pode esperar que um ator, alguém cujo hobby é literalmente ser o centro das atenções, resista a essa tentação?

Ela não se importa muito com Rohan. Fica com o orgulho ferido, mas de qualquer forma não esperava manter esse marido por muito tempo; certamente, percebe agora, o teria trocado antes da estreia de sua produção amadora de *Rosencrantz & Guildenstern estão mortos*, que imagina que seria interminável.

No entanto, ela se importa com Maryam, com a traição de uma amiga.

Mas o maior problema é perceber que o seu modelo de felicidade ideal não existe.

Será que o relacionamento de Maryam e Toby não é tão perfeito quanto ela imaginava? Talvez. Mas talvez essa possível traição implique que as circunstâncias podem arruinar qualquer coisa. Se ela tiver mais dez maridos e descobrir que Maryam seduz todos eles, com certeza vai ter maiores preocupações. Mas se esse é um caso isolado, ela pode só se assegurar de que as coisas não avancem.

Maryam continua inclinada na direção de Rohan, a mão casualmente no braço de Toby. Rohan, justiça seja feita, está dando atenção a ambos os anfitriões, e até a ela, sua entediante esposa de longa data — ainda é um mistério há quanto tempo eles estão juntos. Eles debatem sobre os queijos; Maryam serve o vinho; Maryam ri; Maryam se inclina na direção de Lauren e — esta é a verdadeira surpresa — dá um beijo suave em sua boca.

Ah, pensa ela.

Eles não estão traindo. Eles são praticantes de *swing*.

Mas praticantes de *swing* não são todos brancos e estão na faixa dos quarenta? Ela tem certeza de que leu isso em uma matéria em algum lugar; e eles não têm nada a ver com essa descrição. Talvez sejam praticantes de poliamor, será? Ela não sabe muito bem a diferença entre uma coisa e outra, mas eles moram em um subúrbio mais afastado de Londres e nenhum deles, até onde sabe, trabalha com tecnologia, então esse arranjo se encaixa melhor com o que sabe sobre *swing* do que com o que sabe sobre poliamor. Também tem tudo a ver com o pouco que sabe sobre teatro amador.

Ela não curte muito essa prática. No entanto, consegue entender por que em outro mundo teria aceitado essa ideia: para manter a felicidade do marido, lisonjeado pela atenção de Maryam, e descobrir como seria se ela e Toby ficassem juntos. Mas abrir mão das árvores frutíferas e do jardim imaculado de Jason, e dos amigos felizes e sundaes de Ben, só para que ela e seu novo marido pudessem se pegar com seus vizinhos levemente mais atraentes? Não. Ela não tem que obedecer às restrições sexuais da maioria dos casamentos, pode muito bem ser não monogâmica — talvez meio monogâmica —, não *precisa* fazer isso só para experimentar duas bocas e um novo pênis. Ela se afasta do beijo macio de Maryam, sorri e diz:

— Acabei de lembrar que deixei outra garrafa de vinho no congelador. Não queremos que exploda!

Sai do apartamento deles, entra no dela, sobe as escadas e mais uma vez abre o alçapão do sótão, o quadrado escuro acima, e puxa a escada.

Configura o barulho de goteira, mas não consegue encontrar uma caixa de som neste mundo, então põe o celular lá dentro, no volume máximo, com a tela para baixo, e o empurra para o mais longe possível, tateando no escuro. Ouve um pequeno estalo quando sua mão entra no sótão, mas não o bastante para o vídeo parar de tocar.

E espera.

Finalmente — sete, oito minutos depois? É esse o cuidado que se demonstra à esposa amada? —, ela o escuta subindo pelas escadas.

— Lauren? — diz ele ao se aproximar do topo.

Só que não é o marido. Rohan nem sequer foi atrás dela, ele mandou Toby em seu lugar.

# Capítulo 11

— Você tá bem? — pergunta Toby, as mãos nos bolsos, um pouco desconfortável.

— Ah, sim — responde ela. — No fim das contas, não tinha vinho nenhum no congelador.

— Certo — diz ele, mas isso soa como uma pergunta. Toby olha de relance para cima, para o sótão e o barulho.

— É meu celular. Tocando som de goteira... é difícil explicar. Olha... — diz ela de repente, antes de se dar conta de que iria falar: — Quero te contar uma coisa.

— Beleza.

Quando tentou contar a ele da outra vez, não deu certo, mas vai com tudo dessa vez, uma última tentativa.

— Eu tenho um... sótão mágico.

Ele olha para o alçapão aberto.

— Tipo como naquele livro *Magic Faraway Tree*? Com mundos estranhos?

— Um pouco. Tipo, ele cria maridos para mim.

— ... Hã?

Ela decide começar do começo.

— Sabe a Elena?

— A Elena que fez um discurso no seu casamento? Que basicamente só leu em voz alta todas as mensagens que você mandou bêbada para ela? A Elena que me fez jogar meu paletó na fogueira naquela festa no ano passado só porque ela achou que não servia em mim? Sim, eu sei quem é Elena.

Isso parece plausível, dentro do leque de coisas que Elena poderia fazer.

— Semana passada fui à despedida de solteira dela e quando voltei tinha um marido aqui — contou ela. — Eu estava de aliança e ele também, e havia fotos nossas na parede. O nome dele era Michael.

— Em vez do Rohan?

— Não. Antes de ele aparecer eu era solteira. Nunca tinha sido casada. E aí esse marido apareceu. Aí foi ao sótão, e quando desceu era um cara diferente. Depois outro cara diferente. E mais outro, e por fim Rohan. E talvez eu devesse ter ficado com um dos outros, porque não estou a fim de... — diz ela, fazendo um gesto amplo — ... disso. Tipo, o que está rolando? Por que você veio atrás de mim em vez do Rohan? Por que sua namorada está se derretendo toda para o meu marido? A gente deveria...

E ela faz círculos com o dedo no ar, envergonhada demais até para verbalizar aquilo.

— Não se você não quiser! — diz Toby.

— Mas nós... já fizemos isso? No passado?

— ... geralmente só às quartas, mas nós reagendamos porque Maryam teve que trocar de turno. Olha, Lore, você se esqueceu mesmo disso tudo? Quer um chá? Quer que eu chame a Maryam?

Aham, sim, Maryam é muito maravilhosa, ela tem estetoscópios e aquelas lanternas de olhar as pupilas e beija muito bem.

— Não *esqueci* — explica Lauren. — É que isso não aconteceu comigo. É novidade. Conheci Rohan ontem. Nunca vivi nenhuma dessas quartas-feiras de vocês.

Ela sabe o que ele deve estar pensando. As pessoas muitas vezes se enganam. Os sótãos raramente são mágicos. Mas ela tem mais certeza do que nunca. Está revoltada porque seu marido — o marido de quem ela nem gosta tanto assim — está de gracinha com Maryam. Está preocupada por Toby, seu amigo, com quem, por sua vez, deveria estar de gracinha, mas não acredita que ele goste dela ou dessa situação. Ela sente a improbabilidade, os longos e lentos passos que devem ter sido necessários para levá-la até ali. As dúvidas que deve ter reprimido, as colunas de aconselhamento que deve ter lido, as conversas com Elena. Isso não é algo que talvez tenha *esquecido*. Se isso tivesse acontecido de verdade, ela saberia.

— Você já olhou o sótão? — disse Toby.

— Mais ou menos.

— Quer que eu dê uma olhada?

— Não! E se qualquer pessoa for transformada? E se aparecer um novo vizinho?

Ele franze a testa.

— Só vou olhar.

Ela reflete. Os maridos só se transformam quando entram completamente no sótão; ela mesma já deu uma olhada e ficou tudo certo.

— Tá — diz ela. — Tudo bem. Mas tome cuidado, se acontecer qualquer coisa estranha, é melhor voltar. Tirando a luz que brilha um pouco, porque isso na verdade é normal.

— Beleza.

Eles olham para cima e Toby sobe, na direção do alçapão e do som de goteira. A cabeça dele entra. Ela espera pela luz, mas nada acontece. Nenhum clarão, nenhum ruído branco como uma onda repentina.

Ora, ora. Isso é novidade.

Toby pega o celular no bolso e liga a lanterna. Ela deveria pegar um guarda-chuva e pedir para ele arrastar de volta seu celular para que ela possa parar o vídeo.

Mas quando se vira, com o guarda-chuva na mão, Toby voltou a subir.

— Não! — diz ela, mas é tarde demais, o pé de Toby desaparece, ele está lá dentro. Ela não deveria ter deixado que ele olhasse, é culpa dela.

Ela fica olhando para cima, em pânico.

— O quê? — diz Toby, e a observa lá de cima, emoldurado pela escuridão.

— Você está bem? O que está fazendo aí em cima? Falei para só olhar.

— Estou — responde ele.

— Eu quis dizer para olhar da escada. Meu Deus! Poderia ter acontecido alguma coisa!

Ele se transformou?

— Ah — diz ele. — Desculpe. Eu desço, então?

É um pouco tarde para isso.

— Não — diz ela. — Acho que está tudo bem.

— Então eu dou uma olhada?

O rosto dele desaparece.

Nenhum zumbido. Só passos. O som de goteira vindo do celular é interrompido. Um clique, e a luz amarela do sótão vem lá de cima, sólida, estável. Normal. E Toby volta ao seu campo de visão.

— Parece tudo certo — observa ele.

— Já deu — diz ela. — Desligue a luz e desça.

E ele desce, usando os mesmos sapatos, com as pernas conhecidas, o rosto de sempre.

— Talvez seja só o marido que muda — sugere.

— É? — diz ele, estendendo o celular dela.

Ele está se perguntando, pensa ela, se isso é uma brincadeira na qual ela quer que ele embarque ou se deveria se preocupar.

— Não estou imaginando coisas — diz ela. — Vou te mostrar.

Então ela sobe a escada e estende o braço para dentro do sótão. Ela *não* está imaginando coisas, está? Isso é real? Quando sua mão entra, surge um brilho acima, mais fraco do que de costume, mas inegável. O estalo.

— Putz — diz Toby.

— Viu?

De repente, ela sente alívio por ele ter visto. Desce a escada, vai à cozinha, vasculha e encontra a lanterna, intacta neste mundo. Quando ela volta, Toby está com a cabeça de novo despontando alçapão acima.

— O que foi isso? — pergunta ele. — Você já chamou um eletricista?

— É a porra do meu sótão mágico bizarro — diz ela, sem saber quantas vezes mais terá que repetir. — Eu te falei. Desça.

Toby desce e Lauren sobe de novo. Ela levanta o braço com a lanterna ligada e a luz fica mais forte assim que entra no sótão, depois o estalo, o brilho, o barulho. Ela desce outra vez e entrega a lanterna a Toby.

— Meu Deus — diz ele. — Você precisa chamar alguém para dar uma olhada nisso. Parecia normal quando subi. Não deve ser seguro. Quando isso começou? Rohan já deu uma olhada?

*Rohan já deu uma olhada.* Ela explicou a situação da forma mais clara possível, mostrou o estalo e a luz, mas mesmo assim ele não consegue entender.

Ela fica surpresa ao perceber que está chorando, então ele se aproxima e a abraça de uma forma que normalmente nunca faria, com intimidade. O rosto dele está próximo demais do dela, e isso também está errado. Como é que isso, *isso*, após a semana que teve, é o que a faz cair no choro?

Ela está chateada por estar tão assustada. Por estar chorando. Porque seu marido, que nem é muito seu tipo, está lá embaixo com Maryam e não pode ser devolvido imediatamente ao sótão.

Está chateada porque aquela ótima garrafa de vinho gelado também está lá embaixo. Ela se solta do abraço de Toby e vai a passos largos até a cozinha, mas não encontra nenhum vinho branco, só uma garrafa aberta de vinho tinto, para cozinhar, provavelmente, mas tudo bem. Como não encontra uma taça, serve a bebida em uma xícara de café mesmo, vira goela abaixo e enche de novo.

Também está chateada porque Toby dormiu com ela, mas ela não dormiu com ele, o que é muito injusto. Mas isso pelo menos ela pode remediar, então o beija, só que a sensação é a de estar treinando um beijo no próprio braço. Os lábios dele, embora firmes, mal respondem, e ele hesita e pergunta se ela está bem. Ela diz que sim, só está preocupada com o sótão, mas vai chamar um eletricista. Então, por estar muito chateada, ela presume, o leva para o quarto, onde eles fazem um sexo profundamente, *profundamente* sem graça.

Mais tarde, no banheiro, ela pensa nas fantasias sexuais das pessoas, no clichê de que todo mundo quer o que não tem: os CEOs amarrados com cordas sendo ridicularizados por mulheres de botas desconfortáveis, o rato de biblioteca tímido que é voraz na cama. No entanto, chega à conclusão de que nem sempre é assim. Ela e Toby são comedidos, facilmente influenciáveis na vida real, preferem quando os outros tomam as decisões e talvez fiquem receosos demais de entender algo errado. Também não se comprometem muito, mas são dedicados na cama. Educados, óbvio, se importam com as intenções do parceiro; mas a dedicação não pode existir no vácuo, não pode se tornar uma série de expectativas mutuamente imaginadas e supridas sem alegria.

Mais cedo ou mais tarde, alguém tem que querer alguma coisa e admitir isso.

Ela fica em dúvida se deveriam voltar para Maryam e Rohan agora ou se já quebraram o protocolo.

Vai reescrever essa coisa toda em breve, fugir das consequências, convocar um novo marido e com ele um novo mundo. Vai se assegurar de que Maryam permaneça apaixonada por Toby e de que eles continuem sendo seu exemplo de casal feliz.

Ela foi muito vaga em sua busca, muito incerta sobre o que deseja em um marido. É hora de focar. Nada de praticantes de *swing*. Nada de entusiastas de teatro amador. Nada de gente que come de boca aberta. Só um cara legal para levar ao casamento. Não um marido perfeito; só um acompanhante perfeito. Ela pode se preocupar com todo o resto depois.

***

No fim, permite que Rohan fique até a manhã seguinte; é mais fácil do que entrar na montanha-russa dos maridos tarde da noite. Ela se deita ao lado dele na cama, e fica mais calma por saber que ele está prestes a sumir do mundo.

De manhã, ela o manda para o sótão; nem um obrigada, nem um beijo de despedida, só brilho, clarão, zumbido.

Em troca ela recebe Iain, um aspirante a pintor com óculos grandes. Suas telas estão abalroadas no quarto de hóspedes, e ela gosta dos grandes borrões coloridos dele que lembram reflexos em janelas. Considera ficar com ele, já que também é engraçado e tem um terno cinza. Mas a cada meia hora ele reclama de alguma coisa: o abacate que ele comprou não está maduro, aquele escultor que é seu conhecido ganhou uma vaga em uma residência da qual ele nem ficou sabendo, o remédio para rinite alérgica não está no lugar de sempre. *Não*, pensa ela.

O substituto é um cara chamado Normo (barba por fazer, cueca boxer, óculos de alguma forma ainda maiores). Ele é especialista em consultoria de testemunhas: encontra pessoas que têm conhecimento em impressões, tiros ou tipos diferentes de papel de parede, e faz com que apareçam no tribunal. Ela também gosta dele, mas vai ao banheiro e descobre que (a) acabou de ficar menstruada, o que não considera ideal, e (b) o único produto que tem no armário é um coletor menstrual. Ela procura uma série de instruções no celular, dobrar *assim* ou *assado*, e faz uma tentativa, mas o coletor fica abrindo no meio do caminho, o sangue espirrando no azulejo, e a cada vez fica mais escorregadio. Ela lê a seção de perguntas e respostas, só mais uma última tentativa, mas tudo o que aprende é que existem coletores menstruais de dois tamanhos e que aos trinta e um anos recomenda-se que se use o maior, e ela simplesmente se recusa a permanecer em um mundo que faz comentários sobre o tamanho de sua vagina.

O próximo marido é um tanto chocante. Acontece rápido, quatro ou cinco segundos de descida na escada, mas ainda é devagar o bastante para que ela passe por todo um processo de compreensão, com múltiplas etapas.

- O marido desce carregando uma caixa.
- Ele é alto, esbelto, o cabelo parece o de Amos.
- Ele se vira.
- O cabelo dele parece o de Amos porque ele é Amos.
- Ela é casada com Amos.

Essa é uma forma de decidir quem levar ao casamento em que vai dividir a mesa com Amos. Mas não.

— Não, obrigada — diz ela em volta alta.

— O quê? — responde Amos.

— Acho que ouvi um barulho lá em cima — diz ela, e o manda embora.

Após Amos vem Tom, que está lidando com alguma questão de saúde, olhos vermelhos e cabelo despenteado, e ela se sente mal por mandá-lo de volta lá para cima, mas não precisa de um marido na saúde e na doença, e sim de um marido para o próximo sábado. Tom é substituído por Matthias, um daqueles ingleses nervosos que são tão pálidos que o nariz tem um brilho vermelho ao redor da curva das narinas, têm dedos longos e finos, sabem pronunciar o nome de vilarejos obscuros e leem Lytton Strachey. Ela gosta de caras nervosos, mas ele deve ser péssimo em puxar papo com estranhos. Não.

Matthias dá lugar a Gabriel, que com certeza pode ser classificado como um de seus maridos mais gostosos. Mas quando ela abre a porta do quarto de hóspedes fica em choque ao encontrar o quarto de uma criança. Um enteado que os visita nos fins de semana? Não parece ser um quarto onde alguém mora. Canetinhas, Lego, um único pôster de um dinossauro montado em um foguete.

Ela não quer filhos, faz anos que usa DIU e definitivamente não quer levar ao casamento um marido divorciado e seu filho.

Gabriel se transforma em um homem ainda mais bonito chamado Gorcher Gomble, o que dá muita vergonha de dizer em voz alta. *Este é meu marido, Gorcher.* Então ela descobre que o próximo marido é, se é que é possível, ainda mais atraente, com dentes brancos brilhantes e um sotaque americano arrastado. Ele é uma presença desconcertante em sua casa, que só mudou um pouco, como se ele fosse relaxado demais, ou proporcionalmente errado. Ele usa uma camisa azul-escura que claramente acabou de ser passada e, ela vê na altura do pescoço, uma camiseta por baixo.

Não sabe nada sobre ele, mas sabe que vai ficar ótimo de terno. *É isso aí*, pensa ela. *Vamos fazer um teste.*

# Capítulo 12

O marido se chama Carter.

Na segunda-feira, ela avisa ao pessoal do trabalho que está doente. Se continuar mudando de marido assim, pensa ela, nunca mais vai ter que trabalhar — pode sempre partir para mundos novos onde ainda não usou um atestado.

Há mensagens de Carter de quase dois anos atrás. Não consegue descobrir o dia exato em que se conheceram, mas acha que pode ter sido em uma festa à qual se lembra de ir e sair mais cedo. O contato dele em seu celular está salvo como *Carter (da festa) (marido)*.

— Lembra quando a gente se conheceu? — arrisca ela.

Ele sorri.

— Agradeço a Deus pelas bexigas pequenas.

Talvez tenha sido na fila do banheiro.

Eles têm contas separadas e uma conta conjunta para as despesas diárias e o aluguel. Têm blecautes em vez de cortinas ou persianas. Têm uma grande cafeteira americana, do tipo em que o café escorre para uma jarra.

No quarto de hóspedes há uma cama de solteiro e um armário com as roupas de Carter, o que a surpreende, já que ele dormiu no mesmo quarto que ela quando chegou (nada de sexo; ela foi para a cama mais cedo para poder fuçar fotos antigas e pesquisar sobre ele na internet). Talvez ele só tenha mais roupas do que os maridos anteriores. As mensagens entre os dois são afetuosas e frequentes, um *Obrigado, te amo* aqui e ali.

Ela procura fotos e informações da festa de casamento deles.

Não foi exatamente um casamento só para conseguir um visto permanente, eles com certeza estavam namorando. Mas se casaram no cartório cerca de sete meses depois de começarem a namorar, com uma festa no pub em seguida, ela de vestido vermelho-escuro com pedrarias e uma grande saia de babado e rosas douradas no cabelo, ele de paletó e camisa, sem gravata. Quando pesquisa entre seus e-mails, descobre que eles tiveram que lidar com uma grande papelada para garantir o direito de Carter de permanecer no Reino Unido.

Mas a festa no pub parece ter sido bem divertida: cinquenta ou sessenta pessoas, seus amigos, alguns estranhos, beijos, confete. E agora, um ano e meio depois, aqui estão eles, ainda juntos. Na segunda noite, ele sai para jogar beisebol (em *Londres*; ela nem sabia que isso era possível). Ele volta antes de ela ir para a cama, molhado por conta de uma pancada de chuva.

— Não venha me abraçar, estou ensopado, começou a chover bem quando eu desci do trem — conta ele.

Ele tira a camisa, deixando o cabelo úmido todo bagunçado.

O pijama dele é composto de short e uma camiseta com gola V. Ele se oferece para preparar um chocolate quente para ela.

Eles se sentam no sofá com a janela aberta enquanto ela toma o chocolate e ouve os pingos lentos de chuva no vidro.

— Vai cair uma tempestade de novo daqui a um minuto — diz ele.

Mas não acontece, então eles entreabrem a janela do quarto também, e ela adormece ao lado dele, à espera de uma tempestade que não vem.

Na terça, ela vai trabalhar. Está começando a gostar deste marido, e, se quiser ficar com ele após o casamento, não é uma boa ideia continuar faltando.

É a primeira vez que vai para o trabalho desde que os maridos apareceram, tirando aquela visita à loja de ferragens, e está nervosa. Mas ninguém nem olha para cima quando ela entra. A primeira tarefa do dia é uma reunião pelo Teams com um morador do bairro que está montando um plano de negócios de uma padaria nova que tem o mesmo nome horrível que tinha originalmente, "Pão na massa". Ela fala dos formulários, tenta mais uma vez persuadi-lo a considerar nomes diferentes e falha de novo.

— Não é que todos os trocadilhos sejam ruins — comenta ela com Zarah enquanto pegam um café, e se lembra da foto da "Peixoteca" que tinha em seu celular em pelo menos duas versões diferentes do mundo.

— Tem um barbeiro perto de Farringdon que se chama Barba Streisand — conta Zarah. — E minha mãe gosta, ela disse que é um trocadilho com o nome de uma cantora antiga.

Zarah é a pessoa mais jovem do escritório, uma diferença de quase uma década, e adora deixar os colegas horrorizados com esse fato. Lauren se recusa a morder a isca.

— Eu sei que você já ouviu falar da Barbra Streisand — diz ela.

O resto do dia é surpreendentemente normal. Ela aproveita para responder os e-mails sobre taxas corporativas, impostos sobre valor agregado e lugares para abrir negócios, e atualiza alguns slides de um webinário para seu chefe. O escritório parece o mesmo de sempre, e ela tem que ficar tocando a aliança para lembrar que está em um mundo novo. Manda mensagem para o marido, nervosa: *Como está seu dia?*, e ele responde alguns minutos depois com a foto de um cavalo ao lado de um ponto de ônibus. *Nada mal*, diz ele. O que será que ele faz da vida, para estar com um cavalo em Londres, às onze e dez da manhã? É instrutor de hipismo? Corretor de apostas? Vaqueiro? Ela pesquisa o nome de Carter na internet; ele trabalha com produção audiovisual em uma agência de marketing. Faz mais sentido.

Ela vai almoçar com Zarah na lanchonete de falafel na esquina. O atendente ainda é o mesmo, e ele lembra o que Lauren gosta de pedir. A dúvida e o pânico voltam sorrateiramente. Às duas e quinze da tarde, ela não aguenta mais e foge antes da reunião semanal.

Ela volta para casa e liga para Carter. Ele não atende. Ela liga de novo cinco minutos depois.

— Oi — diz ele. — Está tudo bem?

Mesmo preocupado, sua voz é lenta e gentil.

— Aham, desculpe, eu só... estava pensando que a gente poderia ir jantar fora hoje. Posso te encontrar.

Esse é o tipo de coisa que uma pessoa casada diria, certo?

— Ah — diz ele. — Então, talvez eu só saia do trabalho lá pras oito, você consegue vir para cá?

— Claro. Me avise onde te encontrar. Mande uma mensagem.

Isso vai ser mais uma prova de que ele existe, pensa ela. Às quatro da tarde, chega uma mensagem: um restaurante italiano em Pimlico.

Ela chega primeiro. Carter aparece após cinco minutos; ela se levanta e ele lhe dá um beijo rápido na boca, e mais uma vez parece deslocado neste mundo. Ele come espaguete com perfeição, coloca o garfo no prato, gira a massa, enfia um montinho compacto inteiro na boca, suga um fio solto com os lábios separados na medida certa, sem permitir que o molho deslize para fora e se acumule em manchas ao redor da boca. A companhia perfeita para o jantar do casamento. Ele lhe oferece uma garfada e ela pensa: *Não, nada de espaguete em um encontro*. Mas eles são casados. Está tudo bem. Ela pode comer uma garfada de espaguete.

— Como era o cavalo? — pergunta ela.

— Enorme. Meio arisco. E a reunião com aquele seu padeiro, foi hoje?

O que será que contar para o seu parceiro sobre reuniões incrivelmente banais quer dizer sobre o seu casamento? Será que é um bom sinal eles contarem tudo um para o outro? Ou é um sinal de que eles não têm assuntos em comum para conversar?

O garçom traz o cardápio de sobremesas, e Carter se debruça sobre a mesa na direção dela.

— O que é maritozzi?

— Sei lá — diz ela. — Pede para experimentar.

Mas ele pede tiramisù. Ela arrisca o maritozzi e acaba descobrindo que são pãezinhos parecidos com sonhos.

— Posso experimentar? — pergunta ele.

— Não.

Ela enfia um inteiro na boca, depois cede.

— É ruim, né? — diz ele após comer um. — Mas eu te amo por tentar.

E ela sente algo inesperado, como a sensação de pisar numa calçada de paralelepípedos e senti-los se mexendo, quando ouve a frase *eu te amo*.

Mais tarde, eles vão a pé até o rio Tâmisa e se debruçam sobre a mureta perto de um gramado triangular. O nível do rio está baixo, expondo as laterais verdes e úmidas do aterro. Há antigos prédios brancos atrás deles, apartamentos grandes e novos de um lado, largos trechos de sujeira na grama desgastada. Torres envidraçadas vazias e outras em construção, cheias de guindastes. Uma gaivota está na mureta olhando para eles, e ela não tem certeza se já viu uma gaivota tão tarde da noite. Ela balança os braços para a ave, enxotando-a; o bicho não se mexe, impassível.

— Ah, não — diz Carter. — Achei que seria romântico ficar olhando o rio, mas não é nem um pouco. Sinto muito. Eu te trouxe para o pior lugar de Londres.

— Que isso! — exclama ela. — O pior lugar de Londres é na Cable Street. Dizem que estavam construindo um museu sobre a história das mulheres lá, mas em vez disso abriram um museu sobre o Jack, o Estripador.

— Ah, pensei que esse lugar tinha fechado.

— Fechou? — diz ela, e olha ao redor. — Nesse caso, é, este é o pior lugar de Londres.

Ele ri, se inclina para a frente e lhe dá um beijinho de marido, e é claro que para ele não é nada de mais, já que eles fizeram isso tantas vezes. Mas para Lauren é novidade. Ela toma consciência dos antebraços de Carter, dos ombros, da respiração dele perto da sua. Ele está olhando para ela, notando sua reação.

— Oi — diz ele, e ri.

— Oi — responde ela.

Um homem vem a passos largos até a mureta perto deles, talvez a meio metro de distância em uma rua quase deserta, berrando ao telefone. A gaivota guincha e vai embora.

— Sim — diz o homem —, eu deixei na caixa, mas foi para guardar, para não perder! Coloquei um papel em cima da caixa, o que é uma indicação clara de que eu não queria que mexessem nela, é tipo um porta-copos debaixo de uma taça de chope, né? Exatamente! E desculpe, mas se você não entende os símbolos de comunicação britânicos universais, acho que não pode me culpar se a papelada sumir.

Eles se afastam.

— Pior lugar de Londres — sussurra Carter, e acrescenta, em voz alta: — Vamos para casa?

Ela sente o corpo dele próximo do seu no trem, mas quando chegam ao apartamento ele vê que não atendeu a uma ligação sobre o cavalo:

— Desculpe, só vai levar uns dez minutos.

Que logo se tornam uma hora. Quando ele termina, tem que fazer as malas para uma viagem a trabalho, então fica tarde e o clima passa. Ela se dá conta de que não quer apressar as coisas com ele.

Ele só volta na tarde de sexta. Ela trocou os dias de home office para estar em casa na hora em que ele chegasse, e quando ele entra

tudo parece certo outra vez. Eles vão para a cama às dez, porque é a véspera do casamento e precisam começar a se arrumar cedo, e ela de repente se sente tímida, mas se aninha junto a ele, a cabeça no ombro do marido, consciente de seu abraço e de sua respiração, das batidas de seu coração. Após dez minutos, ele diz:
— Certo, minha vez.
Ele desfaz o abraço e se apoia no ombro dela, se aninhando no espaço entre o braço e o corpo de Lauren.

Sábado. O dia do casamento de Elena. Lauren acorda bem antes do despertador, sai da cama de fininho e vai lavar o rosto.
Quando abre as janelas da cozinha, o ar tem o cheiro de dia que está se preparando para esquentar.
Ela já tem mil coisas para fazer antes mesmo de entrar no trem. Além disso, ainda vai ter que carregar o vestido em um porta-vestidos e os sapatos em uma sacola, e fazer um desvio para buscar o bagel de cream cheese predileto de Elena.
— A barraca e o presente estão no patamar — diz ela a Carter, que está acordando na cama. — É tranquilo para você levar?
— Aham, sem problemas — responde ele sonolento, e dá um tapinha no traseiro dela quando ela se afasta. — Espere, volte aqui, esqueci um negócio — acrescenta, e então ela volta, ele se senta, estica a mão e dá um tapinha do outro lado do traseiro dela.
— Pronto — diz ele, muito satisfeito consigo mesmo.
— Beleza — diz ela, e ri. — Te vejo mais tarde.

Em Aldgate, o vestido em seu porta-vestidos gruda nos folhetos que caem pela escada enquanto ela sobe. Depois, ela caminha em direção à rua que leva a duas padarias não tão idênticas (felizmente, aquela que Elena acredita ser melhor por algum motivo é a que tem a menor fila). Por fim, uma caminhada em meio à multidão rumo à calmaria do fim de semana na cidade e aí o trem da estação Fenchurch Street, onde o vagão devagar e barulhento está quase vazio.

Ela liga para a mãe, que não atende, mas tenta de novo dez minutos depois.

— Oi — diz Lauren —, ainda não consegui mandar o Marmite, desculpe.

— O quê? Não, não faça isso, querida, tenho uma dúzia de potes na despensa. Me mande um Twix.

O Marmite deve ter sido com um marido diferente.

— Não tem Twix na Espanha?

— Tem alguma coisa errada com os daqui. Natalie acha que tem um ingrediente especial no chocolate para evitar que derreta com o calor, o que é uma boa ideia, só que o gosto fica estranho.

— Ah, saquei — diz Lauren.

— Mas é claro que não se pode ser bom em tudo — comenta a mãe. — O mar e os bares de vinho daqui são ótimos, e ainda tem aquele festival dos tomates. O azeite. Dom Quixote. Então não dá para esperar que eles façam um bom Twix também.

— É, acho que não.

— Picasso. Presunto. Sei que você não come, mas se um dia você mudar de ideia, o presunto espanhol é uma delícia. Enfim, querida, por que você ligou? Foi só por causa do Twix?

— Não — diz ela. — É sobre o Carter.

— Carter! Que jovem bacana ele é — comenta a mãe. — Sabe, abriu um bar americano pertinho aqui da praia. Parece bem autêntico, passa jogo de beisebol na televisão e você tem que dar gorjeta aos bartenders. Da próxima vez que você vier, precisa trazê-lo.

— Certo, farei isso.

— Era sobre isso que você queria falar? Você vem me visitar? Seria ótimo ver vocês dois, só que, claro, não pode ser em agosto porque nessa época está tudo muito caro, e de qualquer forma acho que você não aguenta o calor, você fica toda vermelha e seu cabelo fica lambido demais.

— Não — diz ela. — Quer dizer, talvez. Só queria saber se você gosta dele.

Silêncio por um instante.

— Ah, sim, claro — responde a mãe. — Não vou dizer que não fiquei preocupada com o casamento na época, mas deu tudo certo para todo mundo.

— Beleza — diz Lauren. — Obrigada. É bom saber disso.

Ela salta na estação e pede um táxi. A rota passa por cercas vivas e vacas a caminho da fazenda, que é cercada de bandeirolas queimadas de sol. Um coelho passa saltitando quando ela desce do carro, um pássaro dá uma volta no céu, uma mulher de avental a convida a entrar na casa de fazenda enorme. É tudo extremamente bucólico, e o dia está começando a esquentar. Lá dentro, a madrinha de Elena, Noemi — que está usando apenas um roupão de algodão branco por cima da calcinha, glamorosa sem fazer esforço, ou talvez, pensa Lauren, glamorosa com muito esforço, mas, seja como for, funciona para ela —, está tomando café, e Elena está deitada em um sofá, a cabeça encostada em uma das pontas, as pernas para cima na parede. Ela está de olhos fechados, o cabelo quase encostando no chão.

— Oiê — diz Lauren.

— Afff — diz Elena ao se arrastar até sentar e abrir os olhos. — Vai fazer trinta e três graus, você viu? É quente demais. Você pode confirmar se temos permissão para entrar no lago? Dá para casar na água?

— Para de pânico. Coma isto.

Lauren entrega o saco engordurado. Elena pega o bagel e o enfia na boca, arrancando um pedaço com os dentes.

— Prsenti dux deux — diz ela, mastigando e engolindo o primeiro pedaço, e depois repete: — Presente dos deuses.

— Como é que estão as coisas?

Elena engole outro pedaço.

— Terríveis. Por que vou me casar? E se eu tenho que me casar, por que me casaria com um contador que não sabe fazer nem uma omelete? Que catástrofe. Cadê meu piloto de helicóptero, meu chef de cozinha, meu líder de um grupo de dança de rua revolucionário?

— Pelo que eu me lembro — diz Lauren —, o piloto de helicóptero com quem você saiu daquela vez era um mentiroso que na verdade era um estudante de contabilidade, então eu acho que você deve ter uma queda por contadores.

— Tem mesmo — concorda Noemi. — Lembra quando você costumava se masturbar pensando no Conde da *Vila Sésamo*?

— Eu não me *masturbava* — diz Elena. — Eu tinha *quatro* anos. Eu nem sabia o que *era* masturbação.

— Pombos não sabem o que é cagar, mas isso não os impede — retruca Noemi.

— Eu só me contorcia um pouquinho.

— Eu com certeza não vou contar essa história desse jeito no meu discurso.

Noemi serve mais três doses de café.

— E você não quer alguém que saiba fazer uma omelete. Você odeia quando os outros cozinham pra você — diz Lauren. — Lembra quando você foi lá em casa jantar e levou uma panela inteira de sopa no ônibus, só para o caso de precisar?

— Não é culpa minha se eu não confio na comida dos ingleses, o que é outra questão — continua Elena. — Por que vou me casar com um *inglês*?

— Você também é inglesa — observa Lauren.

A mãe de Elena é de Turim, mas Elena nasceu em Croydon e nunca nem sequer tirou passaporte italiano.

— Não é a mesma coisa.

Lauren tem certeza de que Elena só está falando da boca pra fora, fazendo manha, dizendo agora as piores coisas que consegue pensar para não precisar dizê-las depois.

— Aham — diz ela. — Talvez você esteja certa, talvez seja um erro. Mande ele embora, arrume um novo.

Noemi tira o roupão e começa a abrir o zíper de seu porta-vestido.

— Não se case. Gaste o dinheiro em aulas de aviação. Seja você mesma o piloto de helicóptero.

Ela olha para Lauren e diz, sem emitir som: *Ela vai ficar bem*. Lauren assente com a cabeça.

Elena resmunga e diz:

— É tarde demais.

— Nunca é tarde demais — diz Lauren. — Quer fugir?

— Vamos com você, se quiser — sugere Noemi. — Mas eu tenho um lance importante do trabalho na terça, então acho que não consigo ir até, sei lá, o Peru. Leamington, talvez?

Elena gira e se senta direito.

— Vocês duas são péssimas fazendo discurso motivacional.

— Aham — diz Lauren.

Ela teve vários maridos recentemente e nenhum era impecável. Tenta de novo:

— Não sei, Rob não é perfeito, obviamente. Mas até parece que existe uma versão mágica do mundo onde você não estaria um pouco nervosa agora, sabe? Você vai se casar. É algo grande. Só porque você está nervosa não quer dizer que ele não é o cara certo. O nervosismo é só parte do processo. A questão é se você quer ir adiante mesmo assim. E, se não quiser, tudo bem, nós vamos lá na frente dizer para todo mundo que acabou. Quer dizer, a Noemi vai fazer isso, eu não levo muito jeito para falar em público.

— Aham — concorda Noemi —, eu seria ótima cancelando um casamento. Eu iria meter o pau em tudo.

— Meu Deus — diz Elena. — Ok, sim, parabéns, vocês me pegaram, acho que eu gosto do Rob e quero me casar com ele.

— Que bom — comenta Noemi. — Nesse caso, vamos te ajudar a colocar esse vestidão da porra.

# Capítulo 13

Lauren nunca quis uma festa de casamento, nunca planejou ou imaginou uma, nunca salvou fotos de vestidos de casamento em uma pasta secreta. Por um tempo, quando estava com Amos, queria ser *casada*, mas não pela festa, só pela segurança. Só pela sensação de ter tomado uma decisão. Queria ter em mente que se algo desse errado seu primeiro pensamento seria *Como podemos consertar isso?* e não: *Será que devo terminar?*

Quando Elena ficou noiva, isso não a fez ansiar desesperadamente pelo seu grande dia; só a fez pensar: *Meu Deus, deve ser legal riscar esse item na lista.*

Tinha visto várias fotos de seu próprio casamento, e parecia feliz em todas elas, mas as festas em si eram muito diferentes umas das outras. Ela se viu usando vestido, macacão branco, sári, vestido de verão, em uma igreja, em um coreto, em um centro comunitário. Ela viu prataria formal em mesas de hotel, um enorme bufê com pilhas de pratos para cada pessoa se servir, um food truck de burritos. Até onde pode dizer, não há nenhum detalhe que esteve presente em todos os casamentos, nada que todas as suas versões passadas quiseram.

Mas o casamento de Elena e Rob está divertido. A cerimônia ocorre em uma varanda coberta que desponta do principal edifício da fazenda, com fileiras de cadeiras no gramado ao redor. Galinhas vagam por ali. O vento sopra em meio às folhas. Lauren chora um pouquinho durante a cerimônia, e um pouco desse choro poderia ser pela confusão dos próprios casamentos perdidos, mas em sua maioria é pelo de sempre: Elena e Rob parecem estar decididos e felizes, embora ninguém possa ter certeza de absolutamente nada e de tudo no mundo estar sempre desmoronando.

Carter é o acompanhante perfeito. Ela o procura durante a cerimônia; ele está no fundo, no canto esquerdo. Depois dos noivos fazerem os votos e assinarem os papéis, ela vai até lá. Ele está conversando com um homem mais velho, talvez um tio, e se vira ao vê-la se aproximar.

— Oi — diz ele. — Eu estava aprendendo sobre os pica-paus.

Ele se volta para o talvez-tio e envolve Lauren na conversa.

Ela pega mão dele e a aperta, se sentindo confortável com o marido.

Só fica dez minutos com Carter antes da sessão de fotos, que leva quase uma hora. Familiares e amigos em diferentes poses, debaixo daquela árvore, na frente destas rosas, atrás deste bode (o bode tenta comer o buquê da noiva, mas não alcança esse objetivo). Só os convidados do noivo. Só os convidados da noiva.

Ela consegue conversar com Elena por um minuto enquanto Rob e seus irmãos posam para as fotos.

— Parabéns — diz ela.

— Pois é — responde Elena. — Estou feliz por ter conseguido ir até o final.

Por um instante, Lauren sente um eco de seus antigos sentimentos; uma invejazinha da certeza, um medinho de ser deixada para trás. Deve ser legal ter tanta certeza de alguma coisa, correr o risco de errar, dar uma festona.

Mas, claro, lembra ela: nesta versão do mundo, ela também passou por tudo isso.

Os garçons circulam pelos convidados no gramado, se esquivando das galinhas e levando garrafas de champanhe. Toda vez que eles passam, as pessoas pedem para encher a taça, caso seja a última chance que tenham, e nunca é. Meu Deus, o custo disso tudo, o sol queimando.

— Meu cabelo está lambido? — pergunta ela a Carter, se lembrando do que sua mãe disse.
— O quê?
— Está calor. Meu cabelo está lambido? E meu rosto está vermelho?
— Não — responde ele. — Mas por quê? Você está linda. Esse enfeitezinho... esse negócio no seu cabelo, não sei qual é o nome. Espere... — diz ele. — *Eu* estou bonito?
Ele olha para si mesmo e ajeita o paletó.
Ela quase ri dele antes de se dar conta de que é uma pergunta séria.
— Sim — responde ela. — Você está perfeito.

Quando enfim se reúnem sob a tenda para comer, metade da multidão já está quase bêbada.
O arranjo dos lugares é quase igual ao do mapa que Lauren viu na casa de Elena naquela noite, apesar da mudança de marido. Sua principal preocupação naquele momento era Amos, mas compartilhar uma mesa com Toby e Maryam também vai ser meio esquisito depois de Rohan.
Ela os tem evitado, ainda não buscou uma encomenda que está com eles nem respondeu a algumas mensagens. Mas eles não sabem de nada sobre o *swing*. Ela faz um contato visual tenso primeiro com Maryam (aquele beijo) e depois com Toby (ela já dormiu com ele e se arrependeu disso, mas é melhor assim). Diz a si mesma que está tudo bem. Ela está bem.
Sentada à sua mesa, ela pega o saquinho de amêndoas e começa a desatar o laço. Sabe que não se deve comer as amêndoas; deve-se levá-las como lembrancinha e jogá-las fora uma década depois para deixá-las imaculadas no lixão por séculos, a última coisa a existir no mundo. Mas ela precisa fazer alguma coisa com as mãos.
— Que bom ver vocês — diz ela a Toby e Maryam, sem jeito, e a Amos, que se junta à mesa: — Oi! Que legal te ver.

— Pois é — responde Amos. — Igualmente. Você já conheceu a Taj, né?

Da última vez, Amos estava casado com uma tal de Lily, mas ela presume que faz sentido, uma mudança em seu passado também pode ter mudado isso.

— Taj — diz ela. — Oi!

Taj é bonita, baixinha, gorda e usa o cabelo curto. Está usando um macacão cinza que *talvez* não seja chique o suficiente para um casamento no verão, mas só talvez. Ela tem cara de quem preferia estar em qualquer lugar em vez de numa festa de casamento onde só conhece os noivos, seu marido e a ex de seu marido. Amos murmura algo no ouvido dela, e ela dá uma risadinha.

Os dois últimos lugares da mesa são ocupados pela sua ex-colega de quarto Parris, que Lauren não vê há pelo menos um ano, e sua nova namorada, Tabitha, que, ao que parece, namorou Rob na faculdade e está muito feliz por ele estar bem com Elena, *muito* feliz, você não *imagina* o quanto.

O jantar é estranho, mas dá tudo certo.

Tabitha conta, com cada vez mais detalhes, o quanto gosta de Elena e por que acha que ela é ótima para Rob, o quanto eles são perfeitos, que casal incrível. Maryam está encantada com ela e não tenta flertar com Carter, não olha para ele de soslaio, só interage com ele por educação; gosto não se discute. Mas Carter é ótimo e faz de tudo para não deixar o assunto morrer na mesa.

— Eles deram sorte com o tempo — comenta Taj, e Lauren dá uma olhada para o céu, onde um pássaro ainda paira em meio à brisa imaculada.

— Nós é que demos sorte — diz Amos. — Imagine se tivéssemos que armar barraca na lama? Eles vão ficar bem, vão dormir na casa de qualquer forma.

Carter se lembrou mesmo de trazer a barraca, né? Ela olha para ele.

— Já está montada — responde ele. — Foi moleza.

Ele é tão eficiente!

Durante a refeição principal, enquanto Maryam serve mais uma garrafa de vinho, ele se inclina e sussurra:

— Está legal aqui, mas nosso casamento foi melhor.

Nossa, é realmente uma pena ela ter perdido.

— Você acha que eles vão ter filhos? — pergunta Maryam, olhando para Rob e Elena na mesa da frente.

— Sei lá — responde Lauren, embora saiba que Elena gostaria, sim.

— Rob sempre quis ter filhos — conta Tabitha. — Mesmo quando ainda estávamos estudando. Ele vai ser um ótimo pai, leva jeito para isso.

Estão mexendo no microfone; alguém dá uma batidinha em uma taça de champanhe. Os discursos vão começar. Maryam pega os óculos e uma garrafa de vinho meio vazia na mesa.

— Isso não vai acabar nunca. Alguém quer dar uma volta? — sugere ela, apontando com a cabeça para as árvores e o celeiro.

— Sou uma das damas de honra — diz Lauren. — Melhor não.

— Ah, é. Alguém? Tabitha? Tabitha, qual é, bora lá.

Maryam e Tabitha saem de fininho, e Lauren pensa que foi uma ótima ideia. Não vai ter nenhum sussurro alto de Tabitha durante os discursos. Boa, Maryam. Ela pega uma taça para o brinde (champanhe, lembra ela, era a única bebida com bolhas que Amos não considerava "para crianças") e se recosta na cadeira para ouvir.

Os discursos são longos e a lista de agradecimentos de Rob é vasta. O pai e a mãe individualmente, cada irmão específico, *Noemi, por tudo, mas especialmente por convencer Elena a não fugir do altar, isso deve ter sido difícil hoje de manhã! Lauren, por ser uma grande amiga nossa há tantos anos e por seu trabalho primoroso com as amêndoas.* Mas também há momentos agradáveis, e é bom poder dar uma olhadinha para Carter; o alívio de ter um porto seguro, uma companhia.

Até Amos está de boa. É mais fácil lidar com ele estando com Carter ao lado. Quando o bolo chega, o pedaço dela tem cobertura nos três lados, doce demais para seu gosto. Amos olha o prato dela e levanta o seu, que contém um pedaço com cobertura só no topo, e o mostra a ela levantando as sobrancelhas, uma oferta. Ela assente, e eles trocam de prato, em silêncio, e nenhum deles diz nada, mas é bom saber que alguém se lembra dos seus gostos. A sensação é a de que *está tudo bem*, algo que ela não sentia antes.

O céu ainda está claro quando eles vão ao celeiro para a primeira dança. Ela e Carter estão entre os últimos a entrar pelas portas grandes. Ela procura conhecidos. Maryam, Toby, Tabitha e Parris estão nos fundos, perto dos fardos de feno; Amos e Taj, apoiados em uma parede, provavelmente listando o que há de errado com todo mundo. Noemi conversando com seu padrinho favorito. Os pais de Elena. Elena e Rob no meio do círculo.

Do lado de fora, um pássaro ainda está dando voltas no céu, a luz do sol dourada e forte. Que dia lindo. Quando a música começa, o pássaro voa, como se estivesse abençoando a dança, pensa ela por um instante, com vergonha da própria breguice. Mas o pássaro se aproxima, chega mais perto e mais perto e mais perto ainda, e está avançando para baixo, na direção das galinhas.

As galinhas grasnam e fogem.

Elas correm para o celeiro, onde Rob e Elena estão dançando juntinhos.

Ela agarra o braço de Carter e o faz girar.

— Falcão — diz ela, e ele só precisa de um instante.

Carter sai e a puxa consigo, dizendo:

— Sua saia.

Ela a estende o máximo que consegue com os dois braços e abana o tecido, enxotando as galinhas da pista de dança. Elas se viram por um momento e dão uma guinada de volta para o celeiro; Carter está atrás dela, balançando o paletó. A galinhada se vira mais uma vez e corre, ainda grasnando, mas para longe da valsa suave de Rob e Elena.

No céu, o falcão está voando em círculos novamente.

As galinhas se reúnem debaixo de uma árvore, ansiosas, fazendo barulho. Lauren olha para a pista de dança; algumas pessoas perto da porta estão olhando para fora.

— Será que a gente… deixa elas por conta própria e torce para o falcão não voltar? — pergunta Lauren.

— Não — diz Carter —, me dá um segundo, estou enferrujado, mas vamos conseguir.

Conseguir o quê? Ela observa enquanto ele coloca o paletó em uma cadeira ali perto, vai até uma das galinhas e se agacha. Não é possível! Será que é possível? Mas ele tira a galinha do chão, as mãos cobrindo as asas, e a ave se remexe uma vez, mas nem tenta abrir as asas, cedendo por inteiro ao domínio dele.

Ele caminha com a galinha na direção de Lauren, triunfante, satisfeito.

— Ainda tenho a manha! — exclama ele. — Você tenta mantê-las fora do celeiro se o falcão vier de novo? Vou colocá-las no galinheiro.

E é isso o que ele faz: ao longo da primeira dança e da próxima música, ele pega as galinhas, primeiro uma de cada vez, e depois, conforme vai ganhando confiança e Lauren vai ficando mais e mais visivelmente impressionada, duas de cada vez, uma em cada braço. É *magnífico*.

— Quer pegar a última? — sugere ele.

— … Como? — pergunta ela.

— Como uma bola. Ou um pão grande. Com firmeza. Tire do chão. Não pense, só faça.

A galinha está bicando um ponto da grama onde uma criança deixou cair um pacote de salgadinhos mais cedo.

— Tudo bem.

— Eu acredito em você — diz ele.

Ela dá passos firmes, se abaixa e posiciona as mãos ao lado das asas; sente uma agitação, mas agarra a galinha, toca as penas macias, a levanta, e pronto, a galinha solta um protesto barulhento, mas não resiste. Ela conseguiu, está segurando uma galinha inteira.

— Ai, meu Deus — diz ela. — E agora?

— Agora a gente corre, né? É só partir em disparada com nossa galinha livre.

Ele a conduz até o galinheiro e abre a porta. Ela enfia a galinha ali dentro, solta, e a ave abre as asas, balança a cauda e corre para longe dela com um último remelexo indignado.

— Essa foi a melhor coisa que eu já fiz — comenta ela.

— Você nasceu para pegar galinhas.

Carter pega a mão dela e os dois caminham em direção à pista de dança no celeiro.

— Você é muito boa em experimentar coisas novas — disse ele. — Maritozzi, pegar galinhas, pular em um lago, aquele milk-shake roxo de tofu. Se casar comigo. Por que não viver uma pequena aventura?

Ela pensou em sua dificuldade de tentar coisas novas, sua mania de terceirizar decisões para os amigos e as circunstâncias, como sinal de passividade, não de coragem. Mas ao ouvir este homem de quem tanto gosta descrevendo-a dessa forma, ela quase consegue se ver como uma mulher audaciosa.

— Qual foi sua parte favorita no nosso casamento? — pergunta ela.

— O bolo estava ótimo — responde ele. — Também gostei de não ser deportado. Mas talvez aquele pedacinho perto do fim quando tudo se acalmou e a gente pôde relaxar e dizer: *É, estamos casados*.

— Boa escolha.

E ela o puxa para perto, estende o celular e tira uma foto. Não ficou muito boa: só saiu metade do rosto dos dois, num fundo escuro, com a porta clara do celeiro atrás deles atraindo o foco.

— Somos um casal muito embaçado — comenta ele.

De volta ao celeiro, eles decidem dançar e entram em uma fila aleatória de conga. Mais tarde, no escuro, a luz do pisca-pisca brilha junto ao bar na tenda, e o burburinho das pessoas conversando debaixo das árvores se mistura com o barulho dos grilos.

Carter se espreme na barraca naquela noite, os dois deitados no colchão inflável ouvindo cantorias, brigas, alguém fazendo xixi muito perto dali, uma ovelha irritada. Eles se deitam juntos no calor, e esta é a melhor noite de sono dela desde que os maridos começaram a chegar.

Ela mal bebeu durante o casamento, já que poderia ser chamada para cumprir os deveres de dama de honra, mas no café da manhã foram servidos sanduíches e mimosas na tenda, e ela pegou dois de cada, depois uma terceira mimosa. O dia está nublado e fresco, e os convidados estão desarrumados, com uma mistura de roupas de acampamento e roupas sociais agora amassadas. Lauren está usando o vestido sem a anágua, tênis porque é mais prático e um grande cardigã cinza para se esquentar. Carter trouxe uma camisa extra, mas é laranja — ele não esperava que o dia fosse esfriar a ponto de querer usar o paletó azul vivo por cima. Eles estão ridículos, mas ela não se importa.

No trem de volta para Londres, Carter mostra uma garrafa de prosecco e outra de suco de laranja que contrabandeou da fazenda. Eles fazem sua própria mimosa em uma garrafa de água e a compartilham, de gole em gole.

No táxi saindo da estação de Fenchurch Street, os dois estão um pouco bêbados; não muito, mas na medida certa.

— Ei — diz Carter, em tom sério. — Gosto tanto de você!

Ela ri.

— Também gosto de você. Você é muito gatinho.

— Eu sei — concorda ele, num tom solene. — É a simetria. Meu rosto é muito simétrico.

Ao chegarem em casa, eles se beijam na escada e ela toca a pontinha de uma das maçãs do rosto dele, o lóbulo da orelha e o arco de uma das sobrancelhas. Ela se inclina de novo, as mãos na barriga dele para agarrar a camisa amassada, e o puxa para perto de si, mas os degraus são estreitos e as sacolas estão penduradas no braço dela, e Carter ainda está segurando a barraca, que balança e bate na parede. Eles sobem rindo, sem pressa, e ela vai fazer café enquanto ele vasculha a sala de estar.

— Ei — diz ele —, sabe onde estão as fotos do nosso casamento?

— Sei não — responde ela. — Será que estão nas estantes de livros?

Parece um palpite possível.

Ela tem fotos do casamento no celular. Vai procurá-las, mas acaba se distraindo com as fotos que tirou na noite anterior, especialmente ao ver a si mesma com Carter em frente ao celeiro no escuro. Não é uma foto boa, mas é algo que ela *lembra*, mesmo tendo acontecido na noite anterior. Seria bom se lembrar do próprio casamento, mas ela está feliz por se lembrar do de Elena. Flores na mesa; galinhas enfiadas no galinheiro; o bode; Noemi fazendo o discurso. O café começou a borbulhar na cafeteira, mas Carter ainda está procurando as fotos. Ela torce para que ele encontre o álbum; gostaria de ver algo físico, tocar em algo que fez parte do seu casamento. Depois eles vão se beijar outra vez e ir para a cama, e ela sente uma agitação nos nervos, uma ansiedade no peito e entre as pernas, e se pergunta como vai ser, mas tem certeza de que vai ser bom. Seja como for, vai ser bom. Porque ela gosta muito dele. Será que é amor? Talvez sejam os estágios iniciais do amor.

A cafeteira sibila e começa a gotejar. Zumbidos, respingos. Enquanto espera, ela vê fotos mais antigas: ela e Carter em um piquenique, no píer de Brighton, no quintal. Em várias delas, Carter está olhando diretamente para a câmera, o sorriso fotogênico, mas às vezes ela encontra uma em que ele está rindo e descontraído, ou onde os dois estão se espremendo para caber no enquadramento e ele está olhando para ela.

O café começa a borbulhar através do papel.

— Ei — diz ela, indo para a cozinha.

E ela vê a escada do sótão aberta.

O calor em suas entranhas se dissipa, e ela fecha os olhos e fica sóbria na mesma hora; nada de mimosas furtivas no trem, nada de risadas nas escadas, a manhã que eles passaram juntos já era, e Carter também.

Ela gostava do sotaque, das cuecas e do rosto dele, do entusiasmo, do *cheiro*.

Ela gostava de ser casada com ele.

Mas agora nunca vai saber quanto tempo teria durado e nunca vai vê-lo cavalgar, algo que tem certeza de que ele sabia fazer, embora o assunto nunca tivesse surgido, e nunca vai se deitar na cama com ele e ficar de ouvidos atentos para escutar uma tempestade que não chega. Tudo porque ele queria encontrar as fotos do casamento. Porque ele também gostava dela. Ela dá uma olhada na galeria: nada de rostos embaçados no escuro. As flores, uma foto de Elena, uma de Toby e Maryam, e uma dela com um cara, só um cara qualquer, só um marido.

— Aqui vamos nós — diz o homem, descendo do sótão com um travesseiro.

*Volte*, pensa ela. *Dê meia-volta. Por favor, dê meia-volta.*

# Capítulo 14

O novo marido sorri, mas ela o odeia logo de cara, odeia o rosto dele, a barba, passa por ele e sobe os degraus que levam ao sótão para ver se consegue, de alguma forma, chamar Carter de volta. A lâmpada brilha e zumbe, um processador de alimentos em uma cadeira no canto solta uma faísca, mas ele não está lá, sumiu, e ela abaixa a cabeça e manda o novo marido embora, então o próximo vem, o reinício secando suas lágrimas, seu rosto limpo outra vez. Mas ela também o odeia. Lágrimas novas começam a se acumular e novos sentimentos invadem seu corpo. Se ela trocar rápido o bastante, talvez o sótão crie outro Carter.

Mais um marido, e de novo, por um instante, sua garganta funciona normalmente, seu corpo renovado do novo mundo não está a par dos últimos acontecimentos; mas só leva alguns segundos até que a angústia volte, e ela sente tudo outra vez. Então outro marido surge, e outro, e ela não consegue chorar de verdade, cada novo marido faz suas lágrimas secarem, dez deles, quinze, é como quebrar pratos, como jogar tijolos. Manda um de volta, manda outro, até que finalmente ela fica esgotada.

Um homem chamado Pete. Ele parece... de boa.

— Tá tudo bem? — pergunta ele depois que ela toma banho, veste um pijama e diz que vai tirar um cochilo. Ele toca o ombro dela com delicadeza.

Ela não vai ficar com ele; não é assim que se começa um relacionamento, não depois de ver o marido de quem realmente gosta ser substituído por um cara com um bigodinho ralo demais. Ela se deita na cama, tentando pensar e tentando não pensar. No fim da tarde, se levanta se sentindo nauseada. A tempestade ainda não começou a cair.

Ela quer Carter de volta.

Manda Pete embora e recebe um marido com cotovelos de um formato estranho. O próximo depois desse tem um sotaque que a faz se lembrar de Carter, e isso parece uma péssima ideia. Em seguida, aparece um homem que está com os olhos vermelhos e de ressaca depois de tomar duas cervejas diferentes de uma vez só. Depois vem um homem que talvez seja dez anos mais velho que ela e a casa está limpa demais, e as estantes estão vazias. Cadê seus livros? Cadê o vasinho de cacto que pintou com Elena?

Ela sabe que está sendo injusta.

Certo. Ela diz ao marido limpo demais que vai dar uma volta. Segue adiante depois da estação de trem, sobe a colina que dá no parque, onde se esquiva de famílias felizes e passeadores de cães, vai até o lago e olha os patos. Não presta muita atenção nos patos acasalando, mas sabe que é desagradável e envolve um pênis com o formato de um saca-rolha, então é possível dizer que as coisas poderiam ser piores.

Debaixo de uma árvore, protegida da garoa, ela tenta melhorar o próprio ânimo: mal conhecia Carter, não é um divórcio, é como sair três vezes com alguém que vai parar de responder suas mensagens. Mas mesmo que não o conhecesse bem, eles ainda eram casados, o terceiro encontro se tornou o trigésimo, e o tricentésimo se tornou uma vida.

Talvez deva tirar uma semana de folga, ir a Milão ou Nova York, se endividar em um hotel chique pedindo panquecas no serviço de quarto. Voltar e torcer para o marido ainda estar por lá para que ela possa reiniciar tudo.

A chuva está piorando, virando a tempestade pela qual ela esperou com Carter, mas nunca veio.

O telefone toca, e é Felix, que ela presume ser o marido.

— Oi — diz ele. — Está caindo um toró, cadê você? Quer que eu te busque de carro?

*Carro*. Eles moram em Londres, para que carro? É ridículo. Talvez seja por isso que não havia livros no apartamento, tiveram que vendê-los para pagar a gasolina.

Mesmo assim. Está chovendo muito.

— É — diz ela, tentando achar o melhor lugar debaixo da árvore e vendo os patos na água. — É, seria bom. Estou no parque, posso te encontrar no portão grande?

— Estou indo. A gente já deveria estar saindo, de qualquer forma.

*Saindo*. A última coisa que ela precisa em um dia chuvoso como aquele é de um passeio. Por que eles planejariam alguma coisa no dia seguinte ao de uma festa de casamento? O que é? Um encontro com a sogra? Um brunch? Uma ida até a IKEA? Ela vai fingir estar doente e mandar Felix embarcar nesse passeio sozinho. Trocá-lo assim que ele voltar.

O carro que estaciona ali é... chique. Verde-escuro, e ela não sabe nada sobre carros, mas este parece novo. É isso mesmo? Ela não deu tanta atenção ao marido mais cedo, mas se debruça para conferir o rosto dele antes de entrar e é ele, né? Não vai entrar no carro de um estranho.

Ela vai, mas o estranho é seu marido.

— Essa chuva caiu do nada.

— Pois é — diz ela. — Acho que estava esperando o casamento passar.

— Muito perspicaz.

O marido é branco, tem olhos cinzentos e um sotaque sutil que ela não consegue identificar de onde é. Talvez ele seja sueco ou norueguês. Parece mais velho do que ela pensava. Achou que ele fosse dez anos mais velho, mas deve ser pelo menos quinze. Ele é tranquilo e tem o cabelo volumoso.

Além do jeito calmo, ela descobre que ele também tem uma casa de campo.

***

É assim que descobre:

— Ah, você poderia dar uma olhada no sótão mais tarde? — pede ela enquanto o carro está parado diante de uma faixa de pedestres. — Estou tentando encontrar aquele cobertor vermelho grande. Quero dar para a Elena quando ela voltar da lua de mel, ela o adorava quando morava aqui. Não encontrei, mas será que eu não olhei direito?

— Vou dar uma olhada — diz Felix. — Mas será que não está lá em casa? Achei que tivéssemos levado essas caixas.

— Ah — diz ela. — Talvez. Deixa pra lá.

— Mas posso olhar.

— Não — contesta ela. — Você tem razão.

Ela não quer que ele desapareça antes de saber o que ele quer dizer com *lá em casa*.

De volta ao apartamento, ela deixa o marido entrar primeiro, porque em vez de chaves eles têm uma fechadura eletrônica com senha. Suas suspeitas vão aumentando conforme ela prepara o café, desta vez em uma cafeteira de cápsulas. Experimenta fazer um com leite sem açúcar para Felix e descobre que a geladeira está quase vazia: só tem um pouco de manteiga, umas conservas e potes de geleia.

Eles não moram aqui.

Ela tenta descobrir onde mora pelas fotos em sua galeria. A maioria é no Sul de Londres, mas há também várias perto de um vilarejo a sudoeste, na direção oposta à da fazenda onde Elena se casou no dia anterior. Não é longe de onde ela e Nat cresceram, mas não deve ser por isso que passa tanto tempo lá. Confere as fotos de novo. Alguns campos; uma ovelha; uma estufa de vidro e móveis de vime; flores, e mais flores, e árvores, e mais flores ainda.

Ela checa seu e-mail de trabalho e descobre que na verdade não tem e-mail de trabalho, pelo menos não no celular. Não está claro se isso significa que ela não tem emprego, mas não há nenhuma reunião marcada no calendário: só um jantar, um café, "as meninas". Será que ela é uma *madame*?

Depois de tomar café, Felix diz que tem algumas coisas para resolver e abre o notebook na mesa. Ela aproveita para dar uma olhada no guarda-roupa, que está quase vazio. Um terno masculino, algumas camisas, um vestido e um macacão, que assim como o carro são... chiques. O macacão é da TOAST, uma loja que conhece por alto, mas na qual nunca comprou porque — e confirma ao pesquisar — tudo custa uma quantidade risível de dinheiro, e no caso do macacão: 465 libras. O vestido é assimétrico, tem uma gola que ela não entende e vem de uma loja da qual nunca ouviu falar, mas parece que é uma compra recente que custou 1.125 libras.

Isso não é riqueza do tipo de quem pega um táxi para um bairro chique. É tipo rico, *rico*.

— Lauren — chama Felix —, isso aqui está demorando mais do que eu pensava. Você pode ver se está tudo certo para receber os hóspedes? Se sairmos daqui a mais ou menos uma hora poderíamos passar no Shepherd na volta?

Ela está montando o quebra-cabeça: eles moram em outro lugar, mas ela ainda é dona do apartamento; este é um Airbnb, é seu Airbnb. Ela confirma ao abrir o aplicativo e ver as mensagens do lado do proprietário. Eles não acamparam na fazenda na noite anterior porque *têm um carro*, então só voltaram para cá, uma parada conveniente a meio caminho entre o casamento e sua casa de verdade.

Nunca pensou que se casaria por dinheiro, mas Felix até que é bonito, com seu jeito meio professoral, e foi buscá-la de carro. Ela já teve maridos piores, mas acha que ainda não está no clima de dar uma chance justa a ele. No entanto, poderia certamente estar no clima de umas férias.

No campo, longe de Londres, vai ser meio difícil trocá-lo. *Mas quer saber*, pensa ela, *vamos nessa*. Tudo o que estava fazendo era com a festa de casamento e o marido perfeito em mente, mas a festa acabou, o marido perfeito desapareceu da memória de todo mundo, menos da dela. Então por que não viver uma vida de luxo por uma semana, porra?

# Capítulo 15

Ela não sabe bem como preparar as coisas para os hóspedes. Parece que eles já arrumaram a cama, e a roupa de cama usada está em uma pilha perto da porta. Ela derrama o leite na pia e leva o lixo para a lixeira do lado de fora (descobriu que a senha para voltar estava em suas mensagens no Airbnb). Há um armário da cozinha com um cadeado aberto; lá ela encontra papel higiênico, caixas de leite (coloca uma na geladeira), frascos de xampu, condicionador e sabonete líquido, oito garrafas idênticas de vinho e uma pilha de sacos de papel com um cartão grampeado em cada um deles onde se lê "BEM-VINDO", em caligrafia rebuscada. Ela coloca algumas garrafas em uma sacola na mesa do patamar e volta. Parece plausível? Fecha o armário e tranca o cadeado. Isso está certo? Da janela da cozinha, consegue ver o jardim dos fundos: alguns móveis novos e plantas em vasos grandes parecendo tristes. Talvez deva regá-las, ou talvez já estejam molhadas demais por conta da tempestade. Ela desce e vai até os fundos para dar uma olhada.

Maryam abre a porta da cozinha.

— Vai sair de novo?

— É, acho que sim.

— Se você receber hóspedes iguais àquele último grupo de novo, vou reclamar com o proprietário e com o prefeito — avisa Maryam.

Putz.

— Beleza — diz Lauren, sem saber muito bem o que dizer. — Sinto muito. Não vai acontecer de novo.

— Provavelmente vai — replica Maryam, com um olhar ameaçador. — Só estou dizendo o que vai acontecer.

Fecha a porta de novo. Bem, se Maryam está furiosa com ela e o marido, pelo menos não vai tentar transar com eles. Lauren confere suas mensagens para ver se ainda se dá bem com Toby e… eles se dão bem, mas não se falam com frequência, e ela não precisa procurar muito para encontrar: *Só para você saber, seus hóspedes deste fim de semana receberam convidados, o carpete não está abafando muito o barulho*, o que para Toby é um grito de fúria. Além disso, percebe que não havia um vestido de dama de honra no guarda-roupa, mas ainda não entendeu se é porque não foi uma das damas de honra ou porque já o mandou para a lavanderia.

No entanto, encontra a foto que Elena mandou das duas na noite em que tudo mudou, então elas ainda são próximas. E ela mantém contato com Nat, que ainda tem os dois filhos. Há um grupo com nomes que ela não reconhece, e outra mensagem chega enquanto usa o celular, mas ela desliga as notificações.

Felix está fechando o notebook quando ela volta lá para cima. Ele confere um cofre no quarto e diz, segurando o que parece ser um porta-joias:

— Ah, quase esqueci isso aqui.

Ótimo. O carro deles é claramente — muito claramente — sofisticado, agora que o vê com menos chuva, nada parecido com o carro esportivo que ela imaginaria Felix usando, considerando que ele é um homem mais velho casado com uma mulher mais jovem (dito isso, ela tem trinta e um anos e um carro esportivo combinaria mais com uma esposa de vinte e dois).

O carro segue para sudoeste. Dez minutos depois, Felix coloca um podcast para tocar. É sobre o que economistas podem aprender a partir das características das cobras e é muito, muito entediante, apresentado por três homens com vozes quase idênticas, dois dos quais se chamam Matt, e é relaxante ficar lá sentada olhando pela janela. Ela está dançando conforme a música. Está de férias, se permitindo tirar uma folga. Os Matts entrevistam uma mulher chamada Maddie, que é economista ou possivelmente criadora de cobras.

\*\*\*

Shepherd na verdade era um pub que aos domingos serve assados até as oito da noite: eles chegam a tempo. Ela pede cogumelo wellington; custa vinte libras e a massa é pesada, mas o molho é excelente.

— O casamento foi lindo — comenta o marido.
— Ah — diz ela. — Pois é.
Depois de um instante, pergunta:
— Você poderia me explicar aquele negócio de características de cobras na economia? Acho que não entendi direito com o podcast.

Ela não quer conversar sobre a versão do casamento que deve ter vivido com este homem, ouvir como foi diferente, descobrir se as galinhas fugiram para o celeiro, deixar a versão de Felix daquele dia acabar com suas lembranças do dia com Carter.

Já está escuro quando eles vão embora do pub. Ela se sente uma criancinha sendo levada para algum lugar. Um muro baixo. Uma estrada ignorada, a visão de um campo surgindo. Árvores que ficam para trás, uma casa, pedra cinza, três fileiras de janelas sobrepostas, telhado pontudo.

A luz se acende conforme eles se aproximam. Após estacionar, Felix pega a bagagem dos dois no porta-malas.

Até a porta é imensa.

Felix digita uma senha e a destranca, eles entram e passam por um hall de entrada azulejado do tamanho da sala do apartamento dela, com uma escada subindo em caracol dos lados. Ela não consegue ver detalhes, só a sugestão das portas nas paredes. A casa é silenciosa, sem barulho de trânsito, sem vizinhos no andar de baixo, tarde demais para os pássaros.

— Luzes! — exclama Felix para o silêncio, e as lâmpadas se acendem.

As silhuetas escuras se iluminam. Há muitas portas fechadas ao redor deles e uma porta dupla aberta que dá para uma sala de estar repleta de madeira escura, sofás enormes, um tapete estampado que cobre praticamente todo o piso, um cômodo tão grande que a luz que vem do corredor não ilumina quase nada. À primeira vista, Lauren quase não nota o piano amarelo-neon.

Felix abre uma porta à esquerda, e ela o segue por outro corredor, que se ilumina suavemente à medida que eles passam. Mais portas fechadas. Ela fica perto do marido, um pouco intimidada pelo tamanho do lugar. Ele os guia por uma sala de jantar vasta e escura, com uma mesa enorme e cerca de vinte cadeiras, e por uma cozinha grande, com uma mesa de oito lugares no meio.

Felix abre a geladeira e pega uma garrafa de água. Ela estende a mão para acender a luz e ver melhor, mas há meia dúzia de interruptores no painel. Ela tenta o de cima à esquerda. Persianas descem pelas janelas. Ela o desliga e tenta outro interruptor, mas elas descem mais.

— Tudo bem por aí? — pergunta Felix.

Não quer arriscar dizer "Luzes!" na frente dele e descobrir que não funciona. Ela se afasta do painel.

— Aham.

Ele fecha a geladeira e passa por outra porta. Ela o segue, mas ele fecha a porta atrás de si, e então ela percebe: é um banheiro. Certo.

Ela está sozinha, e o ar noturno do lado de fora parece mais denso do que em Londres; nada de carros nem luzes, só o escuro.

Tinha presumido que Felix era advogado ou algo do tipo, mas será que advogados são tão ricos assim? Não sabe o sobrenome dele, e quando procura no celular encontra apenas "Felix B.", e também não há contas ou cartas lacradas junto à porta para ela fuçar. Sua única pista é o sotaque sutil. Ela pesquisa "Felix advogado Londres", "Felix banqueiro Londres", "Felix petróleo norueguês Londres", "Felix milionário da tecnologia Londres". Nenhuma de suas pesquisas responde suas dúvidas, então procura "Felix lorde escandinavo Londres" e "Felix crime organizado Londres".

A maçaneta faz um barulho, e ele volta.

— Ei — diz ele. — Eu queria trabalhar mais um pouquinho antes de a semana começar, tudo bem?

— Claro — responde ela. — Perfeito. Sim. Ótimo.

— Vai levar mais ou menos uma hora.

— Beleza — diz ela, e pensa em perguntar *Tudo bem se eu der uma olhada na casa?*, *Como é que faz para ligar a luz?* ou *Onde devo esperar?*, mas ele é seu marido e esta é sua casa.

Ele pega o notebook e o apoia na mesa da cozinha. Pronto. Sua atenção está no computador, agora ela está por conta própria.

A porta que ela achou que fosse de um banheiro na verdade leva a um grande depósito. Depois dele há uma lavanderia, um banheiro do outro lado e uma grande porta nos fundos com uma fechadura eletrônica com senha. Ela abre e olha para o escuro, surpreendentemente frio. Se sair não vai conseguir voltar porque não sabe a senha. Volta para a cozinha, onde Felix está absorto no trabalho. Passa pela longa e obscura sala de jantar e presta atenção no estofado: cadeiras de madeira de estilo antigo, mas cobertas por um tecido áspero em tie-dye. Volta ao hall de entrada.

Há mais uma porta dupla. Ela abre, revelando outra sala com formas escuras dependuradas no teto.

— Luzes — arrisca ela, baixinho, mas não acontece nada, então se recompõe e repete em voz alta, e a sala obedece.

A luz revela que as formas escuras são pássaros taxidermizados, pendendo do teto, de asas abertas. Um pavão. Três pegas. Quinze ou vinte pardaizinhos marrons. Dúzias de aves, dependuradas em alturas diferentes, mas todas viradas para ela e para a porta, suspensas no voo. Que porra é essa?

Esse cômodo fica do lado da primeira sala, a com o piano amarelo, *bem* ao lado mesmo.

Seu instinto é tirar uma foto imediatamente e mandá-la para Elena, mas já deve ter feito isso na primeira vez que pisou ali, ou, por algum motivo, neste mundo ela acha que uma sala cheia de pássaros mortos é estilosa e acolhedora. Ela se afasta e fecha a porta. Não, obrigada. Hesitante, abre a última porta do hall de entrada. Uma estufa repleta de plantas. Parece algo de que ela deveria gostar, mas as paredes são de vidro do chão ao teto. Não.

As escadas que circulam o hall de entrada são de madeira e a ponta de cada degrau é pintada de uma cor diferente. A decoração aqui é realmente um caso à parte, meio casa de campo antiga e meio alucinação. Mas, ao subir, percebe que os degraus rangem. O dinheiro realmente não compra tudo.

No topo das escadas há um cômodo escuro e amplo. Ela arrisca e diz "Luzes!" de forma assertiva outra vez, e as lâmpadas acendem. Está em mais uma sala, mas esta tem uma mesa de bilhar, três máquinas de pinball e uma máquina de fliperama controlada por uma motocicleta falsa em tamanho real, então ela imagina que seja um salão de jogos. Puxa o êmbolo de uma das máquinas de pinball e solta, mas a máquina está desligada, então não acontece nada além dos ecos de um *taque*.

Esta é a maior sala até agora, com três conjuntos separados de janelas. O mundo lá fora talvez nem exista, pois só consegue vê-lo através do vidro. Ela pressiona o rosto contra a janela, com as mãos em concha.

Um corredor. Um banheiro. Um quarto vazio. Outro quarto vazio. Mais outro. Um escritório, de Felix, supõe, com fileiras de pastas em um armário com porta de vidro. Em alguns cômodos, a função "Luzes!" não funciona, então ela testa vários interruptores e acaba abaixando as persianas de mais janelas, e fazendo a cama zumbir e ranger e se erguer até ficar reclinada.

Só tem um quarto que parece ter sido usado: um quarto de criança, com pôsteres de videogame emoldurados na parede, uma escrivaninha com alguns livros e um grande computador. Um enteado. Faz sentido. Ela se sente como uma segunda esposa, talvez até terceira. Sai para o corredor, vira uma esquina e volta ao salão de jogos.

Sobe as escadas outra vez, para o último andar. Apenas duas portas. Uma delas leva a outro quarto intocado, as paredes pintadas num degradê que vai do laranja embaixo até o cor-de-rosa em cima. Ela ama e odeia ao mesmo tempo. Alguém nesta casa tem um péssimo gosto, e Lauren está começando a suspeitar que talvez seja ela mesma.

Atrás da segunda porta há outro quarto que ela suspeita ser o *deles*. Um quarto imenso, uma cama imensa, tão larga quanto longa. Mais portas (percebe que deixou a maioria aberta, mas isso é bom, senão se perderia). Um banheiro. Um closet cheio de roupas masculinas e espelhos. Outro closet, o dela: mais vestidos assimétricos, golas altas, inesperadas calças de cintura baixa, duas gavetas inteiras de pijamas. E a última porta que leva, obviamente, a uma última sala. Um sofá em L, duas poltronas, uma copa no canto, uma estante de formato irregular cheia de objetos que você só compra porque tem uma estante de formato irregular e precisa colocar alguma coisa nela: um peixe de porcelana, uma ampulheta, uma régua de cálculo, um vaso cheio de pequenas pinhas de cerâmica.

É o cômodo mais normal até agora, mas ainda está tão escuro do lado de fora que ela abre uma janela, liga a lanterna do celular e aponta para fora, só para confirmar que o mundo ainda existe. Árvores, a ponta de outra construção, o muro da casa se estendendo abaixo. Metade da bizarrice da casa, percebe ela, é o silêncio; as janelas devem ser à prova de som, mas, quando abre esta, consegue ouvir o vento, um barulho ocasional e o uivo de algum animal distante.

Ela se senta no sofá quase normal, que é tão macio quanto uma cama, e pesquisa no celular. Encontra o marido em seus e-mails. Ele se chama Felix Bakker, é holandês e diretor financeiro. Isso faz sentido, já que é consultora de negócios; talvez tenham se conhecido assim, talvez a empresa dele seja uma das grandes multinacionais que eles têm tentado levar para Croydon. Mas depois de pesquisar por alguns minutos, ainda não descobriu o que exatamente ele faz. Porém fica claro o que ela faz: praticamente nada.

Ela estremece em antecipação quando pesquisa sobre o casamento, imaginando castelos, catedrais, candelabros de doze pontas. Mas o que encontra são algo em torno de quarenta pessoas em uma casa de campo na Itália. Nat (com Magda no barrigão), Adele, Caleb, sua mãe, Elena. Tem um garoto que parece ter dez ou onze anos, que ela imagina ser o dono do quarto com os pôsteres de videogame.

Tudo é... surpreendentemente contido, considerando todo o resto.

Ela ainda está olhando as fotos quando Felix chega.

— Desculpe, acabei demorando.

— Tudo bem.

Ela está aqui para esquecer um homem que não existe mais. Não está com pressa. Pode só ficar em uma sala qualquer, tirar um cochilo, tomar um banho em uma das banheiras gigantes, tomar uma ducha debaixo de uma engenhoca que faz a água cair do teto, entrar na banheira de hidromassagem do pátio que ela viu em algumas das fotos do celular. Vai se anestesiar de todas as formas possíveis. Além disso, não tem televisão aqui! De fato, não se lembra de ter visto uma em nenhuma das quatro salas de estar. Será que eles não têm televisão mesmo? Será que finalmente veio um marido com quem não precisa assistir...

— *Mindhunter?* — pergunta ele, e acrescenta: — Projetor!

Um quadrado se ilumina na parede oposta ao sofá.

# Capítulo 16

O alarme de Felix dispara às sete e ela se levanta na mesma hora que o marido. É uma luta sair da cama, que é elegante, firme e macia ao mesmo tempo. As janelas, agora que está de dia, mostram colinas distantes, árvores e campos cultivados. A caminho do térreo, percebe que dá para ver uma mancha no vidro da janela do salão de jogos, por onde tentou espiar o lado de fora na noite anterior.

— O que você vai fazer hoje? — pergunta a Felix.

— Só reuniões — responde ele. — Ah, vou levar os canadenses para o campo hoje à noite. Tudo bem se você buscar o Vardon e colocá-lo para dormir?

Vardon, o filho, presume ela.

— Aham, que horas mesmo?

— Mesmo horário de sempre — diz ele, não ajudando em nada.

Assim que ele sai para trabalhar, ela tenta fazer café. Tem uma máquina no aparador da cozinha. Ela aperta o maior botão e uma pequena lufada de vapor emerge de um buraco.

— Ligar cafeteira — testa ela com a voz firme.

Não.

— Fazer café.

Não.

Ela aperta um botão menor e uma luz vermelha pisca.

— Café — diz ela rapidamente, para garantir.

A luz fica verde, depois vermelha de novo, e se apaga com um barulho.

Que beleza. Ela não pode ir ao pub ou ao posto de gasolina porque está no meio do nada. Não pode pedir comida porque, mais uma vez, está no meio do nada. E quando consegue arrancar a tampa percebe que não dá nem para improvisar com uma panela, uma peneira e uma meia-calça, porque a máquina funciona com grãos inteiros.

Vai ser chá, então.

Ela volta para o hall de entrada ainda vestindo o pijama claro de seda que encontrou no closet na noite anterior, e segurando uma xícara de chá. Será que esta casa já existia ou foi criada junto com o marido? Se o sótão teve que criar tudo do nada, isso explicaria algumas das decisões de arquitetura.

A casa é menos intimidante de dia, mas não menos estranha. Ela dá outra olhada na sala bizarra dos pássaros e percebe novos detalhes. Em uma coluna pequena no canto, vê o esqueleto de um pássaro com as asas ossudas abertas. Na parede, há um armário com uma presa de narval e três armas de verdade. Então foi isso o que Felix quis dizer com "o campo", presume ela. Acima da lareira há uma guirlanda feita do que ela tem certeza de que é cabelo humano, uma mistura de tons naturais com tons pastel tingidos. Ela levanta o braço e toca um dos pássaros mais baixos; as penas são macias e o pássaro se balança como um pêndulo quando ela puxa.

A estufa parece mais legal.

Mas, ao chegar lá, percebe algo que não tinha visto no escuro. Do outro lado da estufa, há uma porta de vidro que leva ao jardim. E bem perto, em uma floreira ao lado da porta com meia dúzia de plantas, um regador e um pulverizador de latão, está a suculenta minúscula no vaso mal pintado que ela decorou com Elena. Sua plantinha, a primeira coisa desta nova vida que reconhece da vida antiga. Ela se senta em uma das cadeiras de jardim para refletir um pouco.

Na floreira tem um par de chinelos do seu tamanho. Ela já deve tê-los calçado, aberto a porta da estufa e pisado na calçada de tijolos uma centena de vezes. Mais uma senha para entrar, então ela arrasta uma grande samambaia para manter a porta aberta.

O ar matinal ainda está um pouco frio (deve ser por volta de oito da manhã, no máximo). Orvalho na grama, flores se abrindo para o céu limpo. Canteiros de flores, um banco, videiras em arcos. Uma fileira de árvores, de folhagem selvagem, os galhos entortando com o peso de maçãs verdes e meio vermelhas.

Ela vê uma erva daninha despontando no meio de flores brancas — ou pelo menos acha que é uma erva daninha, pelo que lembra do que aprendeu com Jason —, se agacha e puxa. Segura uma erva daninha em uma das mãos e uma xícara de chá na outra. A planta é pontuda; um maço de folhas verdes arrancadas, a raiz ainda no solo. Não encontra nenhum lugar onde colocá-la, nenhuma lixeira, nenhuma pilha de outras ervas daninhas, nenhum carrinho de mão, então se abaixa e coloca a erva perto de onde a encontrou, dando tapinhas delicados.

Às dez e quinze da manhã, ela já tinha explorado a casa inteira de novo, regado cada planta da estufa com o pequeno pulverizador de latão e aparado sua surpreendente abundância de pelos púbicos (Felix deve gostar, mas ela decide que prefere nunca ter que desatar um nó púbico). Ela encontra uma série de máscaras faciais feitas com ingredientes que incluem geleia real, ouro e pó de opala. Ao se inclinar para a frente e se olhar no espelho, se dá conta de que está *linda*. O cabelo está sedoso. Os dentes, imaculados. A única ruga que já atravessou sua pele acima das sobrancelhas desde seus vinte anos parece ter diminuído. Será que o segredo é o pó de opala? Mas provavelmente ela faz botox. Seja o que for, está fazendo efeito.

Ela passa um dos cremes no rosto. É frio e arenoso ao tocar sua pele (as instruções falam para deixar lá por uma hora, os ricos devem ter tempo de sobra). Volta para a cozinha, onde encontra a adega climatizada, e, no espírito de aventura e riqueza abundante, abre uma garrafa de champanhe. É ácido, então acrescenta suco de laranja e pensa por um instante em Carter e nas mimosas no trem, tenta se forçar a parar, mas já perdeu a vontade de beber. Ela joga a bebida fora e pensa em fazer outro chá. Leva a caneca de volta à estufa, junto com um iPad que encontra em uma estante que se abre com sua digital.

Após dez minutos na estufa pesquisando — ela passa mais tempo olhando para as flores, na verdade —, escuta um carro chegando.

Felix voltou? Visitas? Ela abre a porta da estufa de novo, sai, sobe em um banco e espia por cima do muro na direção da entrada de carros. Uma van branca com uma árvore pintada na lateral está estacionando.

E Jason sai dela.

Seu ex-marido Jason.

Que existe aqui. Neste mundo.

Como ele pode estar aqui? O que está rolando? Será que ele... a encontrou? Será que vai implorar para que ela volte? Se os maridos ainda permanecem no mundo depois de irem embora, será que eles sabem o que aconteceu, será que *se lembram*?

Nunca lhe ocorreu que os maridos pudessem existir independentemente de seu papel na vida dela. Presumiu que fossem criações dela, que eles eram, de alguma forma, manifestações de seus desejos secretos ou escolhas que não foram feitas, que o sótão os criava do zero.

Jason abre a porta de trás da van e pega um avental e luvas de jardinagem, veste o avental e enfia as luvas no bolso.

Um chapéu. Uma bandeja de plantas. Outra.

Até então, ele não parece ser um homem que está perseguindo desesperadamente sua esposa desaparecida.

Ele não veio atrás dela. Está aqui a *trabalho*.

Ela deve ter feito um barulho, porque ele olha para cima, para o rosto dela por cima do muro, e acena.

— Sou eu — grita ele. — Vou podar um pouquinho e ajeitar o canteiro de flores, como combinado!

— Sim! — diz ela. — Oi! Eu vou... vou lá para a parte da frente.

— Sem pressa, tenho muita coisa para fazer!

Ela desce do banco.

Jason existe e está aqui para cuidar do jardim. Ela passa correndo pela estufa e pela biblioteca. Por que o quarto deles fica no topo da casa? Dois lances de escada antes de poder lavar o pó de opala do rosto e tirar o pijama.

Ela penteia o cabelo e vasculha o guarda-roupas. Tantos vestidos e pantalonas, mas nada, nem uma única peça que ela se lembra de ter. Uma camisa e uma calça jeans, ótimo. E, meu Deus, a calça veste muito bem.

Ela volta ao primeiro andar, dessa vez usando sandálias que fazem um barulho alto no casarão vazio. Quando abre a porta da frente e sai, lá está ele: Jason, com um carrinho de mão, agachado nos canteiros de flores junto à entrada de carros, luvas, pá, a van. Ela lembra bem a tempo de não fechar a porta e se apoia nela, mantendo-a aberta com as costas.

— Jason — diz ela; como é que isso pode estar certo? — Oi.

Ele se levanta e sorri ao se aproximar. Seu marido duas ou três semanas antes. Não há nada inapropriado em sua aproximação, ele a olha de cima a baixo, mas sem focar em nada em particular, só para vê-la por inteiro, reconhecê-la.

— Oi — diz ele. — Estou aqui só fazendo a manutenção e cuidando do canteiro e das plantas para o próximo ano. Acho que é uma boa também ver como está o pomar.

— Ótimo. Bacana.

Ela ainda está desconfiada.

— Pensei em algumas possibilidades para o muro dos fundos e queria te passar, se você estiver com tempo. Acho que já superamos a perda das glicínias.

— Aham — diz ela. — Claro. Você... precisa de alguma coisa? Água? Suco?

— Mais tarde, talvez? É melhor eu me adiantar aqui antes. Suar um pouco, sabe?

Será que ele está flertando? Ele está usando luvas de jardinagem, então não dá para saber se é casado. Se for, o flerte é inapropriado. Ou será que é parte do trabalho? Por um instante, ela fica ofendida em nome da esposa hipotética dele.

O cascalho se mexe sob seus pés.

— Está bonito — comenta ela. — Arranquei algumas ervas daninhas mais cedo.

— Pois é, elas cresceram muito com a chuva e depois o sol.

Ela o ouviu dizer a mesma coisa semanas antes.

— Aham — diz ela. — Vou deixar a estufa aberta caso você precise usar o banheiro ou algo assim. Preciso trabalhar um pouco...

Putz, ela não trabalha, não é? Será que ele sabe disso?

— Mas vou preparar um café daqui a tipo uma hora, que tal? — sugere ela, e se lembra da máquina. — Um chá.

— Perfeito — diz ele.

Jason Paraskevopoulos. No jardim de seu marido.

# Capítulo 17

Essa nova informação não entra em sua cabeça. Ela precisa de papel, um quadro-branco.

Certo.

Prioridades: em algum momento do dia, precisa buscar o Victor, Vander, sei lá. Julgando pelo quarto dele e pelas fotos do casamento, ele deve ter uns doze anos, então ela presume que precisa buscá-lo... na escola? Lá pelas três da tarde? Estava sem pressa nenhuma de descobrir, mas sua cabeça está tão cheia que decide que está na hora de obter respostas para suas perguntas e essa é a mais simples delas.

O nome do menino é *Vardon*, é o que dizem seus e-mails, e ela confirma que ele é o filho de Felix, seu enteado. Os e-mails sobre ele foram enviados por Felix e uma tal de Alicia, provavelmente a mãe. Lauren e uma mulher misteriosa chamada Delphine estão copiadas nas mensagens — a babá, ela descobre depois.

O e-mail menciona a escola de Vardon. Ela procura o site, que não diz o horário da saída dos alunos, mas tem um endereço, que fica a cerca de vinte minutos de carro.

Ela configura um alarme para as duas e meia da tarde e resolve essa questão em sua mente.

Ela volta para a estufa, a porta ainda aberta, e vez ou outra escuta os sons do trabalho de Jason ao longe. Os passos dele no cascalho. A porta da van abrindo e fechando de novo.

Ela encontra o site dele: jardinagem e paisagismo, Sul de Londres e Sussex. Tem uma foto dos canteiros do lado de fora da estufa e do pomar atrás deles, com a legenda: *Jardim particular, West*

*Sussex*. As fotos são da primavera, os narcisos ainda floridos, flores rosadas e brancas povoando árvores que agora estão com a folhagem densa. Mais jardins: um pátio com cercas vivas baixas; uma calçada margeada por árvores jovens e arcos, e mais uma foto da mesma calçada com a legenda: *Cinco anos depois*. Ele está indo bem.

Ok. E quanto aos outros maridos? Se Jason é real, eles também devem ser.

Uma pergunta perpassa sua mente, mas ela tenta não focar muito nela e se concentrar primeiro nos outros maridos.

Michael... qual era o sobrenome dele? Marido Número Um. Callebaut. Michael Callebaut. Ele tem uma filha; no Instagram dele tem fotos da garotinha, onde ela está em cima de um banco e correndo pelo parque ou usando um chapéu minúsculo de chef de cozinha e mexendo em uma tigela. Nenhum sinal da mãe até que ela encontra uma postagem de aniversário: *Faz dois anos que Maeve nos deixou*, uma foto de campânulas na madeira, *sempre a favorita dela. Saudade eterna.*

Meu Deus. Pobrezinho. Pobrezinha.

Kieran, cujo sobrenome ela não lembra qual é. Mesmo assim, faz algumas buscas, inclusive nos noticiários, caso ele tenha se tornado um assassino em vez de um marido hostil, mas não encontra nada.

Depois de Kieran foi Jason, que está... sim, atrás das árvores, seguindo por um caminho que ela ainda não explorou, com o carrinho de mão e algumas mudas. Ela se vira para não ver a parte externa da casa. Após Jason e alguns não confiáveis foi Ben, que se mudou para Dublin, e Rohan, o praticante de *swing* que, descobre ela, vai se apresentar naquela mesma noite em uma produção amadora de *Os piratas de Penzance* em Richmond, bem longe da felicidade perfeita de Toby e Maryam. Já vai tarde.

Do lado de fora, a luz do sol diminui e volta a brilhar forte outra vez.

Ela está se distraindo. Rohan. Iain, o pintor. Normo, o especialista em consultoria de testemunhas. Tenta mantê-los em ordem cronológica, tenta se manter calma.

Então chega a ele.

Carter.

Ela nunca foi do tipo que procura os ex-namorados no Google, no entanto...

Ele voltou para os Estados Unidos.

Voltou para os Estados Unidos, bem longe, mas isso deve significar que ele não se casaria com qualquer uma, não tomaria nenhuma medida precipitada para permanecer no Reino Unido; isso significa que ele gostava dela, de verdade, não dela como um passaporte. Era real.

Ele tem uma namorada. É claro que encontraria uma parceira, claro que não levaria uma vida frustrada sem ela, claro que seria *feliz com outra pessoa*, e ela sente isso na barriga, na virilha, a tensão no peito e atrás dos joelhos enquanto passa o dedo pela tela do celular: Carter com uma mulher risonha, o largo chapéu de praia dela, suas sobrancelhas perfeitas, uma caneca de café, os dois em uma festa em um barco com amigos, eles agasalhados no inverno (ele fica lindo de casaco). Ela continua descendo as fotos e os vê usando fantasia de Dia das Bruxas, e eles estão *fofos*, não com aquelas fantasias meio idiotas ou algo sexy e minúsculo que a faria se sentir superior; ele está de sr. Tumnus, de *As Crônicas de Nárnia*, com calça peluda e cascos de papelão, e ela está de Feiticeira Branca, com um vestido de noiva comprado em um bazar beneficente que, por incrível que pareça, é belíssimo.

Caralho.

Ela poderia pegar um avião. Tem muito dinheiro. Poderia comprar uma passagem, provavelmente de *primeira classe*, seria tipo ficar em uma sala de estar enquanto lhe servem vinho. Desembarcaria, acharia Carter e, o quê, iria observá-lo pedindo café? Armar um encontro? Contratar os serviços dele, seja lá quais forem, com o dinheiro do marido? Tentaria roubá-lo de alguém que ele obviamente ama tanto quanto obviamente a amou? É visível a felicidade dele nas fotos; ela reconhece esse semblante de quando estavam juntos, quando ele olhava encantado para ela e não para essa intrusa.

Mesmo que decidisse fazer essas coisas, isso significaria que ficaria presa neste mundo. Devolver Felix ao sótão reiniciaria tudo, deixaria Carter inconsciente outra vez. O melhor cenário de todos seria: pegar um avião, arruinar o relacionamento de outra pessoa, voltar com um ex que não se lembra dela, se divorciar de Felix e se tornar alguém que usou o dinheiro do marido para ir atrás de um cara que, neste mundo, ela nunca conheceu.

Ela deveria estar pensando nas implicações mais amplas da existência dos maridos, na vida deles no mundo sem ela, mas isso é algo grande demais, ela não consegue entender o que tudo isso significa. Será que em algum momento vai ficar sem maridos, caso eles estejam sendo selecionados a partir de um estoque de homens com quem poderia ter se casado, e não sendo gerados do zero? Será que ela está indo dos maridos mais prováveis para os menos prováveis? Ou é o inverso?

Ela tenta de novo, vendo por outro ângulo.

Começa devagar. A situação atual, esta casa, Felix. Se mandar Felix para o sótão, esta casa não vai desaparecer, permanecerá ali, e ela será substituída por, sei lá, outra morena quinze anos mais nova que Felix.

Ela vê as mensagens dele — passa minutos deslizando o dedo pela tela, lendo todas as mensagens que trocaram. Recentemente eles têm mandado mensagens carinhosas quando um dos dois viaja. Informações práticas, horários, locais de encontro. Antes disso, provocações apaixonadas, fotos, cinco minutos de atraso e piadas: *beleza, estou evitando as letras maiúsculas como uma jovenzinha; falei que eu poderia ser flexível. olha: não vou nem usar ponto final*, e ela consegue imaginar como o relacionamento se desenvolveu. Antes disso, lá para trás, *Foi lindo te ver* e *Obrigada pela noite linda*, repetindo a palavra "linda" aqui e ali, linda linda linda.

Ela procura mensagens de Carter, só por via das dúvidas; não há ninguém com esse nome em seu celular.

Checa o que há sobre Jason.

Ela tem o número dele, já que é seu jardineiro, e, por um instante, em pânico, acha que clicou e ligou para ele por acidente, mas não, as mensagens se desenrolam, fotos do jardim, observações, perguntas. *O que você acha de uma dessas para o pátio*, e a foto de um cacto com bolas de Natal, mas a maior parte delas são mensagens sérias: *Talvez essas aqui* e algumas fotos e uns nomes de flores, vinhas retorcidas com esferas lustrosas em tons pastel, uma flor branca estrelada que ela acha que os dois tinham no jardim lá em Norwood Junction.

As mensagens ficam mais formais quanto mais para trás ela vai; então ele: *Sim, me dá uma ligadinha e vamos conversar*, e ela, *Oi, desculpe mandar mensagem do nada, mas você ainda cuida de jardins em Sussex? Eu talvez precise de um serviço...* e anos antes disso, ela mandou: *Não se preocupe, também tem muita coisa rolando por aqui... foi ótimo te conhecer um pouco melhor, vamos manter contato!*, e ele: *Ei, eu me diverti bastante, mas percebi que não estou querendo namorar agora.*

Ela olha para cima de novo. Jason no jardim do pátio, aninhando flores novas, brancas e amarelas. Então eles saíram anos atrás, talvez depois de um término com Amos que aconteceu mais cedo do que de costume (se é que ela namorou Amos nesta versão do mundo). E ele deu um fora nela, mas com educação, e se deu ao trabalho de mandar uma mensagem, o que ela sabe que deveria valorizar, embora, na verdade, prefira um chá de sumiço.

E, três anos depois, ela entrou em contato para chamá-lo para *cuidar do jardim* e flertar na casa de campo ridícula do novo marido, onde, pelo que sabe, é madame e host ocasional de Airbnb.

As mensagens parecem casuais, só alguém procurando um jardineiro, mas sua intenção *só pode* ter sido esfregar na cara dele o quanto ela é rica agora e que ele não deveria ter dado um fora nela. *Olha, eu não me importo nem um pouco com a sua rejeição e adoraria ver você cuidar do meu jardim, que, aliás, é enorme.* Porque é fácil — presume ela, embora obviamente nunca tenha tentado — jogar no Google *jardineiro local* e encontrar alguém. Provavelmente, a maioria das pessoas que precisam de um jardineiro não sai com um duas vezes e manda mensagem anos depois.

Esse processo todo está tornando difícil para Lauren se enxergar como uma pessoa legal.

Ela olha para o jardim outra vez. Jason está mais perto.

Será que ela *deveria estar* com Jason? Foi por isso que ele voltou? O objetivo disso tudo é trocar de marido até tomar a decisão certa? É difícil ter certeza quando a única coisa que pode fazer é devolver os maridos e ver o que acontece.

Ela se levanta e grita:

— Ei! Não quer fazer aquela pausa para tomar um chá?

Após o chá, eles caminham pelo jardim até o muro em questão.

— Então — diz Jason —, conversamos sobre verde e branco, e acho que o melhor seria colocar uns jasmins e ver o que acontece, né?

— É — responde Lauren.

Ela puxa uma flor de um grande arbusto e começa a arrancar as pétalas enquanto conversam.

— Mas acho melhor tomar uma decisão de longo prazo mesmo que o resultado só apareça depois de uns anos. Então eu estava pensando na clássica rosa-trepadeira, que tal? A gente poderia pegar uma rosa Pierre de Ronsard, que começa com um tom rosado bem claro e cria um pouco de textura, mas fica branca quando abre. Ou a Lamarque, que é uma versão mais sofisticada da boa e velha Iceberg.

Ele mostra algumas fotos no tablet.

— É, faz sentido.

Ela está surpresa com o quanto esta sua versão conhece sobre plantas. Mesmo quando era casada com Jason, ele não teria lhe dito algo assim: ele cuidava do jardim, e ela gostava. Ela deixa a última pétala cair.

— Você sabe que sempre se deve começar com a resposta que você quer, né?

— O quê?

Ele aponta com a cabeça para as mãos dela, o caule vazio.

— Normalmente as flores têm um número ímpar de pétalas. É por isso que se começa com *Bem me quer*, né? Seja lá o que você diga no começo, essa provavelmente é a resposta que você vai ter no final.

— Eu não sabia — comenta ela.

Será que deveria se casar com este homem? Bem, ela já se casou uma vez.

— Eu deveria voltar para o trabalho, aliás — diz ele. — Mas vou mandar os slides e você pode dar uma olhada, aí me diz o que acha.

— Claro — diz ela.

Ela pode opinar sobre as rosas. Mesmo que não esteja ali para vê-las florescerem.

# Capítulo 18

Ela passa o resto da manhã em um canto da estufa, procurando mais detalhes sobre Carter, como se houvesse um banco de dados de todas as possíveis vidas dele em algum lugar. Ela busca por *mundos paralelos*, *maridos alternativos*, mas não dá em nada. Faz uma pausa para tentar usar a cafeteira de novo, que continua não cooperando.

Na cozinha, ela encontra uma tela que mostra a imagem de uma dúzia de câmeras espalhadas pela casa: porta da frente, corredor principal, duas das salas, entrada de carros — onde ela vê Jason arrancando uma erva daninha e checando o celular. Ela vê a si mesma de pé, olhando para a tela, as costas rígidas, um movimento quando olha para cima. Examina o restante das imagens, começando pela estufa — a câmera aponta para o canto onde ela estava mais cedo, mas o ângulo não permite ver o que ela estava pesquisando, graças a Deus. Um barracão. Uma academia com uma bicicleta, uma esteira e uma estação de musculação, que ela não viu na casa, então talvez seja em outro lugar ali perto. Nada nos quartos. Mas ela não gosta disso.

Ela se sente mal quando descobre um menu que permite selecionar "outras prioridades", e então vê as escadas de seu próprio apartamento, e sua sala de estar, quase sem decoração, com dois estranhos no sofá. Ela precisa parar; sente um embrulho no estômago e uma pressão nas têmporas.

Jason bate na porta da estufa para se despedir. As nuvens estão ficando carregadas, e quando ela abre a porta o ar está quente, se misturando com o ar frio do interior da casa. A chuva volta meia hora depois. Bate no telhado da estufa, primeiro uma gota, outra e centenas, irregulares e rápidas, então para.

O alarme dispara. Putz, sim, precisa ir buscar Vardon. *Vardon*, que nome. Ela se sente dispersa, como se todas as emoções em seu corpo tivessem se dividido e estivessem flutuando dentro de si, sem conexão.

Ela para a uma distância de alguns minutos de caminhada de… bem, do lugar aonde seu celular diz que ela vai com frequência às três e vinte da tarde. Mulheres se reúnem ali perto. Não há nenhum homem. Não. Tem uns dois perto dos portões. A maioria delas está usando roupas esportivas caras, ou um combo de blusa e legging de quem trabalha em casa pelo Zoom. Se tiver que buscar o menino de novo, melhor encontrar uma calça de ioga chique para usar. Talvez deva até se exercitar mesmo.

Após alguns minutos, o menino da foto aparece na frente dela, mal-humorado.

— Vardon — diz.

O menino olha feio para ela.

— Já falei, é Mikey.

Faz sentido; se ela fosse uma criança chamada Vardon, com certeza iria querer mudar de nome.

— Desculpe, Mikey — diz ela, mas ele não se acalma. — Como foi seu dia?

— Podemos ir? Não quero que eles me vejam com você.

Com o mesmo olhar cortante, ele entra no banco de trás do carro. Ela imagina que ele a trata como se fosse sua motorista particular porque quer bancar o quase adolescente mal-humorado. Se ela estivesse se esforçando de verdade para se conectar com ele isso talvez a magoasse.

— Você… tem algum Pokémon? — arrisca ela.

Ele revira os olhos e solta um *aaaaffff* enojado.

— Sei lá, você tem tarefa de casa, então?

— Tenho *doze* anos — responde ele.

O que ela deveria concluir com isso? Muito velho para gostar de Pokémon? Muito novo para ter tarefa de casa? O oposto?

— Sim, com certeza — diz ela.

— Quero comer no McDonald's — afirma ele.
— Sério?
— Sim!

Ela para e pesquisa no mapa; tem um drive-thru a vinte minutos dali.

— Vai demorar meia hora para chegar lá — diz ela. — Você quer passar uma hora no carro comigo em troca de um hambúrguer?

Ele joga o corpo pequeno contra o banco, soltando outro resmungo de desespero.

— Me leva para casa e pronto.

Quando chegam em casa, ela percebe que ainda não sabe a senha da fechadura eletrônica da porta da frente, mas Mikey bate o pé na frente dela e digita um número. Uma luzinha fica verde.

Assim que entra, ele sobe correndo as escadas. Está tudo bem! Eles não precisam ficar juntos. Ele vai ter uma nova madrasta daqui a uma semana.

Ela abre as gavetas do armário e procura uma roupa chique para treinar. Talvez isso a ajude a não sentir tanto que está à beira da não existência, ou se dissolvendo no ar.

Ela encontra Mikey no quarto.

— Vou para a academia — avisa ela.

Ele a olha, impassível, coloca os fones de ouvido e continua jogando.

— Qual é a senha para entrar? Eu esqueci.
— É mil merdas bosta bosta — diz ele.

Beleza.

— Se você não quer que eu vá à academia, podemos ficar aqui juntinhos — sugere ela.

Ele resmunga, meio grunhido, meio lamento.

— Eu *não sei* qual é a senha da academia, não *posso* ir lá para não me *afogar*. Procure no celular.

— Ah — diz ela. — Beleza.

Ela começa procurando um aplicativo específico e encontra um ícone com uma câmera e um controle, que abre uma interface do circuito interno de câmeras. Ela fecha rapidamente. As senhas de entrada na verdade estão no bloco de notas, não criptografado. Felix provavelmente não gostaria de saber disso. Uma sequência de nove dígitos para a casa; outra de oito dígitos para os anexos.

Ainda está quente lá fora. Ela procura pelos cantos, tenta abrir portas; vai para um barracão que no fim das contas está cheio de ancinhos e terra, depois outro cuja senha ela não tem, até que, enfim, ela encontra a academia.

Lá tem equipamento esportivo, raquetes de tênis, bolas. Estações, pesos. Uma esteira.

E cheiro de cloro.

Mikey falou mesmo em se *afogar*. E sim. Há uma porta do outro lado que leva a uma sala com piscina. A piscina tem dez ou doze metros de comprimento; cadeiras de jardim; três plantas meio vivas; paredes de vidro com vista para os fundos da casa, onde ficam os campos de tiro.

Uma piscina de verdade.

Há meia dúzia de botões no painel ao lado da porta, e dois deles ligam e desligam as luzes. Um deles parece acionar uma sutil onda que movimenta a piscina, que ainda está coberta, então ela desliga a onda. Mais um botão, a cobertura se retrai e um retângulo azul se revela devagar.

Ela tira a calça de ioga e coloca os pés na água. Por um instante, sente a água fria em seus tornozelos, mas depois fica na temperatura perfeita. A cobertura ainda está se retraindo, ela vai entrando com calma, cada vez mais fundo, a água passando dos joelhos. Ela tira a blusa e a joga para o lado e, após pensar por um minuto e dar mais uma olhada em busca de câmeras, o top. Os joelhos dela estão submersos, em seguida a barriga. Ela se joga de costas na água; está flutuando, o cabelo ao seu redor. A tensão que sentia se dissipa, então ela se levanta e se joga outra vez, e as emoções dispersas dentro de si começam a flutuar e voltar, só um pouquinho, para o lugar.

Ela não pode pesquisar sobre os maridos em uma piscina. Não pode fazer anotações. Não pode procurar evidências. Não pode dar uma olhada em seu antigo trabalho ou examinar um álbum de casamento. Só pode estar em seu corpo.

Ela fica ali por uma hora, talvez; os dedos já estão enrugados e é difícil sair, mas ela pode voltar com maiô e óculos de mergulho, e provavelmente não deveria deixar o menino sozinho por muito tempo (se algo acontecer com ele, ela até pode reiniciar o mundo, mas mesmo assim). Além disso, percebe ela, está com fome, uma sensação que não sentia desde que os maridos começaram a aparecer.

Há embalagens e mais embalagens de refeições prontas sofisticadas na geladeira. Ela chama o menino.
— Pode escolher.
Ele mexe nas opções, franze o nariz e pede hambúrguer, o que não tem, ou sorvete, o que tem.
— Toma — diz ela, dando a ele o pote e uma colher.
É fácil criar filhos! Pelo menos quando você não precisa tomar decisões cujas consequências vão se prolongar por mais do que uma semana. Ela escolhe tagine de grão-de-bico com damasco porque é o que fica pronto mais rápido, e enquanto espera pega um pedaço de queijo e come puro.
Depois do jantar se senta na sala de estar bizarra e mórbida, que não tem câmera, provavelmente por causa dos pássaros suspensos. Ela olha as fotos de Carter em Denver com outra pessoa, fecha a página e abre de novo. Liga para Natalie, que não atende, e para sua mãe, que atende, mas logo desliga porque tem que correr para a reunião de moradores senão Sonia vai conseguir o que quer com o eucalipto e isso seria o início de um desastre.
Uma mensagem aparece. Um grupo para falar sobre o menino. A mãe dele lembra a Lauren e Felix que ele não deve comer

solanáceas. Ela acha que está tudo bem, tem certeza de que não tem nenhuma solanácea no sorvete.

Logo antes das oito da noite o menino desce com uma arma de brinquedo grande que parece de verdade, toda preta e verde, e fala que vai caçar esquilos.

— Ãhn — diz ela.
— É um exercício físico — argumenta ele.
— Eu... não acho que seja uma boa ideia.

Ele parece mais revoltado do que nunca.

— Está bem. Vou treinar tiro ao alvo no celeiro.
— Eu não... você tem doze anos — diz ela. — Acho que não tem permissão de usar uma arma.

Ele não pode nem ir à piscina sozinho.

— Mas eu já falei! — insiste ele. — É uma carabina de pressão.
— Acho... acho que é melhor eu falar com seu pai sobre isso. Isso não é normal, né?
— O que eu faço, então?

Não é para isso que os desenhos animados servem? Ela o leva de volta ao quarto e promete que não vai checar o que ele está fazendo, contanto que ele não saia de lá. Ele concorda, relutante, mas se nega veementemente a escovar os dentes. Também não a deixa ficar com a carabina de pressão.

— É minha — diz ele. — Foi um presente de aniversário.

Ela tenta ligar para Nat de novo, que desta vez atende.

— Alô — diz Lauren. — Você conhece Vardon. Mikey.
— Aham — responde Nat. — Olha, eu sei que ele se sente sozinho, mas acho que Caleb não se divertiu muito quando eles brincaram juntos. Além disso, quatro anos é uma diferença de idade muito grande pra eles, e Vardon faz um monte de coisa que Caleb não tem permissão para fazer.
— Não, não é isso. Quer dizer, acho que é um pouco. Ele tem uma carabina de pressão. Isso é normal para um menino de doze anos?

— Não me surpreende — comenta Nat. — Mas não é legal.

— Pois é — diz Lauren. — Será que a mãe dele está de boa com isso? Será que eu devo deixar ele fazer o que quiser?

— Sinceramente — responde Nat, suspirando —, não sei o que dizer.

Quando Felix volta, Mikey está dormindo, angelical. Lauren faz chá de framboesa na copa da sala de estar no andar de cima.

Ela menciona a carabina de pressão, e Felix ri.

— É uma boa pausa dos videogames — diz ele. — Sei que você não gosta, mas tanto eu quanto Alicia caçávamos na infância. É normal no interior. E é só uma carabina de pressão.

Parece que eles já tiveram essa conversa antes.

— Ah, comprei uma coisa para você — conta Felix.

Um carro esportivo? Ingressos para o Coachella? Um modelo do sistema solar incrustado de joias? Mas não, é só um pacote de M&Ms de pretzel, que ela nunca provou, mas imagina que deve gostar neste mundo. Ela come um e… sim, tem algo neles, a crocância ou o contraste entre as texturas.

— Obrigada — diz ela.

— Ah, me dê um pouquinho.

Ele se inclina na direção dela.

— Três no máximo — diz ela.

Ele pega dois e olha para ela, através dos cílios surpreendentemente grossos, as sobrancelhas de meia-idade pairando entre eles. Ele sorri, afetuoso, feliz por ela estar ali. Na cama, ele se deita de barriga para cima, uma das mãos repousando na lateral do corpo dela enquanto eles adormecem nos lençóis superconfortáveis.

O lance de ser extremamente rica, pensa ela, após encontrar uma gaveta de roupas de banho na manhã seguinte e voltar para a piscina, é que: é ótimo. Depois de dividir seu apartamento de tamanho mediano com tantos maridos inesperados, é mágico ter tanto espaço, as colinas diante de si, as árvores, a neblina de verão. O ar-condicionado está ligado — hoje é mais um dia quente, e se estivesse em casa colocaria cubos de gelo por dentro da blusa para se refrescar. Aqui, ela quase gosta do calor da curta caminhada da casa principal para a piscina.

O que ela normalmente faz o dia todo? Parece que não lava os lençóis ou passa pano no chão, por exemplo; está na piscina agora porque tem uma estranha na casa principal, limpando, arrumando, lavando as canecas do chá de framboesa da noite anterior.

Talvez a resposta realmente seja: não tão ótimo assim?

É claro que ela não pode ficar.

Bem. Ela presume que não pode ficar.

Mas uma versão dela decidiu que *poderia* ficar.

Ela sabe que é errado casar com alguém só porque ele tem uma mansão no campo. No entanto, também é errado *dispensar* um marido em potencial só porque a casa dele é legal demais.

Na verdade, largar um marido por causa de sua riqueza seria ruim para o mundo, porque através deste marido ela tem acesso a dinheiro e poder. Ela poderia fazer o bem e doar, digamos, metade de seu enorme orçamento para roupas. Ou seu orçamento para viagens! Ela procurou por voos em seu calendário e nos e-mails, e encontrou uma mistura de passagens executivas e de primeira classe, encaminhadas por um agente de viagens — um emprego que aparentemente ainda existe. Se ela viajasse de classe econômica premium, o que ainda seria muito melhor do que a classe econômica padrão, poderia doar a diferença, e isso com certeza faria mais pelo mundo do que ela poderia sonhar em fazer em sua vida antiga. De certa forma, ela tem a obrigação moral de ficar.

*Não vou ficar*, pensa ela, batendo os braços e as pernas enquanto nada, sentindo a onda ao seu redor. Mas entende como isso pode ter acontecido. Em tese.

# Capítulo 19

Ela decide que suas férias vão durar exatamente uma semana. Chegou em um domingo, então vai embora no próximo domingo — ou na segunda-feira, já que Felix vai, ao que parece, para a Suíça na manhã de sexta-feira e só vai voltar na noite de domingo.

Eles transam na noite de quarta-feira, por iniciativa dele. A experiência é menos estranha do que foi com Jason, e bem menos do que foi com Toby. Felix é mais preguiçoso na cama; ele a convida a fazer o trabalho, se enroscando, lambendo e remexendo enquanto fica recostado. Essa geralmente não é a abordagem dela, mas ela gosta da sinceridade dele, e, no fim das contas, ele é mais velho, tem pelos grisalhos no peito, é o homem mais velho com quem já dormiu, provavelmente. Ela se sente jovem em comparação, e consegue desfrutar da aparência relaxada dele sem se sentir inibida, o que talvez não acontecesse com um homem mais jovem. Ela se mexe, geme e observa as reações do marido, as pequenas mudanças de expressão, as alterações sutis na respiração. É legal dar à sua pele macia e de manutenção cara um público apropriado. Ela se surpreende ao se ver entrando no clima de verdade e sugerindo um repeteco na quinta-feira.

No resto do dia, cada um fica no seu canto, se cruzando brevemente. Ela inventa um macete para decorar a senha e poder entrar em casa com confiança, associando os números aos homens do sótão, mas sua memória não é das melhores. Felix lhe dá coisinhas para obter aprovação, como os M&Ms ou as mensagens sem letras maiúsculas; uma dose de gim-tônica com uma florzinha ("Essa é uma daquelas comestíveis, né?"); um xale quando está no jardim e começa a esfriar. Sempre que faz isso, ele espera um reconhecimento, então ela agradece e diz que foi legal da parte dele, e ele sorri, satisfeito, e segue com seus afazeres. Um dia, ela leva biscoitos para o marido no escritório, mas ele não fica tão satisfeito quanto nas vezes em que é ele quem lhe traz algo.

Às vezes, ela se sente um pouco solitária.

Manda mensagem para Toby, que demora para responder, e se lembra do climão por conta do Airbnb.

Rascunha um e-mail para Carter, mas não envia, é claro, nem mesmo do e-mail falso que criou só por via das dúvidas. Meu Deus, se tivesse ficado só mais um tempinho com ele, se tivesse conhecido os segredos dele, sua história, detalhes suficientes para mandar um e-mail dizendo: *Sei que parece improvável, mas como eu saberia sobre o chiclete que você roubou aos seis anos*, mas tudo o que ela tem é o tempo que passaram juntos.

Ela liga para a mãe, que basicamente só quer falar sobre todas as casas do bairro onde mora na Espanha que ela acha que Lauren deveria comprar.

— Faz sentido você ter uma casa aqui, e claro que Natalie e a esposa e as crianças também poderiam vir, porque eu sei que elas gostariam de me visitar mais vezes, mas não tem espaço para todos eles na minha cabaninha.

— Claro, me mande os links — diz ela.

Ela pode fingir que vai comprar uma casa de campo na Espanha, por que não?

Ela não quer incomodar Elena durante a lua de mel, mas muda de ideia após passar vinte minutos tentando descobrir como ligar as máquinas de pinball. Ela se joga no sofá do salão de jogos e manda a mensagem: *Como anda a vida de casada?*

*Incrível*, responde Elena após alguns minutos. *Meu Deus, e pensar que preciso voltar a trabalhar daqui a uma semana. Que saco.*

*É só dizer que você decidiu ficar longe curtindo as ilhas para sempre*, responde ela.

*Nem todas nos casamos com milionários do mal*, escreve Elena em resposta.

É uma piada, é claro, pensa Lauren. Felix provavelmente não é uma pessoa ruim. Ela pesquisou sobre a empresa onde ele é CEO, Wardrell Stern, e eles são uma empresa genérica de tecnologia que oferece "soluções".

Mas, por via das dúvidas, ela pesquisa o nome da empresa junto com "mal".

Putz.

Ela encontra... muitas coisas. Algumas não fazem o menor sentido: alguém que acha que a Wardrell Stern manipulou as eleições da Nova Zelândia e está deixando trilhas químicas no ar (até onde ela viu, a Wardrell Stern não atua na Nova Zelândia nem na alta atmosfera), sinais de antissemitismo contra um dos fundadores da empresa, Elijah Wardrell (que na verdade, não parece ser um nome judeu).

Mas também descobre que as câmeras da casa têm registros armazenados em uma central e foram compartilhados com a polícia.

As câmeras e o software de reconhecimento facial da Wardrell Stern são usados em eventos públicos para identificar pessoas com mandados de prisão pendentes.

Os drones da Wardrell Stern são usados para patrulhar fronteiras nacionais.

As soluções analíticas de microexpressões da Wardrell Stern são utilizadas por empregadores para determinar se os funcionários estão mentindo sobre estarem doentes, aumentando suas qualidades em entrevistas de emprego ou se distraindo durante o trabalho remoto monitorado por câmeras. A Wardrell Stern está em um programa-piloto que usa essas mesmas soluções analíticas de microexpressões para avaliar requerentes de benefícios e seguros e dar assistência em entrevistas de controle de fronteiras.

A Wardrell Stern... talvez não seja do bem.

Lauren deveria ter desconfiado quando encontrou as câmeras bizarras.

Ela desvia o olhar do celular. É claro que morar num castelo no campo era bom demais para ser verdade. Ela se dá conta de que iria ficar, é claro que iria ficar, uma semana de cada vez e depois para sempre, mas agora não pode mais, precisa mandar Felix de volta antes que ela invente qualquer desculpa para ignorar a Wardrell Stern, as câmeras em cada cômodo e a piada de Elena sobre milionários do mal.

Já está fazendo isso, na verdade: *Se decidi ficar antes, não pode ser tão ruim, deve haver outras coisas além do que diz um cara qualquer da internet.* Já basta. Felix vai para o sótão. Ela vai voltar para o seu apartamentinho, e só de pensar fica chocada com o tamanho, o calor, a constante proximidade com os maridos; como é que cinco dias em uma mansão a fazem achar que *o apartamento dela e da irmã* parece uma armadilha? Ela precisa voltar a tratar essa situação como as férias que sempre deveriam ser. Piscina. Comida boa. Um marido distante e legal com quem não precisa passar muito tempo. E voltar para casa.

Embora precise de um instante para admitir, ela preferiria ficar com Carter a ter esta mansão. Ela olha de novo as fotos dele com sua linda namorada. Há uma foto nova, os dois perto de um lago. Ela nunca foi aos Estados Unidos, mas parece que lá todo mundo curte um lago.

Felix ainda está viajando a trabalho, então não tem nada para fazer; é só ela, sozinha, zanzando de um cômodo para outro, vigiada pelas câmeras. Ela cobre uma delas com um pano de prato e recebe uma notificação no celular dez segundos depois: *obstrução de câmera.*

Ela passa a noite de sábado no jardim, evitando a casa, sua fascinação ameaçadora. Felix manda uma mensagem por volta da meia-noite: *Oi, linda! Saiu para se divertir? Notei que você não está na casa agora à noite.*

Puta merda. Já era ruim o bastante saber que a casa está cheia de câmeras, mas a coisa piora ao descobrir que ele fica de olho nelas. Ela vai até a estufa e acena. *Estou aqui! Só fiquei do lado de fora, curtindo o jardim!*

No domingo, ela tenta aproveitar o fim das férias, mas assim que abre a garrafa de vinho mais cara que encontra e bebe do gargalo enquanto flutua na piscina mais uma vez, percebe que não quer beber o resto. Será que ela quer ler? Fazer uma caminhada? Liga para a mãe de novo, fala mais da casa na Espanha que não vai comprar e recebe o crédito por isso, mas para quê se tudo vai ser reiniciado? Ela pega o carro e vai parar em um armazém de produtores rurais, onde fica olhando galinhas no galinheiro e se pergunta se conseguiria pegá-las.

Felix deve chegar por volta das oito da noite. Ela avisa que vai preparar o jantar. Uma última noite agradável antes de se livrar de toda essa bizarrice. Ela encontra uma receita de dhal cujos ingredientes acha que tem — embora claramente ninguém prepare uma refeição do zero naquela cozinha.

— Nossa — elogia Felix ao voltar, olhando para ela de avental e para a panela borbulhante. — Está com uma cara ótima.

— O gosto também está ótimo.

Ela vinha testando aos poucos, e, quando não ficou muito bom, pegou um dhal diferente no congelador, esquentou no micro-ondas e misturou, só tomando o cuidado de estar fora do alcance das câmeras. Ela acha que se lembrou de empurrar a embalagem para o fundo da lixeira.

— Fiquei com saudade — diz ele, e os dois trocam um beijinho.

— Preciso continuar mexendo — diz ela, empunhando a colher de pau.

Já está quase na hora.

Eles se sentam a uma das pontas da longa mesa da sala de jantar para comer, já que, afinal, ela cozinhou. Felix até acende o candelabro, que tremula e ilumina as cadeiras em tie-dye que se estendem até o outro canto da sala.

— Ah — diz ela, com cautela. — Acho que deixei uns papéis lá no antigo apê de Londres. No sótão. Sei que trouxemos para cá a maior parte das minhas coisas, mas procurei muito e tenho certeza de que deixamos lá pelo menos uma caixa. Sei que é chato, mas não tem nenhum hóspede lá agora. Se você for para a cidade amanhã, pode dar uma passadinha lá a caminho de casa para pegar?

# Capítulo 20

Ela se levanta com Felix mais uma vez pela manhã. Consegue preparar o café agora: é só apertar o terceiro botão da esquerda para a direita e dizer "flat white" e "macchiato".

Felix vai chegar em casa tarde, diz ele; talvez às nove ou nove e meia. Vai trazer a caixa de papéis dela.

Ela tem, então, cerca de doze horas para se preparar para o reinício.

Decide passar seu último dia de luxo pesquisando, o que quer dizer ficar na piscina vendo filmes sobre loop temporal no notebook (ela descobriu tardiamente que não importa muito se o equipamento ficar molhado).

Não que esteja exatamente em um loop temporal. A parte aterrorizante de um loop temporal é que não há avanço, só uma repetição incontrolável e constante; não faz sentido fazer qualquer coisa, porque os efeitos nunca perduram a longo prazo. Mas a vantagem é o tempo infinito: nada de envelhecimento, nada de consequências por conta de erros, nada de morte, e a dádiva ou maldição dos anos, décadas, séculos a mais. Tempo para aprender física teórica, a tocar piano perfeitamente ou a falar uma dúzia de idiomas ou para fazer as pazes com a própria infância ou se tornar uma pessoa melhor.

Ela não está ganhando tempo extra, não objetivamente. Não recebeu o milagre do não envelhecimento. Cada marido novo não reinicia o calendário; o tempo segue adiante como sempre, mas ela acha que não está seguindo adiante com ele.

Só faz três semanas desde que o primeiro marido chegou, mas os detalhes de sua vida antiga parecem distantes e vagos, longas semanas em que nada mudava, os dias desembocando em outros dias. O que ela fazia? Como era a vida? Ela anotava as coisas no calendário, então o dia chegava e ela fazia o que tinha que fazer. Drinques depois do trabalho às quintas-feiras. Natação antes do trabalho às terças-feiras. Chá com Toby no meio da manhã se ambos estivessem trabalhando em casa. Cinema talvez uma vez por mês. Ela andava fazendo muitas fritadas antes da mudança, lembra-se; tinha perdido o hábito de ler; às vezes caminhava até o parque mais distante para ver os patinadores. Em abril, ela e Elena passaram um fim de semana em Florença. Às vezes ela pensava se deveria arranjar um namorado, refletia sobre todo o processo e concluía que não. Achava que já era bastante feliz, levando sua vida, com seus hábitos, amizades e idas regulares ao mercado, que a conduziam de uma semana a outra sem nenhum risco real de alguma coisa dar errado.

Ela deveria começar a se mexer. Não é uma boa ideia estar na casa cheia de câmeras de Felix no momento em que ele deixar de ser seu marido.

Às quatro da tarde, vai até o quarto deles, pega um vestido assimétrico de seda que ainda não usou e dá mais uma volta pela casa ridícula. Caminha pelo jardim. Arranca um botão de rosa que estava se abrindo em um arbusto e enfia atrás da orelha.

Não ousa pegar o carro para não correr o risco de Felix entrar no sótão no meio do caminho, o carro desaparecer e ela sair rolando pelo ar e cair na estrada a cento e trinta quilômetros por hora, ou o veículo de repente pertencer a outra pessoa. Decide ir a pé até a estação. Seus sapatos caros são extremamente confortáveis mesmo após uma longa caminhada pela zona rural, e ela quase fica irritada com essa descoberta.

O trem está calmo e leve e, considerando que são cinco da tarde, não muito cheio. Ela se senta nos fundos do vagão e vê os prédios se afastando dela, os jardins com trampolins, os campos e as grandes ovelhas enquanto o trem segue cortando o interior.

Ela está relaxando, embalada pelo movimento do trem, quando recebe uma mensagem de Felix: *Não encontrei a caixa, vamos pedir para Nia dar uma olhada no depósito amanhã. Estou a caminho, te vejo daqui a pouco.*
Ela para, lê de novo.
E de novo.
Ele procurou a caixa (e é claro que não achou, pois não há caixa nenhuma, ela não faz ideia do que tem no sótão). Ainda assim, ele está mandando uma mensagem para ela, não para sua nova esposa do universo alternativo.
Ele ainda a conhece.
Eles ainda são casados.
Ele não foi trocado.
Ela deveria imaginar que não poderia confiar no sótão para sempre. Talvez houvesse um número limitado de trocas, e ela as tenha esgotado. Talvez esteja longe demais, e o sótão só funciona quando ela está a um raio de tantos quilômetros. Talvez precise desligá-lo e ligá-lo outra vez.
Merda. *Merda.*
Certo. Ela procura por notícias estranhas e importantes, manchas solares, auroras boreais. De certa forma, é normal um sótão não transformar seu marido em um cara diferente, então é um problema difícil de solucionar.
O trem está chacoalhando adiante, cada vez mais perto de seu antigo apartamento. Então ela pensa em como seria ficar presa com Felix para sempre.
E se isso acontecer mesmo?
Tirando a situação maléfica da vigilância, ele é um bom marido. É gentil, atencioso e se mantém distante o suficiente para que ela tenha tempo para si. Há um nível de desapego na relação deles que ela acha reconfortante: nada de soltar pum e rir, nada de fazer xixi com a porta aberta, nada de conversar sobre os sentimentos, nada como o momento em que Jason saiu do banheiro com um

cotonete na mão e mostrou um amontoado de cera de ouvido, entalhado, uma montanha, os olhos arregalados em deleite. Ela sabe que algumas pessoas consideram esse tipo de intimidade saudável, mas cair de paraquedas numa relação assim, ser convidada a espremer uma espinha no traseiro de alguém ou ver algum filme pornô legal que ele encontrou enquanto você tinha saído já é demais. Ela aprecia o afeto distante que tem com Felix. O espaço entre eles parece expansivo, não proibitivo.

Ela não esperava um enteado; a caça aos esquilos parece definitivamente ruim. Mas Felix fazia isso na infância e cresceu bem, né? Tirando o fato de ele talvez ser uma pessoa maligna. Além disso, o menino só fica lá por uma ou duas noites na semana.

E, se ficar, ela acha que saberá curtir a riqueza melhor do que a maioria dos ricos. Vai ser o tipo de pessoa rica que ninguém odeia, o tipo de pessoa rica que dá boas gorjetas, é educada, amigável, os outros vão dizer: *Na verdade, por incrível que pareça, ela é uma boa pessoa*. Ela não menosprezará nada nem ninguém: o jardim, a empregada doméstica, a piscina, as roupas, vai pedir uma refeição com base apenas no capricho ou no valor nutricional, nem olhará o preço. Ela não escolheu esta vida, mas isso não significa que não poderia aproveitá-la ao máximo.

E se ela perdeu a opção de ir embora, também perdeu a obrigação.

Ou, pensa ela, se não for um bom plano a longo prazo, poderia até mesmo se divorciar de Felix e se dar bem com isso; não há nada que diz que você deve ficar para sempre com o seu marido, a não ser os votos do casamento. Ela pesquisa maneiras fáceis de se divorciar no Reino Unido e descobre que o divórcio está listado como uma das cinco coisas mais estressantes a se fazer, mas suspeita de que as pessoas que compilaram a lista não tinham experimentado ter infinitos maridos que se transformam.

Ela deveria conferir como está o antigo apartamento. O aplicativo de vigilância em seu celular oferece a visão da casa de campo, mas, ao clicar em "outras propriedades", há uma pequena notificação vermelha — "atividades de hoje". Deve ser Felix pegando a caixa que não existe, só que tem um problema: não é ele.

É um marido.

Um marido *diferente.*

Um vídeo das escadas e um homem diferente, cabelo arrumado, óculos, jovem. Ele sobe e some de vista. Ela o vê na sala de estar também, com um copo d'água.

Um homem em sua casa. E não é Felix.

Ela não deveria ter dois maridos ao mesmo tempo. Não faz o menor sentido. Como um novo marido poderia ser capturado pelas câmeras instaladas pelo marido antigo? As regras estão desmoronando.

Ela liga para Felix, mas cai na caixa postal.

— Me liga — diz ela.

Procura no celular fotos do novo marido, mas não há nada, nem mensagens de alguém que possa ser ele.

A bateria do celular está acabando, menos de vinte por cento. Ela não pensou que demoraria tanto; sua expectativa era cair de paraquedas em outro mundo. Nem sequer trouxe um carregador. *Vá mais rápido, trem*, pensa ela, enquanto o veículo se apressa na direção de Londres e ela tenta ligar para Felix de novo, e de novo, e de novo.

Ela sai da estação de Norwood Junction e caminha em direção ao seu antigo apartamento, e, com apenas seis por cento de bateria no celular, ele finalmente retorna a ligação.

# Capítulo 21

— Ei — diz ele —, cadê você? O aplicativo está dizendo que você está em Londres.

É claro que a merda do aplicativo iria dizer onde ela está.

— A caixa — diz ela. — Desculpe, isso é importante. Tinha mais alguém na casa quando você foi procurar?

Está a dois minutos, talvez, da esquina de sua rua. Seus dedos pareciam escorregadios onde tocavam o celular.

— O quê? Espere, deixe eu ver.

Ela ouve um barulho, e Felix volta. Consegue ouvi-lo com mais clareza, talvez tenha tirado do viva voz.

— Não, quer dizer, eu mandei um estagiário, mas ele não falou se viu alguém. Você deu uma olhada nas câmeras?

Ela precisa de um instante para digerir a frase, para entender a situação.

Quando cruza a esquina e a casa entra em seu campo de visão, ela finalmente se dá conta: *o sótão ainda está funcionando.*

— Oi — diz ela. — Já, já te retorno.

O homem na câmera não era um marido. É claro que Felix não se deu ao trabalho de pegar um trem, um táxi ou um carro da empresa e passar uma hora na estrada só para ir à antiga casa dela. É claro que ele só mandou um funcionário. É claro.

Ela para e respira de alívio, fecha os olhos e deixa a sensação engolfá-la como as águas de uma piscina.

Está farta disso. Já deu. Ela quer sua nova vida.

E, contanto que tenha certeza de que quer abandonar esta vida, não importa o tamanho da bagunça que fizer na saída.

Ela aperta o passo e destranca a porta da frente — lembra das senhas em suas mensagens do Airbnb, uma para a porta de fora e outra para a do apartamento —, e sobe as boas e velhas escadas.

A casa ainda é a mesma coisa estranha e vazia que era quando saiu dali na semana anterior. Ela procura um carregador nos armários da cozinha, mas só encontra quatro potes meio vazios de ervas verde-acinzentadas e uma fileira de livros de receita intocados.

Há um pacote de boas-vindas na mesa do corredor, além de uma sacola dobrada. A faxineira deve ter deixado ali. Ela abre e encontra chá e biscoitos de chocolate crocante amanteigado. A garrafa de vinho tinto ao lado custa (ela confere) 5,49 libras. A tampa é de rosca, bem mais fácil de abrir do que a maioria das garrafas de cem libras que ela tomou ao longo da semana, e bebe um golinho. É bom, mas tem que admitir — a contragosto — que os vinhos caros são bem melhores.

*Estou em casa,* manda para Felix. *Minha casa antiga. Não vou sair daqui.*

O celular toca na mesma hora. Ela rejeita a ligação.

Toca de novo. Ela rejeita de novo e manda outra mensagem: *Estou no apartamento e só vou sair quando você vier aqui. Explico depois,* e coloca o celular no modo avião para poupar a bateria e as discussões.

Em seguida, é hora de conferir se o sótão ainda está funcionando. Ela puxa a escada, levando para a esquerda no meio do caminho como sempre fez — em nenhum dos mundos ela e o marido consertaram. E lá está a luz quente. Um estalo no ar. O sótão, ainda fazendo sua parada bizarra.

Ela não quer ir para a sala de estar, com as câmeras a olhando, então pega um livro de receitas na cozinha, para ter algo para ler enquanto espera, vai até o quarto e se joga no que tem certeza de que é a cama original. Biscoitos Brilhantes. Bolos Bonitos. Pudins Perfeitos.

Ela está examinando os Scones Saborosos quando escuta o som de alguém destrancando a porta da frente e subindo. Não pode ser Felix, será? Ainda não. Não, é uma mulher de terno.

— Lauren! — chama a mulher do corredor, ligando a luz; o dia está escurecendo.

— Oi — diz Lauren da porta do quarto. — Você por acaso tem um carregador de celular?

A mulher dá uma olhada na bolsa.

— Não — responde ela. — Me desculpe.

— Tudo bem — diz Lauren. — O Felix mandou você vir aqui?

— Aham, eu sou... eu sou a Siobhan, nós nos conhecemos na festa de verão.

— Sim, claro — diz Lauren. — Bem-vinda. A bateria do meu celular está acabando, por isso não consigo ligar para o Felix, mas seria ótimo se você pudesse dizer para ele que estou bem e planejo ficar aqui até que ele venha me ver.

— Tem alguma coisa... você está bem?

— Estou bem, obrigada. E você?

— Bem.

Siobhan é jovem, não deve estar há muitos anos nesse cargo. É muito feio da parte de Felix, pensa Lauren, mandá-la ir atrás de sua esposa.

Siobhan ainda está falando.

— Você gostaria que eu ligasse para alguém? Você quer mesmo que o Felix venha? Ou tem alguma coisa... eu pesquisei algumas organizações...

Lauren leva um instante para entender.

— Ah — diz ela. — Meu Deus, não. Acho que não... Não, com certeza não.

Ela olha para Siobhan. Imagine ter, o quê, vinte e dois anos? E ser mandada pelo seu chefe para tranquilizar a esposa no meio de um colapso nervoso, e ainda ter a coragem de conferir se ela está sofrendo abuso. Não é isso o que Lauren queria, alguma funcionária ser forçada a vir ao seu apartamento depois do fim de um longo expediente. Mas *não tem problema*, lembra a si mesma. Siobhan vai retornar para sua vida normal quando Felix voltar para o sótão.

— Quer um vinho? — sugere ela. — Ou biscoito amanteigado?

— Não — responde Siobhan. — Não precisa. Um copo d'água, talvez?

— Claro.

Lauren entra na cozinha e abre os armários em busca de copos.

— Sente-se, por favor — acrescenta, e Siobhan se apoia em uma banqueta.

A campainha toca.

Siobhan se levanta.

— Não seja boba — diz Lauren. — Sente-se, este não é seu trabalho. Não me admira Felix mandar você vir aqui para resolver os problemas dele. Espero que você receba pela hora extra.

Por um instante, ela fica ávida por justiça.

— Não tem problema nenhum.

— Na verdade — diz Lauren —, quem sabe você entenda, no fim das contas.

Talvez Felix tenha chamado alguma equipe de emergência dos ricos, pensa ela. Talvez uma ambulância particular especializada em recolher esposas teimosas e levá-las para algum tipo de centro de tratamento de luxo? Ela pega a garrafa de vinho e os biscoitos, volta para o quarto e fecha a porta. Naquela primeira noite, descobriu que uma cadeira debaixo da maçaneta não é suficiente, então arrasta a cômoda até a porta para bloqueá-la por inteiro. *Ufa*.

Ela escuta alguém no patamar com Siobhan. Ah. Nada de paramédicos de luxo. É só Toby.

— Ah, oi — diz ela através da porta.

— Hum, oi — diz ele. — Você está bem. O Felix me ligou.

Felix deveria aprender a lidar com os próprios problemas.

— Estou bem — responde ela. — Só não vou embora até ele vir aqui. Fui bem clara.

— Está bem — diz ele após um instante; ela ouve Siobhan murmurar algo, mas não entende. — Posso entrar?

— Prefiro que não — replica ela.

Da última vez que ela esteve neste quarto com ele, foi extremamente esquisito.

— Já sei, e se você preparar um chá para mim? — diz ela.

Ela não quer chá e não vai afastar a cômoda para que ele entre, mas isso vai ocupá-lo.

Ela está tentando muito fazer a coisa certa.

Tudo o que precisa é que Felix faça a sua parte.

Alguns minutos depois, uma batida na porta.

— Sou eu — diz Toby, então a maçaneta gira, e a porta se abre devagar para fora.

Putz. Ele olha para a cômoda e coloca uma caneca em cima.

— Hum, aqui está seu chá.

— Me desculpe pelos hóspedes barulhentos — diz ela. — Peça desculpas a Maryam por mim. Vou dar um fim nisso.

— Beleza — diz ele. — O importante é que você está bem. Tem certeza de que não posso entrar?

— Tenho — confirma ela, de pé atrás da cômoda como se fosse um balcão de loja.

Ele aguarda.

— Pode fechar a porta? — pergunta ela.

Ele hesita por um instante e fecha com cuidado.

Ela procura o perfil de Carter no celular. É ridículo gastar três por cento de bateria com isso, mas há uma foto nova dele com a mulher. Não é possível ele estar tão feliz quanto parece! Ele não pode ter montado barracas e perseguido galinhas por ela e logo depois ter entrado em outra vida que ele ama tanto.

A carga da bateria diminui mais um pouco; o celular se desliga sozinho e ela fica sozinha na cama. Escuta a porta da frente de novo. Toby indo embora, talvez.

E, em seguida, mais rebuliço no patamar. E desta vez, enfim, é Felix.

— Obrigado — diz ele a Siobhan, então bate na porta e abre uma fresta. — Oi — fala para Lauren.

— Oi — diz ela. — Eu achava que a porta abria para dentro — acrescenta, apontando para a cômoda.

Um momento de silêncio.

— Siobhan — chama ele —, obrigado, eu assumo daqui.

Siobhan pega a bolsa.

— Sem problemas, fico feliz em ajudar — responde ela, quase convincente.

Lauren observa Felix, que espera até ouvir a porta se fechando.

— Então, o que houve?

Ela esperava que ele estivesse preocupado ou bravo, mas ele não demonstra nenhuma emoção. Está apenas neutro, avaliando.

— Bem — diz ela. — Se você for ao sótão eu explico. Tem uma coisa lá que eu quero que você veja.

A escada ainda está abaixada atrás dele.

— Eu... não sei se me sinto confortável com isso — afirma ele. — A não ser que você me explique melhor. "Tem uma coisa lá que eu quero que você veja" é meio estranho, não é?

— Prometo que não vai se arrepender — diz ela. — Não é nada perigoso, nem nojento. Não posso explicar direito, mas você precisa confiar em mim. Como sua esposa.

Ele fica quieto por um instante e diz:

— Vou precisar de mais do que isso — insiste ele.

Certo.

— Não gosto de ter que fazer isso, mas você vai entender quando vir — diz ela. — Vou pedir mais uma vez para você subir até o sótão. Uma coisinha simples, para me agradar, porque você me ama e confia em mim.

Felix olha para cima, para a escada, e de volta para ela.

— E se você não for — continua ela —, sinto muito, mas vou ter que contar seu segredo para todo mundo.

Como Jason com seu prato favorito, pensa ela, ele deve ter um segredo.

Ele arregala os olhos, só um pouco.

— Meu...

— Você sabe qual é — diz ela.

Ele é multimilionário, diretor financeiro de uma empresa definitivamente maligna, se divorciou duas vezes e se casou três, deixa o filho usar uma carabina de pressão e tem uma sala repleta de pássaros mortos. Ela não sabe qual é o segredo dele, mas deve ter *alguma coisa*.

— Eu não queria ter que trazer isso à tona — acrescenta ela.

E o rosto dele de repente muda, e ela se pergunta por um instante se cometeu um erro, se Siobhan sabia de algo que ela não sabe, se ela não deveria evitar ameaçar um homem rico e poderoso quando estão sozinhos. Ela cogita gritar por Toby ou saltar sobre a cômoda, entrar na sala e parar na frente das câmeras da casa, mas ele diz:

— Lauren, não sei do que está falando.

Mas é claro que ele sabe. Ela ainda não sabe qual é o segredo dele e nem se importa com isso, mas diz:

— Está tudo bem, está tudo bem, não vou contar para ninguém, eu te amo, não é nada de mais, só preciso que você dê uma olhada no sótão, só por dez segundos. Cinco. Prometo que você vai entender assim que entrar lá.

Ela se sente mal, não está acostumada a vê-lo abalado, mas ele vai se sentir melhor em breve.

Ele sobe, um passo atrás do outro. A cabeça dele desaparece no escuro, depois o torso. Ela vê a luz piscando e ouve o zumbido.

E a primeira coisa que nota é que a tensão de prender a bexiga, algo que ela mal percebeu que estava fazendo, desaparece neste novo mundo. O alívio de entrar em uma vida onde não precisa ficar se escondendo no quarto.

O sótão funcionou.

Ela dá um passo à frente até a soleira da porta — que instantes antes estava bloqueada pela cômoda — e espera o próximo marido descer. Tudo novo de novo; tudo está de volta ao normal e tudo está diferente.

# Capítulo 22

O novo marido gosta de pressionar a ponta do nariz dele no canto interno do olho fechado dela. O marido seguinte gosta de lamber as orelhas dela e enfiar a língua no meio das curvas. O próximo finge tocar música nos dedos do pé dela. Um deles coloca um gorrinho minúsculo (neste mundo, ela tem gorrinhos minúsculos, para colocar em ovos) na ponta do pênis. Ela deixa que eles passem como folhas caindo pela rua. Eles entram em sua vida, ela passa um ou dois dias com eles e os manda para o sótão.

No início, se força a pesquisar sobre cada um deles. Vê como estão seu trabalho, seus amigos, seus maridos favoritos, Carter e Jason, e às vezes até Rohan e Felix, para ver se estão bem (em um dos mundos, Felix está na prisão por mentir sobre o sucesso de sua empresa, o que a deixa chocada, ela nem sabia que isso era crime). Uma parte dela sempre torce para encontrar Carter sozinho e abatido, mas ele nunca está. Normalmente está com a mesma mulher feliz, nos mesmos bares de Denver. Por fim, ela para de pesquisar. O mundo não vai demorar a mudar mesmo. Ela começa a usar seu atestado para não ir trabalhar, renovado a cada vez que o mundo muda, e passa os dias cozinhando, fazendo caminhadas ou lendo livros. No horário de almoço, passa na casa de Elena, que voltou da lua de mel, ou toma café com Toby, com quem está quase sempre em bons termos outra vez. Às vezes, tira um dia de folga, vai para a cidade e gasta o dinheiro que não tem experimentando cardápios, manicures, comprando bolsas de grife da Selfridges e depois as usando para esconder um hambúrguer ao entrar no cinema. Um dia, ela finge uma inesperada viagem a trabalho tarde da noite e vai ao Alton Towers andar de montanha-russa, para ver se Amos sabia das coisas e porque um parque de diversões pós-relacionamento pode ajudá-la a esquecer Carter, o que não acontece, mas é divertido mesmo assim.

A certa altura, ela volta a trabalhar. Pelo menos quando é na prefeitura, pode bater papo com Zarah e sair de casa. Ela tem mais uma reunião com o cara da padaria. Desta vez, ele quer colocar o nome "Como nossos pães" em sua padaria, o que ela acha que talvez infrinja direitos autorais, mas não tem certeza. Será que é melhor do que o original "Pão na massa"? Ela reflete bastante e decide que sim, talvez?

— "Pão dormido" — sugere Zarah quando elas conversam após a reunião.

— Acho que não é essa a ideia que a prefeitura quer passar. "Pão que nasce torto nunca se endireita"?

Zarah não entende a referência.

— Você sabe. *Tchan tchan tchan tchan tchan*. Você já deve ter ouvido.

Ela pega o celular e põe os primeiros trinta segundos da música para tocar.

— Sério? Nada?

Zarah dá de ombros.

— Desculpe, eu nasci neste século.

— É muito famosa — diz Lauren.

— Nunca ouvi.

— Sou só oito anos mais velha que você.

— É esse o espírito — comenta Zarah. — Você tem a idade da sua mente.

Mesmo quando vai para o trabalho, ela tem muito tempo de sobra. Não faz sentido se exercitar, seu corpo vai mudar assim que ela mandar o marido para o sótão. Mas ela pode aprender coisas novas, então passa alguns dias estudando flores, se lembrando de sua versão que entendia tanto do assunto na casa de Felix. Hortênsia, glicínia, áster, azaleia. Tipos diferentes de rosas trepadeiras, até que encontra a que escolheu para aquele muro vermelho. Pesquisa sobre como cuidar melhor de sua pequena suculenta, mas no fim das contas a melhor sugestão é não fazer nada.

Ela perde o tesão por aprender coisas novas depois disso, mas é bom saber que é possível.

Em vez disso, convoca mais maridos, mais e mais.

Às vezes parece que existe um padrão, algo que deveria conseguir desvendar. Três Toms brancos seguidos, um mais alto que o outro. Cinco carecas barbudos. Quatro homens dos últimos quatro países que ganharam a Copa do Mundo. Mas o padrão sempre é quebrado e volta para apenas: homens de quem ela poderia gostar e que poderiam gostar dela. Ela tem certeza de que todo marido é alguém que ela poderia ter conhecido em algum lugar, de algum jeito, se tivesse feito as coisas um pouco diferente. Todo marido é alguém com quem ela poderia querer ficar, e alguém que iria querer ficar com ela. Todo marido é alguém com quem ela poderia — se as coisas tivessem sido só um pouquinho diferentes, se ela tivesse ido a uma festa em particular ou usado um casaco em particular ou olhado em uma direção particular — ter se casado.

O que não significa que todos são homens com quem foi uma *boa ideia* se casar.

Tem um marido cuja dedicação à luta pela liberdade de expressão é cansativa. Um marido que ainda sai para correr quatro vezes por semana com a ex. Um marido que afirma não ser suscetível a ilusões de ótica, que observa a lua gigante no horizonte e diz que parece uma lua pequena e normal, que olha para linhas encurvadas nas pontas e afirma que todas têm claramente o mesmo comprimento.

Alguns maridos fazem barulhos. Repetem palavras. Um deles põe a mão na testa dela quando ela se deita na cama e a pressiona de uma forma que faz todos os pensamentos indomados dela parecerem se acalmar; ela sente falta disso quando ele vai embora, tenta explicar para o próximo marido, mas ele não entende direito. Um marido faz quarenta flexões toda manhã, e sempre que ela pergunta como foi seu dia, ele dá de ombros e diz:

— Pelo menos fiz quarenta flexões.

Um deles se equilibra em uma perna só enquanto escova os dentes, ela não entende por quê. Outro guarda os pedaços cortados da unha do pé em um potinho e diz, em tom de piada (ela acha que é uma piada, mas não tem certeza), que vai usá-los para fazer gelatina quando tiver uma quantidade suficiente.

Seu sobrinho, Caleb, vai passar a noite com ela; Nat nunca tinha permitido antes, e ela se pergunta se é porque agora é mais respeitável, é uma mulher casada, alguém a quem se pode confiar uma criança, ou só porque ele está mais velho. O tempo, afinal, continua passando.

— Sou muito grande para comer palito de peixe — anuncia Caleb em tom solene; e acrescenta: — Quero uma salsicha — diz, e sai correndo de um cômodo para outro, depois desce as escadas até a porta da frente e sobe de novo, zunindo. — E *ketchup*! — grita.

Um marido come dois figos inteiros no café da manhã todo dia, deixando apenas o talo preso entre a ponta dos dedos de cada mão.

O tempo vai esfriando cada vez mais, mas o sol aparece por um momento, o que a faz acreditar que ainda virão mais dias quentes. De qualquer forma, ela acha mais fácil amar os maridos do tempo frio. Ela gosta de aconchego. Chocolate quente. Filme no sofá. Homens de cardigã ou cachecol, parecendo grandes ursinhos de pelúcia, pesados, adoráveis. No verão, os maridos se vestiam pior, fediam mais, bebiam com mais frequência (justiça seja feita, ela também), faziam churrasco ruim ou embarcavam em pequenos projetos manuais que abandonavam no meio do caminho. Com estes maridos do outono, é mais fácil sentir afeto. Ela começa a mantê-los por três ou quatro dias, em vez de um ou dois, e até sonha acordada que encontra alguém com quem gostaria de ficar por mais tempo. Mas não, ainda não, não está pronta. Ainda está superando Carter e aproveitando ao máximo o sótão e seus reinícios. Mas talvez em breve.

Ela liga para a mãe às terças-feiras. Tirando isso, aceita o que já estiver programado. Uma noite cuidando de Magda, que derrama uma caixa inteira de leite em sua bolsa. Uma viagem de um dia para visitar sua velha amiga Parris em Hastings. A cidade é legal e tem uma ótima livraria, mas Parris passa muito tempo falando sobre o quanto as cervejas e as casas de lá são muito mais baratas.

— Mas não espalhe para as pessoas, não queremos que todo mundo venha e estrague tudo para a gente! — diz ela, nem um pouco convincente.

Uma tarde tirando lixo do Tâmisa com uma amiga que ela não conhece; elas ouvem um discurso motivacional que inclui o aviso de que devem ir ao médico caso sintam febre e náusea, porque pode ser uma doença transmitida por urina de rato na água. Londres!

Uma montagem de *Antígona* em um estacionamento de vários andares em Peckham com Rob, Elena e o marido; o público é convidado a perseguir os atores pelas escadas e portas misteriosas, e ela e Rob acabam presos no elevador com um dos protagonistas. O ator tem um walkie-talkie e se sai muito bem em avisar o pessoal da peça sem sair do personagem.

O marido, que comprou os ingressos, fica irritado por perder essa experiência.

— Acho que não estava no roteiro — diz ela. — Acho que o elevador só parou mesmo.

Mas como isso não o animou, ela o mandou embora.

Enquanto ele está lá em cima, ela vai ao banheiro para ajeitar o cabelo e passar batom para receber o próximo marido. É legal começar a nova vida com o pé direito. Barulho e zumbido e estalo lá em cima. De volta ao patamar, pernas surgem, o marido desce, se vira e, após um instante, sorri.

Ele é um dos fofos. Ela retribui o sorriso.

— Oi. Bem-vindo ao patamar.

Os maridos nunca estranham quando ela diz essas coisas.

— Também é bom te ver — diz ele.

Ele é mais musculoso; parece ser sul-asiático, mais ou menos da idade dela. Tem sotaque... australiano, talvez?

A casa está mais arrumada do que de costume, e mais clara. Há um antigo pôster de geologia emoldurado na parede. Um novo vaso amarelo com flores que ela reconhece de seus dias de aprendizado: dálias.

O marido também olha ao redor do patamar.

— Ei, já que terminei de mexer no sótão, eu adoraria tomar um chá — diz ele.

— Vou levar lá na sala — diz ela.

Perfeito. Ela pode fazer umas pesquisas no celular, dar uma olhada na cozinha, examinar esta vida. Ela vê uma mesa com cartas no corredor, onde descobre que o marido se chama Bohai Strickland Zhang e que ela se chama Lauren Zhang Strickland. É, vai dar certo.

Ele está atrás dela, pega uma das cartas, vai para o quarto de hóspedes por um minuto e depois para a sala de estar.

Ela olha suas mensagens. Uma mistura de mensagens casuais e afetuosas para Bohai. Tudo parece bem com Toby, Nat e Elena, embora a última mensagem que recebeu da amiga diga apenas *BARRY SPILES*, o que é um tanto intrigante. Seu emprego é o mesmo.

A chaleira (nova) está fervendo. O chá (da marca Yorkshire) está na bancada. Só tem leite de amêndoas na geladeira. Ela arrisca servir com leite e sem açúcar.

Quando ela leva as canecas, Bohai está mexendo no celular junto à janela.

— Chá — diz ela, então ele olha para cima e sorri.

Ele tem uma qualidade que poucos maridos têm: sempre a olha com atenção e um brilho no olhar. Talvez sejam recém-casados.

— E aí — diz ele, se recostando na poltrona enquanto ela se acomoda no sofá. — O que você planejou para a semana?

— Nada especial.

Ela abre o calendário e só vê um jantar marcado com Rob e Elena, nada além disso.

— E você?

— É, nada de mais também — diz ele.

Ele toma mais um gole de chá; ela também bebe um gole e olha ao redor. As janelas parecem mais claras do que o normal, quase como se... peraí. Ela confere o calendário de novo. Nos últimos oito dias, lê-se: *SHAN*.

É por isso que o apartamento está tão limpo, eles receberam uma hóspede. As fotos de seu celular mostram o marido e uma mulher mais velha no parque, sob um guarda-chuva. Será que é a mãe dele?

— Shan chegou bem em casa? — pergunta ela em tom casual.

Ele bebe o chá outra vez.

— Aham, até onde sei. Quer dizer, ela teria dito se não tivesse chegado bem, né?

Eles ficam em silêncio novamente, mas não é nada confortável; tampouco tenso, só um pouquinho constrangedor. Talvez tenham brigado feio e ambos estejam se esforçando muito para se acertar, talvez algo tenha acontecido com a provável mãe dele, talvez precisem tomar uma decisão importante e estejam evitando.

— TV? — sugere ele, e ela diz "sim" rápido demais.

Ela aceitaria até mais episódios de *Mindhunter*, mas as indicações do "Continue assistindo" da Netflix são um documentário sobre focas, outro documentário sobre como fingir viver no século XIX e *Friends*. O marido hesita, depois clica.

O vídeo começa, está no meio de alguma temporada, mas é difícil ter certeza porque está dublado em francês.

Isso já aconteceu antes, ela aprendeu pelo menos um pouco de alemão, árabe ou romeno com os maridos; com alguns foi só um hobby compartilhado, com outros aprendeu para conseguir dizer oi para a família dele e conversar por alguns minutos. Seu vocabulário de francês se resume a *le train, le billet, la baguette, bonjour* e a contagem dos números até vinte. Este marido talvez não seja de longo prazo.

Ainda assim, a casa está *muito* limpa, e mesmo que seja só por causa da visita seria um desperdício dispensá-la. Ela pode assistir a vinte e dois minutos de uma série de comédia em uma língua que não fala. Pelo marido.

Ela mexe no celular enquanto o episódio se desenrola. Não consegue encontrar fotos do casamento, não com facilidade — eles devem ser casados há um tempo —, nem nenhuma mensagem que explique por que as coisas estão estranhas.

— Ei — diz o marido, Bohai, após alguns minutos. — Ouviu isso?

Ela tenta escutar.

— O quê?

— Sei lá, um baque? Lá no sótão.

Será que é outro marido? Com certeza não.

— Não ouvi nada.

— É melhor eu checar — diz ele. — Será que caiu alguma coisa?

É uma pena, pensa ela. Está cansada. Teria sido bom ir para a cama, dormir bem, ver como as coisas estariam pela manhã em vez de lidar com mais um homem. Mas a vida é assim. Alguns casamentos simplesmente não dão certo.

— Beleza — diz ela.

Será que ela se dá ao trabalho de retocar o batom para receber o próximo marido? Fica no sofá e ouve Bohai puxar a escada e se atrapalhar. Parece emperrada.

— Para a esquerda! — grita ela.

— Ah, é — diz ele, e ela escuta a escada deslizar.

Afff.

— Valeu — acrescenta ele.

Ela ainda está tentando entender, não consegue raciocinar rápido o bastante.

— Espere — pede ela.

— Aham, só um segundo — responde ele.

Ela se levanta, envolvida pelo cobertor, deixa-o cair e dá passos largos adiante. Ele está a apenas um ou dois degraus do topo; sua cabeça está prestes a desaparecer pelo buraco.

— Não — diz ela.

— Vai ser só...

Ela dá um passo à frente e estende a mão, o mais alto que consegue, e agarra a camisa dele. Ele olha para baixo, o rosto emoldurado pela entrada quadrada do sótão acima.

— Volto em um segundo — diz ele, irritado.

— Acho que você não deveria ir lá — diz ela.

— Ouvi o barulho de novo.

Ela já teve essa conversa. Mas do outro lado.

Será que está certa? Não pode estar.

Mas está. É a escada que denuncia; se Bohai realmente morasse ali, saberia como puxar a escada. Mas ele não sabe.

— Já volto — diz ele, puxando o tecido da camisa para soltá-lo da mão dela. Ele sobe mais um degrau, e ela tem só um instante antes que ele desapareça para sempre, então o agarra de novo. Ele está mais dois degraus acima quando ela diz:

— Não vai, não. Não é? Você não vai voltar.

O marido olha para baixo. Sua cabeça já passou da abertura, a luz piscando acima dele.

Ela continua falando:

— Não é isso? Você vai sair em outro sótão? De alguma outra casa?

Ele para de tentar soltar a mão dela; ela continua segurando o tecido, olhando para cima.

— Ah — diz ele, e ela o solta.

Ele desce um degrau, depois outro, e chega ao chão.

— Não sou sua primeira esposa — diz ela.

— Não — diz ele com cuidado.

Ela assente com a cabeça.

— Você também não é meu primeiro marido.

— Quantos... quantos maridos você já teve?

Ela reflete.

— Cento e sessenta.

Eles ficam em silêncio.

— E você? — pergunta ela. — Quantas esposas?

Ele assente, a mão ainda na escada.

— Não sei... não sei exatamente. Mas o bastante para quatro anos. Talvez quatrocentas. Algo assim.

— Entendi — diz ela.

Ela olha para o sótão outra vez e depois para ele.

— Se eu fizer mais chá, você fica?

Ele ainda a observa, e então se afasta da escada e a abraça. Ela retribui o gesto, e começa a rir e até a chorar. O alívio, o *alívio*, de não estar sozinha, a surpresa. Ela olha para o rosto dele, embaçado pelas lágrimas e pela proximidade, olhando-a de volta.

# Capítulo 23

Eles voltam para a sala e se sentam à mesa enquanto conversam animados.

— Faz *anos*...

— Começou no verão...

— De repente...

— Acabei de chegar em um novo casamento...

Eles prosseguem até não ter mais o que dizer e começam de novo.

— Pensei que tinha alguma coisa errada comigo, fui ao hospital várias vezes.

— É tão difícil acompanhar...

E, mais uma vez, eles param. Bohai olha para a sala e de volta para Lauren.

— Então — diz Lauren. — Deixa eu ver se entendi. Você passou os últimos *quatro anos* subindo e descendo de sótãos, e toda vez que você faz isso aparece uma esposa diferente em uma casa diferente.

Ele confirma com a cabeça.

— Nem sempre é um sótão. Às vezes é um barracão ou um armário, sabe? Ou um guarda-roupa, uma despensa. E nem sempre são esposas. Mas sim.

— Então, fisicamente, como isso funciona? Tipo, você vê a mudança? Acontece assim que você entra ou quando sai? Com você também rola o lance da eletricidade? Eu sempre escuto um estalo com os maridos, e a luz acende. Mas se outra pessoa subir não acontece nada?

— Isso! — exclama ele. — Acontece comigo também! E com qualquer eletrônico, pisca-pisca de árvore de Natal, celular, disco rígido antigo, tudo isso começa a funcionar. Uma vez rolou um princípio de incêndio, foi assustador, saí correndo para outra vida e eu não soube em que país estava, não tive como procurar para saber se não tinha ateado fogo na casa toda.

— Peraí — diz ela, repassando tudo o que ele disse, tentando entender. — Não são sempre esposas. Namoradas? Noivas?

— Não — diz ele. — Maridos também, sabe?

— Ah! Nossa, claro, desculpe.

Será que ela deveria parar de ser tão intrometida? Será que está sendo grosseira? Levando em conta toda a situação, deve estar tudo bem.

Bohai continuou falando:

— Então você recebe novos maridos através do sótão. Sempre o sótão? Sempre maridos?

— Aham — confirma ela. — O marido antigo sobe, o marido novo desce. Peraí... *todos* os meus maridos sabiam o que estava acontecendo? Estavam fingindo?

— Não, os meus maridos e esposas com certeza não sabiam — diz Bohai. — Mas já tentei contar para alguns com quem me dei bem. Uma vez tive uma esposa que gostava bastante de ficção científica, então achei que ela entenderia.

— Nada feito?

Ele balança a cabeça.

— É — diz ela. — Tentei contar para algumas pessoas também, mas não deu certo.

— Não dá para culpá-las.

— Meu Deus — solta ela. — Eu não sei nem por onde começar. Peraí, por que você ia voltar para o sótão tão rápido?

Normalmente é ela quem troca de marido. Foi um baque descobrir que o primeiro marido com poder de escolha quis logo trocá-la.

— Me senti esquisito. Tento não ficar muito tempo quando eu acho que não está funcionando.

Ele não está errado, estava esquisito mesmo.

— Bom, você tem experiência — diz ela. — Quatro anos.

— É, quatro anos e meio, talvez — especifica ele.

— E quatrocentas esposas? Desculpe, parceiros. Então um por semana?

— Não exatamente. Em geral fico com eles por um dia, talvez, e aí sigo em frente. Mas o que mais durou foi por alguns anos.

Anos! Ela nem imagina como seria ficar com um marido por tanto tempo e depois só ir embora em busca de outro. Ela está prestes a pedir mais detalhes, mas ele já está falando de novo:

— Desculpe, você se importa se eu der uma olhada na casa?

— Ah — diz ela. — Não, fique à vontade.

Ele olha a cozinha, o quarto e o quarto de hóspedes. A escada. A sala de estar outra vez.

Ele vai até a janela e olha por ela.

— Estamos no Reino Unido?

— Norwood Junction. Sul de Londres. Você nem sempre está em Londres?

Ele balança a cabeça depressa.

— Meu Deus, não. Porra, ainda bem! Talvez uma a cada cinco vezes. Na maioria das vezes acho que fico em Sydney, ou em Bordeaux. Por alguma razão deve ter alguma coisa me atraindo para a França, mas fico estressado porque a versão de mim que mora lá deveria falar francês, mas meu cérebro de verdade não fala.

— Espere, então você não estava entendendo…

— A TV? Nada. E você?

— Nem um pouco.

Eles riem.

— É, às vezes eu apareço e alguém fala comigo em francês, então eu volto para o sótão na hora. Sinceramente, eu deveria aprender de uma vez… cheguei a tentar, mas toda vez que eu mudo de mundo todo o meu progresso no Duolingo é reiniciado.

— E as cidades não são aleatórias?

— Acho que são lugares aonde eu poderia ter ido de alguma forma. Lugares que eu gosto, talvez? Bem, às vezes estou em Melbourne ou Brighton, e é um saco, mas acho que o amor me levou para lá, ou algo do tipo. Às vezes Singapura. Fui a Perth algumas vezes em 2020 e fiquei lá por um tempo, não é geralmente o tipo de cidade que eu curto, mas foi difícil superar o fato de que *ah, ninguém aqui tem Covid e tudo está aberto, vamos sair para comer um brunch*. Nova York uma vez, que cidade do caralho, todo mundo lá acha que está no centro do mundo mesmo não sendo, mas eles acreditam muito, eu adorei, fiquei meses, mas meu marido era um cuzão e a cozinha estava infestada de baratas, então... Odiei São Francisco, amei Los Angeles, fiquei torcendo para ir parar em Buenos Aires, Tóquio ou algo do tipo, para variar, mas nunca rolou, pelo menos até agora.

— Eu fico sempre aqui.

Na casa dela, esperando alguém descer do sótão.

— Faz sentido. Não é como se você fosse acordar um dia e o sótão fosse estar em Bucareste, né?

— É, eu só... seria legal mudar um pouco.

Coisas novas, mundos novos, escolher mudar de vida sempre que quiser, em vez de enganar alguém para que faça isso por você.

— E o que acontece se você mesma subir lá? — pergunta Bohai.

— Sabe que eu nunca tentei? — diz ela. — Sempre me pareceu perigoso demais. Mas aquele lance elétrico acontece se eu enfiar a cabeça lá, e isso não rola com mais ninguém além dos maridos. Meu Deus, talvez eu deva fazer um teste.

— É, vai saber — diz Bohai. — Viajar sem precisar passar pela segurança do aeroporto é legal, claro. Mas do seu jeito você consegue ficar com suas coisas, certo? Tipo, isso tudo... é seu, né?

Ele gesticula, apontando os objetos pela casa.

— Algumas coisas, sim — diz ela. — Mas muitas devem ser suas.

— É, roupas, alguns livros; quando estávamos na cozinha vi um forno holandês grande que às vezes tenho. Mas nunca posso confiar. E nunca sei o itinerário dos ônibus.

Ela gosta de ter Toby e Maryam no andar de baixo, independentemente da pessoa com quem está casada; e não tem ido ao trabalho com tanta frequência, mas é reconfortante saber que ainda tem seu emprego.

— Dito isso — continua ele —, uns anos atrás eu estava em uma caverna... Tipo, isso nunca tinha acontecido, normalmente são sótãos, barracões ou armários grandes... Enfim, dessa vez era uma caverna debaixo da porra de uma cachoeira que desaguava em uma lagoa azul, e era quente e tínhamos uma casa de palafitas, no meio do nada. Eu nunca teria ido lá se não fosse pelo... você sabe.

Ele faz um giro com a mão, *sótão mágico ou seja lá o que for*.

— Você não ficou?

— Não, foi um pouco demais para mim.

— Ah, qual é! — exclama ela. — Você não se adaptou porque sua vida era muito idílica e as cachoeiras eram lindas demais?

— É, bom, no fim das contas eu estava tendo um caso com minha cunhada, e eu não quis *de jeito nenhum* que isso durasse mais de duas semanas.

Ela se recosta.

— Você estava tendo um caso com a sua *cunhada*.

— Pois é! — diz ele. — Não sei o que eu tinha na cabeça. Que porra é essa, Bohai? Faz tempo, acho, eu era jovem. Hoje em dia eu geralmente não tenho caso com ninguém, então acho que aprendi a lição. E quando parece que vou trair já sigo para uma nova vida. É uma das minhas regras.

— Você ia sair daqui — observa ela. — Está me traindo?

Ela está brincando — ou não tanto.

— Acho que não. Mas não tive muito tempo para descobrir. Às vezes é difícil dizer, sou muito bom em não deixar rastros.

Ele dá de ombros, como se estivesse pedindo desculpas.

Ela não consegue lidar com a quantidade de informações novas; fica repetindo frases na cabeça, tentando se inteirar de tudo de uma só vez.

— Uma das suas regras... — diz ela. — E quais são as outras?

— Ei — diz ele —, se importa se eu comer alguma coisa? Não sei se jantamos antes ou não, mas estou morrendo de fome.

— Boa ideia. Na verdade, também estou.

Está mais tarde do que ela pensava, quase nove da noite. Eles vão procurar algo na cozinha juntos; abrem a geladeira e os armários. Bohai abre a tampa de uma grande panela esmaltada, fecha de novo e dá uma batidinha gentil nela. Há metade de uma fritada em um pote na geladeira. Talvez ela tenha retomado o hábito de fazê-las.

— Delivery? — sugere ele.

Ela dá uma olhada em sua conta bancária e não está tão ruim. Nada de conta conjunta; uma transferência vinda de Bohai uma vez por mês. Ela calcula as contas a partir daí.

— Beleza.

Eles analisam as opções.

— Essa pizzaria é decente — diz ela —, esses bolinhos de carne são medianos, esse sushi é ruim, essa hamburgueria até que é boa.

Ele continua procurando no celular.

— Burritos?

— Pode ser, mas eles vão fechar já, já, então escolha rápido.

Ela já passou por esse processo com tantos maridos, pedindo comida, equilibrando os gostos deles e o dela.

— Você consegue ficar com as coisas quando o mundo muda? — pergunta ele, enquanto esperam o pedido. — Faz anotações?

— Ah, se eu pudesse... Não. Por um tempo, fiz uma lista de nomes sempre que um marido novo vinha, mas agora eu só tento manter a contagem e me lembrar dos mais importantes.

O número oficial dela é cento e sessenta, mas ela deve ter pulado ou contado alguns duas vezes.

— E você?

— Ah — diz ele, e se anima. — Na verdade... criei uma musiquinha. Vou acrescentando os parceiros ao longo do caminho. Só comecei no número trinta, então o começo é um pouco vago, e teve um mês em que fiquei com vários por pouco tempo. Mas os importantes estão lá.

— Uma música.

— Aham... — confirmou ele, adorando ter a chance de explicar. — Então, são pares de versos rimados, mas cada palavra que rima na segunda linha do par é a primeira palavra do novo par, para ficar mais fácil lembrar. Mas às vezes eu não consigo fazer direito, aí só começo um verso novo.

Ele pigarreia.

— Putz, eu nunca cantei em voz alta para alguém antes. Sou um péssimo cantor. Vamos lá. Esse aqui é um trecho do meio:

*Olha só, é Lachlan lá de Brizzy,*
*Eu e elu fomos bem felizes.*
*Felizes também fomos eu e Afan A,*
*Pena que ele teve que ir embora já.*
*Já a Bea foi a mais novinha do mês,*
*Enquanto a mais rabugenta foi a Hayden Três.*
*Três ou quatro foram de uma vez*
*Alguns sem nome, mas Bim eu sei.*
*Sei que com a Liz teria sido de verdade,*
*Mas ela morava em Adelaide.*

— Qual é o tamanho dessa música? — pergunta Lauren.

— Eu não tenho, tipo, um verso inteiro para todo mundo. Tem mais a ver com o tempo que passei com eles, sabe? Às vezes eu acho que devo algo a eles.

Ele dá de ombros, meio envergonhado.

Ela ia perguntar mais coisas, mas os burritos chegam.

Os dois comparam histórias de comida enquanto comem — os piores deliveries que ele já pediu, os piores pratos que os maridos dela já fizeram.

— Uma tal de alface frita — conta ela, lembrando de um dos primeiros maridos. — Uma baguete grande recheada de queijo e bacon falso picado e esquentada no micro-ondas que, meu Deus, era nojenta. Ah, e vários deles tinham uma receita especial de macarrão à bolonhesa. E nunca é boa.

Normalmente isso acontece quando o marido tem uma ex-namorada italiana com quem aprendeu uma receita supostamente autêntica e surpreendente, com um toque especial: anchovas (duas vezes), molho inglês (três vezes), café (uma), leitelho (uma vez, particularmente ruim).

— Ah, sim, alguns dos meus fizeram isso. Tipo, Maria, a namorada do ensino médio cuja tia sexy falava para colocar coentro ou algo do tipo.

— Olha — diz Lauren, e se inclina para a frente. — Você vai ficar por uns dias, né? Que tal se eu arrumar o quarto de hóspedes e amanhã de manhã a gente usa um atestado para faltar ao trabalho?

— Aham, boa! — diz ele. — Claro. Quer dizer, além de todo o resto, eu adoraria não conhecer mais uma esposa agora à noite. Você é a quarta, eu tive azar. Crianças por todo lado.

— Você teve... não, esquece. Vamos arrumar as coisas.

A cama no quarto de hóspedes estava sem roupa de cama, provavelmente por conta da visita da mãe de Bohai, mas tem mais lençóis no armário. No entanto, ela não encontra nenhum pijama masculino.

— Eu durmo pelado — diz ele em tom de desculpa, procurando nas gavetas. — Talvez eu não tenha nenhum pijama mesmo. Algum short aí?

Ela encontra algumas cuecas boxers e uma camiseta e entrega a ele.

— Esquisito, né? — diz ele. — Eu ficaria feliz em deitar sem roupa ao lado de uma esposa que acabei de conhecer, mas, já que compartilhamos do mesmo problema, acho melhor ficar vestido e usar a outra cama.

É verdade, ultimamente ela viu vários estranhos andando pelados pela casa, mas este sabe que é um estranho, e isso faz toda a diferença.

— Boa noite! — grita ele do quarto de hóspedes. — Durma bem.

— Você também — responde ela. — Ei, você já teve outras esposas chamadas Lauren?

— Acho que não. Teve uma Laura.

— Isso é aceitável — diz ela.

É como dormir fora, como um acampamento. Enquanto cai no sono, consegue ouvi-lo respirando de longe.

# Capítulo 24

Na manhã seguinte, Bohai liga para o trabalho de Lauren e diz que ela está com problemas estomacais. Ela retribui o favor e liga para o colega de trabalho dele em uma — ele descobre pesquisando no celular — escola de treinamento para cães-guias.

— Puta merda — diz ele —, não consigo me firmar em nenhum emprego. Eu nem gosto de cachorro. Aqueles olhos enormes.

— Você não gosta de *cachorro*?

— Muito pidões — justifica ele.

Eles saem para tomar café em uma cafeteria a quinze minutos do apartamento, na parte mais distante do parque. São onze da manhã de quinta-feira, por isso não está cheio, e o tempo está quente para outubro. Eles encontram uma mesa na parte externa, a luz do sol passando atrás das árvores conforme as folhas caem. Observam o parque; um lago, uma criança pequena correndo. O verão estava só começando quando o primeiro marido surgiu.

Há muita coisa que Lauren gostaria de saber. Por onde começar? Mas Bohai pega um papel.

— Então — diz ele —, não consegui dormir à noite, por isso fiz algumas anotações.

Perfeito.

— Vamos lá.

— Certo. Primeiro de tudo, nós envelhecemos, né? — pergunta Bohai. — Tipo, para mim é difícil ter certeza por causa das diferenças nos estilos de vida. Mas hoje em dia eu quase sempre tenho isso aqui… — diz ele, se debruçando para a frente e apontando para duas linhas entre suas sobrancelhas, verticais onde a ruga dela corre horizontalmente — ... e, tipo, umas linhazinhas ao redor dos olhos se o lugar onde estou é ensolarado. Esse é o lado bom de Londres, na verdade, menos danos causados pelos raios UV, menos necessidade de semicerrar os olhos para o sol porque não tem porra de sol nenhum.

Eles estão literalmente sendo banhados pela luz do sol enquanto conversam, mas ela não muda de assunto.

— Eu às vezes tenho uma aparência diferente — conta ela. — Mas só estou nesse rolê há três ou quatro meses.

— Pois é, me conte como foi que tudo começou.

Ela já repassou os detalhes várias vezes na cabeça, a festa, o ônibus, Michael na escada. E já tentou explicar para algumas pessoas também, mas ninguém entende. Mesmo agora, enquanto fala, quase espera Bohai começar a questioná-la, dizer que ela deve estar enganada, a rir disso.

Mas não.

— Pois é — diz ele. — Comigo foi tão estranho quanto, com certeza. Eu estava viajando com amigos, hospedado em uma casa de veraneio no campo, lá na Austrália, obviamente. E o lugar era enorme, então decidimos brincar de esconde-esconde. E não querendo me gabar nem nada, mas sou bom pra caralho em esconde-esconde. Me enfiei atrás de um painel atrás de um armário, aí comecei a ouvir um zumbido de estática e saí o mais rápido que pude, só que fui parar numa casa na praia com uma esposa chamada Margery.

— Putz.

— Pois é, foi muito estranho, isso eu te garanto. Tentei alugar o mesmo casarão algumas vezes e voltar para o armário, só para ver. Mas nada acontecia. Então tive que seguir adiante para um novo mundo antes que meu marido, ou fosse lá quem fosse, descobrisse que eu tinha feito uma compra de quatro mil e quinhentos dólares no cartão de crédito para me hospedar sozinho em uma mansão de vinícola.

A garçonete traz os pratos e eles ficam em silêncio por um minuto. Bohai pega o sal, a pimenta e o *ketchup* de outra mesa.

— Próxima pergunta — diz ele. — Só maridos, né?

— Aham. E você recebe uma mistura.

— Mais da metade são maridos. O que não é... tipo, na minha vida original, eu namorava mais mulheres, então é meio esquisito que agora seja o contrário. Mas acho que faz sentido porque não curto a ideia de casamento, sabe? Pode ser que eu me deixe levar mais por caras, talvez? Com homens você fica, tipo, *foda-se, é isso, vamos nos casar, engulam essa, vocês que eram contra, eu desafio a lei e uma dúzia de tios*, mas com mulheres é mais: *o peso da história me ordena a me casar com você, eca*. Sem ofensas. E não é que eu não faça isso muitas vezes. Quatrocentos cônjuges, afinal.

— São muitos cônjuges para alguém que não curte a ideia de casamento — comenta ela.

— É, acho que tive que aceitar que curto muito a ideia de casamento, mas também curto a ideia de ser o tipo de pessoa que não curte a ideia de casamento. Com toda essa situação, é difícil se enganar.

Ele tem mais algumas coisas em sua lista, mas ela se lembrou de algo da noite anterior.

— Você disse que tem regras para os casamentos.

— Sim! — diz ele. — Quando acho que posso ficar por um tempo, coloco em prática minhas regras. Nada de trair, nada de filhos, nada de casamento para garantir um visto. E você?

— Ainda não tenho nenhuma regra. Uma vez casei com um cara que queria um visto, mas ele era ótimo. Top cinco. E não quero filhos, mas isso não rolou muitas vezes.

— Não quer por enquanto ou para sempre?

— Acho que para sempre — responde ela.

Ela adora Caleb e Magda, mas é exaustivo passar mesmo que poucas horas com eles. Ela tem a impressão de que já cumpriu sua cota de cuidadora quando seu pai adoeceu. Na época, Nat estava estudando fora, então Lauren e sua mãe se revezaram por longos seis meses antes de o colocarem em cuidados paliativos.

— Você também, pelo visto?

Ele mexe a mão de um lado para outro.

— Não é isso. Eu meio que quero ter filhos. Não, quer saber? Eu quero muito. Mas quero poder decidir isso na hora certa, sabe? Não quero pensar coisas do tipo *Ah, eu tenho três filhos de seis anos neste universo e acho que os amo tanto que preciso ficar, porque se eu entrar no armário eles vão desaparecer*, sabe? Quando você abandona um marido, ele continua existindo, só não é mais seu marido. Mas se você tem filhos, filhos biológicos, pelo menos, eles não vão existir mais se você for embora, você não estava lá então eles também não estavam. No começo, eu apareci em um lugar e descobri que minha esposa estava grávida, só que a gente não se deu bem e eu já me senti responsável pela criança, comecei a pensar: *Acho que seria melhor ficar, senão o bebê vai desaparecer*. Mas éramos um péssimo casal. No fim, fui embora antes que ele nascesse e, sei lá, não me senti bem com isso. Depois pesquisei sobre a esposa e vi que ela tinha três filhos na vida nova, então que bom para ela, mas obviamente nenhum deles era meu. Agora, quando vejo qualquer sinal de filhos, vou embora o mais rápido possível, antes mesmo de conhecê-los, antes de descobrir se são enteados, sobrinhos, filhos ou o que for. Assim que coloco a cabeça para fora e vejo Lego, volto para dentro. Acabo perdendo a oportunidade de conhecer os fãs adultos de Lego também, mas, bom, não se pode ter tudo, né?

Então Bohai abre um sorriso largo que ele definitivamente acredita que é charmoso, pensa ela.

— Você disse que ficou com uma pessoa por dois anos? — pergunta ela.

Ela não consegue imaginar; ou melhor, não consegue imaginar como seria ficar tanto tempo e ir embora.

Ele confirma com a cabeça.

— Talvez tenha sido um ano e meio. Eu morava em Sydney, o que para mim é sempre um bom começo. Estava casado com um cara chamado Hanwen, mas para os anglo-saxões ele atendia pelo nome de Jack. Eu não tive tantos parceiros chineses assim, acho que por toda uma coisa meio *é, com esse casamento eu desafio mesmo meus críticos imaginários*. Mas foi legal.

— O que você fazia?

— Ah, eu trabalhava cuidando da iluminação e dos equipamentos de uma pequena companhia de teatro, o que obviamente era novidade para mim. Mas os teatros estavam começando a reabrir e, sabe, fechando e abrindo de novo, então todo mundo estava enferrujado e acabei me safando assim. Depois tive um estagiário por um tempo, o que me ajudou. Eu sempre soltava um: *O que você acha que a gente deveria fazer? Me explique quais são as opções*, e o garoto sabia tudo, foi um presente dos deuses.

— Isso foi uma boa sacada — comenta ela.

— Né? — diz Bohai. — Enfim, lá estava eu, casado com Jack, que trabalhava com finanças, então eu era o marido-troféu glamoroso, o que obviamente era ótimo para meu ego. Só que não éramos monogâmicos, e normalmente esse não é meu lance...

Ela ri.

— O sr. Cem Cônjuges por Ano? O sr. Transou com a Cunhada?

— Olha, não estou dizendo que sempre me dou bem com monogamia, mas gosto de tentar. E, sei lá, fico com ciúmes. Mas nosso apartamento era incrível, passei a gostar do meu emprego depois que peguei o jeito, e Jack era ótimo, eu gostava muito dele. A gente se divertia. Não brigávamos muito. Quer dizer, ele nunca limpava a cozinha, mas, se isso é o pior, acho que podemos dizer que era um bom casamento.

— Por que você foi embora?

— Ah — diz ele, largando o garfo. — Foi meio tenso. Jack iria me buscar depois de um espetáculo, mas ele sofreu um acidente de carro, foi bem ruim. Pensei... quer dizer, não sou uma má pessoa... — explica ele, gesticulando. — ... mas ele provavelmente iria preferir não lidar com uma situação incerta, entende? E não sei o que aconteceria se ele morresse e eu só mudasse de mundo depois, se seria tarde demais. Então decidi que era melhor reiniciar a vida dele por ele.

— Nossa. Sinto muito.

— Pois é... Bom, às vezes pesquiso sobre ele e geralmente ele está bem. Uma vez fui a um bar que ele gostava e fiquei lá até ele aparecer. Pensei que seria como nos velhos tempos, mas no fim descobri que ele tinha algumas preferências no que se refere a sexo casual que não revelava a meros maridos, se é que você me entende. E você?

— Ah — diz ela. — Bem, ainda sou nova nisso. Teve um cara estadunidense de que gostei muito, o Carter, e eu acho que ele gostava de mim. Quer dizer, acho que todos eles deviam gostar de mim, mas ele parecia realmente feliz por estarmos juntos, sabe? Só que ele entrou no sótão quando eu não estava vendo.

— Ah, nossa, deve ter sido uma merda — comenta Bohai. — Desculpe — acrescenta para uma mulher que passava por eles com um carrinho de bebê.

— Quer dizer, talvez a gente não tivesse dado certo — diz Lauren. — É óbvio que uma semana não é nada em comparação a dois anos.

Ela nem imagina como seria perder Carter depois de ficar com ele por tanto tempo.

— Não é uma competição — diz Bohai. — Nós dois podemos nos lamentar pelos nossos maridos, se você quiser.

Eles ficam em silêncio por um minuto.

— Sinceramente — diz ela —, prefiro não fazer isso.

— É, eu também não.

— Vamos lá — diz ela, com entusiasmo renovado. — Qual foi o lugar mais estranho em que você foi parar?

— Ah — responde ele. — Teve um cheio de balões. Tipo, até o pescoço. Teve um com oito cachorros daquela raça corgi. Teve um onde minha esposa estava usando tesoura de jardinagem para cortar minhas roupas, foi aterrorizante.

— Você descobriu por quê?

Ele dá de ombros.

— Eu tinha acabado de chegar, mas, sei lá, talvez por causa de traição de novo? Talvez pela jogatina, isso rola às vezes. Como eu disse, ver sua vida se desenrolar quatrocentas vezes é um verdadeiro atalho para você descobrir todas as formas como poderia se tornar um filho da puta. Desculpe — repete ele para a mesma mãe, empurrando seu filho agora na direção oposta.

— Vamos para o parque? — sugere Lauren.

As mesas ao redor foram ocupadas, e ela não quer falar desse assunto perto de outras pessoas, ainda mais prevendo todos os xingamentos de Bohai.

Eles caminham na direção do lago cheio de patos.

— Como você decide quando é hora de parar?

O que ela quer saber na verdade é: Como *eu* faço para decidir?

Ele dá de ombros outra vez.

— Ainda não sei a resposta. Está pensando nisso? Em escolher um?

No fundo, ela ainda está no modo "o que vem fácil vai fácil", mas foram longos meses de maridos temporários. Não dá para ficar para sempre matando o trabalho, almoçando em lugares caros demais, fazendo compras com imprudência e depois reiniciando tudo.

— Não sei — diz ela. — Eu tentaria.

— Nesse caso — diz ele —, tem alguma papelaria por aqui? Vamos precisar de muitos Post-its.

# Capítulo 25

O alívio. Ao longo da semana seguinte, eles param várias vezes por dia para rir ou dizer em voz alta:

*Seu apartamento é legal, que bom que eu apareci no seu sótão.*

*Gosto dessa panela azul que você comprou, bem melhor do que os pratos com estampa xadrez que o último marido tinha.*

Eles descobrem que se conheceram pela internet; nada de amigos em comum, trabalhos diferentes, bairros diferentes, hobbies diferentes, vidas que quase nunca se tocavam.

— Mas tudo bem, assim é mais divertido — diz Lauren. — Estou descobrindo nossa história a partir das mensagens para Elena, então não há garantia, mas… parece que você me pediu em casamento naquele parque pequeno perto da Liverpool Street, sabe? Onde tem aquelas placas de mortos da era vitoriana.

— Ah, sei, faz sentido. Adoro aquela merda. *Mãe, eu o salvei, mas não pude me salvar.* Fiquei até emocionado agora. Aposto que não planejei nem nada, provavelmente os pássaros estavam cantando e eu pensei, tipo: *Caralho, não posso acreditar que encontrei alguém que vai me ver chorar na frente de placas históricas.*

— Meu Deus — diz ela. — Acho que não quero saber como foi o seu discurso de casamento.

Eles passam as tardes pesquisando matérias sobre sótãos e lendo em voz alta um para o outro, depois escrevem nos Post-its que Bohai comprou qualidades que gostariam de encontrar em parceiros, e então os colam na janela.

CABELO BONITO, escreve Bohai em um Post-it, e acrescenta: OU SEM CABELO.

— Nem tem meio-termo.

Ela coloca ANTEBRAÇOS em um. HABILIDADE INTERESSANTE. SABE O QUE QUER. USA CACHECOL.

Eles procuram alguns ex-cônjuges importantes. Jack, o ex de Bohai, está solteiro e acabou de ser promovido. No LinkedIn dele tem um post recente sobre a importância do conhecimento.

— O que esquecemos em relação ao conhecimento é que só é possível tê-lo quando a questão de que se está tratando é exatamente isso: *conhecida* — lê Lauren em voz alta.

— Pois é — diz Bohai. — É óbvio que eu não curto papo corporativo, mas ele não falava assim em casa, sabe? Sinto saudade dele, de como ele sempre sabia quando eu estava mentindo, dos ternos de três mil dólares.

Ele pega outro Post-it e escreve: FICA BEM EM ROUPA FORMAL.

— Enfim, quero ver seu marido executivo rico fazer melhor — acrescenta ele.

Ela procura Felix, que parece ter se casado com a babá, ou talvez outra mulher chamada Delphine, mas ela não tem LinkedIn. Há um vídeo com trinta mil visualizações de uma palestra que ele deu em uma conferência. É tão entediante que ela só assiste trinta segundos antes de Bohai fazê-la colocar no mudo. Mas Felix até que é carismático sem som, rosto sério, gestos comedidos, muito contato visual, um ou outro sorriso corporativo. Eles espelham para a televisão e o veem gesticular em silêncio.

— Quer saber? — diz Bohai. — Acho que eu entendo.

Michael é casado com outra pessoa desta vez, não a mulher que morreu, e seu filho é um bebezinho de olhos enormes e cabelo cacheado. Jason ainda tem sua empresa de jardinagem e está solteiro, pelo que descobriu. Carter não está em Denver com a namorada de sempre, mas em Seattle com uma loira alta.

— Você é mais bonita que ela — comenta Bohai. — E, na verdade, ele também nem é lá essas coisas.

— Ele não é fotogênico. Acho que é o jeito que ele anda — descreve ela. — A postura.

Bohai escreve O JEITO DE ANDAR E/OU POSTURA SEDUTORA em um Post-it e fica segurando.

Lauren se lembra de algo que leu alguns maridos atrás, após passar a manhã pesquisando no Google: *Como decidir com quem se casar*. Pesquisa de novo e encontra o que está procurando.

— Ei — chama ela. — Já ouviu falar do problema da secretária?

Ele nunca tinha ouvido falar.

— Então — diz ela. — Um tempo atrás, eu estava tentando descobrir o que eu deveria fazer caso quisesse encontrar um marido pra valer. E, pelo visto, alguém já fez os cálculos que te dão a maior probabilidade de encontrar o melhor parceiro, ou contratar a melhor secretária.

— Essas duas coisas parecem ser problemas bem diferentes.

Ela dá de ombros.

— Claro, vamos começar com a parte da secretária. Se você está tentando descobrir qual é a melhor garota...

Bohai ergue as sobrancelhas e pergunta:

— Esse cara dos cálculos é de 1952?

— ... e você tem um monte de entrevistas para fazer. Entra uma candidata por vez e no final de cada entrevista você decide se quer contratá-la. Mas tem que decidir na hora. Se disser não, não tem volta. E se você não contratar ninguém, tem que ficar com quem aparecer por último, mesmo que ela seja péssima.

— Acho que não é assim que as entrevistas de trabalho funcionam, nem em 1952.

— Claro que não. Mas o que você faria?

— Teria critérios predeterminados de pontuação para compensar minhas tendências inconscientes?

Ele aponta para os Post-its e acrescenta:

— Buscaria referências? Combinaria um tempo de experiência com elas?

— Matematicamente — explica ela —, você deveria dizer não para os primeiros trinta e sete por cento das candidatas, e sim para a primeira pessoa que for melhor do que qualquer uma delas.

Quando ele fica parado refletindo, seus olhos piscam, esquerda, direita, observando uma lógica imaginária.

— Quanto é trinta e sete por cento do infinito?

É, justo.

— Peraí, não — diz ela. — Você vai morrer, não vai?

— Que grosseria.

— Quantos anos você tem?

— Não é da sua conta.

— Sou sua esposa — argumenta ela.

Ele revira os olhos.

— Tá bom. Tenho trinta e cinco anos.

— Digamos que você viva até os oitenta e cinco, isso dá cinquenta e cinco anos de parceiros.

— Pode me dar até os noventa e cinco — diz ele. — Minha família vive muito. Na maioria das minhas vidas meus quatro avós ainda estão vivos.

Que bom para ele.

— Isso significa que você tem sessenta e cinco anos para trocar de cônjuge a partir de quando começou, e trinta e sete por cento é... — diz ela, e abre a calculadora do celular — ... vinte e quatro anos, e você começou aos trinta, então deveria continuar... putz, você deveria continuar trocando de cônjuge até ter cinquenta e quatro anos? E aí você para e fica com o primeiro que pareça bom.

Ele resmunga.

— Não. Não vou fazer isso. Daria o quê, dois mil cônjuges? Entendi o que esse cara da matemática quer dizer, mas, escute, já passei por quatrocentos, não é como se eu não tivesse uma noção do leque de pessoas que... existem. Não vou obter nenhuma informação nova se eu der uns amassos em mais outros seiscentos estranhos.

— Faz sentido — diz ela. — Então você está querendo sossegar?

Ele solta um *afff* e senta.

— É — confirma ele. — Olha, as coisas não acabaram bem com Jack, e só faz alguns meses, e eu fiquei naquele mundo por séculos, agora preciso de um tempo para superá-lo, né? Acho que daqui a uns seis meses eu posso começar a pensar em namorar seriamente. Em casar seriamente.

Ela não sabia que o casamento com Jack era tão recente.

— É — concorda ela.

— Beleza.

— Mas eu quero parar de novo — diz ele. — Claro que quero. Quero uma vida em que sei onde vou estar dali a uma semana. Quero... encomendar alguma coisa. Quero comprar um mix de pimentas que nunca vou abrir e jogar fora após três anos, bem depois da data de validade.

Pois é.

— Eu também — diz ela, e até então não tinha certeza, mas, ao dizer em voz alta, sente que é verdade. — Só preciso encontrar o lugar certo onde parar.

Entre Post-its, histórias e o alívio de conversar abertamente, eles negligenciam todo o resto, incluindo suas agendas, e se surpreendem quando, às sete e meia da noite de domingo, Elena e Rob aparecem na porta.

Lauren tenta elaborar uma mentira, mas nem precisa; Bohai já tomou a dianteira enquanto ela desgruda os Post-its da parede.

— Sinto muito — diz ele —, minha irmã teve que fazer uma cirurgia de emergência, é só apendicite, mas mesmo assim foi um choque. Estávamos esperando notícias e esquecemos totalmente que vocês viriam. Mas acabamos de saber que a cirurgia acabou, ela já acordou e está bem, tiraram o apêndice. Mas vamos ter que pedir comida!

É perfeito, uma desculpa boa o suficiente, mas que não quebra o clima. No máximo, acrescenta uma certa alegria à noite.

Ela vai ao banheiro e manda uma mensagem para Bohai: *Rob e Elena, Elena* é aquela da despedida de solteira, eles se casaram no último verão. Mas quando ela sai, o encontra abrindo a garrafa de vinho que Rob trouxe e rindo de uma piada. Ele é muito convincente.

— Enfim, a mãe do Rob acha que agora que casamos precisamos ter filhos logo — conta Elena durante o jantar. — E quando dissemos que vamos adotar um cachorro ela fez uma cara de quem tinha acabado de levar uma facada. Mas não é como se as pessoas não pudessem ter um cachorro e um bebê ao mesmo tempo!

— Pois é — concorda Lauren.

— Mas precisamos mesmo nos mexer, antes que ela roube um óvulo e geste um bebê para nós no micro-ondas. Ela está obcecada.

Elena olha para Bohai com expectativa.

— Isso... parece sensato — diz ele.

— E aí, alguma... novidade? — pergunta Elena.

— Sobre...?

Será que Bohai vai... doar esperma? Se essa fosse uma questão com Rob, Elena com certeza teria lhe contado em uma noite de bebedeira.

Elena continua:

— ... sobre os cachorros?

Ah. *Ah*. Lauren se lembra do primeiro dia de Bohai, quando pesquisaram sobre a vida dele em Londres.

— Os cães-guias?

Bohai pisca para ela.

— Que você treina — acrescenta Lauren. — No seu trabalho.

— Tem algum reprovado fofinho? — pergunta Rob.

Lauren observa Bohai, mas ele pensa rápido.

— Sinto muito — diz ele —, mas desta vez estamos com uma safra abundante. Às vezes eu tento ensinar errado a algum deles quando os outros cães não estão olhando, para ver se consigo uma reprovação para vocês, mas eles são todos muito espertos.

No fim da noite, depois que as visitas vão embora, ele se joga outra vez no sofá.

— Ai, meu Deus — diz ele, e acrescenta: — Fodam-se os cachorros. Eu já não lembrava nem que tinha emprego aqui.

Lauren também. Ela se senta na poltrona, estende as pernas sobre a mesa de centro e faz uma pesquisa.

— Olha você *aqui* — diz ela, mostrando no iPad uma foto de Bohai com três lindos cachorros.

Ela está bêbada de vinho e triunfo.

Bohai pega o tablet e encontra mais uma foto dele com um cachorro.

— Com certeza não é o pior dos meus empregos. Uma vez fui organizador de funerais. E outra vendedor de produtos de skincare orgânicos.

Lauren pega o tablet de volta.

— Qual foi a maior diferença que você já viu entre os mundos? — pergunta ela. — A maior mudança.

— Eu acompanho muito as notícias — diz ele. — Mas nunca teve nada do tipo a megafauna está de volta, a Austrália ganhou a Copa do Mundo ou o clima se estabilizou e não vamos mais precisar lavar os produtos para reciclagem. O que é, claro, bom e ruim, porque seria ótimo estar em um universo menos ferrado, mas também é reconfortante, significa que somos impotentes diante das forças da natureza, então é melhor só assistir *Mindhunter* e pronto.

— Pode ser. Quer dizer, não necessariamente em relação a *Mindhunter*.

Ele olha para ela intrigado.

— Ei, você acha que nosso destino era ficarmos juntos?

Ela diz "O quê?", como se não tivesse entendido, mas na verdade já tinha pensado nisso.

— Até onde sabemos, nós somos as únicas pessoas que já passaram por isso. Se houvesse milhares de nós, alguém já teria escrito sobre isso, né? Encontraríamos a notícia *em algum lugar*. Mas não, o que tem é só, tipo, esses filmes em que uma garota trabalhadora da cidade grande é atingida na cabeça por uma árvore de Natal e acorda casada com um cara qualquer muito charmoso, e ela aprende o verdadeiro significado do Natal, e quando volta ao seu mundo original tudo está normal outra vez, mas ela decide voltar para casa para passar as festas de fim de ano, e no avião o cara está sentado ao lado dela e o Papai Noel dá uma piscadela. Sabe como é.

— O quê? Não.

— É — diz ele. — Sério? Você nunca viu...? Bom, podemos assistir mais tarde. Meu Deus, estou me perdendo no raciocínio, desculpa, mas olha.

Ele tira os óculos.

— Não chegamos a conversar sobre o que estou fazendo aqui, mas eu estava pensando que talvez fosse legal ficar por um tempo, sabe? Não para sempre, não quero parecer bizarro, não acho que realmente seja nosso destino ficarmos juntos. Não quero te manter longe dos seus maridos. Mas é legal poder falar sobre isso, né?

Eles têm certeza de que conseguirão manter contato depois que ele for embora, que ambos vão se lembrar, que poderão trocar e-mails ou tomar um café sempre que Bohai estiver em Londres, mas só terão certeza de verdade se tentarem. E há algo especial em estar neste mundo juntos.

É.

— Aham — diz ela. — Seria ótimo.

— Será que... — diz ele, parecendo um pouquinho nervoso, como se estivesse forçando a barra — ... será que por um ou dois meses? Se não rolar, tudo bem, claro, é só que eu ainda estou superando o lance do Jack, e esses dias estão sendo uma ótima pausa e, sabe, sem querer ser sentimental nem nada, mas é legal estar em um lugar onde eu não preciso mentir o tempo todo sobre cada coisinha importante na minha vida.

— Eu adoraria — responde ela. — O que você acha de ficar até o ano-novo?

Ele sorri, aquele sorriso que ele sabe que é charmoso.

— Perfeito — diz ele.

# Capítulo 26

Eles se acostumam rápido com a rotina a dois. Bohai passa bastante tempo fora de casa, em parques, bares, e sai à noite com amigos que nunca tinha visto antes.

Eles vão a um pub de quiz com Toby e Maryam. Toby responde as questões sobre conhecimentos gerais e história; Maryam fica com as de ciências, e responde sem hesitar uma rodada de perguntas de múltipla escolha sobre idiomas, acertando todas que envolviam árabe, alemão, grego e latim. Há muitas rodadas de imagens, e Bohai, para a surpresa de Lauren, é ótimo em identificar ingredientes.

Eles estão indo bem, mas a próxima rodada é uma lista de nomes verdadeiros de cantores e atores, sob a legenda *Mais conhecido como...*

Eles olham para a lista.

— É só colocar Marilyn Monroe em todos — sugere Bohai.

— Em Alphonso d'Abruzzo? — pergunta Maryam.

— Olha, um deles vai ser Marilyn Monroe, a gente quer ganhar pelo menos um ponto ou nenhum?

Lauren vai ao bar. É uma pena que ela não seja tão útil no quiz, mas pelo menos é boa em carregar quatro bebidas de uma vez sem derramar. Quando volta, eles estão em outra rodada de imagens, desta vez sobre flores.

— Ah. Peraí, não. Eu conheço essa. Gerânio — diz ela. — Capuchinha, hortênsia. Não conheço aquela. Glicínia, ervilha-de-cheiro.

Depois vêm outras duas que ela não conhece, então:

— Ai, meu Deus.

Será que é? É.

— É uma rosa, não é? Até eu sei — diz Bohai.

— Essa aí é uma rosa Pierre de Ronsard — afirma ela.

Eles olham para ela.

— Uma rosa trepadeira. É cor-de-rosa quando se abre e depois vai ficando branca.

Toby está com o lápis na mão.

— Será que é mais seguro colocar só "rosa"? — sugere Maryam.

— Rosa Pierre de Ronsard — declara Lauren em tom categórico, depois pega o lápis e escreve.

Ela está certa, e o apresentador, impressionado, até dá um ponto extra para eles, o que não compensa o fato de que nenhum nome da lista de atores era Marilyn Monroe. Eles ficam em quarto lugar e ganham um cupom de trinta por cento de desconto em qualquer refeição de segunda a quarta-feira antes das sete da noite. Foi muito divertido.

Bohai se dá bem com os amigos dela. Ele entra em grupos locais dos quais ela nunca tinha ouvido falar, vai assistir a um espetáculo no centro cultural, aceita ir até Walthamstow certa noite para observar morcegos nos pântanos com Rob.

— *Observar morcegos?*

Ele dá de ombros.

— É, acho que vamos atrás de morcegos. Quer ir também?

— Não!

Ela nem sabia que havia morcegos em Londres, e não parece uma boa ideia ir atrás deles.

Lauren trabalha de casa na maior parte dos dias, só vai ao trabalho algumas vezes por semana, mas parece que Bohai não tem nenhum compromisso. Ela pergunta se ele ainda está usando o atestado.

— É, ah... — diz ele. — Na verdade, não. Está mais para larguei meu emprego. Quer dizer, eu acho que me demitiram. Não conversei com ninguém sobre isso desde que cheguei aqui.

Mas tenho minhas economias, e em breve vou partir para outro universo. Eu até atendi quando eles ligaram, só para dizer *foda-se, cansei disso*. E aí bloqueei o número. Acho que é bom para os empregadores lembrarem que podemos cair fora, assim eles podem aprender a tratar as pessoas um pouquinho melhor.

— É — diz ela. — Você com certeza desceu a lenha naqueles cães-guias.

É fim de outubro, e na maioria das noites andam estourando fogos de artifício: no parque, nos jardins, barulho para todo lado, *tá-tá-tá-BUM*. Bohai é fascinado por eles, fica impressionado com o fato de que é permitido comprar pequenos explosivos por diversão.

— Lá na minha terra as crianças ateariam fogo em todas as florestas.

Ela aponta para a janela, para a chuva.

— Boa sorte se quiser queimar isso aí.

Ele é um colega de apartamento mediano, é descuidado com algumas tarefas e meticuloso com outras, nunca prepara chá, mas mesmo assim é uma alegria tê-lo em casa. Eles trocam histórias. Fazem piadas. Gastam muito dinheiro nos ingressos de algum novo musical grandioso do West End, a pedido de Bohai.

— Vamos lá! — exclama ele. — Estamos em Londres. Quero ver a iluminação, já trabalhei com isso! Além do mais, normalmente eu nunca compro ingressos pra nada, porque quando chega o dia do evento eu já fui embora.

Eles compram, e a iluminação é muito impressionante mesmo, mas no meio do espetáculo Bohai se inclina e sussurra no ouvido dela:

— Sabe, eu tinha esquecido que odeio musicais.

Ela se vira.

— Gastamos seiscentas libras nisso!

— Eu sei! — exclama ele. — Talvez tenha sido um erro.

Poxa vida.

— Sótão! — diz ela sem emitir som.

— Sótão! — responde ele também sem som.

O jardim está uma zona, mas cresce um lóbulo novo na suculenta da despedida de solteira de Elena. Um dia, durante o intervalo de almoço de Lauren, Bohai a encontra na prefeitura e eles vão a um viveiro chique ali perto. Continuam gastando descontroladamente, mas, apesar do incentivo de Bohai, ela não consegue pagar cento e oitenta libras em uma árvore quase do seu tamanho; além do mais, seria complicado levá-la para casa, por isso ela resolve comprar uma sombrinha-chinesa de tamanho médio.

— Já pensou que isso pode ser perigoso? — pergunta ela a Bohai certa vez, dando uma olhada nas notícias.

— O quê, o lance do zumbido e das luzes?

— Não, estou falando dos maridos ruins. Ou esposas, acho.

— Ah, sim, um pouco. Mas é fácil fugir deles quando tudo o que você precisa fazer é entrar em um armário, né? Sei que é mais difícil para você, mas, mesmo assim, pelo menos eles não podem ficar te espionando, já que não sabem que você existe, nada de conta conjunta, e é óbvio que você não os ama, então não está tentando lutar contra, tipo, seus sentimentos.

— É — diz ela. — Acho que sim.

Ela volta a atenção para o celular.

— Quer dizer, não, não sei — acrescenta após um instante. — Fico pensando naquela coisa, sabe. Aquela estatística. Que diz que mais mulheres morrem em casa por causa do parceiro do que na rua.

— Meu Deus. Isso é verdade?

Ele pega o celular.

— Você não precisa pesquisar *tudo* no Google.

Eles vivem criticando um ao outro, mas não é nada sério. É um alívio, pensa ela, não ter que fingir e pode falar o que quiser, já que não tem por que brigarem e nunca mais se falarem. Eles compartilham esse grande segredo em que mais ninguém acreditaria.

— Vou fazer uma página para o caso de alguém pesquisar "cônjuges infinitos" ou "sótão mágico" — diz Bohai. — Com uma notinha dizendo: "Se você for pego em um ciclo infinito de cônjuges, entre em contato."

Por alguma razão, ela acha isso uma péssima ideia.

— Qual o problema? Alguém por acaso vai nos acusar de bigamia?

— Viajantes no tempo — diz ela. — Policiais espaciais. Sei lá. É, tem razão, você deveria fazer isso mesmo.

Ele cria uma newsletter no Substack e posta: *Oi! Uma vez entrei em um armário e quando saí estava em outro mundo e era casado. Agora estou vivendo um ciclo infinito de maridos e esposas em versões diferentes do universo! Se isso aconteceu com você, me mande um e-mail.*

— Não mencionei você — observa ele. — Por via das dúvidas.

— Alguma resposta? — pergunta ela após uns dias. — À sua newsletter?

— Nada. Vou deixar no ar até eu ir embora, vai que.

# Capítulo 27

Em dezembro, eles compram uma árvore de Natal, uma de verdade, dessas que quase alcançam o teto — 2,15 metros, 2,40? —, e Bohai dá de ombros e diz:

— Olha, eu só sei as medidas, mas eles não venderiam se não coubessem nas casas, né?

Eles compram a maior que encontram e a carregam pelas ruas por dez minutos, parando para ajeitar a pegada e manobrar. Quase ficam presos ao subir as escadas estreitas, e, no fim das contas, a árvore é realmente alta demais para o apartamento. Bohai sugere abrir o alçapão no teto e enfiar a ponta da árvore no sótão. Lauren sobe em uma cadeira para colocar a estrela no alto porque não tem espaço para puxar a escada. Ela se inclina e puxa a ponta da árvore em sua direção, a outra mão adentra o sótão, e, na mesma hora, a lâmpada acima brilha com intensidade.

A árvore é muito inconveniente, ocupa metade do patamar, o que obriga Lauren a dar a volta para entrar no quarto, e só dá para ligar o cabo de energia na sala de estar (Bohai cola o cabo no chão e diz que já fez isso quando foi gerente de palco uma vez, mas não deve ter se saído muito bem nessa função, porque a fita fica descolando). Mas tudo bem, é só por algumas semanas. Ela manda uma foto para os amigos, que fingem admirar a engenhosidade dos dois, com exceção de Nat, que responde com um link de uma página que explica como reduzir os custos com eletricidade e evitar que o calor se dissipe através do telhado.

Eles se beijam uma vez depois de uma saída à noite pela cidade: uma comédia stand-up mais ou menos e depois uma pizza, e parece que está rolando um coquetel e uma festa de música pop com tema dos anos 2010 em um porão. Como já estão ali, por que não? Vão embora às duas da manhã e está frio, mas ela ainda está com calor por causa do porão lotado de corpos em movimento, e o ar está uma delícia em seus braços, em seu rosto, o vapor de sua respiração crescendo diante dela. Eles riem enquanto caminham até o ponto de ônibus, e ela se vira para provocá-lo por conta da revelação da noite: ele sabe a letra *inteira* da música "Tonight (I'm Fuckin'You)", de Enrique Iglesias, até o trecho de rap. Então ele também se vira, e não é exatamente um acidente, os dois sabem o que estão fazendo, mas não se viram para o outro lado — e se beijam apoiados em um muro. Ela ainda não está com frio o bastante para vestir a jaqueta, então sente o frescor áspero dos tijolos contra a pele no ponto em que sua blusa sobe nas costas, e a boca, as mãos e o corpo quente dele.

Então eles param e não falam nada. Se reconhecerem o que está acontecendo, vão ter que decidir se é uma boa ideia ou não, e é óbvio que não é. Ela só se inclina para a frente, com mais delicadeza desta vez, e ele faz o mesmo. Mas os dois estão tensos; ela consegue sentir. Depois de alguns segundos, ela se afasta.

— É, então, má ideia — diz ela.

— Pois é, que merda — concorda ele.

Bohai odeia Londres, ele quer ter filhos e ela não, ele sempre deixa os pratos na pia e ela meio que odeia o fato de que o adorado forno holandês azul dele ocupa muito espaço. Em alguma versão do mundo, eles se encontraram e não descobriram de imediato cada detalhezinho e cada incompatibilidade, se casaram e talvez tenha sido bom ou não. Mas neste mundo eles sabem demais, têm Post-its sobre o parceiro ideal de cada um, pelo amor de Deus! E sabem que não combinam.

— Não sou bom em ficar amigo de ex — diz ele.

— É — diz ela. — Eu também não.

Eles não podem correr o risco de estragar a amizade. Não podem correr o risco de ser ex-cônjuges. Não podem correr o risco de se beijar em um beco.

Um tempo depois, Bohai começa a passar a noite fora de vez em quando. Ele sempre manda mensagens animadas — *Me divertindo, te vejo de manhã* —, e na maioria das vezes ela curte ter o apartamento só para si, para variar, e está tudo bem, ou quase isso, embora não seja tão ruim passar o dia fazendo piada e compartilhando segredos com um homem de quem gosta o bastante para ter se casado, mas com quem definitivamente não pode dormir.

Ela também pode sair, é claro. Uma vez, foi beber em Walthamstow com Rob e Elena, mas acabou tomando todas e flertando com um estranho. Achou que poderia gastar um pouco de energia com esse homem, que explicava com muita intensidade que um spritz de Campari é vegano e um spritz de Aperol, não. Sim, pensou ela, por que não? Mas Elena a puxou e disse:

— Lauren, que porra é essa? O que você está fazendo?

E nesse momento ela lembrou, em meio à humilhação, que tecnicamente era casada.

Não tenta novamente. Mas uma noite, enquanto Bohai estava na rua fazendo sabe-se lá o quê, ela sobe em uma cadeira e puxa a ponta da árvore para fora do sótão, afasta a coisa toda para o lado, os braços ao redor dos galhos espinhosos, e chuta a base até a árvore se mover alguns centímetros para ela puxar a escada.

Não é justo, pensa ela, estar sempre ali à espera, ficar em Norwood Junction para sempre enquanto os maridos vêm e vão. Não é justo depender deles, não é justo que ela tenha que bajular, enganar ou persuadir os maridos para mandá-los embora. Ela nunca saiu dali em sua vida antiga, e continua no mesmo lugar agora.

O que vai acontecer se ela entrar no sótão?

Toby entrou lá uma vez e não aconteceu nada. Um eletricista também e nada.

Mas o sótão a reconhece assim como reconhece os maridos, ele pisca e zumbe.

Ela deveria avisar a Bohai, caso alguma coisa aconteça. Ele não vai gostar, mas ela manda uma mensagem — *Oi, desculpa, testando o sótão* — e desliga o celular antes que ele possa responder.

E sobe. É só uma escada normal. Só poucos passos. Sua cabeça passa pelo alçapão. Está frio e escuro, apesar do clarão da lâmpada, e a sutil agitação no ar cresce e se torna o barulho da estática. Ela para por um instante com a cabeça no sótão, mas as pernas ainda na escada, no ar quente do patamar.

Ela sobe mais um degrau, e outro, e, antes que possa parar para pensar duas vezes, o último degrau.

A lâmpada acima brilha mais forte: amarelo quente, então mais forte, depois branco. Uma centelha atrás dela.

Um estalo.

O zumbido do ruído branco se aguça. É quase um guincho. Há um cheiro, doce, árido, quase de fumaça. E a lâmpada estoura, e apaga, e começa a brilhar outra vez.

O cheiro fica mais forte, o alarme de fumaça é acionado e ela sai pelo alçapão, um pé para fora, o outro, mais rápido, e, quando está ali na escada, a lâmpada ainda acesa brilha de novo e se apaga de novo. O patamar ao redor dela é o mesmo de outubro, desde que Bohai desceu dali. Ela pega um pano de prato e abana abaixo do alarme de fumaça até desligá-lo. Nada mudou.

Bohai chega em casa uma hora depois. Ela o escuta subindo as escadas e passando pelo patamar. Não se levanta do sofá, onde está deitada.

— Oi — diz ele, olhando para a sala.

— Oi.

— Não funcionou?

— Não.

Ele olha para trás, para o patamar, e para cima, em direção ao sótão. Ela fechou o alçapão. A árvore de Natal está curvada pelo contato com o teto baixo, bloqueando parte da porta da cozinha.

— Você quer que eu vá embora logo? — pergunta ele.

— Não — responde ela. — Não, não é isso. Eu só queria saber o que aconteceria.

Após um instante, ele balança a cabeça.
— Vem, vamos sair.
Essa é a resposta dele para tudo.
— É uma da manhã.
— Aquela lanchonete horrível fica aberta até as três — argumenta ele, e entrega o casaco dela.

De manhã, eles usam a faca de pão grande para serrar o topo da árvore para que ela possa ficar de pé sem que eles precisem reabrir o sótão. Bohai amarra a estrela em um dos galhos esticados.

O Natal é legal. Ela dá a ele uma caixa de fogos de artifício, e ele compra para ela a planta grande que ela não comprou naquele viveiro perto do trabalho.

— Além do mais, vou embora no dia 1º de janeiro, então não tem como você matá-la sem querer — diz ele. — Não em uma semana.

Eles vão para a casa de Nat para a ceia de Natal, onde comem e comem e comem, e dão presentes extravagantes para as crianças — uma caixa imensa de Lego para Caleb e uma bateria infantil para Magda.

Assim que elas terminam de limpar tudo, fazem uma chamada de vídeo com a mãe, que abre a caixa de Twix com cem unidades que Lauren mandou.

— Que presente curioso — diz a mãe. — Você sabe que tem Twix na Espanha, né? É muito melhor aqui, aqueles técnicos espanhóis inteligentes colocam alguma coisa no chocolate para não derreter. Não vou conseguir comer tudo isso antes do verão e assim que o tempo esquentar eles vão virar uma grande poça marrom. Mas claro que o que importa é a intenção, querida. Muito obrigada.

Em casa, tarde da noite, Bohai começa a preparar dois sanduíches com sobras.

— Então, sua mãe não vem para as festas de fim de ano? — pergunta ele.

— Não — responde ela. — Assim que o papai morreu e eu terminei a escola, ela vendeu tudo e se mudou para a Espanha. Só volta quando é necessário. Mas esteve presente em todos os meus casamentos.

— E sua avó deixou de herança este apartamento para você e Nat, e vocês moraram aqui durante a faculdade?

— Eu, sim, mas Nat já estava trabalhando nessa época.

É estranho que eles se conheçam tão bem, mesmo sem nunca terem conversado sobre partes importantes de suas vidas.

— Ah — diz ele. — Então ela era a adulta enquanto você ainda estava entendendo as coisas. É por isso que ela é tão... sabe?

Lauren ri.

— Meu Deus, ela dá essa impressão mesmo, né? Mas ela é desse jeito desde que éramos crianças. Talvez tenha relaxado um pouco quando ficamos só nós duas. Na verdade, não, ela só relaxa quando as coisas não estão indo bem, e quanto mais bem resolvida minha vida está, mais ela me diz o que fazer. Então tome como um elogio o fato de ela ter nos dado um conjunto completo da Tupperware e uma penca de conselhos não solicitados sobre como cozinhar em grande quantidade, isso significa que ela acha que tomei boas decisões na vida.

Bohai lhe entrega um sanduíche.

— E sua irmã? — pergunta ela.

— Ela é uma boa menina — diz ele. — Bem mais nova, ela tinha uns quatro ou cinco anos quando saí de casa. Então não somos tão próximos. Mas acho que vocês se dariam bem. Ela faz aquele negócio que você faz às vezes, de ser supereducada quando alguém diz algo que você acha estúpido. O que é uma crítica contundente, mesmo vindo de você, mas é devastador quando vem de sua irmã adolescente.

Lauren não acha que faz isso.

— Ãhn — diz ela.

— É, exatamente — observa ele. — É exatamente isso. Talvez seja uma coisa de irmã mais nova. Você vai ver quando conhecê-la.

É claro que não vai poder conhecer a família de Bohai, o que ela acha uma pena.

Na noite de ano-novo, eles descem para a casa de Toby e Maryam para jantar. Depois de comerem, arrumaram os fogos de artifício de Bohai no quintal dos fundos.

— Mas no seu lado do jardim — diz Maryam. — Só Deus sabe o que o proprietário faria se descobrisse que estamos soltando fogos na grama dele.

— Claro, não se preocupe — garante Bohai.

Ele lê as instruções três vezes e coloca seus óculos de natação por via das dúvidas.

Ele enfia as varetas no chão e acende um cilindro enquanto os outros ficam espiando no canto. Lauren não consegue ver o que está acontecendo, mas depois de se inclinar por um minuto Bohai corre na direção deles. Enquanto ele corre, eles ouvem um *pip--pip-pip-pip-pap*, e uma chuva de centelhas verdes, cor-de-rosa e prateadas surge, assim como um som efervescente. Uma coluna de fumaça azul-acinzentada. Uma linha alaranjada irregular. Uma chuva de amarelo salpicado. Uma pausa, um assobio e quatro ou cinco bolinhas de chama vermelha, uma após a outra, centelhas caindo sobre eles depois de subirem, outra bola vermelha que sobe espiralando antes de explodir.

E, finalmente, o silêncio.

— Você acendeu *todos*? — pergunta Lauren.

— Foi incrível — diz Bohai. — Incrível. Meu Deus do céu! Sim, acendi todos, tem mais?

Depois de uma taça tranquilizadora de vinho, os quatro vão a uma festa na casa de Clayton, amigo de Bohai ("Não faço ideia de quem seja", diz Bohai, "mas estamos no mesmo grupo de WhatsApp e aparentemente ele tem uma máquina de fumaça").

Bohai e Lauren se escondem no banheiro durante a contagem regressiva para que ninguém ache estranho eles não se beijarem à meia-noite, embora ainda seja obviamente bastante esquisito ficar em um banheiro não muito grande rindo e ouvindo as pessoas gritarem FELIZ ANO-NOVO do lado de fora.

Eles pegam um táxi de volta para casa às três e meia da manhã.

— Por minha conta — diz Lauren, querendo gastar todo o dinheiro.

Eles dormem bastante e acordam no meio da tarde, de ressaca, ainda sob a luz do dia, mas por pouco. Bohai prepara torradas e olha ao redor.

— Acho que talvez eu deva arrumar as malas ou algo do tipo.

Ela não quer que ele vá embora. Tenta manter uma expressão neutra, mas não consegue.

— É — diz ele. — Mas precisamos seguir em frente. Temos maridos para conhecer. Luz do sol para aproveitar. Você sabe que agora é verão na Austrália, né? Além do mais, eu não comentei porque não queria que você se preocupasse, mas eu meio que torrei minhas economias e peguei um monte de dinheiro com agiotas. Eu ferrei com minha vida financeira aqui, e provavelmente com a sua também.

— Eu já imaginava — comenta ela.

— Tomara que eu tenha uma herança na próxima vida. Mas tudo bem — diz ele.

Ela não quer pensar se isso é algo que desejaria, porque agora o conhece o bastante para saber o que aconteceria se dissesse *Ah, tudo bem, fique, vamos ver se conseguimos fazer isso dar certo, vamos dividir apartamento* ou mesmo *Vamos nos casar de verdade*.

— Se você for ficar — diz ela, mas é claro que ele não vai —, tem que parar de reclamar do tempo. Sei que faz frio, mas a culpa não é minha.

— Não, certo, desculpe, tudo bem. É só... você — diz ele; nenhuma dessas palavras responde alguma coisa. — Posso vir te visitar quando estiver em Londres.

Ele decorou o número dela; o dele muda muito, mas ele tem o mesmo e-mail desde a faculdade.

É a vez dela de duvidar.

— E se a gente esquecer? Como os maridos. E se a gente não se lembrar um do outro?

Ela se lembra de como aqueles primeiros meses foram solitários e cogita mais uma vez contar para Elena, Toby, Nat e sua mãe. Não quer voltar a sentir aquilo. Mas ele não responde, porque não há nada a dizer. Se eles esquecerem, esqueceram.

Eles afastam do caminho novamente a árvore cortada. É mais fácil em dupla.

— Tomara que você encontre alguém que saiba lidar com todas as suas... você sabe, questões de personalidade — diz Lauren.

— E que goste de usar terno.

— Desejo o mesmo — diz Bohai, e puxa a escada. — Quer dizer, não em relação aos ternos. Para você são cachecóis e mangas dobradas, né?

— Bem, não ao mesmo tempo. Para a esquerda — acrescenta ela quando a escada emperra.

Ele olha para cima. Respira fundo. Expira. Respira fundo de novo. E, mais rápido do que qualquer outro marido, ele sobe, um degrau depois do outro, e ela torce para que ele pare para dar tchau, mas ele não faz isso, e ela diz:

— Se cuida! Me avise quando chegar!

E ele desaparece.

# Capítulo 28

Ela olha para trás, com cautela, para dar tempo ao mundo de se ajustar. Quando se vira de volta, a árvore não está mais ali. Ouve um barulho lá de cima e pensa: *Cadê ele, será que sumiu?* Ela tem certeza de que se lembra dele.

Ouve seu celular na cozinha, uma notificação, e corre para lá. É uma mensagem de um número desconhecido, *Kkkkk Brighton não, obrigado*, e uma foto de uma vista cinza com um céu cinza e um mar cinza. A mensagem desaparece e alguns minutos depois recebe uma nova de outro número estranho, *Aí sim Sydney babyyyyy*, depois *mas nada de fotos do mar, é óbvio que estamos a quarenta minutos de distância, nas profundezas do subúrbio*, e em seguida a foto de uma lua embaçada acima de telhados escuros, *Olha a lua do lado certo outra vez, mas já tô morrendo saudade bjo bjo bjo bjo bjo bjo*.

— Querida?

Ela ouve uma voz a chamando do patamar, se vira, e lá está ele. Seu novo marido.

Mas não é alguém novo. Aquele rosto. Aquele cara de novo. O marido, o primeiro. Michael.

Ela acha que é Michael. São muitos maridos para se lembrar, e durante a maior parte do tempo que passou com Michael ela estava bêbada, de ressaca ou com uma mistura desagradável dos dois. Mas ele foi o primeiro. Ela se lembraria dele. Né?

A primeira pergunta é: será que é ele mesmo?

— Michael — arrisca ela.

— Oi.

A segunda pergunta é: que porra é essa?

A terceira pergunta, que é meio que uma consequência da segunda, é: será que isso é um looping? Isso significa que Jason vem depois? Se ela seguir o ciclo de maridos por tempo suficiente, será que Carter vai acabar descendo do sótão outra vez?

Bohai nunca mencionou um looping, mas ele tem um leque muito maior de possíveis cônjuges: mais gêneros, mais países, mais armários. Talvez ela tenha esgotado suas possibilidades, enquanto Bohai tem outras mil para testar, aquele cretino.

Michael ainda está olhando para ela.

— Vamos ao pub — sugere ela.

— Hoje é feriado — diz ele. — Será que tem algum aberto?

Puta merda, é mesmo.

— Vamos ao parque.

— Toby e Maryam não vêm para jantar?

De novo? Só se passaram doze horas desde que os encontrou em seu último mundo.

— É — diz ela. — Mas quero dar uma caminhada, espairecer um pouco. Quer que eu compre alguma coisa no caminho?

— As lojas não estão fechadas? Você está bem? — pergunta ele.

— Sim! Sim, estou bem, só quero pensar um pouquinho sobre o... novo ano. Volto daqui a uma hora, não vou me atrasar para o jantar, né?

— Acho que não — diz ele. — Vai dar tempo de fazer a cobertura do bolo?

Ela dá uma olhada na cozinha de novo, e desta vez percebe o grande bolo redondo.

— Aham — diz ela; sempre pode salpicar o bolo com açúcar de confeiteiro.

Do outro lado da esquina, o pub está aberto. A cafeteira não está funcionando, mas eles preparam uma xícara de chá para ela, que se senta do lado de fora com seu celular. Está muito frio.

Ela manda uma mensagem para Bohai, para seu número de Sydney: *Acho que estou em um looping!!* Abre o Facebook e confirma: sim, é Michael Callebaut. Continua navegando em busca de fotos e descobre.

*O QUÊ?* é a resposta de Bohai.
*Peraí, esquece,* responde ela. *Já te respondo, é complicado.*
As fotos estão diferentes.

Ela viu muitas fotos de vestidos brancos enormes, mas é impossível esquecer seu primeiro casamento. A saia armada, as flores que não reconheceu quando viu pela primeira vez, mas agora acha que eram peônias, o terno marrom de Michael.

Ainda assim, as fotos postadas no Facebook são de uma festa de casamento de alguns anos atrás, ela está usando um vestido justinho em vez de armado, branco com estampa de folhas verde-claras, e, em vez de uma grande festa ao ar livre, eles estão em um salão com outras quinze pessoas, talvez.

*Mesmo marido, vida diferente? Isso é possível?*, manda a mensagem, com uma das fotos. *Casamento pandêmico??*

*Ah, sim!!!*, diz a reposta. *Tive alguns repetecos, acho que é quando conheço o cônjuge de alguma outra forma, mas acabamos juntos mesmo assim. Qual marido, um dos legais?*

*Michael, o primeiro, ele era de boa*, responde. Ela checa as mensagens que tem enviado ao marido: listas de compras como sempre, perguntas sobre o jantar. Não há — e esta é uma das coisas de que ela tem certeza de que se lembra — nenhuma foto de uma pera com olhos grandes, mesmo depois de passar muito o dedo pela tela do celular, até meses atrás, antes da despedida de solteira de Elena.

Então não é um looping.

Antes que ela possa enviar mais uma mensagem para Bohai, ele manda: *Duas da manhã aqui, então vou pra cama, mas boa sorte com michael 2: o retorno*, e instantes depois: *mIIchael*, e em seguida: *não, michaeII, desculpe*, e após um intervalo de dois minutos: *michael²*, e ela decide deixar quieto.

Qual é o sentido de ser casada com Michael em dois mundos diferentes?

Quando ela termina o chá e volta para o apartamento, ele está esquentando uma grande panela de molho no fogão. Ah, não, mais um marido com uma receita especial de macarrão à bolonhesa, pensa ela, é contra suas regras; mas beleza, deixe que ele acrescente uma colher de sopa de vinagre balsâmico ou canela em pau ou carne moída com determinado percentual de gordura. O cheiro está bom mesmo. E o apartamento está lindo: arrumado, pintado de cores bonitas e vivas, e na cozinha a falha na parede está consertada, como na primeira vez.

Ela não tem ideia do tipo de bolo que fez, mas encontra uma receita de ganache de chocolate em uma aba aberta em seu celular, chocolate em cima do micro-ondas e creme na geladeira. Certo! Vai fazer uma tentativa. Abre suas playlists, encontra uma intitulada DEZEMBRO e põe para tocar enquanto esquenta o creme. São músicas que ela nunca ouviu, cantadas por garotas com um piano ao fundo, e ela se pergunta se isso significa que está triste, mas provavelmente só quer dizer que está frio e os dias, mais curtos. Michael entra para mexer no molho e canta junto com um dos refrões. A voz dele é bonita.

O ganache não está perfeito, mais granulado do que na foto da receita, mas ela experimenta e o gosto está bom.

Toby e Maryam chegam às sete. Ela se dá conta de que sabe coisas sobre eles que nem eles mesmos sabem. Mas os dois sempre estão juntos, em todos os mundos.

Eles devem saber muita coisa sobre ela que ela também não sabe. Como deveria ser o gosto do ganache. Quais são seus hobbies. Qual é seu emprego, aliás. Se ela está feliz ou não.

E talvez todas as diferentes particularidades estejam alinhadas, talvez eles estejam em harmonia, porque os quatro se sentam juntos na sala de estar, comem o macarrão à bolonhesa de Michael, conversam sobre o novo ano e é legal. Maryam conta outra vez as melhores histórias da emergência do hospital no ano-novo, *ninguém nunca encontrou o lagarto*.

O bolo até que está gostoso, também.

***

Lauren vai para o trabalho no dia 3 de janeiro e descobre, para sua surpresa, que é sua própria chefe, ou melhor, foi promovida e agora é a subgerente de seu antigo departamento.

Ela está acostumada a começar o ano devagar, mas desta vez as reuniões já começam com tudo. Lembra-se do conselho de Bohai e passa muito tempo perguntando: "O que *você* acha?" e "*Você* tem alguma sugestão?", com um ar que insinua, torce ela, que está sendo uma chefe benevolente e interessada, que procura compartilhar o poder, em vez de uma novata perplexa que está apenas dançando conforme a música.

Só no fim do dia ela tem a oportunidade de conversar com Zarah, que desvia o olhar culpado do celular.

— Começando bem o ano? — pergunta ela, tentando ser amigável mas sem perder a postura de chefe.

— Aham — diz Zarah —, pegando o ritmo de novo.

Por um instante, Lauren espera Zarah falar mais alguma coisa, mas parece que é só isso. Ela não pode demorar muito; de acordo com sua agenda, tem uma aula de HIIT na academia da esquina, e se deseja achar um mundo em que esteja disposta a ficar, precisa tentar viver a vida que encontrar lá.

A aula é horrível, o instrutor a conhece e tenta incentivá-la o tempo todo, o que torna tudo ainda pior. Mas assim que se recupera do esforço, fica satisfeita e um pouco chocada com a capacidade de seu corpo, a facilidade com que consegue tocar os dedos dos pés, a forma como esta versão de si mesma cultivou tamanhas flexibilidade e força. No dia seguinte, ao chegar em casa do trabalho antes de Michael, tenta plantar bananeira contra a parede, como fazia quando criança. As pernas sobem e os braços a sustentam com facilidade — dez segundos depois, deixa as pernas descerem, a perna esquerda primeiro, e então a gravidade e o impulso puxam a direita até ela ficar de pé de novo. Ela alonga os braços acima da cabeça como uma ginasta triunfante.

Lauren já conheceu muitos maridos, não trinta e sete por cento de todos os maridos possíveis, mas talvez quase isso. Talvez o bastante para ter uma ideia razoável de quais são suas opções. Ela se lembra das listas que fez com Bohai e das coisas que queria, e as compara com Michael. Vegetariano: não. Bonito: sim. É atencioso com Lauren: sim. A vida parece boa: sim.

No dia 6 de janeiro, ela se inclina na cama e o beija, agarra o cabelo dele, e ele a puxa para cima de si e ri. Ela rola ambos até inverter as posições, e conforme a manhã avança descobre que neste mundo tem um vibrador, que usa durante o sexo. Ela não gosta muito, mas não há como negar a eficácia do aparelho, a pressão que incendeia os orgasmos. Talvez, como uma panela de pressão, seja preciso prática para usar da melhor maneira.

Em 13 de janeiro, Bohai está em Londres; ela liga para o trabalho avisando que está doente, e eles se encontram para tomar café.

*E se não der certo*, escreve ela em uma mensagem, *e se a gente unir dois universos diferentes e destruir tudo?*

*É, mas provavelmente não vamos, e se isso acontecer, não vamos saber*, responde ele.

Eles se encontram no parque, onde tomaram café naquela primeira manhã. Ele se atrasa quinze minutos, o que dá a ela bastante tempo para se preocupar; mas então ele aparece de fininho atrás dela e dá uma batidinha em seu ombro, ela se vira e o abraça, e lá estão eles, mais uma vez juntos no mundo.

— Nossa — diz ela. — Você está... tão diferente.

— Pois é, estou péssimo, tudo o que tenho aqui são essas camisas xadrez grandes e essas leggings. E, minha nossa, esse *corte* de cabelo. Você está ótima, esse casaco parece caro, você é rica de novo?

— Estamos indo bem — diz ela.

— Uuuuu — entoa ele. — *Indo bem*. Tá com vergonha de ser rica.

— Como está a nova vida? Está há muito tempo na cidade?

— Nada — diz ele. — Vou vazar depois do café, olha essa porra de cidade úmida. Além do mais, tem um mofo branco no nosso apartamento, e não sou especialista, mas ouvi dizer que isso é ruim. E você?

— Ainda estou com Michael — conta ela.

— Mentira! Aquele que voltou no ano-novo?

— Aham.

— Nossa! — exclama ele. — Então são quase duas semanas, hein? É amor?

— Ah, ele com certeza atende vários dos critérios de avaliação.

— Que romântico.

Ela ri.

— É, quer dizer, será que eu realmente gosto dele? E o apartamento está lindo, ele é arquiteto, já comentei?

— Pelo menos quatro vezes, acho.

— E ainda estou trabalhando na prefeitura, mas fui promovida — acrescenta ela.

— Vou ser sincero, nunca entendi direito seu trabalho.

— Justo — diz ela. — É bem chato. Mas, por outro lado, se eu fizer besteira, a vida das pessoas piora. Enfim, agora eu posso arruinar a vida de mais pessoas de uma só vez, se não tomar cuidado.

Ela está sofrendo um pouco com a carga maior de trabalho e os dias cheios de reuniões, e tem um pedido de financiamento que está protelando, mas não é tão complicado assim, não é como se tivesse que se comportar de outra forma ou fazer coisas muito diferentes do que fazia antes, e está surpresa e até mesmo orgulhosa de como tem conseguido gerir tudo. Uma vez até acordou no meio da noite preocupada com as metas de produtividade de sua equipe, mas se acalmou e voltou a dormir depois de fazer uma lista de tarefas e lembrar que poderia só mudar de mundo se não conseguisse cumprir os prazos.

Bohai compra café para viagem para os dois, que caminham ao redor do lago. O vapor sobe dos copos.

— Ei, se você ainda estiver em Londres no fim de semana, quer sair para almoçar? — sugere ela. — Leva o seu marido, podemos dizer que somos velhos amigos de faculdade. Michael também é um ótimo cozinheiro.

— Provavelmente não vou estar por aqui — responde ele. — O clima lá na minha terra está bem melhor do que qualquer clima que você já experimentou na sua vida, imagino. Está quente, mas seco, e todo mundo ainda está meio devagar por conta do Natal. E aposto que consigo encontrar algum lugar onde eu esteja de férias, se passar correndo por dez ou doze vidas. Tipo, eu saio de uma casa de praia direto para a areia, tem um oceano enorme na minha frente, algum marido usando uma sunga minúscula deitado em uma toalha. Não que o lamaçal congelado daqui também não seja uma delícia.

— É, tudo bem — diz ela. — Pode voltar correndo para suas aranhas e queimaduras de sol.

— Mas acho que em poucos dias o tempo vai piorar e vou ficar nojento de tanto suor, então posso me enfiar em um armário e voltar. Será que fazemos alguma coisa na semana que vem? — sugere ele.

— Não acredito que você vai abandonar seu marido sexy de sunguinha tão rápido — zomba ela. — Semana que vem seria legal.

— Você ainda vai estar com Michael?

— Não sei.

Ela está com vergonha de falar demais caso esteja enganada, caso não dê certo.

— Talvez?

— Você *vai*, não vai?

O peito e o queixo dela estão tensos de esperança; ela ri e desabafa:

— Olha, ele é legal, só isso. Não sei.

Ela sempre odiou *estar enganada*, a ideia de fazer algo e depois perceber que foi um erro. E com Michael ela está sempre pensando no que é melhor fazer antes de fazer, sempre tentando descobrir a melhor maneira de agir.

— Parece horrível — comenta Bohai. — Mas se você gosta dele, acho que é melhor trancar aquele sótão.

E dá um soquinho de lado no ombro dela.

Ela meio que já trancou. Alguns dias antes, subiu em uma cadeira e pôs uma corrente e um cadeado no suporte da escada mal dobrada para impedi-la de se esticar, depois a enfiou lá em cima e fechou o alçapão. Se Michael a puxar, só vai esticá-la até a metade. Ele ainda vai conseguir entrar, se insistir muito, e se não conseguir ela com certeza vai ter que se explicar. Mas já é alguma coisa.

— Isso é praticamente um pedido de casamento — comenta Bohai.

— Já somos casados.

— Estou muito feliz por você.

— Só faz duas semanas.

Talvez ela esteja corada de vergonha.

— Vamos ver como as coisas avançam.

Eles passam algumas horas juntos, mas em seguida Bohai segue para uma vida nova.

— Te vejo semana que vem, né? — pergunta ele. — Vou te mandar uma mensagem, mas pode ser quarta-feira?

— Aham, perfeito.

Quando Michael volta para casa, traz suco de laranja, limonada e pão de forma. Ele prepara para ela torradas triangulares com Marmite.

— Sei como você fica quando está doente.

Ela se sente um pouco mal porque foi almoçar com Bohai e não está doente de verdade, e também porque Michael é tão legal! Ela fingiu estar doente muitas vezes nos últimos seis meses e observou quem lhe trouxe coisas, quem ficou aborrecido porque o apartamento não estava limpo mesmo ela tendo *ficado em casa o dia todo*, quem tomou a doença como uma afronta pessoal ou declarou na mesma hora que também pegou o resfriado. Os piores são os que trazem vitaminas e chás especiais, vão ver como ela está a cada cinco minutos e não a deixam fingir que está doente em paz.

Mas Michael se senta em uma poltrona e lê, e volta e meia olha para ela e sorri. Talvez o sótão soubesse o que estava fazendo desta vez.

Tem algumas coisas de que ela não gosta. Os pais de Michael são legais, mas moram perto, e a mãe nunca liga antes de aparecer na casa deles com um saco de quincãs que encontrou na promoção. Outra reclamação: o apartamento talvez esteja arrumado *demais*. A suculenta dela, no vaso pintado de qualquer jeito, foi relegada a uma prateleira no banheiro.

Esta vida elegante e movimentada também dá muito trabalho. Seu novo cargo é legal, só que mais puxado. O apartamento está sempre arrumado, mas se ela deixar qualquer coisa largada pela casa, Michael vai ver, suspirar e guardar. Toda semana eles recebem uma caixa de legumes e verduras, que em teoria é ótima, mas, na prática, Lauren nem sempre quer um aipo-rábano chique ou uma abóbora superespecífica. Além do mais, ela liga para a mãe duas vezes por semana e sempre toma conta de Magda e Caleb — já fez isso três vezes nas últimas semanas e já tem outra noite marcada antes do fim do mês. Ela os adora, mas eles são muito cansativos.

— Magda está escalando as coisas — avisa Nat na terceira visita. — Tudo. Ela subiu um metro nas cortinas ontem, como uma pequena alpinista.

— Beleza — diz Lauren.

O fato de Nat não acreditar que a irmã é uma adulta responsável foi útil nas primeiras vezes, porque significava que Lauren só era solicitada para colocar as crianças para dormir ou para alimentá-las, apesar de Lauren cuidar delas com frequência. Mas ela sente que pegou o jeito agora e não precisa mais da ajuda de Nat.

Adele pelo menos confia nela e puxa Nat porta afora.

— Qual é? — diz Adele. — Ela é uma mulher adulta, já até organizou um evento beneficente para o enxoval da Magda. Ela consegue esquentar uns legumes amassados no micro-ondas.

Um *evento beneficente*? Ela procura as fotos no celular e, sim, parece que ela organizou isso mesmo.

*Mas é legal que você está com a vida nos trilhos*, diz Bohai em uma mensagem vinda de outro número. *Quer dizer, eu imagino que sim.*

— É muita coisa — diz ela a Magda, que está batendo em um bloco de montar com outro bloco de montar. — É legal. Mas é muita coisa. Eu e Michael combinamos de passar o domingo inteiro fazendo caldo para congelar.

Magda encaixa os blocos.

— Isso! — diz Lauren. — É isso aí. Continue. Você está indo bem.

# Capítulo 29

No passado, Lauren já deixou muitas vidas passarem. Mas agora não.

No começo de qualquer relacionamento, quando você está se apaixonando, há um momento em que tudo se torna mais compreensível. É assim que duas pessoas apaixonadas mudam, só um pouquinho, moldam suas figuras juntos, oscilam entre a harmonia e a desarmonia. Não dura muito esse momento em que o amor é capaz de mudar quem você é com gentileza, e nos relacionamentos que ela experimentou nos últimos seis meses o momento já tinha passado havia muito tempo. Ela foi presenteada com um novo marido e convidada a se contorcer para se encaixar ou rejeitá-lo por completo.

Mas desta vez está tentando de verdade. Ela sente que está se aconchegando e se adaptando melhor a esta vida.

De vez em quando ela fica sobrecarregada, depois de uma noite como babá, por exemplo, então liga para o trabalho avisando que está doente e passa o dia cochilando ou jogando no celular. Um dia ela finge uma viagem a trabalho e se hospeda em um hotel do outro lado da cidade, almoça com Bohai, que está em Londres de novo, e assiste a vídeos do YouTube na cama até as três da manhã e se esquece de almoçar. Ela não é gentil, carinhosa, cuidadosa e prestativa com Michael e não se senta com ele para conversar sobre o dia e compartilhar pequenos momentos (eles comem à mesa, toda noite eles comem à mesa, nunca no sofá com a televisão ligada).

Mas, na maior parte do tempo, ela consegue, vive à altura da vida que outra versão sua construiu, a vida de uma pessoa que toma cada decisão pensando meticulosamente no melhor.

— Você está bem? — pergunta Michael certa noite, depois de três ou quatro semanas de vida nova.

— Aham… — responde ela.

— É que você não tem ido ao clube do livro e às aulas de ioga de manhã.

Putz. É isso o que significa "livros" em sua agenda às quintas-feiras. Ela presumiu que fosse para *ler livros*, e é isso que tem feito, ou pelo menos tem pegado um livro e lido a primeira página.

— Ando meio sem energia — explica ela. — Acho que é o inverno. Tem razão. Vou retomar a rotina.

Mas é bom. É a vida que planejaria se estivesse bêbada e tentando pensar na melhor versão possível de si mesma que poderia ser. Exercícios toda manhã e em algumas noites também, saber o que fazer com tubérculos, passar mais tempo com os sobrinhos, ter mais contato com a mãe — são coisas que ela tem certeza de que teria anotado em listas de resoluções no passado, e agora está realizando tudo isso.

Certa noite, eles vão a uma degustação de vinhos na adega perto da casa de Rob e Elena, e ela fica com medo de ter que opinar sobre os rótulos, mas Michael assume essa parte com prazer, enquanto o resto deles pode se concentrar em beber. Também não é tão entediante quanto ela achou que poderia ser; as pessoas até falam "notas de groselha" algumas vezes, mas na maior parte do tempo é só a dona da loja explicando tudo com entusiasmo, e as pessoas dizendo *Ah, sim, estou sentindo esse gosto mesmo*.

A degustação acaba às nove e meia da noite.

— Vamos para algum lugar? — sugere ela enquanto eles caminham. Ela estica os braços para a noite e balança os dedos para fazer as sombras dos postes se mexerem.

— Para onde? — pergunta Elena.

— Sei lá. Pub. Karaokê. Boate. Corrida de ônibus até o Asda vinte e quatro horas em Clapham Junction.

— Não podemos deixar o Danny sozinho por muito tempo — diz Rob a Elena; eles têm um cachorro aqui. — Mas posso voltar e ficar com ele, se vocês duas quiserem ir a algum lugar.

— Tem um pub perto da nossa casa — lembra Elena assim que os maridos vão embora.

Mas Lauren tem certeza de que elas estão na esquina de uma confeitaria a que ela foi uns maridos atrás. Elas descem a rua; as árvores foram podadas para o início da primavera, as pontas desordenadas cortadas, cinco ou seis galhos grossos em cada uma subindo a partir do tronco, mãos intrincadas erguidas ao céu.

A confeitaria fica mais cheia à noite. Lauren pede sorvete novamente, mas desta vez não ganha barrinhas de chocolate de graça.

— O que estávamos fazendo nesta época no ano passado? — pergunta ela.

Elas pegam o celular e passam o dedo pela tela. O de Elena tem fotos de si mesma diante do espelho de sua sala usando um casaco de pele falsa cor-de-rosa comprado na liquidação.

— Eu devolvi — conta ela.

O de Lauren tem uma foto dela com Michael redecorando o banheiro.

Ela não tem certeza do que estava fazendo um ano antes em seu mundo original. Mas o fim de janeiro geralmente é uma época em que a energia e o dinheiro acabam, então provavelmente nada divertido. Ela se lembra de atualizar o currículo e pensar em procurar um emprego novo, mais dinâmico, e depois não fazer nada quanto a isso.

Ela chega à conclusão de que do jeito que está é melhor e toma mais uma colherada de sorvete.

Certa tarde, ela arrasta uma cadeira até o patamar e sobe para alcançar o sótão e destrancar o cadeado. Não pensa muito nisso, não quer assumir o que está fazendo. Michael não notou a trava, ou seja, ele não deve ter tentado entrar no sótão, então não vai fazer diferença se está lá ou não.

Além do mais, pensa ela enquanto puxa a escada e testa se ainda está funcionando, não é seguro mantê-lo trancado. E se ela precisar entrar no sótão depressa por alguma razão? Por exemplo, uma enchente ou labradores bravos…

Não é como se estivesse ativamente se livrando dele. Só está… deixando uma possibilidade aberta.

E ela tem razão, nada acontece depois de tirar o cadeado. Eles fazem uma caminhada muito, muito longa pela margem do rio até o Festival de Cinema de Londres para ver um filme francês de três horas e meia, e tanto a caminhada quanto o filme são ótimos, mesmo que talvez ela não tivesse escolhido, por conta própria, fazer as duas coisas no mesmo dia.

Enfim, não se pode devolver um marido por fazer *bem demais* a você. Ainda mais um marido que… ela não o ama, ainda não, mas gosta de vê-lo ao chegar em casa, gosta de deitar na cama com ele, o sexo é excelente, sobretudo agora que se acostumou com a variedade de equipamentos, e gosta até mesmo quando ele lhe mostra algum parágrafo de um artigo que está lendo. Ela quer ser melhor por ele, pela vida que construíram.

Eles encaram mais um aipo-rábano naquela quinta-feira. Ela está cortando o legume em pedaços grandes angulares quando alguém toca a campainha. Michael atende e Bohai, que está de volta em Londres, entra ensopado da chuva.

— Desculpe — diz Bohai. — Desculpe, preciso de ajuda.

— Achei que não teria problema em deixá-lo subir — diz Michael. — Ele perguntou por você.

— Ãhn, obrigada — responde ela. — Bohai. O que está acontecendo?

Isso é estranho. Ela não está gostando disso. Menos ainda quando ele diz:

— É o marido — diz Bohai.

— Certo. Michael, volto daqui a um segundo.

Ela desce as escadas com Bohai, sai para o chuvisco e fecha a porta atrás de si. *Não mencione os maridos na frente dos maridos*, pensa ela.

— O que foi?

— Certo — diz Bohai. — Fui parar em um lugar novo, dentro de um closet. Consegui ouvir o marido conversando e achei que ele estava falando comigo ou que estivéssemos recebendo visitas, então saí, como um novo marido normal, né? Mas acontece que ele estava em uma chamada de vídeo e eu estava no closet porque queria ouvir a sessão de terapia dele.

— Ai, meu Deus.

— Eu deveria ter corrido de volta para o closet, óbvio, mas demorei um pouco para entender o que estava acontecendo. Quando ele reagiu, eu já estava no meio do quarto. Enfim, não sei, provavelmente ele só está com raiva, porque, sabe, esse é o tipo de coisa que dá raiva, né? Tipo, nunca em nenhuma hipótese fique ouvindo a sessão de terapia dos outros, esse é meu conselho. Mas lembra quando conversamos sobre maridos ruins?

— Que merda — diz ela. — Você está bem?

— Aham — responde ele. — É, você sabe, não aconteceu nada, só achei que não era uma boa ideia ficar lá. Ele jogou algumas coisas, não *em* mim ou nada do tipo.

— Você chama isso de "não acontecer nada"? Isso...

— Então — continua ele, sem parar — eu saí, e está chovendo, e estou sem celular, e não sabia exatamente o que fazer. E aí, hum, peguei a rua principal e acabei achando um táxi e vim pra cá.

— Aham — diz ela. — Sim, certo. Claro.

— Porra, ainda bem que aconteceu em Londres! Imagine se eu estivesse na França ou algo assim.

— Quer subir? — sugere ela.

Meu Deus, vai ser difícil explicar para Michael.

— Podemos arrumar o quarto de hóspedes e você volta amanhã, que tal?

— Não sei — diz ele. — Talvez? Ele estava muito bravo. Não acho que ele vá, tipo, esmurrar a porta do closet ou algo do tipo agora que não estou lá, mas ao mesmo tempo não tenho cem por cento de certeza de que ele não vai fazer isso, sabe? E se ele fizer, não sei se ainda consigo ir embora. Obviamente eu adoraria subir e jogar palavras cruzadas com você e seu carinha, mas ao mesmo tempo acho que só preciso voltar para o closet. Eu estava pensando que talvez você pudesse distrair o cara para eu entrar correndo. Peguei uma jaqueta na saída e percebi que estou com as chaves, então definitivamente poderia ser pior. Não sei, esse é meu melhor plano, desculpe.

— Aham — diz ela após um instante. — Claro. Vamos lá.

— Desculpe, obrigado, tá? Ah, e… foi mal, mas você pode pagar pelo táxi?

— Espere um pouquinho — diz ela, e volta para o apartamento. Diz a Michael: *Amigo de faculdade, acabou de se mudar para cá, está com uma emergência familiar* e *te ligo*. Dá um beijo nele, que parece perplexo e irritado, mas ela pode lidar com o marido mais tarde. Ela recusa uma ligação dele no táxi.

— Sinto muito — diz Bohai enquanto eles viram uma esquina.

— Está tudo bem — garante ela. — Você tem o telefone do cara? Ou sabe o nome dele?

Talvez ela possa ligar para ele e fingir que Bohai se machucou, fazer o cara ir para o hospital só para ele sair de casa.

— Não — responde ele. — Desculpe.

— Tudo bem — diz ela. — Pare de pedir desculpa. Vamos dar um jeito.

Eles estão indo em direção a Putney. É uma parte bacana da cidade: vislumbres do rio, parques, cercas decoradas. A casa fica em uma rua sem saída, e eles pedem ao táxi para deixá-los no final. A chuva diminuiu até só um pingo ou outro cair. A rua é ladeada de árvores e carros com tração nas quatro rodas. Bohai aponta para a casa, *aquela com a videira grande*, e se afasta do campo de visão.

— Sério, você quer tomar alguma coisa primeiro? — sugere.

— Não — responde ele. — Não, vamos acabar com isso de uma vez. Eu estava pensando que talvez pudéssemos entrar pelo jardim dos fundos, mas, agora que estamos aqui, vi que o jardim dos fundos está obviamente cercado pelos jardins dos fundos das outras pessoas.

— E se eu chamar a polícia e disser que sou uma vizinha e que ouvi alguma coisa? — sugere ela pouco depois. — A gente espera aqui, e quando eles vierem você vai até a porta ao mesmo tempo! Posso dizer que ouvi tiros ou algo assim, para garantir que eles vão vir. Mesmo que seu marido não tenha se acalmado, ele não vai fazer nada com a polícia literalmente lá. E aí é só você entrar correndo e se jogar no mundo novo.

— É — diz Bohai após um instante. — É, acho que pode dar certo. Eu estava meio que torcendo para não vê-lo, sabe? Mas talvez assim seja melhor.

Ela se lembra de Kieran, que provavelmente era ok, e de ter ficado escondida em seu próprio guarda-roupas, só desejando que ele sumisse.

— Meu Deus — diz Bohai —, obviamente não é legal ouvir escondido a sessão de terapia de outra pessoa, ele talvez até seja um ótimo marido. É, vamos lá, vamos dar uma chance.

— Não — replica ela. — Certo, podemos pensar em algo melhor. Você está com as chaves, né?

— É, acho que sim.

Ele pega uma argola com três chaves.

— Talvez sejam de um escritório ou algo do tipo.

Está escuro, e a maioria das casas está com as cortinas fechadas.

— Certo. Vou tirá-lo da casa. Cinco minutos são suficientes? Se as chaves não forem essas, vamos precisar pensar em outra coisa. Vou atraí-lo para a rua e depois virar à direita, então se você caminhar um quarteirão na outra direção e encontrar algum lugar para esperar, vai conseguir ver quando formos embora, pode ser?

Bohai olha para a casa e para rua.

— Aham — diz ele. — Ok, certo, entendi. Valeu. Desculpe.

Ele para por um instante para se recompor.

— Beleza, tudo bem.

Em seguida, se afasta, volta caminhando por um quarteirão, se vira, faz um joinha com o polegar e se esconde atrás de uma árvore.

É a vez dela. Um ano atrás, nunca teria feito algo assim.

Ela desce a rua, respira fundo, vai até a porta e bate. Se afasta. Não precisa ficar tão perto.

O marido abre a porta. Cabelo castanho, bigode levemente ridículo. Está usando um suéter de crochê. Não parece alguém que poderia arrancar a porta de um closet.

— Oi — diz ela. — Meu nome é Sarah, você é o...?

Ela ainda não sabe o nome dele, então dá uma olhada rápida na parede.

— Este é o número trinta e um?

— Aham — responde o homem devagar.

— Ótimo — diz ela. — Saí para dar uma caminhada e cruzei com um homem que estava sentado na calçada, ele disse que tinha torcido o tornozelo e me pediu para vir aqui te avisar.

Ela deveria ter planejado melhor o que dizer.

— Ele disse que se chama Bohai e que tinha deixado o celular em casa, mas que o marido dele na casa trinta e um poderia ajudar.

— Ah — faz o homem após um instante. — Obrigado. Desculpe se ele causou algum incômodo, ele sempre esquece o celular.

— Incômodo nenhum. Ele está a poucos quarteirões daqui — conta ela. — Posso te levar até lá?

— Aham — responde o cara —, claro, me dê só um minuto.

Ele dá uma olhada para o céu.

— Ãhn, você quer entrar?

— Não — diz ela. — Estou bem, gosto da chuva.

O homem desaparece, depois volta, usando sapatos, e pega uma jaqueta em um dos ganchos da parede.

— Por aqui — diz ela, gesticulando.

Vira à direita e desce por outra rua, fora de vista, fazendo o cálculo mental do tempo que Bohai levaria para entrar. Dez, vinte, trinta. E se o cara realmente destruiu o closet e não funcionar mais? Ela vai ter que dizer ao marido *Ah, ele estava aqui um minuto atrás, não sei o que aconteceu* e levar Bohai para seu apartamento.

Setenta, oitenta passos. Ela começa a andar mais rápido, e se põe na frente do homem para passar por algumas lixeiras no meio da calçada.

Enquanto caminha, para de ouvir os passos atrás de si e se vira para olhar. Não há ninguém, nada.

O celular apita. Um número desconhecido outra vez. Ela pega o aparelho e se curva contra a chuva para não molhar a tela. *Consegui. Obrigado obrigado obrigado.*

*Sinto muito, me dê dez minutos para retomar o fôlego. Vou voltar pra Londres e explicar tudo pro seu marido, vou pensar em alguma coisa.*

Outra mensagem: *Praga?? Tomara que eu não seja um espião*

E outra: *Você salvou minha vida S2 S2 S2 sinto muito*

*Você está bem?*, responde ela, depois chama um Uber. Mas seus sapatos estão molhados.

Quando volta, tenta explicar tudo para Michael — Bohai lhe mandou sete ideias diferentes de boas mentiras e perguntou quando ele deveria voltar para confirmá-las —, e de repente se sente muito cansada.

Está ensopada.

— Antes que você explique, acho que eu deveria contar... — diz Michael, os lábios rígidos — ... que eu sei que você não viajou a trabalho.

Viagem a trabalho? O quê? Ah, aquela noite que ela passou vendo vídeos em um hotel. Ela se imagina explicando: *Eu só estava cansada de tentar ser boa o tempo todo. Eu realmente gosto de você, mas você já considerou comer batata frita na cama? Não estou tendo um caso, só comendo besteira e ficando na cama até tarde.*

— O cara de hoje é apenas um amigo — diz ela, explicando primeiro a parte mais fácil. — Ele acabou de se mudar da

Austrália para cá. O marido estava com raiva dele e meu amigo ficou com medo de ele ser violento, ele só precisava de ajuda para pegar uma coisa importante em casa. Consegui ajudar, mas não me coloquei em perigo, e agora ele está bem.

— Que bom que ele está bem — diz Michael, mas não parece nada feliz. — Mas acho que também preciso dizer que olhei seu celular um tempo atrás. O que eu não deveria ter feito, obviamente. Mas você o deixou na mesa de centro e eu vi que chegou uma notificação, e era só um número sem nome, e dizia algo sobre estar na cidade e querer marcar um encontro. E você vinha agindo de um jeito meio estranho e eu não consegui parar de pensar nisso. E continuou assim uns dias depois, e de novo, desculpa, eu deveria ter conversado com você sobre isso na hora, mas fui olhar nas suas mensagens e aquela não estava mais lá. É óbvio que poderia ter sido um spam.

*Ah*, pensa ela. *Ah, foda-se.*

Ele quer muito que ela consiga explicar tudo. E ela até pode, mas a explicação seria: *É, a mensagem era do cara que você viu, mas só nos encontramos para conversar sobre o quanto gosto de você, e não é que eu tenha deletado para manter segredo, a mensagem desapareceu porque ele entrou em um galpão de ferramentas e se mudou para uma vida diferente.*

Isso com certeza não terminaria bem.

— Acho...

Ela reúne a energia necessária para mentir.

— Ah, você ouviu isso? Tem alguma coisa no sótão? Nós deveríamos conversar sobre tudo isso, mas será que antes você poderia ir lá para conferir?

E Michael — o homem perfeito, focado no autodesenvolvimento, que era melhor do que ela, que preparou chá com mel e limão para ajudá-la a se aquecer depois da chuva — assente. Não é necessário convencê-lo a entrar no sótão.

# Capítulo 30

Outro marido desce.

Lauren está triste. Está triste mesmo, não? Ela coloca a xícara de chá com mel e limão em cima da mesa e desvia o olhar. Quando olha de novo, a xícara sumiu. Ela inspira o ar do novo apartamento, que perdeu aquele cheiro que achava ser de juta, o cheiro das melhores decisões, e a tristeza cresce dentro de si e sobe pela garganta, então Lauren expira e a solta junto com o ar. O marido se vira e é alguém novo, *só um cara aleatório*. Ela dá um passo à frente e um beijo suave nele.

Ela o mantém por alguns dias, depois segue em frente, e assim por diante. E se não era para ser o Michael, quem seria? Ela está à procura de um marido com quem ser feliz para sempre, e não quer demorar muito; a experiência de Bohai com o closet renovou sua determinação. É hora de pôr a mão na massa.

Um dos maridos constrói réplicas de trens, o quarto de hóspedes é tomado por trilhos que dão voltas. Ela o ajuda, montando casinhas enquanto a cola seca, e os dois discutem a posição exata de um gato minúsculo. Ela curte fazer isso por um dia e em seguida o manda de volta. Outro marido usa camiseta por baixo da camisa abotoada até em cima. Ela gostava de quando Carter usava, mas parece estranho em alguém da Inglaterra, ou talvez isso só a faça se lembrar muito de Carter. Também o manda de volta.

No fim de fevereiro, ela descobre que estão nascendo mudas de açafrão em seu jardim, então faz uma pausa em sua busca e descansa em um mundo onde seu marido se deu ao trabalho de plantar bulbos no outono. Ao longo de uma semana, as flores começam a se abrir. Estão lindas. Mas o marido em si não a agrada muito; Lauren segue em frente quando os açafrões começam a murchar e ela descobre que ninguém plantou narcisos para o mês de março.

Um dos maridos costura as próprias meias. Outro costuma usar cocaína, e, aparentemente, ela também, o que a deixa chocada e um pouco animada. Ela dá uma chance, se inclinando para a frente e copiando os movimentos dele. Não gosta, mas também não *desgosta*. Depois de alguns dias, os dois vão visitar Padge, amigo do marido, e, após algumas cervejas, o marido pergunta a Padge o que ele tem no estoque, então Padge vai até o congelador, pega um pote de sorvete e o abre, mostrando vários saquinhos plásticos. Isso já é demais; ela estava disposta a usar drogas com o marido, mas não está nem um pouco disposta a se sentar com ele enquanto ele compra drogas guardadas em um pote vazio de sorvete.

Ela gosta do próximo marido, um homem um pouquinho mais jovem chamado Petey, mas, duas horas após a chegada dele, ela fica horrorizada ao descobrir através de uma mensagem que enviou a Elena há alguns dias que ela, Lauren, está — sabe-se lá como — grávida. A resposta de Elena é: *Parabéns!! (??? né?)*, e depois parece que conversaram por muito tempo ao telefone. Não deve estar grávida há muito tempo e não sabe se contou a Petey ou se vai manter segredo e decidir o que fazer. Não tem como a gravidez ter sido totalmente acidental; seu DIU só precisaria ser trocado dali a dois anos. Ela quer descobrir como Petey a convenceu a removê-lo, o que está rolando, o que conversou com Elena naquela longa ligação, mas não tanto quanto deseja não estar mais grávida. Aos poucos, ela se acostumou a ter cabelos de cores diferentes, uma ou outra cicatriz nova, mas isso é demais. Ela manda Petey de volta e repete o ciclo por mais três ou quatro maridos de uma vez, só para garantir.

Mais maridos chegam. Ela manda todos de volta. Outros maridos chegam. Ela fica por um tempo com um tal de Alasdair, porque gosta do sotaque dele, uma melodia suave de Edimburgo, e ela também adora quando ele veste kilt para ir ao casamento de um amigo. Fica genuinamente magoada quando descobre que ele está tendo um caso.

A coisa piora no próximo mundo. O marido, Hōne, é de Auckland, e ela tem uma ótima noite com ele assistindo a um programa de esquetes descontraído em vez de *Mindhunter* ou algum tipo de drama que ela precisa fingir estar entendendo. Mas quando vai para o trabalho no dia seguinte, descobre que, desta vez, ela é que está sendo infiel. A princípio, quando seu colega na loja de molduras toca suas costas ao passar, ela presume que ele é só um cara esquisito, mas os dois ficam sozinhos no intervalo de almoço e ele pega sua mão e diz:

— Senti tanta saudade, nem acredito que agora odeio os fins de semana.

Não. Ela não gosta da ideia de ser o tipo de pessoa que poderia ter um caso, e já é ruim o bastante ter que lidar com um único homem, imagina dois.

— Exatamente — diz Bohai, durante uma de suas visitas a Londres. — Vide minhas regras, como você sabe.

— Eu realmente odiei — admite ela, surpresa com o quanto odiou, como se não mentisse para os maridos. — O que você pensa quando descobre que está aprontando alguma coisa?

— Bom, eu já tomei muitas decisões ruins na vida, antes mesmo de toda essa história, sabe? Decisões divertidas. Mas ruins. Então é quase mais fácil quando é uma versão diferente de mim que fez a coisa. Porque é tipo *Meu Deus, por que ele faria isso, que idiota*, em vez de *Por que eu fiz isso? Qual é o meu problema, que merda.*

Ele se lamentou muito pelo incidente do closet, mas não foi culpa dele, o lance de ouvir escondido foi com algum outro Bohai. E quando ela pensa que poderia estar fazendo ioga toda manhã, estudando sobre as plantas da primavera, discutindo livros em reuniões pelo Zoom e sempre, sempre comendo à mesa, não lamenta ter seguido em frente.

— Então o que você está dizendo é *obrigada, Bohai, estou tão feliz por você ter se casado com um cara maluco que grita muito e depois ter se escondido no closet dele que nem um esquisitão?* — pergunta ele.

— Aham — diz ela. — Mas não faça isso de novo.

O mundo permanece plausível à medida que ela repete o ciclo com mais homens. Duas a cada três vezes, ela trabalha na prefeitura. As vidas que mais divergem são aquelas com os casamentos mais longos; uma vez, em um relacionamento que estava entrando no sétimo ano, ela descobre que é cabeleireira. Será que tem um surpreendente talento natural? Mas não. Depois de assistir a tutoriais no YouTube e arruinar totalmente o cabelo de dois clientes, ela muda.

*Como está sua contagem?*, pergunta Bohai em uma mensagem. Ela tenta fazer a conta de cabeça e não consegue; às vezes passa pelos homens tão rápido que só sobra um borrão deles em sua memória. *195?*, diz ela, chutando.

*Está indo rápido*, responde ele.

*Como estão as coisas aí?*

*Estamos no interior, o que, como você sabe, não é minha praia, MAS temos uma ema de estimação??? Saí de um barracão e o bicho estava me encarando.* Ele manda um vídeo: um pássaro enorme e sujo, da altura de um homem, olhos arregalados, pernas e pescoço longos, virando a cabeça, impassível.

Ela decide que está no Marido 196, ou algo perto disso. Vai tentar manter uma contagem melhor no futuro.

Com o Marido 197 ela está gripada, então o devolve na esperança de que no mundo com o Marido 198 esteja se sentindo melhor, e está, mas a casa inteira está pintada de marrom, então ela o devolve também. O Marido 199 é clarinetista, o que ela descobre quando ele se recusa a fazer sexo oral porque está preservando a boca para a apresentação do dia seguinte. Isso é tão específico que ela passa vinte minutos pesquisando no Google se clarinetistas realmente fazem isso, antes de concluir que não, foi escolha dele, mas ela ainda acha que ele poderia ter mencionado isso *antes* de convidá-la a lamber embaixo de suas bolas. Ela o manda de volta com uma vaga sensação de empoderamento feminino e justiça feita.

Lauren pensa mais uma vez naquele momento, no começo de um relacionamento, em que as pessoas se tornam mais compreensíveis e mudam pelo outro. Elena desprezava reality shows até ver doze temporadas de *Survivor* no início do namoro com Rob. Amos odiava redes sociais quando estavam juntos, mas agora posta todos os dias fotos com a nova namorada.

Ela nem sempre gosta das novas versões de si mesma, mas elas a ajudam a entender os limites de quem poderia ser.

Vamos ao Marido 200, então.

O apartamento está arrumado. Ela se prepara para um beijo de boas-vindas. Mas o Marido 200 é Amos de novo.

— Ah — diz ela, e se afasta.

— Peguei — diz ele, largando uma mala no chão, e dobrando a escada para guardá-la.

Ela já teve um Amos antes, por pouco tempo, lá no começo. Presume que ambos os Amos decidiram manter o relacionamento, vieram morar com ela e em algum momento se casaram com Lauren. Este Amos considerou suas opções, farreou um pouco, pensou em terminar, mas, talvez com certo pesar, concluiu que não conseguiria coisa melhor.

*Vá se ferrar, Amos*, pensa ela.

Poderia mandá-lo de volta, mas algo nela quer acertar as contas. E antes de se permitir perceber que é uma má ideia, antes de poder pensar em como será difícil fazê-lo entrar no sótão se ele sair de casa, ela abre um sorriso doce e diz:

— Amos, querido, acho que deveríamos terminar.

Ele franze a testa.

— É, quer dizer, essa é a ideia do divórcio.

Ela olha para a mala que ele trouxe do sótão. Olha para ele. Olha para o apartamento, que talvez não esteja *mais arrumado* do que de costume, e sim *mais vazio* do que de costume.

Ah, pensa ela.

Ele está usando uma camisa justa estampada com grandes folhas de costela-de-adão sobre um fundo cinza-claro, barba por fazer na medida certa; ela reconhece esse visual. Ele quer estar bonito na frente da ex-esposa.

— Demos nosso melhor — diz ele, com um meio sorriso.

— Será? — questiona ela. — Será mesmo?

Em seu mundo, ele terminou com ela há quatro anos, e ainda nem moravam juntos, então provavelmente o casamento só durou uns dois ou três anos. Ela de repente se irrita; como ele *ousa* aparecer em sua casa só para ir embora achando que ela está triste em vê-lo partir? Ela não tem pensado nele ultimamente, nem consegue se lembrar do que faziam juntos, além de ficar num canto julgando todo mundo. Para ela, o relacionamento deles foi frustrante.

— Não sei. Tentamos, né?

Que gracinha da parte dele tentar não terminar com ela por telefone na fila do Spinball Whizzer, que hoje ela sabe que não é nem uma das cinco melhores montanhas-russas do Alton Towers.

— Tentamos até demais — retruca ela. — Deveríamos ter terminado anos atrás.

— Ei, calma lá — diz ele, aquele tom irritante mas discreto de quem se acha o dono da razão. — Podemos manter a civilidade, né?

*Vá se ferrar,* Amos, pensa ela outra vez, e diz:

— Vá se ferrar, Amos.

— Por isso que não deu certo — justifica ele. — Você também não estava feliz, só não queria tomar uma atitude, agora o divórcio é por minha culpa.

— Saia da minha casa — ordena ela.

— É um apartamento — diz ele, pegando sua mala e outra que está ao lado da porta da cozinha. — E, sim, é seu, parabéns por ter uma avó rica que já morreu, ótimo trabalho.

Ela já viu muitas versões do apartamento, mas esta é talvez a mais feia de todas. As paredes da sala de estar são verde-escuras com um papel de parede estampado de penas, e os abajures esmaltados desviam a luz para baixo.

— Mal posso esperar para me livrar desse papel de parede.

— Foi você que escolheu, porra — diz ele, então pega as malas, as carrega pelo patamar e desce as escadas.

# Capítulo 31

Ela pesquisa por e-mails, mensagens e fotos, tentando descobrir o que aconteceu.

Em sua vida original, Amos terminou com ela, largou o emprego, deixou a barba crescer e foi morar em Berlim por seis meses. Depois voltou para Londres e tentou desesperadamente ficar amigo dos conhecidos em comum dos dois na esperança de fazê-los escolherem o lado dele. Nesta versão do mundo, parece que ele permaneceu com Lauren, se mudou para o apartamento dela e comprou uma moto.

Os dois ainda não estão se divorciando, estão dando um tempo, mas provavelmente em seis meses ou um ano vão dar entrada na papelada.

Ela está sozinha na casa.

Manda uma mensagem para Elena: *Amos veio buscar as últimas caixas*. E Elena responde: *Você tá bem?* E ela diz: *Com certeza*.

As coisas não voltaram a ser como eram. As paredes estão horríveis, o tapete da Ikea é um tapete diferente da Ikea, tem uma pequena fileira de patos de porcelana no parapeito da janela.

Mas está quase lá.

E ela não deve satisfação a ninguém.

Manda mensagem para o trabalho avisando que não está bem. Está ótima, confortável e sozinha em casa, não precisa descobrir quem é o seu marido, não precisa dividir seu espaço com ninguém, não precisa ficar estressada por conta da distribuição injusta das tarefas domésticas ou, o que acontece com menos frequência, se sentir culpada. Ela olha para o papel de parede na sala de estar e começa a tirar as coisas das estantes, empilhando-as no meio do cômodo; percebe que são quase cinco da tarde e corre até a loja de ferragens para comprar uma lata de tinta branca. Quando volta, passa o rolo por cima do papel de parede estampado. É texturizado e a tinta nem sempre cobre as fendas, mas ela pressiona com mais força, em grandes pinceladas, arcos de tinta, o mais alto que alcança; sobe em uma cadeira e sem querer deixa uma manchinha no teto creme, mas nem liga. Ela pinta por uma hora, talvez duas. Manda uma mensagem para Nat e Toby, e, depois de checar as mensagens recentes para identificar outros amigos, como alguém chamado Taj, chama todos eles para fazer uma visita esta noite, amanhã, no fim de semana ou na semana seguinte, quando quiserem, não importa, ela mora sozinha, a agenda dela está livre.

O reinício apagou as mensagens que enviou a Bohai e ela não sabe qual é o número dele, que está sempre mudando, então manda um e-mail: *Divorciando!!*, diz ela. *Isso não vai fazer o sótão parar de funcionar, né?*

Toby é o primeiro a chegar; ele bate na porta e sobe para inspecionar as paredes brancas da sala de estar. Depois de um pequeno incidente no carpete, ela colocou lençóis cobrindo o chão.

— Nunca gostei daquela parede — comenta ele. — Mas achava que o certo era arrancar o papel de parede primeiro...

Ela tenta fazer a tinta penetrar nos sulcos texturizados da estampa.

— Tem muitas coisas que a gente deveria fazer do jeito certo. Você troca a escova de dente a cada três meses?

— Você tá bem? — pergunta ele, e ela está mesmo.

A misteriosa Taj aparece.

— Taj! — diz Lauren, braços abertos, manchados de tinta.

Na verdade, Taj parece familiar. Cabelo curto e escuro, sombra verde brilhante, roupas pretas; então Lauren se lembra. Conheceu Taj no casamento de Elena! Taj era casada com Amos! Ela a abraça e diz:

— Ah, meu Deus, Taj, estou tão feliz em te ver!

É incrível as duas se safarem de um casamento com o mesmo homem, embora apenas uma delas saiba disso. Taj trouxe vinho, que Lauren recusa, mas Toby aceita.

Nat também aparece, com Caleb e Magda a tiracolo. Ela está lá há meia hora e ainda não deu nenhum conselho sobre pintura e/ou namoro, então provavelmente acha que Lauren ferrou com tudo de verdade. Mas Elena aparece às oito da noite, assim que Nat vai embora, com uma sacola cheia de pães, queijos, abacates e sabe Deus mais o quê. Enquanto ela pica tudo na cozinha, Lauren recruta os outros para colocarem o resto dos móveis no centro da sala de estar, liberando mais paredes. Ela não tem outro rolo, por isso eles não podem ajudar com a pintura. Mas é bom vê-los, já os negligenciou por tempo demais, está feliz em tê-los de volta.

Os móveis empilhados e o cheiro de tinta os impedem de comer na sala, e a cozinha é muito pequena, então eles se amontoam no quarto de hóspedes, se sentam na cama de solteiro e no chão e colocam as duas saladas e os frios na cadeira de escritório.

Enquanto coloca as coisas da estante na sala de estar, Lauren encontra uma foto do casamento. Vestido branco longo, Amos com um terno preto, Elena como madrinha com um vestido cor de pêssego inapropriado. Desta vez ela alterou seu nome, e seria uma burocracia infernal alterar de novo se ela tivesse que continuar com o divórcio. Dito isso, Lauren Lambert é um nome de alto nível; ela só deve ter mudado porque soa muito elegante. Lauren Lambert. A ex-sra. Lambert. A glamorosa divorciada Lauren Lambert. Parece muito chique ser divorciada.

— Qual é — diz Elena —, não vamos ficar vendo fotos do casamento, né? Se quiser, podemos queimá-las, que tal? Um ritualzinho de limpeza!

— Não, estou bem — garante Lauren, largando a foto.

— É, você parece ótima — comenta Taj. — Achei que estaria surtando.

Elena levanta um dos ombros.

— Olha, não quero ser precipitada, mas eu não diria que pintar em cima do papel de parede é algo que alguém que *não está surtando* faria.

Lauren se sente um pouco ansiosa, talvez um pouco animada, mas não é o tipo de animação causada por um choque. É a emoção de poder fazer o que quiser, de não ter que descobrir o que um marido quer fazer, quais são as expectativas dele, como eles se comportam juntos, quem se senta onde no sofá, como ele toma chá e de quais canecas gosta, se ela deveria falar com ele antes de convidar os amigos, qual escova de dente é de quem (um *pesadelo* a cada novo marido).

— Estou ótima mesmo — acrescenta ela. — Animada por estar sozinha.

Ela ainda se sente animada por estar sozinha na manhã seguinte, mas como já havia ligado para o trabalho e avisado que está doente, não precisa fazer nada a não ser dormir outra vez. Acorda de novo mais tarde e vaga pela casa, colocando as coisas nos lugares errados, *decidindo* sozinha.

Almoça pêssego enlatado e uma bola de sorvete de baunilha. Caminha pelada de um cômodo a outro. Puxa a escada do sótão, depois enfia a cabeça lá em cima e observa o brilho da eletricidade.

Deixa o sofá e o resto dos móveis empilhados onde estão; vai terminar de pintar as paredes no dia seguinte, ou no fim de semana seguinte. Ainda está animada por estar sozinha. E na manhã seguinte continua animada por estar sozinha mais uma vez e poder acordar ao som do próprio alarme, não do de outra pessoa, e acender a luz na mesma hora, e vasculhar as gavetas fazendo quanto barulho quiser, e não ter que pensar em quem vai tomar banho primeiro.

Talvez ela fique neste mundo por uma semana. Talvez para sempre. Vai para a prefeitura trabalhar; entra no escritório e diz oi para todo mundo, está muito feliz em vê-los. Vai passear pela região na hora do almoço e compra a enorme planta de cento e oitenta libras que Bohai lhe deu de Natal. Mal consegue carregá-la, um dos braços está em volta do vaso e o outro no tronco, é tão pesada que precisa se virar para passar pelas portas sem danificar as folhas. Não vai conseguir levar a planta de trem na hora do rush, então fica sentada na parte externa de uma lanchonete até o horário de fechamento, às oito da noite, bebendo chá, a planta na cadeira em frente.

Ela anotou as orientações sobre cuidados que recebeu na loja. Fica feliz em podar as folhas, feliz em cuidar dessa planta grande e delicada, essa planta que um dia pode ficar maior do que ela, mas que nunca vai dizer *Você viu minhas meias?*, *Esse é o terceiro copo?* ou *Falei que meu pai vinha*. Que nunca vai dizer nada, na verdade. Quando chega em casa, ela carrega a planta escada acima, apoiando-a a cada dois ou três degraus para descansar. Por fim, a coloca perto da janela, entre as pilhas de livros e caixas que ela ainda não colocou de volta nas prateleiras. Ela não dá um nome à planta, mas diz:

— Pronto, carinha.

Será que já falou a palavra "carinha" em voz alta alguma vez? Parece certo. Ei, carinha. Precisando de água, carinha? Ah, qual é, carinha, se anime.

Ela até pesquisa sobre o pulverizador de plantas de latão que tinha na casa de Felix, mas custa oitenta libras, e o carinha não vai saber a diferença, então ela esvazia uma garrafa pela metade de spray para cabelo, que está não só fora do prazo de validade como também fora de moda, e enche de água para usá-la em vez do pulverizador. Vamos lá, carinha. Absorva essa água. Você consegue. Faça essas folhinhas verdes lustrosas engordarem.

Ela recebe uma notificação de mais um número desconhecido. Mais uma atualização de Bohai sobre seu ciclo de cônjuges: *Tantos vasos, que porra é essa?*, e uma foto de quatro vasos azuis, depois outro vaso azul maior, e uma estante com dez vasos de vidro, transparentes, cor-de-rosa e verdes, e um armário aberto com sete ou oito vasos de cerâmica esmaltada.

Naquela noite, ela dorme no sofá, cercada por móveis e com as cortinas abertas para acordar com a luz do sol. Ainda está animada.

# Capítulo 32

— Leva um tempo para processar — diz Taj enquanto tomam cerveja superfaturada na beira do rio. — Sei lá, amiga, é seu primeiro divórcio, quero ter certeza de que você está bem.

Ela está bem, de verdade. Antes da chegada do primeiro marido, sentiu o peso da solteirice prolongada. Estar *feliz em ser solteira* parecia uma obrigação, uma afirmação de feminismo ou autonomia ou só um jeito de se antecipar a amigos casados que ela não queria que ficassem com pena dela. O peso dessa exigência por vezes tornou mais difícil entender como realmente se sentia.

Mas agora está solteira *de novo*, e não *ainda* está solteira. Lê na banheira com a porta aberta por uma hora e tem vontade de fazer isso o tempo todo. (Nunca faz, mas poderia.) Se masturba quando quer, sem ter que engatar no sexo ou se apressar para que o marido não note. Janta ao chegar do trabalho, ou às onze da noite, ou duas vezes, ou nem janta. Desce para visitar Toby e Maryam, ou só Toby quando Maryam está trabalhando. Uma hora depois, volta para o andar de cima e desfruta dos prazeres de morar sozinha. Após tantos maridos, não precisa mais ter medo de ser inconveniente; pode deixar o notebook aberto na outra metade da cama — *sim, ainda estou assistindo, pode continuar* —, sem se perguntar se algum homem vai se deitar ali.

E ela gosta da amizade com Taj. Em sua vida original, não passava muito tempo com pessoas solteiras: Elena, Maryam e Toby, Nat, até mesmo Zarah, no trabalho, todos são comprometidos. E tudo bem ter amigos casados, mas não é a mesma coisa. Lauren ainda não descobriu como conheceu Taj, mas deve ter sido através de Amos. Que irônico ele ter juntado as duas desse jeito e depois tê-las deixado sozinhas.

Ela manda mensagem para Bohai: *Como estão as coisas? Ainda estou solteira, é maravilhoso. A cama fica enorme quando você não tem que dividir com ninguém.*

Ele responde: *É, minha esposa me traiu e foi ficar com a irmã enquanto eu pensava se poderia "perdoá-la". Eu deveria entrar no armário e devolver o apartamento para ela, mas é Tão Legal ter uma casa só para mim, então...*

Ela responde: *Você é um péssimo marido.*

E ele: *Foi ela que teve um caso.*

Ela envia uma foto de sua planta enorme, que ainda é a única coisa na sala cuja posição foi cuidadosamente pensada. Os móveis continuam dispostos de forma aleatória pelo cômodo. Ela adora.

Na terça-feira, algo lhe ocorre: ela poderia ter um *encontro*.

Lauren não teve muitos encontros amorosos nos anos entre Amos e os maridos. A pandemia interrompeu as coisas por um tempo, claro. Quando tudo reabriu, ela saía sozinha, esperava alguém vir puxar papo e via como a conversa se desenrolava. Às vezes levava o cara para casa ou, com mais frequência, ia para a casa dele, porque assim é menos provável que você seja assassinada, ninguém quer ter que lidar com um corpo em seu próprio apartamento — ela se lembra de ter lido isso em algum lugar. E depois nunca mais via o homem, como se ao isolar isso do resto de sua vida pudesse impedir que qualquer coisa significasse uma *decisão ruim*.

Ter encontros começou a parecer impossível, como a primeira ida ao dentista depois de anos de negligência; quantos descuidos, falhas e cáries poderiam ser descobertos? Será que ela se tornou incapaz de ter uma relação? Vez ou outra começava a fazer um perfil em um desses aplicativos de relacionamento, mas desistia antes de finalizar, horrorizada com o processo de decidir quem ser e o que procurar. Melhor se convencer de que está feliz com o que tem do que buscar outra coisa e talvez dar errado.

Mas depois de Michael, Iain, Rohan, Jason e uma dúzia de Davids, alguns encontros sem pressão com certeza seriam fáceis, né?

Toby e Elena estão com alguém há muito tempo para estarem por dentro dos aplicativos, mas Taj entende dessas coisas, então no sábado Lauren vai até o parque que fica perto do apartamento dela.

— Tem certeza de que está pronta? — pergunta Taj. — Um mês atrás você estava chorando no ônibus. Dormindo no meu sofá porque ficar no seu apartamento vazio era assustador. Vendo GIFs de filhotes de elefante por dois dias e meio.

— Aham, estou bem — diz Lauren.

Quando isso aconteceu, ela vivia outra vida; não se lembra de nenhuma dessas lágrimas. Pensa naquele ditado de que esquecer alguém leva metade do tempo de duração do relacionamento. A primeira relação com Amos acabou há anos, e a segunda durou cerca de vinte segundos, então ela já deve estar pronta para a próxima.

Taj suspira.

— Certo. Precisamos de uma foto de perto e uma foto de corpo inteiro, uma fazendo algo de que você gosta, e outra em uma festa, para que eles saibam que você tem amigos. E nenhuma foto em que Amos tenha sido recortado. Dá azar.

Lauren se empina enquanto Taj tira as fotos.

— Ok, tire o casaco pra gente fazer umas fotos de perto e não parecer que todas foram tiradas no mesmo dia.

Ela sobe em uma pedra para obter um bom ângulo enquanto Lauren fica de pé abaixo dela na calçada, se afastando com um pulinho quando ouve o sino de um ciclista.

De volta ao apartamento de Taj, ela coloca um dos vestidos de lantejoulas da amiga, que fica grande demais, mas as duas prendem a parte de trás com um pregador, e Lauren se apoia casualmente em uma parede.

— Sei lá, minha parede tem muita cara de parede de casa — diz Taj, mostrando algumas fotos. — Vamos tentar no corredor, tem mais cara de que poderia ser num bar.

Lauren se apoia no concreto escuro da escada, enquanto Taj liga uma lâmpada de led colorida para festas no notebook e o posiciona nos degraus de cima.

— Tome um golinho! Ok, ria. Não, tire o canudo. Descontraída. Olhe para a esquerda. Olhe para a direita!

Um homem de camisa azul desce as escadas.

— Estão se divertindo, meninas?

— Estamos, sim, obrigada — responde Lauren, e seus olhos seguem os passos dele. Que tal ele? Sairia com ele?

As fotos ficam ridículas, mas elas escolhem algumas, cortam, editam as cores e criam um perfil. Ela tenta escrever uma bio: *Oi. Estou aqui porque quero ter alguns encontros.*

— Parece fake — julga Taj.

*Não sou fake*, acrescenta Lauren.

— Ninguém lê a bio mesmo — diz Taj.

E começam a ver as opções de homens.

— Qual é seu tipo? — pergunta Taj.

Lauren listou tantos critérios, escreveu em tantos Post-its, fez tantas pesquisas, se casou com tantos homens diferentes. Qual é seu tipo? Bem, quanto tempo Taj tem para ouvir? Por outro lado, desta vez ela não está em busca de um marido. Só de um cara legal para passar um tempinho juntos.

— Alguém que tenha um hobby. Tipo, talvez ele curta crochê. Ou aquelas mesonas com montanhas falsas e aqueles dragõezinhos de brinquedo que você pinta e usa para jogar. Ou… escultura no gelo.

Ela gosta quando os maridos têm um hobby porque isso lhes dá algo para fazer, e porque a ajuda a se lembrar quem é quem. É fácil confundir uma dúzia de maridos que gostam de ver televisão, ou vinte maridos que jogam videogame no quarto de hóspedes. Mas ela também gosta quando o cara se importa com alguma coisa, quando se concentra nela, semicerra os olhos ou morde o lábio, se entrega aos detalhes.

Taj suspira.

— Não estou dizendo que você não pode querer alguém que curta jogar Warhammer, mas acho que você não deveria querer alguém que curta tanto jogar Warhammer a ponto de falar disso no perfil do aplicativo.

— Quero alguém que goste de coisas — diz Lauren. — Quero alguém que se divirta.

Isso é só um detalhe em sua lista de critérios, mas parece um bom ponto de partida.

Taj pega o celular de Lauren e dá match com um homem alto que está a um quilômetro e meio de distância ("Parece que ele faz cerveja artesanal", comenta ela) e um homem baixo que está mais perto (ele curte encadernar livros). Lauren a interrompe porque o alto e possível produtor de cerveja mandou uma mensagem.

— Beleza, não foque em um cara só — diz Taj, e envia uma mensagem para o encadernador, que não responde.

— Por que ele não responderia?

— Muitos caras dão match com todo mundo, só passam para o lado sem parar. Depois veem quais são as opções e escolhem quem eles querem.

Lauren pensa sobre isso e chega à conclusão de que não tem o direito de reclamar desse sistema.

— Ah — retoma Taj —, e não passe muito tempo trocando mensagens. Combine um encontro pessoalmente ou nem perca seu tempo.

Tudo bem. Ela não quer uma tarefa para cumprir, para isso tem os maridos; quer um encontro de verdade, quer se encontrar com o cara em um pub e ter que conferir se é ele mesmo e rir e pedir comida e dividir a conta e se perguntar se eles têm *química*.

— Beleza — diz ela, e combina um drinque no fim da tarde de quinta com o cara que talvez produza a própria cerveja.

*Estou marcando ENCONTROS*, manda ela para Bohai.

*Eu também, que loucura*, responde Bohai. *A esposa infiel foi morar com o cara. Mas nos encontros você tem que explicar quem é? E decidir se gosta da outra pessoa?*

*Pois é!*, manda ela de volta, e se pergunta se tem um modelador de cachos neste mundo e, caso sim, se deveria tentar encontrá-lo.

# Capítulo 33

O encontro, em um bar perto de St Pancras tão sem graça que ela esquece o nome do lugar várias vezes mesmo estando lá, não é nem um pouco interessante, e ela fica feliz por terem marcado um drinque, não um jantar. No caminho para o banheiro, dá uma olhada em mais alguns homens.

O próximo encontro também é chato, mas no terceiro — com o encadernador, que no fim das contas respondeu — ela sente aquela coisa, a *química*. O marido — não, pensa ela, o marido, não, o *contatinho* — é esbelto, misterioso e bom de flerte, e quando ele põe a mão no braço dela ao se despedirem, ela fica a fim. A química! Aí está! Mas ela fica irritada porque ele não manda mais mensagens nem responde à que ela lhe envia.

— Próximo — aconselha Taj.

Ela vai a vários encontros. Os maridos lhe ensinaram, pensa ela, a não julgar. Será que agora que tem noção das possibilidades que a vida pode lhe oferecer ela vai descobrir mais a respeito dos homens, de si mesma e do mundo?

Mas a verdade, ela não demora a descobrir, é que os maridos têm lhe ensinado a julgar rápido demais, o que ela precisa desaprender um pouco. Um cara magro e bigodudo está ávido para demonstrar o quanto é feminista, e quando ela chega ao café, alguns minutos mais cedo, ele já está lá lendo Simone de Beauvoir. E tudo bem, ela pondera que os homens deveriam, sim, ler Simone de Beauvoir (não está cem por cento certa disso, ela mesma não leu), mas não um volume de capa dura em um café enquanto esperam alguém para um encontro, segurando o livro de pé para todo mundo ver a capa.

*Melhor livro para ser flagrado lendo quando chega cedo para um encontro?*, escreve ela para Bohai ao voltar para casa.

*Livros, eeecaaa*, responde ele. *Vá embora na mesma hora. Nada de leitores. Vaza.*

Na noite seguinte, ela janta com Maryam e Toby.

— Eu acho que me daria bem nesses aplicativos — comenta Maryam.

— Desculpa aí — diz Toby.

— Prefiro o que eu e Toby temos, é óbvio. Só acho que se tivesse surgido antes, eu teria curtido. Posso ver? — acrescenta ela, e pega o celular de Lauren.

Ela descobre que isso é algo que as amigas casadas adoram fazer; querem jogar o jogo, dar uma olhadinha nos caras.

É por isso que é melhor conversar com Taj; com a amiga, ela não sente que é apenas uma aventurazinha, cinco minutos de faz de conta.

As duas vão a um evento de encontro às cegas em uma galeria de arte, mas as atividades são muito intensas. A certa altura, Lauren tem que passar seis minutos fazendo uma pintura a dedo em silêncio com um cara com o qual tem quase certeza de que já foi casada, e no próximo "encontro" elas são instruídas a ficar imóveis enquanto o homem as desenha.

O retrato de Lauren é apenas extremamente desfavorável, mas Taj declara que o dela é *meio racista, e nem mesmo em relação à etnia correta*, então elas dão uma fugidinha para o bar da esquina antes de ter que fazer bonecos dos homens com massinha de modelar na próxima rodada.

Ela volta para casa e combina mais um encontro. Admite que o processo não é tão rápido quanto achava que seria. Reclama com Bohai, que também está temporariamente solteiro, e procura Felix na internet, que talvez também esteja, e até mesmo Carter, que, pela primeira vez na vida, parece estar num intervalo entre relacionamentos, ou pelo menos não postou uma centena de fotos com uma garota bonita e charmosa, vivendo uma vida aparentemente perfeita. Jason voltou para Londres e tem gêmeos pequenos. Michael aparece no aplicativo uma vez e ela dá like — talvez agora realmente seja um sinal —, mas o match não acontece. *Vá se ferrar*, pensa ela, analisando suas fotos, se perguntando o que há de errado nelas. *Você foi casado comigo duas vezes, você não sabe o que quer.*

— Pois é, é um inferno, desinstalei todos os aplicativos ontem — diz Taj quando ela reclama. — Vou conhecer alguém na vida real. Ou não vou conhecer ninguém e pronto. Vou arrumar uns animais de estimação. É muito melhor criar coelhos.

— Não, poxa — insiste Lauren. — Qual é, agora é a hora de sair com uns caras. Apareceu um pra mim que é professor e barbudo, você adora professores barbudos.

— Eu adoro coelhos. Me avise se também quiser dar um tempo — diz Taj. — Podemos fazer coisas de solteironas. Sair e reclamar dos jovens e resolver coisas.

— Que coisas? Eu não tenho coisa nenhuma pra resolver.

Taj inclina a cabeça de um lado a outro.

— Poderíamos terminar de pintar sua sala? Recolocar os móveis no lugar.

É verdade, já faz algumas semanas. Mas Lauren gosta da sala como está, com sua planta no meio, com folhas novas, vez ou outra perdendo uma folha antiga, e a mesa de centro imprensada no sofá, o que torna um desafio divertido chegar ao sofá e sair dele. E, acima de tudo, ela gosta de não precisar deixar a sala arrumada. É uma das coisas que a faz se sentir bem depois dos encontros que não dão em nada.

Ela entende que isso pode parecer ruim pra quem vê de fora. Mas está tudo bem.

Ela escala o sofá e pesquisa seus ex-maridos no Google de novo. Depois de tantos maridos, será que Carter realmente teria sido melhor que os outros? Ou será que ele só foi o único que ela não escolheu mandar embora, e é isso o que a faz sentir saudade dele até agora? Ela procura os outros, para ver se sente algum arrependimento. Jason, Rohan, Amos: não. Michael, Bohai: não muito. Felix: não. Procura pela mansão de Felix, que está embaçada no Google Maps, e a encontra em uma lista de um corretor imobiliário de alguns anos atrás, com uma decoração mais normal — bem, talvez ela sinta um pouquinho de saudade.

Ela acha que merece umas férias. Trabalhar todo dia, em vez de ligar avisando que está doente: exaustivo! Puxar papo com estranhos em três aplicativos diferentes e ter dois primeiros encontros por semana: uma perda de tempo! Taj a convida para viajar para a Noruega, o que, sim, claro, parece legal, mas primeiro: que tal um bom final de semana no campo?

Ela aluga uma cabana perto da casa de Felix e diz a si mesma que é porque sabe que é uma área legal no campo, não porque namorar é horrível e ela está se sentindo mais interessada do que de costume pelo marido talvez malvado que teve certa vez e por seus milhões. Três dias no campo. Vai ser ótimo.

A cabana é menor do que parece nas fotos. Lauren destranca a porta, encontra um bilhete de boas-vindas e uma garrafa de prosecco.

Não há nada significativo ou especial em estar aqui, lembra a si mesma. Ela vai dar uma longa caminhada — uma caminhada recomendada pelo folheto de atividades locais que encontrou na mesa de centro, então se acabar passando pela casa de Felix é claro que não será culpa dela — e, sem pensar muito, entra na mansão pelo portão dos fundos. Só quer dar uma olhada no jardim, que está diferente (feio). Evita as câmeras do circuito interno e dá a volta até o pátio do lado de fora da estufa. Sim, Felix não era uma boa pessoa; mas não era tão ruim assim, né? E ele estava preso daquela vez, mas só uma vez, e nem foi por algo que prejudicou alguém, foi apenas algum crimezinho corporativo.

Ela está exausta, e sabe que quando voltar para seu apartamento os móveis ainda estarão empilhados no meio da sala. E ela terá que continuar trabalhando todo dia, o que é normal, claro, mas perdeu o hábito. E terá que arcar com todos os gastos sozinha, e levar o lixo para fora, cozinhar, fazer as compras do mês, limpar o que sujou, pegar cada coisinha que deixa cair, guardar cada pedacinho de papel, ninguém fará isso por ela. Sua planta perdeu cinco folhas em uma semana e não ganhou nenhuma nova, e faz séculos que Bohai não vem visitá-la, e Elena fica perguntando *como andam os encontros* de um jeito que não deveria ser condescendente, mas de alguma forma é, e até Toby está ocupado com um projeto importante no trabalho, e talvez ela devesse ter ficado nesta mansão, vivendo uma vida de madame, relaxada, aprendendo a tocar o piano amarelo fluorescente, longe de tudo.

Arranca uma erva daninha novamente, como na primeira vez que esteve ali; depois outra, duas mais, três. Se alguém perguntar, pode dizer que é jardineira. Elas fazem seus dedos coçarem enquanto se aproxima da estufa e olha através da porta de vidro.

Está igual, e isso é um choque horrível.

Ela imaginava que tinha sido responsável, pelo menos em parte, pela decoração da casa. Graças ao orçamento imensurável, ela havia tido ideias horríveis e as colocado em prática. Pelo menos a estufa, seu refúgio, devia ter tido um toque seu.

Mas até mesmo o borrifador de latão está ali, nem isso foi ideia dela. Não faz sentido tentar abrir a porta, a senha não vai funcionar e isso só vai alertar Felix de que alguém tentou entrar, então ela terá que ir embora. Mas talvez não seja má ideia, não há motivo para continuar vagando por ali, então por que não arriscar? Ela digita a senha e, em vez de zumbir com o palpite incorreto, a tranca abre.

Sua presença na casa foi tão insignificante que até a senha de entrada é a mesma. É horrível pensar nisso.

Mas ela abre a porta.

Tenta lembrar para onde as câmeras apontam. Sabe que tem uma na estufa. Então dá dois passos, pega o borrifador e, sem pensar, o enfia na bolsa, dá um passo para trás e fecha a porta. Essa casa já foi dela; ela merece pelo menos isso.

Passa pelo pomar e pela piscina (ela também sabe a senha para entrar ali, mas é melhor ir embora logo) e vai na direção do portão dos fundos.

Está quase lá quando ouve vozes. Ela se esconde atrás de um muro, abaixo de um arbusto de lilases. As vozes estão se aproximando, mas nenhuma é a de Felix. Ela se curva e espia pelo muro. É o enteado, Mikey, ou talvez Vardon, e mais um menino. O enteado está com a carabina de pressão.

— Não acredito que seu pai deixa você atirar nos esquilos — diz o outro menino. — Se eu contar pra minha mãe, ela nunca mais vai me deixar vir aqui.

— Então não conte pra ela — aconselha o enteado. — Meu pai fala que os esquilos são invasivos e pestilentos. Ele me dá mil libras por cada um que eu mato.

Isso com certeza é mentira, mas é legal ver que o menino tem um amigo.

Ela espera até eles irem embora e se levanta da grama molhada. A caminhada de volta leva quase uma hora, mas o sol vai e volta em intervalos de minutos, e o vento vem em rajadas, a secando mais rápido do que esperava. De volta ao vilarejo, ela passa o resto do dia vagando e tomando café, e quando o tédio bate ela abre os aplicativos para ver se tem algum morador local que vale um match (Felix não aparece).

Em casa, alguns dias depois, borrifa a planta com o borrifador de oitenta libras.

— Qual é — diz ela. — Isso aqui é caro. Ressuscite.

Ela procura Carter na internet de novo e parece que ele ainda está solteiro, o que poderia ser um sinal se ela fosse supersticiosa. Ele nunca está solteiro; ele vê o melhor nas pessoas, e tem aquele olhar que deixa visível que ele está sempre perdidamente apaixonado por *alguém*. Ainda assim, neste mundo em que ela está solteira, ele também está.

Ela dá uma olhada nos aplicativos mais uma vez, e mais uma vez a ausência de matches é uma afronta, assim como quem dá match mas não manda mensagem e quem não responde às suas mensagens.

— Vamos lá. Vamos para algum lugar — repete Taj, que foi visitá-la após o trabalho numa terça-feira. — Não precisa ser a Noruega. A gente pode ir para qualquer lugar.

Qualquer lugar. E se Carter for realmente o cara certo e eles estiverem destinados a ficar juntos?

Ela não pode bancar uma viagem para os Estados Unidos, mas em breve vai reiniciar o mundo, então será que deveria só... ir de uma vez? E se for destino, eles ficarão juntos, o que provavelmente não vai acontecer, mas não é melhor ter certeza? Assim pelo menos já fica sabendo.

Marca férias de última hora, algo que não agrada sua chefe, mas ela pode se preocupar com isso depois, e solicita um cartão de crédito. Compra uma passagem para, meu Deus, *Denver*. Ela não sabe nada sobre Denver, mas aparentemente fica no Colorado, que ela a princípio acha que é um dos estados pequenos mais para o leste, mas na verdade estava confundindo com Connecticut (ela procura no Google e descobre que o cantor John Denver chegou a morar no Colorado, apesar de cantar sobre West Virginia, mas nunca morou na cidade de Denver, o que só a deixa mais confusa).

Enfim, o estado do Colorado é um dos quadrados grandes do meio.

— Meu Deus, é sério? Denver? — diz Nat. — Por diversão?

— Teve uma promoção, estava muito barato — comenta ela. — E vai ter uma exposição no museu de arte que parece legal.

— Eu acho que é uma ótima ideia — diz Adele.

— Vou te mandar um vídeo sobre o que fazer se for atacada por um alce — avisa Nat.

Se fosse Nova York, Chicago, Los Angeles ou qualquer lugar com lagos e aquelas grandes árvores, ela poderia ter se enganado dizendo que estava indo por diversão e que a presença de Carter era apenas uma *feliz coincidência*. Seria ótimo ver como está seu ex-marido enquanto visita a cidade, mas tem tanta coisa para fazer, ela veio ver arte/restaurantes/arquitetura/natureza/tratamentos de spa/só descansar.

Mas não. Denver.

Ela procura razões não relacionadas ao marido para visitar a cidade. Tem as montanhas! Faz sol durante trezentos dias por ano! Tem um lago, no fim das contas! E lá eles têm o costume incrivelmente chato de fazer cerveja artesanal, muito diferente do costume incrivelmente chato de fazer cerveja artesanal em Londres.

— Não sei, eu sempre quis conhecer as Montanhas Rochosas — arrisca ela, em voz alta. Parece algo que alguém diria.

Ninguém diz nada sobre a viagem, embora Taj pareça magoada porque Lauren ignorou a ideia de ir para a Noruega e, em vez disso, vai visitar montanhas diferentes, muito mais distantes e caras, sozinha. Ela não fala da viagem com Bohai, que está na Austrália.

*Você ainda está com a esposa infiel?*, pergunta a ele por mensagem.

*Aham, mas ela resolveu ficar com o cara de vez, então vamos ter que vender o apartamento, só que tem um restaurante de taco incrível que acabou de abrir, vou ficar por aqui um mais pouquinho.*

Uma semana depois, Lauren manda um e-mail para Carter, que agora é corretor imobiliário.

Ela rascunha o e-mail oito vezes, dez, quinze, fica enjoada ao pressionar "enviar": *Estou indo para Denver por uma semana para planejar uma possível mudança ainda este ano, adoraria ver alguns imóveis enquanto estiver por aí.* Ela continua enjoada ao longo das seis horas que ele demora para responder: *Claro, me explique o que você está procurando.* E o enjoo vai e volta por mais uma semana. Ela está no avião, depois em um aeroporto, outro avião, e finalmente chega em Denver.

# Capítulo 34

Sua expectativa é sair do aeroporto e ver uma paisagem montanhosa, mas, em vez disso, ela vê apenas uma cidade. Uma cidade com ruas largas e muito iluminadas. Ela chegou em um dos sessenta e cinco dias que não são ensolarados. Mas a sensação é... boa, a sensação é boa.

Tudo o que ela quer é encontrar Carter uma vez, só uma, ou talvez duas.

Provavelmente não vai rolar nada entre eles, o que lhe dará a certeza de que o relacionamento deles foi bom, nada muito diferente de qualquer outro bom que poderia ter, e que eles não estão destinados a ficar juntos. Assim, finalmente, ela poderá seguir com sua vida.

Mas se acontecer alguma coisa ela pode se planejar a partir disso. Talvez eles fiquem juntos logo de cara, mas essa não é a única opção. Ela pode ir para casa, trocar de marido mais algumas vezes, encontrar outro de quem esteja se divorciando e fazer uma abordagem mais lenta e gentil. Ou trocar quinhentas vezes, mil, cinco mil, até Carter voltar; isso deve ser possível, né? Se eles estiverem *destinados a ficar juntos*, deve haver mais de uma versão do mundo em que se conheceram, certo? Se passar duas horas por dia trocando de marido — várias pessoas veem televisão por pelo menos duas horas por dia, então se comprometer a gastar esse tempo por dia não é algo tão irracional —, e se trocar de marido a cada minuto, são, em média, cento e vinte maridos por dia, dez mil em poucos meses.

Mas, primeiro, ela tem que saber. Tem que vê-lo. Dizer oi. Sorrir. Entender o que sente.

E no resto do tempo ela pode aproveitar as férias. Pode contemplar a natureza, explorar a cidade. O hotel é perto de uma estação de trem, o que ela acha surpreendente — por algum motivo, nunca tinha pensado que havia trens nos Estados Unidos —, mas reconfortante. Um ônibus pode ir a qualquer lugar, mas com um trem há uma quantidade limitada de erros que se pode cometer.

Ela combinou de encontrar Carter no escritório dele na sexta-feira. Chega ao hotel na quarta-feira à tarde e começa a se recuperar do jet lag. Desfaz as malas e pendura as roupas, conecta o conversor de tomada que se orgulha de ter trazido. Toma um banho. Seca o cabelo com secador, porque *nunca se sabe* quando pode dar de cara com um ex-marido, e sai.

Em um bar das redondezas, descobre as diferenças entre a tediosa cena da cerveja artesanal de Londres e a tediosa cena da cerveja artesanal de Denver: (1) as pessoas nos Estados Unidos vão tentar puxar papo com você mesmo sem segundas intenções, e (2) a cerveja contém *substancialmente* mais álcool, então talvez você permita que elas façam isso.

Ela acaba conversando com um casal chamado Ryan e Tyler, e se encanta com os nomes típicos dos Estados Unidos.

— Ryan! — diz ela. — Tyler! Como nas películas!

Ela está bancando a estrangeira de propósito, é claro que normalmente diria "filmes".

— Acho que não conheço nenhum personagem de filme chamado Lauren — diz Ryan devagar.

Isso é uma fala arrastada? Ele está falando de um jeito arrastado? Eles não são tão bonitos quanto Carter, mas têm alguma coisa neles que a faz se lembrar dele, do seu jeito. Será que o que ela achou que fosse amor era só o *jeito da galera de Denver*?

Ryan vai dar uma festa no sábado e, segundo eles, ela deveria ir, vai ser ótimo, vai ter uma fogueira e s'mores. Ela acha admirável as pessoas de fato prepararem e dizerem *s'mores*. Deveria ter vindo para Denver há anos.

— Eu adoraria — diz ela, e dá a eles seu número.

Que maravilha! Se tudo der certo com Carter na sexta, ela poderá levá-lo para a festa e ele ficará muito impressionado por ela já ter feito amizades na cidade, e os dois vão se divertir muito juntos! Que bar incrível. Que cidade incrível.

De manhã, o sono da ressaca acaba com a tentativa de acordar cedo por conta do jet lag, e ela abre os olhos às oito e quinze.

Ela não quer encontrar Carter enquanto não estiver se sentindo bem de verdade, mas, mesmo assim, vai à lanchonete em frente ao trabalho dele, espera do lado de fora até uma mesa da janela vagar, entra correndo para pegá-la e fica observando de longe para ver se ele aparece.

Não está stalkeando, é só uma pesquisa de campo.

E às 12h53, saindo para almoçar, imagina ela, lá está ele. Caminhando do outro lado da rua, olhando para o celular. De terno, como quando foram ao casamento de Elena. Carter. Seu marido.

Bem, ela acha que é Carter. Já faz um tempo, e muitos caras em Denver se parecem com ele. Mas, então, ele usa o nó do dedo indicador para pressionar o botão da passagem de pedestres, e ela reconhece o gesto. É ele, só pode ser ele.

Obviamente não vai segui-lo pelas ruas — e se ele estiver saindo para ver casas, deve ir de carro.

Então decide se jogar em uma lista das dez melhores coisas para fazer em Denver, assim ela pode se ocupar e terá muitas histórias sobre como se divertiu na cidade.

A galeria de arte ali perto é um prédio enorme, estranho e imponente com fragmentos irregulares. Tem que pagar para entrar, e é mais caro para ela por não morar no Colorado. Lá dentro, vaga de sala em sala olhando as pinturas. Os retratos em particular são bem exagerados: só rostos de homens, uma grande repetição dos aplicativos de namoro.

Ela encontra uma loja que vende os M&Ms de pretzel que Felix lhe deu, passa a noite no quarto do hotel vendo Netflix e come três pacotes. Manda uma foto das montanhas para Taj e uma mensagem dizendo: *Doida para comparar essas montanhas com as da Noruega, bj.* Passa uma hora desejando não receber uma resposta, mas depois percebe que já é noite no Reino Unido. Vai ficar tudo bem.

De manhã, lava e seca o cabelo, se maquia, depois tira tudo e se maquia de novo, de um jeito mais casual. Dá uma olhada em suas roupas e veste calça jeans, camisa, jaqueta e botas baixas. Parece que vai laçar uma vaca mais tarde. Escuta "Teenage Dream" e dança pelo quarto, tomando café, brincando consigo mesma, e não consegue parar de pensar: *Quem sabe?*

Lauren se encontra com Carter no escritório dele. Entra, dá seu nome para a recepcionista, e lá está ele, nos fundos da sala. Carter se vira e... a olha.

Essa não é a primeira vez que ela vê um marido enquanto está casada com outro: teve Jason na casa de Felix, e certa vez seu marido era o irmão gêmeo não idêntico de um marido anterior, o que causou confusão em um jantar.

Carter abre um sorriso enorme ao vê-la, um sorriso genuíno e impressionante, dá três passos largos pela sala, aperta a mão dela e diz:

— É um prazer te conhecer.

— Olá — diz ela. — Oi.

— Me dá só um minutinho — diz Carter, e vira para a impressora barulhenta; pega alguns papéis e os prende com um clipe. — Então — retoma ele enquanto se acomodam em uma sala de reuniões com paredes de vidro. — Denver! O que te traz aqui?

— Ah, só o trabalho.

— Que ótimo, vamos precisar de muita papelada chata sobre o trabalho e seu crédito, mas posso mandar para você preencher no seu tempo. Qual é a faixa de preço que você tem em mente?

— Bem... — diz ela.

Nunca teve que lidar com esse tipo de coisa. Ela herdou o apartamento e ficou lá porque era mais fácil, não sabe como escolher um lugar para morar. Mas fez suas pesquisas.

— Meu apartamento em Londres está avaliado em quinhentos mil dólares.

Lauren arredondou muito para cima na esperança de que Carter acredite que ela tem dinheiro para comprar o tipo de imóvel que ele vende.

— E você é a única proprietária?

— Sim — mente ela; Amos não tem direito a ele, graças a Deus, mas metade é de Nat.

— E é só você?

— Sim — responde, com um sorriso. — Mas eu adoraria ter um quarto de hóspedes para quando os amigos vierem visitar.

É importante que ele saiba que ela tem amigos.

— Você tem orçamento para isso, não vai ser um problema — diz ele. — Você disse que estava pensando em apartamentos, em vez de casas?

— Aham.

Nesta vida de fantasia, ela não tenta cultivar plantas no solo duro de Denver, mas frequenta bares legais, faz piadas com os amigos e talvez todos eles vão de carro até um lago no verão.

— Certo — diz ele. — Bem, com certeza podemos trabalhar a partir daí. Me conte sobre os bairros de Londres, passei um ano lá.

— Ah, que legal! — exclama ela, com uma surpresa cautelosa.

— Me conte do que você gosta na sua cidade, posso indicar algo parecido em Denver.

Ela se perguntou se talvez não fosse ficar mexida por ele da mesma forma aqui, imaginou que talvez tivesse sido enganada pela confiança, pela tranquilidade e pelo senso de *frescor* que ele trazia consigo. Mas, até aqui, cercada por homens como ele, Carter é seu favorito.

— Moro em Norwood Junction, que fica na região sudeste, perto de Crystal Palace, sabe? Um pouquinho depois.

— Adoro os nomes do subúrbio de Londres. Crystal Palace! — comenta ele, gesticulando. — É tão *Senhor dos Anéis*!

Ela retribui o sorriso.

— Mas aqui eu adoraria um lugar no centro. Algo, tipo, talvez o equivalente a Bermondsey. Não no centro, centro, mas um lugar com pequenas galerias de arte, cafeterias, bares e coisas acontecendo. Para mim, essa é a vantagem de sair de Londres. Em uma cidade menor posso morar perto de tudo.

Está começando a se convencer disso. Será que gostaria *mesmo* de se mudar para Denver? Ela não recebeu uma oferta de emprego, mas quem sabe não consiga uma?

— Certo, bom parâmetro...

— Talvez perto de um parque.

Ela gosta de natureza, ou poderia ser alguém que gosta de natureza.

— Temos várias opções ótimas — diz Carter. Ele mostra algumas fotos de apartamentos, uma casa pequena, e explica sobre as localizações: este é perto de cafeterias, aquele é ao lado de alguns bares com terraço.

— Adoro bares com terraço — comenta ela. — Ok — diz, enquanto ele mostra mais apartamentos. — Gostei desse — observa, de forma mais ou menos aleatória. — E daquele — acrescenta, se referindo a um apartamento que ela acha que ele quer que ela escolha.

— Você tem bom gosto — diz ele. — Quanto tempo vai ficar na cidade? Está livre na terça-feira para dar uma olhada em alguns desses imóveis?

Ela vai embora na noite de terça-feira; até poderia, mas se dar uma olhada nos imóveis for aquilo que vai uni-los, vai ficar muito em cima da hora.

— Você não poderia na segunda? Ou hoje à tarde?

— Acho que não — responde ele.

— Tudo bem. Na terça está ótimo. Pode preparar a lista. Confio no seu julgamento.

Vai dar certo. Se a chama do romance estiver destinada a se acender, uma ou duas horas juntos vai ser tempo suficiente.

— Tem planos para o fim de semana? — pergunta ele enquanto junta seus papéis e o tablet.

Ele só está puxando papo, isso é algo normal de se perguntar ao se conhecer alguém numa sexta-feira à tarde. Nada além disso. Ou não.

— Aham — diz ela. — Uns amigos vão dar uma festa numa fogueira perto de um lago.

— Ah, nossa, que legal!

É legal *mesmo*, pensa ela, tenho amigos, fiz novas amizades em dois dias. Ela é sociável e agradável, e Carter se divertiria com ela se fossem casados, o que já foram no passado e talvez possam um dia ser novamente. E, como quando pegou o borrifador, ela não pensa, só abre a boca:

— Me avisa se quiser ir também — comenta ela.

— Ah — diz ele, parecendo confuso.

Mas sorri, amigável, lisonjeado. Sim, esse é o trabalho dele, mas parece um sorriso genuíno, e ela saberia se não fosse, afinal ele foi seu marido.

— Não posso, tenho o aniversário de uma amiga. Em um desses bares com terraço, sabe? Mas divirta-se.

— Pode deixar — diz ela. — Estou animada para essa festa. E para te ver na terça.

— Na verdade quem vai te atender na terça é meu colega Lautaro, eu tenho um compromisso fora da cidade. Mas vou passar tudo para ele, e ele vai poder te levar por aí. Divirta-se na festa!

E ele ergue a pasta em despedida.

*Ah*, pensa Lauren. *Fodeu.*

# Capítulo 35

Certo. Vamos começar pelo começo. Até parece que Lauren vai passar a noite de sábado em volta de uma fogueira com dois estranhos que conheceu em um bar e de quem meio que gostou, enquanto o possível amor da sua vida, brevemente solteiro e ainda mais brevemente na mesma cidade que ela, está logo ali.

E até parece que vai passar duas horas na terça-feira visitando casas que não tem a menor intenção de comprar com um homem que ela nunca viu e muito menos beijou.

Ela manda uma mensagem para Elena: *As montanhas são legais, mas não sei por que precisam de tantas.*

Outra para Bohai: *Já esteve em Denver?*

Outra para Toby, que está cuidando de suas plantas enquanto ela está fora. Bem, planta — a suculenta ainda está viva, mas não exige muita atenção. *Como estão as coisas? As plantas morreram?*

*Estão bem*, responde ele, com uma foto da grandona. *Ei, quer que eu coloque seus móveis no lugar enquanto você está aí? Não tem problema nenhum.*

É verdade, os móveis de sua sala de estar continuam empilhados. Mas tudo bem, muito obrigada, Toby. Ela se joga na cama do hotel, braços e pernas esticados, celular virado para baixo, olha para o teto e depois para a janela.

Então se senta.

Ainda tem quatro dias de viagem.

Precisa descobrir onde Carter vai estar amanhã à noite. Ele disse *um desses bares com terraço*, e quantos bares desse tipo pode haver em uma cidade não tão grande, mas também não tão pequena?

Ela vai estar lá, vai ser uma charmosa coincidência, e eles vão se dar bem, ou não, mas de qualquer forma vai descobrir.

Seu erro, não que tenha cometido um, foi apostar no visual de quem gosta de estar ao ar livre. Carter a amava em Londres, a amou até vestida de dama de honra, então ela não deveria tentar ser outra pessoa; deveria ser a melhor versão possível de si mesma, uma charmosa garota urbana que não sabe andar a cavalo.

Então, no dia seguinte, ela gasta muito mais dinheiro do que deveria para comprar um vestido verde com uma fenda generosa, gola redonda, que valoriza suas curvas e disfarça a barriga. É lindo, exatamente o que você esperaria ver alguém de Londres usando. Ela vai à Sephora e as vendedoras indicam um curvador de cílios e um batom que combina com seu tom de pele.

Ela vai tomar café em um parque, pega uma margarida e arranca as pétalas. Sempre comece com a resposta que você quer, disse Jason daquela vez. *Bem me quer, mal me quer*, arrisca, e acaba com *mal me quer*. Não era o que queria, mas as pétalas desiguais nunca são uma garantia. Enfim, margaridas fazem sexo ao secretar néctar para atrair abelhas, que se esfregam no pólen e depois vão se esfregar em uma margarida diferente em outro lugar para depositar o pólen, então o que elas sabem sobre amor?

Ela se senta com um mapa e circula todos os bares com terraço. Existem pelo menos sete — mas isso depende do que você considera "terraço" e até mesmo "bar".

Ela planeja uma rota de acordo com os que parecem mais familiares, aqueles que talvez tenha visto no fundo das fotos de Carter em suas diferentes vidas em Denver.

O primeiro bar é chique demais e está quase vazio. O segundo está tão lotado que é difícil abrir caminho, e, como sempre, ela receia não encontrar Carter no mar de homens parecidos com ele, mas não, tem certeza de que ele não está ali. No terceiro, ela vê um homem e pensa é *ele, é ele*, mas não é. Então se vira e lá está Carter.

Ela vai ao bar e pede uma cerveja. A banqueta está escorregadia, o que, combinado com a saia apertada de seu vestido, torna difícil se sentar. Está esfriando rápido e ela quer vestir a jaqueta, mas gastou muito dinheiro no vestido, então aguenta firme e pega o livro que comprou no caminho — *Os miseráveis*, a única opção vagamente impressionante que havia na banca de jornal perto do parque. Não consegue se concentrar nem um pouco no livro, mas pelo menos pode olhar ao redor com ar de quem está refletindo sobre algo que leu em *Os miseráveis*.

Ela aprendeu em sua primeira noite que os estadunidenses são amigáveis; está confiante de que pode começar uma conversa. Mantém o olho na mesa de Carter até alguém levantar para pegar um drinque — uma mulher com blusa de crochê. Lauren se aproxima.

— Adorei sua blusa — diz ela à mulher.

— Ah, obrigada — responde a mulher. — Minha irmã fez para mim.

— É muito fofa. É de crochê, né?

A mulher não está dando trela, então Lauren precisa continuar falando:

— Não temos crochê em Londres — acrescenta.

— Ah, é?

A mulher se vira para o bartender e faz seu pedido; é um pedido grande, então Lauren ainda tem alguns poucos minutos.

— Estou passando a semana aqui na cidade — arrisca ela. — Então pensei em visitar um desses bares de Denver de que todo mundo vive falando.

— As pessoas falam dos bares daqui? — diz a mulher. — Achava que ninguém conhecia Denver.

— Olha, o pessoal lá de Londres diz que os bares daqui são ótimos.

— Que irado — comenta a mulher.

— Pois é — diz Lauren. — E todo mundo é supergente boa aqui. Em Londres eu estaria sentada sozinha no bar, mas aqui todo mundo está sempre puxando papo.

— É, acho que é verdade.

Meu Deus, será que essa mulher de crochê não morde nenhuma isca, porra? O bartender está trazendo o último drinque.

— Posso te ajudar a levar? — sugere Lauren, uma última tentativa.

— Ah — diz a mulher. — Aham, valeu. Quer sentar com a gente? Somos um grupo pequeno, é o aniversário de uma amiga.

*Finalmente.*

— Ah — faz Lauren, em tom de enorme surpresa. — Que amor. Seria maravilhoso. Só um drinquezinho.

Ela já terminou seu drinque e só tem água, mas pedir outro agora iria arruinar o plano. Ela pode voltar em cinco minutos, quando já tiver se acomodado.

Pega sua água e duas das cervejas e segue a mulher de crochê até a mesa, onde cerca de quinze pessoas estão reunidas, mais pessoas do que cadeiras, mas tudo bem, seu vestido fica melhor quando está de pé mesmo. Ela prepara sua expressão de surpresa.

Ele se vira e a vê, então ela arregala os olhos e abre a boca, atônita.

— Ah, nossa! — exclama ela. — Carter, né?

Ele olha para ela e franze a testa.

— Oi — diz ele.

Ela espera por um instante.

— Que bom te ver.

Ele não se lembra dela.

Ou melhor, não a *reconhece*, mas não é culpa dele, ela está com uma roupa diferente, maquiagem diferente, ele estava trabalhando, provavelmente não estava reparando na aparência das pessoas para não parecer inapropriado.

— Lauren. A gente se conheceu ontem — esclarece ela.

— Foi mesmo — diz ele. — Nossa!

— Que estranho te ver aqui!

Já deu, ela pode segurar a onda.

— Pois é — concorda ele. — Você não ia para aquela festa na fogueira ou algo do tipo?

— Eu ia, eu vou — diz ela. — Vai ser amanhã.

— Vocês se conhecem? — pergunta a mulher de crochê. — A gente acabou de se conhecer no bar, ficamos falando de crochê. Sabia que não tem crochê em Londres?

— Pois é, acredita? — comenta Lauren. — Enfim, tomei um drinque com minha amiga aqui mais cedo.

Mais uma vez, é importante que ele saiba que ela tem amigos.

— Mas ela teve que ir embora, então fiquei para ler um pouco — explica ela, que gesticula na intenção de mostrar o livro, mas o deixou no bar. — E que coincidência!

Ela sorri para eles.

— Certo — diz Carter. — Bem, espero que esteja curtindo a vida noturna de Denver.

E se vira para o cara com quem estava conversando.

— Meu nome é Tia — diz a mulher de crochê. — E essa é a Maisie, a aniversariante, e essa é a Mallow.

Beleza.

— Muito prazer.

Ela consegue engatar mais algumas conversas com Carter ao longo da noite, e comenta coisas de que ela sabe que ele gosta: cavalos, né? Tiramisù? Mas o que ele mais gostava era *dela*. Ela menciona ter perseguido galinhas uma vez, mas o papo não rende.

Pelo menos ela aproveita a cerveja, e o vestido verde é incrível, e Tia é amigável e gentil e faz várias perguntas sobre Londres e seu trabalho e sua mudança hipotética para Denver, sobre a qual Lauren não está totalmente preparada para responder.

Ela faz uma última tentativa desesperada ao fim da noite. Tia está falando de ir para outro lugar, mas parece que Carter não vai, então Lauren declina do convite.

— Adorei te conhecer — diz ela em voz alta para Tia. — Me avisa se um dia você for a Londres. Tenho um quarto de hóspedes, se precisar de um lugar para ficar.

Um quarto de hóspedes parece ser menos impressionante para as pessoas de Denver do que para os londrinos, mas é legal parecer hospitaleira.

— Até eu me mudar, pelo menos — acrescenta, apressada, se lembrando de sua história de fachada.

— Ótimo saber, obrigada — diz Tia. — Você está bem para voltar para o hotel, né?

— Estou.

Essas cidades jovens não a intimidam, as ruas quadriculadas não a fazem se perder.

— Beleza. Então... tudo de bom.

Lauren se despede de Carter, uma das mãos no braço dele.

— Ei — diz ele —, posso falar com você um minutinho?

Pode! Claro que pode! É isso? Agora é o momento? Eles se afastam do grupo.

— Olha — diz Carter, em voz baixa —, não quero te deixar constrangida e me desculpe se eu tiver entendido errado, mas fiquei com a impressão de que talvez não tenha sido coincidência você estar aqui...

— Bem... — começa ela.

Será que *testar uma teoria sobre o destino* é a mesma coisa que uma coincidência?

— E tudo bem — acrescenta ele. — Não quero que você se sinta mal nem nada, mas acho que seria uma boa ideia procurar outro corretor.

— Ah.

— Se cuida — diz ele, e seu rosto é lindo demais.

Ela sai sem pegar seu exemplar de *Os miseráveis* e, percebe depois de dois quarteirões, sua jaqueta, mas o ódio a mantém aquecida. Ele não quer que ela se sinta mal? Se não queria que ela se sentisse mal, poderia talvez não ter dito nada? Além disso, tem que ser muito pretensioso para encontrar uma pessoa duas vezes, *duas vezes*, e imediatamente concluir que ela está te perseguindo!

E sim, ela estava perseguindo Carter, mas não como ele achava, era só para *descobrir se eles estavam destinados a ficar juntos*, e felizmente não estão, ele que se ferre, poderia sim ter sido uma coincidência, Denver nem é lá essas coisas, não tem *tantos* lugares assim para tomar um drinque.

No hotel, ela liga o chuveiro na temperatura mais quente e lava o rosto. Não é tão bom quanto reiniciar o mundo com um sótão mágico, mas é o mais próximo possível disso.

Ela apaga todos os e-mails que mandou para Carter e dá uma olhada nas mensagens que recebeu. Taj pelo menos a perdoou e mandou uma foto de um cara do aplicativo de namoro que em tese não estava mais usando — *não é para mim, mas será que não daria certo para você?* Há uma mensagem de Bohai dizendo *Hahaha estou noivo,* o que ela não consegue nem começar a digerir, e uma de Amos, extremamente formal:

*Oi, espero que esteja bem. Só queria entender quais são nossos planos quanto à papelada. Tenho uma grande novidade: vou me mudar para a Nova Zelândia por um tempo; acho que faria sentido preencher os formulários e finalizar tudo primeiro, né?*

Ela lê de novo.

O telefone se ilumina com uma segunda mensagem: *Talvez um café em algum lugar. Você está livre neste fim de semana?*

Ela larga o celular, está sem condições. Vai lidar com isso de manhã. Mas Amos manda outra mensagem e ela pega o celular de novo: *Sei que é meio repentino.*

Ela joga o celular na poltrona junto à janela e o aparelho quica no chão e vibra mais uma vez. Ela o pega. *Talvez eu devesse ter te contado pessoalmente, desculpe.* Ridículo. Como ousa pensar que ela está chateada por causa dele? Ele não está nem no top cinco das coisas com que está chateada. Ele poderia se mudar para Plutão, ela não está nem aí.

Mas o problema é que ela ficaria presa aqui, neste mundo onde não está destinada a ficar com ninguém, onde já stalkeou pelo menos dois maridos, onde gastou todo o seu dinheiro e mais um pouco, onde pintou as paredes pela metade e onde Carter lhe pediu com educação, gentileza e *perfeição* que ela pare de agir que nem uma doida.

E a única saída é fazer Amos entrar no sótão.

*Vamos tomar um café*, responde ela por mensagem. *Desculpa, muito barulho aqui no bar em Denver!! Mas volto daqui a uns dias, vamos combinar depois?* Ela sente a boca se retorcer e os braços balançarem, então acrescenta mais um ponto de exclamação e aperta "enviar".

Conecta o celular no carregador, o vira para baixo e espera o sono vir.

# Capítulo 36

Lauren vai ao bar na manhã seguinte para buscar sua jaqueta. O bartender a pega no armário de achados e perdidos e pergunta:
— Isso também é seu? — ele mostra o exemplar de *Os miseráveis*.
— Não — responde ela.
Ela risca com determinação o resto da lista de dez coisas para fazer em Denver: jardim botânico, zoológico, tudo bobagem. Seus planos para quando voltar também não estão indo nada bem. Ela pretendia atrair Amos para o apartamento e depois mandá-lo para o sótão, mas ele insiste que o encontro seja em um café. *Só acho que um lugar fora de casa seria melhor*, responde ele depois de ser pressionado. *Para garantir que vamos resolver tudo com calma.*
Eles brigaram *uma vez*. Por que ele quer tanto resolver tudo com calma? Que tal aceitar que as coisas não vão ser calmas?
Essa rejeição é tão ruim quanto as outras — quanto Carter, quanto arrastar para o lado, mandar mensagem e *ter certeza* de que há centenas de homens por aí que gostariam de namorar com ela, e até casar, ela só não sabe como encontrá-los.
Se realmente quisesse, era só arrumar um novo marido. Mas se Amos estiver na Nova Zelândia, as coisas vão ficar mais difíceis.
Não pode deixar que isso aconteça. Já cansou de mandar mensagens, dos primeiros encontros constrangedores e da suposta excitação da descoberta; está exausta, vai encontrar um marido e ficar com ele, ou vai se acomodar em sua vidinha confortável com suas amigas e não vai, nunca mais, *sair para um encontro*. Só vai ficar no sofá sem pensar em nada para sempre. Mal pode *esperar*.
Mas, primeiro, precisa convencer Amos a ser um pouco mais prestativo, o que não vai ser fácil, porque ser "prestativo" nunca foi

o forte dele. Mas ela aprendeu muito com seus vários maridos. Vai conseguir.

Ela volta para casa e é difícil distinguir o jet lag do mau humor. Ela confere a escada que leva ao sótão e a deixa abaixada em prontidão.
 Vai se encontrar com Amos no domingo, então tem tempo. Primeiro, pensa nas desculpas que pode dar para convencê-lo a subir. Depois pensa em embebedá-lo, mas isso seria difícil em uma cafeteria. Por fim, procura Padge, o amigo do marido drogado. Ela se lembra vagamente de onde ele mora, mas ele tem um site para divulgar seu trabalho como consultor de marketing, e o endereço dele está listado em um registro de domínio, o que parece descuidado para um traficante, mas ela presume que ele seja meio amador.
 Ela veste legging cinza e um grande casaco azul-escuro de lã e pensa que (1) nunca viu Padge neste mundo, então seria estranho ele suspeitar dela, e (2) traficantes amadores provavelmente não ligam para a polícia para relatar que alguém levou todas as suas drogas.

Arrombar o apartamento dele até que se mostra algo fácil. Ela falsifica uma conta de luz com seu nome e o endereço dele para fingir que mora lá. Imprime o papel no trabalho na quinta-feira e na sexta liga avisando que está doente (sua chefe não vai ficar feliz com isso logo depois das férias, mas tudo bem, já, já ela vai embora). Espera por cinco horas perto do apartamento de Padge até vê-lo saindo, o que é um pouco enlouquecedor. Mas o chaveiro para quem telefona nem sequer pede uma prova de que ela mora lá; falsificou a conta de luz à toa.
 Lá dentro, ela encontra os potes de sorvete de Padge repletos de saquinhos. Joga tudo em um Tupperware e vai para casa — ela troca de vagão no trem quando alguém entra com um cachorro,

não sabe se todos os cães conseguem farejar drogas ou só os da polícia.

Ela tem até as três e meia da tarde de domingo para descobrir o que tem nos saquinhos e que efeito causa.

Com álcool seria menos suspeito, mas ela precisa trabalhar com o que tem. Amos ainda não quer ir até a casa dela, nem em um pub, *melhor sermos rápidos*; é difícil convencê-lo até de ir para Norwood Junction.

*É você quem quer resolver a papelada*, manda ela no final. *Você poderia pelo menos pegar o trem.*

*É exatamente por conta desses joguinhos de acusações que eu queria que a gente se encontrasse em público*, responde ele, mas aceita. *Gostaria que tentássemos manter a civilidade.*

*Eu adoraria manter a civilidade*, digita ela, mas pensa que talvez tenha soado sarcástica. *Não quis soar sarcástica*, acrescenta. *Vamos nos comprometer a ser civilizados nesse processo.*

Ela chega à cafeteria cinco minutos antes, tempo suficiente para pedir dois cafés e misturar o comprimido triturado no dele. Testou em casa, funciona, mas o café pode parecer arenoso no fundo. Os dois cubos de açúcar que ele sempre coloca vão ajudar; ela tomou um golinho mínimo e não sentiu gosto de nada.

— Oiê — diz ela quando ele aparece. — Pedi um café para você.

— Oi — diz ele. — Valeu. E aí, como foi em Denver? — acrescenta. — Parece divertido lá!

Considerando que a lista de coisas que ele odeia incluía fazer trilhas, montanhas e provavelmente os Estados Unidos, talvez ele esteja realmente se esforçando para manter a civilidade. Ela dá seu sorriso mais largo.

— É, eu estava precisando de férias, encontrei uma passagem barata, pensei em dar uma chance. Todo mundo é gente boa e a paisagem é linda.

Quando descreve assim, parece até que foi legal, uma aventura feita por impulso.

Mas talvez não comparada ao outro lado do mundo.

— E a Nova Zelândia, hein?! — exclama ela.

— Pois é. Sempre quis voltar, desde... você sabe.

— Nossa lua de mel?

Ela procurou as fotos.

Parando para pensar, viajar pelo mundo por capricho não parece legal; parece coisa de alguém que está desesperado para fazer uma mudança drástica, mas vai chegar a outro país e descobrir que está ali sozinho, tão infeliz quanto antes. Ou talvez não sozinho — *conheci uma mulher lá* parece algo que alguém diria logo após a frase *vou me mudar para a Nova Zelândia*.

Bem, isso não é da conta dela. E daqui a uma hora também não vai ser da conta dele.

— Para onde você vai? — pergunta ela.

— Wellington — responde ele.

— Nossa!

É muito mais fácil arregalar os olhos e ficar impressionada quando sabe que não vai ter que lidar com ele por muito tempo. Ela consegue assentir e dizer "parece ótimo" e "não me admira que você queira resolver a papelada logo, acho que é uma ideia sensata", sorrir e deixa rolar.

— Além do mais, eu nunca gostei de Londres — diz Amos.

Ele de fato se mudou para Berlim em seu mundo original, mas não ficou lá por muito tempo.

— Total.

Ele passa mais dez minutos falando sobre Wellington. Ela não sabe se o comprimido está fazendo efeito.

— Quer mais um café?

— Ah, é minha vez — diz ele, e começa a se levantar.

— Não, não. Você veio até aqui. O mínimo que posso fazer é pagar pelos cafés.

O segundo comprimido triturado é de um saquinho diferente, caso o primeiro lote não funcione. Ela mistura furiosamente na bancada.

— Já está com açúcar — diz ao colocar a xícara na mesa.

— Valeu!

Será que ele só está feliz por ela estar concordando ou será que o primeiro café está começando a bater?

Mais cinco minutos sobre como é ótimo estarem resolvendo a papelada, e algo definitivamente começa a rolar.

— Você está com calor? — arrisca ela.

— Aham! — diz ele. — Estou, sim.

— Talvez possamos sair para tomar um arzinho — sugere ela. — Dar uma caminhada e conversar sobre os detalhes. Podemos parar em outro café para lidar com os documentos.

— É! Que ótima ideia!

Eles sobem a rua e Amos volta a falar sobre a Nova Zelândia, como os vinhos são bons, as montanhas, e como Londres nunca foi para ele.

— Eu sei, eu sei — diz ela. — Você vai ser muito feliz.

— Não que Londres seja ruim — comenta ele, generoso, com um gesto expansivo que engloba a pior das lanchonetes locais, uma poça, um pombo morto, uma loja de carpete que sempre esteve ali, mas que ela nunca viu aberta, e uma árvore que está com os galhos nus mesmo sendo quase meio de maio.

— Por que você não toma um pouquinho de suco de maçã?

Ela entrega a ele uma garrafa de sua bolsa, pré-preparada com vodca.

— Boa! — exclama ele. — Adoro suco de maçã. Você está se sentindo bem? Eu não.

— Quer se sentar? A gente pode ir lá pra casa, que tal? Estamos pertinho.

— Ahhh, não sei se é uma boa ideia.

— Claro que é — diz ela. — É uma ótima ideia. Podemos pedir para Maryam examinar você. E ainda estou com aquela sua jaqueta, vai ser boa para fazer trilha na Nova Zelândia. Aquela cinza, lembra? Ela custou caro.

Mesmo se estivesse sóbrio, Amos certamente não iria lembrar se em algum momento nos últimos sete anos já tinha tido uma jaqueta cinza que poderia ser útil para fazer uma trilha imaginária no futuro.

Na entrada do apartamento, ele olha para as escadas.

— Vamos lá — diz ela. — Você pode se sentar com calma e tomar um copo d'água. Eu posso chamar um táxi para você.

Ele tateia em busca do celular, que ela já retirou do bolso dele.

— Katy — diz ele. — Eu deveria avisar para ela onde estou.

Katy! Então tem uma tal de Katy. Ela mostra o celular para ele.

— É, ela mandou mensagem. Vamos lá.

A esta altura, não pode deixá-lo ir embora desacompanhado.

— Por que você está sendo tão maldosa? — pergunta ele, franzindo a testa.

— Tem razão, sinto muito, estou sendo maldosa agora e fui maldosa quando estávamos casados, e é por isso que não deu certo, foi tudo culpa minha. Você vai ser muito mais feliz sem mim. Katy nunca vai ser maldosa. Mas é melhor você subir e pegar seu celular e sua jaqueta antes de ir para casa.

— Eu não estou *nada* bem — diz ele. — Acho que você deveria chamar a Maryam.

Ele se debruça e vomita em um dos degraus. O vômito afunda no carpete, forma uma poça na beirada e goteja no degrau de baixo, e é nojento, claro, mas o melhor e mais higiênico jeito de limpar o vômito de um marido é ajustar o universo para que a sujeira suma de lá, para começo de conversa.

— Mandei mensagem para ela — anuncia ela. — Ela vai subir daqui a uns minutinhos.

Talvez a vodca tenha sido um erro.

No patamar, Amos se apoia na parede. Ainda bem que ela já deixou a escada abaixada. Ela pega um copo d'água na cozinha.

— Cadê... cadê meu celular? — pergunta ele.

— Vou te dar assim que você pegar sua jaqueta cinza. Está lá no sótão. Depois a Maryam vai vir aqui ver como você está.

Ele não parece bem. Sem dúvida, ela não deveria ter confiado nos comprimidos que roubou de um saquinho plástico guardado em um pote de sorvete que pertencia a Padge, o amigo marqueteiro de um ex-marido.

— Vai lá — incita ela. — Sobe a escada. Sua jaqueta. Lembra?

— Está bem — diz ele, bebendo todo o copo d'água, ainda de pé, que bom.

Ele devolve o copo vazio e tateia o caminho pela parede em direção à escada. Olha para cima.

— Você... você pode pegar? — pede.

— Não, torci o tornozelo.

Ela pega a mão dele e coloca em um degrau.

— Certo — diz ele, e devagar cede em direção ao chão, solta a mão que segurava o degrau e se deita.

Merda.

— Certo, respire fundo, se concentre em continuar acordado.

Ela não pode desistir. Cometeu diversas ilegalidades nos últimos dias, e Amos não está em condições de ir embora sozinho. Só precisa fazer com que ele suba. As pessoas falam de *amigos que te ajudariam a esconder um corpo*, mas será que alguém faria isso por ela? Na verdade, só Bohai; ele é o único que entenderia a situação.

— Papel de parede — diz Amos, deitado de costas no patamar, olhando para a sala de estar, pintada apenas pela metade, e ela fica mais envergonhada por isso do que deveria.

Liga para Bohai e ouve o bipe de uma ligação internacional antes de ele atender.

— Oi — diz ela.

— Ah, oi. É urgente? Porq...

— É — responde ela. — É urgente, desculpe. Droguei meu marido, ele está meio que semiconsciente e agora não consigo fazê-lo subir no sótão.

Bohai fica em silêncio por um instante.

— Beleza — diz ele. — Certo. Ãhn. Então, estou noivo.

— Aham, você contou.

— Não — diz ele. — Quero dizer, tipo, realmente noivo. Conheci uma pessoa.

— Você é *casado*, não pode estar noivo.

— Não, eu te falei, ela estava tendo um caso, o cara largou a esposa e agora eles estão juntos e eu estava só curtindo meu tempo sozinho, mas aí, sei lá, conheci alguém. Pra valer.

— Você conheceu quinhentas pessoas — observa ela. — Venha me ajudar e depois conheça outra pessoa, porra...

— Aham — diz ele —, certo, deixa eu pensar. Eu estou viajando de férias, são três horas de carro para chegar em casa antes de conseguir entrar no armário. E levaria mais uma hora para encontrar uma vida em Londres e chegar à sua casa. Que merda, Lauren, semiconsciente? Ele não pode esperar por horas, você tem que chamar uma ambulância.

— Mas ele está bem aqui. Tão *perto*. Se não for agora, eu nunca mais vou conseguir mandá-lo para o sótão. E como vou explicar as drogas? E se ele achar que eu estava tentando matá-lo? Qual é, tem que existir algum jeito.

— Estou pensando — diz ele. — De verdade, quero ajudar.

— Beleza — responde ela. — Então ajude! Eu realmente gostava do Michael, mas mesmo assim te ajudei quando você escutou escondido a sessão de terapia daquele...

— Eu sei, eu *sei* — diz ele. — Mas, Lauren, eu gosto dessa garota, eu realmente gosto dela. Não quero ir embora. Deixa eu pensar.

Não tem tempo para lidar com isso agora.

— Sem problemas — diz ela. — Ele está abrindo os olhos.

Não estava.

— Ele está bem — acrescenta ela.

— Não desligue.

— Te aviso quando terminar. Não chame uma ambulância.

Ela larga o celular. Ele liga de novo, mas Lauren ignora. Talvez ele realmente esteja a três horas de casa, mas é estranho ele ter começado com *Estou noivo*, e não *o armário mágico está a horas daqui*. De qualquer forma, ela está por conta própria. Enche outro copo d'água e molha o rosto de Amos, se agacha e o sacode.

— Seu celular está no sótão — arrisca ela. — Ouvi tocando.

— Por quê? O que... — diz ele.

— Kitty. Ela estava te ligando.

— Kitty?

— Katy.

Ela sabia, só estava sendo petulante.

— A Katy não para de ligar. Parece algo importante. Pode ser uma emergência.

Ele tenta se sentar, mas desiste.

— Você pode pegar? Meu celular.

— Não posso — responde ela. — Torci meu...

Então para de falar, ele não vai entender de qualquer forma.

— Liga muito — diz ele. — Sempre liga. Ela é assim. Deve estar só. Entediada.

— Vamos lá, Amos — incentiva ela. — Sei que você consegue.

Ela lembra daquele momento, no outro mundo, quando ele trocou de bolo com ela no casamento de Rob e Elena, o pedaço sem muita cobertura dele pelo pedaço com cobertura demais dela, o que foi legal, claro, mas também um pouquinho irritante, né? Uma forma de mostrar o quanto ele a conhece na frente do novo marido dela.

Ela também pensa no quanto ele foi um canalha por querer *manter a civilidade* e por reclamar de pegar um trem até Norwood Junction. E no fato de que ele não gosta dela e ela com certeza não o ama, mas, mesmo assim, provavelmente, furiosamente, relutantemente se importa com ele, e ela sabe disso porque os outros maridos ruins não mexem com ela tanto quanto ele. É uma mistura de experiências compartilhadas, ressentimentos, piadas e o alívio de saber que acabou — não são sentimentos bons, mas ela ainda os sente.

Uma última tentativa, então.

Ela sobe a escada, entra no sótão, e olha pelo alçapão para Amos, deitado no chão abaixo dela.

— Amos — chama ela. — Amos.

A luz brilha acima, pisca, estala, a estática no ar.

— Me ajude — diz ela. — Por favor, me ajude. Estou presa.

Amos abre os olhos e olha para ela, piscando. Ela se lembra de quando o conheceu, há tantos anos, em algum bar aonde não gostaria de ter ido, e eles ficaram num canto sendo maldosos juntos.

— Por favor.

Se ele não vier agora, então é isso, acabou. As lágrimas que embaçam sua visão dele e do patamar e do futuro são verdadeiras. Ela escuta o barulho dos estalos aumentar, olha para a lâmpada, vê a luz brilhar de novo e apagar depressa, cacos de vidro caindo nas tábuas duras do piso ao redor.

Ela só precisa que ele suba.

— Por favor, me ajude — insiste ela, então se recompõe e bate com a mão com força no vidro quebrado, grita, dói mais do que pensou que doeria, e estende a mão machucada através do alçapão, dentro da linha de visão dele. — Estou machucada, Amos — declara ela, e é verdade. — Por favor, preciso que você suba, tem alguma coisa errada.

A eletricidade zumbe no sótão, ela está sangrando e chorando tanto que mal vê o que está acontecendo, mas há algum movimento, um borrão, quando Amos finalmente se senta com esforço, se levanta, o rosto abaixo, olhando para cima.

— Lauren? — diz ele.

— Sim — diz ela. — Por favor, me ajude.

Ele dá um passo escada acima, e outro.

Ela se deita afastada do alçapão para abrir espaço para ele e fecha os olhos, a náusea toma conta do corpo, e a cabeça dele entra, depois o corpo, e lá está Amos, com as mãos e os joelhos no sótão. Ela olha para ele.

— Obrigada — diz ela. — Sinto muito, sinto muito mesmo.

Ela passa rolando por ele e sai pelo alçapão, desajeitadamente, rápido demais, com vidro grudado na mão, arrastando lascas escada abaixo. Ela desce, se agacha e olha para cima, e vê que um dos pés de Amos está para fora. Ela sobe de novo para empurrá-lo para dentro do sótão enquanto ele se ajeita lá em cima. E se desta vez não funcionar? Mas ela desvia o olhar e depois volta a observar, com o coração batendo contra o peito, e...

Funciona.

O pé sumiu.

A dor em sua mão, o pânico em seu peito.

Ela fecha os olhos.

Funcionou, e seu tempo de solteirice chega ao fim, e suas buscas sobre Nova Zelândia, divórcio e drogas desaparecem do histórico do navegador, e Carter se esquece da britânica que foi atrás dele em um bar, e Amos está em algum lugar longe e bem, e tudo está certo outra vez.

O marido que desce pouco importa; não vai ficar com ele. Ela deita de costas no chão do patamar. Não liga. Pode lidar com ele de manhã.

O telefone toca. Bohai.

Ela atende.

— Está tudo bem — diz, então desliga e fecha os olhos de novo.

# Capítulo 37

Lauren mantém o substituto de Amos por uma semana. Eles estão brigados, e o ar na casa está tenso, ou estaria, se ela se importasse; ele parece estressado, mas ela está tranquila e despreocupada. Só fala o necessário com ele, prepara a própria comida e dorme na cama. Em algumas noites, ele se junta a ela, em outras fica no quarto de hóspedes resmungando, mas ela simplesmente não se importa.

A casa está arrumada, nada empilhado, nada pintado pela metade, mas ela sente falta de sua planta gigante, e no segundo dia a compra de novo com sua conta bancária renovada. Não vai ao trabalho, não liga avisando que está doente e não atende as ligações quando eles telefonam.

Naquele fim de semana decide viajar sozinha, mas não vai para Denver ou para o campo de Felix, nem para qualquer lugar onde poderia encontrar um marido. Decide ir para a praia, onde espera caminhar pela areia, mas só fica em seu quarto de hotel revendo duas temporadas de *Gossip Girl*.

Por fim, liga para Bohai, à noite para ela, de manhã para ele.

— Então você está noivo?

— Pois é, constrangedor, né? — comenta ele.

Mas ela percebe o quanto ele está feliz.

— Que bom.

— Como conseguiu levar o marido para o sótão?

— Ah — responde ela. — Chorei à beça e sangrei em cima dele.

— Nossa! — exclama ele. — Quanto trabalho.

— Não gostei. Não quero fazer isso de novo.

\*\*\*

O marido 203 é loiro e magro. O apartamento está quase vazio, paredes pintadas de um tom de magnólia; talvez eles tenham colocado o imóvel para alugar e agora estejam temporariamente entre inquilinos. Não. Não vai desistir de um suprimento infinito de maridos por um cara que usa gola alta. Com o 204, eles estão afundados em dívidas; um amigo do marido está ficando no quarto de hóspedes para ajudar com as contas, e tudo bem, ela já teve vários colegas de apartamento, mas depois do trabalho o marido usa a moto do amigo para fazer entregas enquanto ela faz testes de experiência de usuário para sites. Ela gosta do cara, então aceita a situação por alguns dias para provar a si mesma que não é superficial, e não desiste nem mesmo quando Nat aparece certa noite com sacolas cheias de comida. *Vamos sair de férias, então isso aqui iria para o lixo.* Ela não recomendou nenhum artigo útil sobre formas de reaproveitar produtos de brechó, e se Nat ainda não abriu a boca para dar um conselho, as coisas devem estar realmente complicadas. Lauren fica aliviada quando descobre que as dívidas são *da festa de casamento estúpida deles*, da qual, claro, não tem a menor lembrança, então não tem nenhuma obrigação de quitar; pode mandar o marido de volta sem se sentir mal.

O 205 não corta os pelos do nariz. Não.

O 206 usa chapéu com aba dentro de casa. Não.

O 207 está com raiva porque tem uma reunião de trabalho, mas não tem uma camisa limpa. Talvez a queixa seja justa, talvez tenham negociado uma divisão igualitária das tarefas domésticas e lavar as roupas seja responsabilidade dela, mas ela não cumpriu sua parte do acordo; no entanto: não, obrigada.

Devolve maridos rabugentos, maridos cujo visual desaprova, maridos que não são gostosos o suficiente, um marido que é gostoso demais (deve haver alguma pegadinha).

Em comparação com os aplicativos, o processo é muito mais divertido.

Certa vez, ela tem um marido que é uma personalidade do Twitch: ele joga videogame e conversa sobre isso com adolescentes, e ganha uma grana surpreendente. Ele tira a aliança antes de entrar no ar, não faz o tipo galã, mas não quer que seus seguidores lembrem que é muito mais velho do que eles. Ele é obrigado a estar por dentro das gírias dos jovens, as quais usa no dia a dia com um ar de ironia, o que de forma alguma torna isso menos irritante. Ela o devolve.

Está levando isso a sério, quer encontrar um marido de verdade, não faz sentido fingir para si mesma que poderia ficar com alguém quando sabe em seu coração que não vai.

— Vou cuidar do mato do *seu* jardim — diz um dos maridos, que sempre dá duplo sentido a frases inocentes.

Ela odeia. Não há nenhuma intenção por trás, é só uma sucessão constante de piadas ruins.

— Vou pedir *seu* burrito.

— Vou ferver *seu* ovo.

— Vou tirar *seu* sorvete do congelador.

*Vou mandar* você *de volta para o sótão*, pensa ela ao puxar a escada.

O próximo marido a alfineta e diz *fonte* sempre que ela fala algo que ele considera duvidoso.

O marido seguinte não gosta quando ela lê. Ele se enfia entre o livro e o rosto dela e a encara.

— Posso ser seu livro, tudo o que você precisa sou eu.

É uma piada, mas dificulta a leitura, então não é *só* uma piada. Neste mundo, ela tem um leitor de livros digitais chique e ele às vezes afasta a mão dela do aparelho e a coloca em seu corpo.

— Eu também sou à prova d'água e funciono com um toque — diz ele.

Isso é pior do que o marido com pelo no nariz, mas não tão ruim quanto o marido da *fonte*.

Um marido manda mensagens com atualizações sempre que evacua: *um grandão hoje cedo, caralho.*

Outro carrega copos vazios com a boca, o que a deixa extremamente incomodada.

Mais um aparece e imediatamente prepara café para ela, o que é bom, mas ele faz isso imitando um sotaque e inventando palavras — "su café com leito" —, o que é chato, mas se ela o devolver logo de cara o café vai desaparecer. Então vai tomar no jardim.

Toby está aparando a grama de sua parte do jardim.

— Como está a jardinagem? — pergunta ela por cima da cerca. — Vai plantar flores?

— Nada, só me preparando para uma inspeção — responde ele. — O proprietário vai vir tirar umas fotos e garantir que não derrubamos uma parede ou nos esquecemos de limpar os rodapés.

Ela o observa por um instante, termina o café, sobe e troca de marido. Na próxima vida, Toby está na sala de estar comendo biscoito, e quando ela olha pela janela da cozinha vê que a grama cresceu outra vez, a tarefa ainda levando a melhor sobre ele.

Um marido fala de sua energia masculina e da raiva natural dos homens no mundo moderno.

Outro gosta de se deitar no chão e agarrar os tornozelos dela quando ela passa.

Ela descobre que um marido gosta de importunar adolescentes na internet. Ele entra em fóruns onde jovens pedem conselhos e manda mensagem dizendo que é culpa deles, que eles deveriam se sentir mal, que são feios, gordos, detestáveis, esquisitos, que são culpados pelo divórcio dos pais ou pela doença da irmã. Com ela, ele é amoroso e atencioso; faz panqueca todo sábado de manhã.

Ela fica preocupada com esse comportamento dele, precisa conversar com alguém, mas as coisas ainda estão meio estranhas com Bohai desde o incidente envolvendo Amos, então ela liga para Elena.

— Meu Deus — diz Elena quando elas se encontram em um bar. — Isso é crime? Será que você deveria denunciar? Tem certeza de que é ele, será que não é algum engano?

— Tenho certeza.

O tom de Lauren é leve, mas ela está genuinamente abalada.

— Ah, querida — diz Elena. — Sinto muito. Vou pedir mais um drinque.

Será que Lauren está se aproveitando da amiga? Talvez, mas os drinques serão descomprados em breve.

Ela manda o marido para o sótão ao chegar em casa. No próximo mundo, encontra um dos perfis dele, tira um print de meia dúzia de comentários e os manda de forma anônima para o e-mail de trabalho dele, dizendo: *Sei que é você e vou contar para todo mundo se você não parar.* Mas, de qualquer forma, a mensagem é apagada quando ela reinicia o mundo de novo.

Um marido a acorda de manhã sentando em cima dela e molhando seu rosto com o borrifador de plantas (de plástico, da loja de jardinagem, desta vez). Ela resiste e luta, chocada, mas presume que isso deve ser normal, uma coisa que eles fazem, então se controla depressa e tenta disfarçar a raiva com uma risada.

— Nossa! — exclama o marido. — Eu deveria fazer isso mais vezes, achei que você fosse odiar.

Não é uma coisa que eles fazem. Ela o devolve.

# Capítulo 38

O mês de junho está chegando e o aniversário dela também, assim como o aniversário dessa situação dos maridos.

Ela reflete se quer uma festa. Tem vários amigos que não vê há um tempo, já que tem andado preocupada com os maridos; e, como de costume, tem alguns amigos que ela *nunca* vê, só tem notícias deles porque estão no mesmo grupo de WhatsApp ou têm amigos em comum.

Ela deixou para se organizar de última hora — uma semana de antecedência —, mas isso é resolvido com facilidade: abriu uma exceção para sua resolução de só manter maridos sérios e troca várias vezes, conferindo o calendário a cada vez. No oitavo marido do dia, um irlandês de cabelo claro chamado Fintan (por quem não se sente atraída, mas não se pode ter tudo), ela descobre que fez reserva para vinte pessoas no pub no domingo. Vinte! Que número bom de amigos. Parabéns para ela!

Lauren sente muita falta de Taj, sua fiel companheira quando estava se divorciando de Amos, mas não dá para fazer amizade com alguém mandando mensagem para a pessoa e explicando que em um mundo paralelo vocês se davam muito bem; ou indo à loja de móveis de luxo onde ela trabalha e a abordando no horário de almoço, como tentou fazer duas vezes. Na segunda vez, ela achou que poderia ter dado certo, as duas fizeram piada sobre uma cadeira, pensou em comprá-la e mencionar, *Ah, vou comemorar meu aniversário com alguns amigos, você deveria vir*, mas no fim do papo viu Taj revirando os olhos para um colega, uma expressão que ela reconheceu de quando eram amigas, *Meu Deus, que saco*. Ela foi embora, arrasada pela vergonha e pelas lembranças de Carter naquele bar, mal conseguindo se convencer a não mandar Fintan embora logo de cara e sacudir a poeira da humilhação.

Se não pode ter Taj de volta, pelo menos pode ter sua planta. Ela a compra sempre que pensa que um marido é promissor. A planta está crescendo rápido agora no verão, e parece mais pesada cada vez que a compra. Um presente de aniversário para si mesma, explica a Fintan, que parece irritado, mas tudo bem, ele vai embora já, já.

No dia do aniversário, quinta-feira, ela e o marido saem para comer tapas e beber em um restaurante novo da vizinhança. Quando chegam em casa, ele lhe dá uma caixa pesada: uma desidratadora de frutas, um presente tão intrigante que Lauren presume que foi ela mesma que pediu. Sim, ela pode ser o tipo de pessoa que desidrata frutas. Encontra uma maçã e a corta em fatias, tenta dispor os pedaços, mas no fim acaba comendo tudo.

— O que acontece se a gente desidratar algo que já está seco? — pergunta Fintan, então eles pegam um damasco seco e o colocam no aparelho.

É um bom aniversário.

No domingo, eles caminham por quarenta e cinco minutos até o pub que não é o mais perto nem o mais legal, mas é o que faz os melhores assados.

Nat e Adele são as primeiras a chegar com as crianças, e ambas estão maiores do que ela se lembra — é isso o que acontece quando você se enfia em outro mundo sempre que pedem para você cuidar deles.

— Ai, meu Deus, essas bochechas enormes dela — diz ela, apertando as bochechas do bebê gordo enquanto o segura, e está tudo bem, neste mundo ela tem feito seu trabalho e Magda a reconhece, gorgoleja, arrota, fica de pé no chão precariamente, se senta com o bumbum de fralda, pisca com os olhos arregalados, faz todas aquelas coisas de bebê, acena quando Adele pede e se recusa a parar de acenar até que os acenos se tornam grandes batidas com o punho no chão.

Caleb corre em círculos, depois faz uma postura de caratê e a demonstração de um chute.

— Aqui dentro, não — pede Nat, e se vira para Magda, que agora está folheando um livro.

A garota não fez nem dois anos ainda; crianças de um ano não sabem ler, né? Magda se debruça sobre a página e dá uma lambida, uma boa passada de língua por cima de um leão rugindo. Abre a boca ainda mais e morde, por cima da boca do leão, o papel sendo puxado e dobrado sob os dentinhos.

— Nãooo — diz Adele. — Magda, não, vamos almoçar primeiro, não encha a barriga de livro.

Lauren resolve ser uma tia melhor. E uma irmã melhor! É ótimo ver Nat, que dá a Lauren uma echarpe de seda, toda verde e azul com pontinhos cor-de-rosa, e, sim, ela imprimiu orientações que mostram catorze formas diferentes e estilosas de usá-la, o que talvez não fosse necessário incluir no presente, mas a estampa é linda. Lauren sente um luto momentâneo ao perceber que não vai ficar com a peça.

Toby e Maryam chegam em seguida, depois um cara que ela não conhece chamado Phil e um casal chamado Philip e Tess, e Phil e Philip dizem, ao se cumprimentar:

— Aê, Phil!

Em seguida, Zarah chega com o namorado, e depois Michael, seu marido por duas vezes, com um filho, e ela fica encantada e perplexa ao vê-lo (ao pesquisar sobre ele no banheiro, descobre que eles namoraram por pouco tempo antes de ela conhecer o atual marido, e que ficaram amigos, o que é algo que nunca aconteceu com nenhum ex antes).

Elena e Rob também aparecem, e Parris, que veio de Hastings, e Noemi. Por fim, há dezesseis convidados, além de três crianças, sentados ao redor de um conjunto de mesas que não combinam, comendo assados e hambúrgueres vegetarianos e bebendo e saindo para deixar as crianças brincarem e voltando, e é... é muito legal. É *muito* legal. Todas essas pessoas são seus amigos, até aqueles que ela nunca viu. Elena se levanta, vai ao bar e volta pedindo silêncio, então os funcionários trazem um bolo, cheio de velas e faíscas, e os amigos cantam "Parabéns".

— Foi *tão* divertido! — comenta ela de volta em casa, deitada no sofá reclinável.

— Foi mesmo — diz o marido.

Quando ele vai embora, ela pensa que a memória do dia vai desaparecer para todos, menos para ela. Nunca mais vai ver os Phils se cumprimentando com um "Aê, Phil", Caleb não vai se lembrar de tê-la ensinado o novo chute que inventou, ela não vai poder mandar uma mensagem para Elena dizendo: *Aquele bolo de aniversário que você comprou para mim estava uma delícia, de onde era?* Vai passar pelo pub e pensar em como se divertiu lá, mas a pessoa com quem estiver, seja quem for, não vai se lembrar, mesmo que tenha estado com ela.

Em poucas semanas, o mês de junho começa. Essa situação dos maridos vai completar um ano, um ano inteiro de que ninguém mais vai lembrar. Ela pensa na foto embaçada que tirou com Carter no casamento de Elena, e a questão não é nem querer Carter de volta, não mais; é que ela tinha ficado feliz em começar a construir uma história com alguém, mas então perdeu sua chance.

— Você tá bem? — pergunta Fintan.

— Aham — diz ela, e abre os olhos.

— Está chateada com... você sabe, a passagem do tempo?

Ela ri um pouco, surpresa.

— Acho que sim.

— Você sempre fica assim no seu aniversário. Coma uns damascos duplamente secos, isso vai te animar.

Aceita o conselho. Está duro e horrível, um damasco com gosto de pedra. Ela o chupa, segurando entre os dedos.

É uma pena não gostar do marido. Tentou olhar para ele com outros olhos, como se estivesse em um encontro. Neste mundo, seu eu do passado deve ter tido química com ele, ou não estariam casados; será que isso ainda está escondido nela em algum lugar? O cabelo dele está arrumado, ele vestiu uma camisa bonita para a festa, ela gosta da curva do nariz dele. É raro estar com um marido que mexe tão pouco com ela. Ela se debruça e toca o ombro dele. Não. Nada.

Talvez sua capacidade de sentir atração por alguém tenha se esgotado; mas não é verdade, sentiu isso por um instante no pub, com Michael, e com um dos Phils, só aquela pequena centelha de possiblidade. No entanto, não consegue sentir nada por este marido. Mas sentirá por um deles. Logo, logo vai encontrar alguém de quem realmente goste. Logo, logo vai começar a encher o celular de fotos que não vão desaparecer do dia para a noite. Logo, logo vai conseguir se virar para alguém e dizer *Ei, lembra aquilo que fizemos juntos?*, e ele vai lembrar, e ela também.

# Capítulo 39

Ela devolve Fintan e recebe um marido que está comemorando o próprio aniversário.

— Você esqueceu? — pergunta ele. — Você esqueceu meu aniversário?

Ela suspira.

— Não, calma. Era para ser uma surpresa. Dá uma olhada no sótão.

O próximo marido parece legal, mas vai ao supermercado e quando volta diz:

— Você sabia que o Toby e a Maryam estão de mudança?

— O quê?

— Tem uma placa enorme de "Aluga-se" ali na frente.

— Aham — diz Toby quando ela desce para perguntar o que está rolando. — Eu te falei, não? O proprietário acha que pode conseguir mais quatrocentas libras por mês se colocar uma cama na sala de estar.

Isso não pode estar certo.

— Mas então vocês vão embora mesmo?

— Aham — confirma ele, respondendo o óbvio. — Quer dizer, estamos procurando um lugar na região para a Maryam ficar perto do trabalho.

O tempo está se movendo sem ela. As diferenças entre uma vida e outra têm aumentado cada vez mais, e ter Toby e Maryam no andar de baixo é uma das poucas coisas que a fazem sentir que sua casa ainda é um lar. Eles são a prova de que duas pessoas imperfeitas podem gostar uma da outra e ter uma vida feliz por muito tempo.

— Só vamos sair daqui a uns meses — explica ele. — Mas foi bom ele nos avisar com antecedência.

Ela reinicia o mundo e procura o apartamento deles na internet. Encontra o anúncio dizendo que está disponível para aluguel, e, sim, está descrito como um três quartos sem sala de estar. Quem quer que tenha tirado as fotos, colocou duas cadeiras no corredor, como se para sugerir que talvez essa possa ser sua própria pequena e charmosa área de convivência. Com uma cozinha minúscula *e* duas cadeiras em um corredor, quem precisa de um sofá?

Outro mundo, mesma coisa. Outro. Outro.

— Os novos vizinhos podem ser ótimos também — diz um marido temporário. — E não dá para culpar o proprietário. Se alguém está disposto a pagar mais quatrocentas libras, por que não aceitar? Se eu fosse ele, compraria nosso apartamento e expandiria o prédio. Com certeza dá para encaixar mais alguns apartamentos no quarteirão.

Ela o manda embora, assim como o próximo, e o próximo. Em dado momento, a placa de aluga-se sumiu, o que a deixa esperançosa; mas, no fim, parece que o marido gosta de jogar placas de corretores imobiliários no lixo, o que ela acha bom a princípio, mas na prática não vai resolver o problema.

*Está tudo bem*, diz a si mesma, Toby e Maryam vão acabar indo morar do outro lado da rua ou ao fim da colina. Maryam é médica, deve ganhar bem. Eles vão achar um lugar. Além disso, a mudança só será daqui a uns meses. Tudo o que precisa é encontrar um marido permanente até lá, assim talvez não sinta tanta falta deles.

Teoricamente, ainda está avaliando os maridos a partir dos critérios que havia listado, embora eles nem sempre sejam confiáveis. Por exemplo, deveria estar procurando alguém com um hobby interessante, mas, certa vez, um criador de abelhas aparece e ela decide que criar abelhas não conta, porque seu instinto diz:

*Não, ele não.* O que realmente precisa é achar alguém de quem gosta a ponto de ver o melhor nele, e os critérios vão se encaixar.

Ela gosta do próximo marido. Eles saem para encontrar os amigos dele na noite em que ele chega, e vai se acostumando com ele ao longo da noite, do dia seguinte e, inesperadamente, da semana. Antes que se dê conta, conhece outros amigos dele e eles vão ao teatro. Algumas vezes ele volta para casa estressado do trabalho, e ela se preocupa com ele, quer que ele se sinta melhor.

O nome dele é Adamm, com dois "m". Ele é seguro de si e extrovertido, mas em casa é um pouco nervoso e estressado, bem o tipo dela, ousado e delicado, o contraste que só ela consegue ver. Ela fica com ele durante o aniversário que ele não sabe que é um aniversário, mas por sorte o aniversário de casamento de verdade deles é dois dias depois. Eles saem para jantar e ele faz um brinde à união, e em sua cabeça ela faz um brinde ao sótão.

Por isso, ela fica profundamente ofendida quando ele confessa que foi suspenso do trabalho porque está sendo investigado por conduta inapropriada. Ele afirma ser *um mal-entendido* e que *tudo vai ser esclarecido logo, logo*. Ela não vai esperar para descobrir. Então o manda de volta, gritando "Já vai tarde" pelas costas dele.

— O quê? — pergunta o próximo marido, descendo.

Os próximos três maridos são devolvidos assim que ela vê qualquer coisa errada, um deles antes mesmo de terminar de descer a escada. Ela deu três semanas a Adamm, deu a ele o *aniversário*, e está ultrajada pela quebra de confiança. Bigode grande? Não. Sua própria conta bancária está com saldo negativo? Não.

*Olha, estou feliz que você esteja feliz, mas todo mundo é péssimo,* manda para Bohai enquanto alguém faz barulho lá no sótão.

Ela está esperando pelos três pontinhos de uma resposta quando o próximo marido começa a descer a escada e escorrega.

Acontece antes que ela perceba: o pé, a perna e o marido estão vindo, mas muito rápido, tudo de uma vez, meio uma queda livre, meio um deslize pela descida íngreme da escada, então ele aterrissa e berra.

Ela fica olhando.

Ele se levanta com dificuldade, depois escorrega e cai de novo. Ele está arquejando, se agarrando nos degraus.

Certo. Ambulância? Já fez um curso de primeiros socorros uma vez, mas foi em outro mundo, provavelmente nem está qualificada aqui. Perigo, Resposta, Vias Aéreas, Respiração — não há perigo, e ele está consciente, mas não lembra o que acontece quando o paciente ainda está consciente.

— Você está bem? — arrisca ela.

— Porra — diz ele, ofegante —, merda, estou, eu acho.

Outra respiração entrecortada. Ele tenta levantar, usando a escada, um degrau de cada vez, um grunhido.

Ele experimenta soltar.

— Bem. Talvez. Sim.

Ele segura o degrau de novo, olha para os pés e mexe os dedos.

— Certo — diz ela. — Que bom.

— Só que...

Ele olha para baixo, e ela nota a mancha escura na calça do marido. Ele se mijou. Não parece ser um bom sinal.

— Será que foi o choque? — pergunta ela.

— Será? — repete ele.

Se pudesse mandá-lo de volta para o sótão, ele ficaria bem, mas provavelmente não é uma boa ideia sugerir que ele suba uma escada.

— Vou ver se a Maryam está em casa. Será que é uma boa você... se sentar?

— Acho que sim — diz o marido, e começa a se abaixar de novo.

Maryam está em casa e sobe junto com Toby. Ela se agacha no chão perto do marido e diz para ele respirar fundo, inspirar e expirar. Ela pergunta se pode tocá-lo e pega sua mão. Ela é boa nisso, é claro. Toby fica olhando impotente.

— Vou preparar um chá — diz ele.

— Tente não se mexer muito — orienta Maryam. — Precisamos descobrir se você quebrou alguma coisa e se vai precisar de tratamento. Então... é, isso, tente ficar parado.

Toby surge da cozinha com uma xícara de chá em uma das mãos e uma colher na outra. Ele estende a xícara. Nem Maryam nem o marido notam.

— Certo, inspire — diz Maryam.

Por fim, Lauren se aproxima e pega o chá.

— Obrigada — diz ela.

— Obrigado — responde Toby.

— Hum, certo, vamos chamar uma ambulância só para eles checarem tudo — diz Maryam, e acrescenta: — Você poderia ligar, por favor, Toby? Coloque no viva-voz.

Ele continua segurando a colher; Lauren também a pega, então ele tira o celular do bolso e faz a ligação.

— Alô — diz Maryam. — Sou médica e estou com um amigo que se acidentou. Ele escorregou e caiu do sótão e houve perda do controle da bexiga.

Lauren volta a olhar para a mancha escura na calça jeans dele.

— Ele está sentindo muita dor, acho que houve uma fratura.

Ela diz algumas palavras que Lauren não entende e coisas que deixam evidente que *isso é o que está errado* e *eu sei do que estou falando, faça como mandei*.

— Sim, estou mantendo-o imóvel. Não, as escadas são íngremes e estreitas.

Se alguém perguntasse a Lauren se Maryam é uma médica boa, ela diria que acha que sim. Mas não imaginava o quanto ela era eficiente, focada, proativa, sempre convocando as pessoas ao redor para ajudar.

A ambulância chega rápido, talvez mais rápido do que o normal por conta do tom de Maryam de quem sabe o que está fazendo, e o marido é levado em uma maca. Lauren o segue.

— Você é a esposa dele? — pergunta o cara da ambulância a Maryam (ele é mais bonito do que o marido, pensa Lauren, mas, justiça seja feita, é difícil ser bonito quando se está (a) caindo ou (b) deitado se contorcendo de dor na base de uma escada).

— Não — responde Maryam —, sou a vizinha, mas... Lauren, quer ir com a ambulância? Ou quer que eu vá e encontro vocês no hospital?

— Aham — diz Lauren. — A segunda opção.

— Ele está indo bem — diz Maryam a ela, reconfortante.

Ela olha para o marido, deitado nos fundos da ambulância. Sim. Que bom.

— Ei, vou pedir um Uber — diz Toby enquanto a ambulância parte.

— Beleza. Posso só ir lá em cima tomar aquele chá primeiro? Acho que preciso de um minuto.

O chá está morno, mas ela bebe mesmo assim. A escada do sótão está puxada fora de sua posição, retorcida nos trilhos que a fazem abaixar e retrair.

Que zona.

— Quer que eu faça outro? — pergunta Toby.

— O quê?

Ele gesticula para a xícara de chá.

— Não — diz ela. — Vou beber essa mesmo.

Toby está inquieto, ansioso.

— Senta — diz ele. — Você está em choque. A Maryam vai garantir que cuidem dele.

Ele precisa se acalmar e por isso a está acalmando.

— Sim, sim.

Ela tenta averiguar o quanto está preocupada. Com certeza está *abalada*, com certeza está *surpresa*. Mas ansiosa? Preocupada com o marido?

Toma um gole de chá. Deveria ir ao hospital, mas só consegue olhar para a sala de estar. Tanto o teto quanto as paredes são amarelos. Tem um grande sofá em formato de L que mal cabe ali. Um cacto inflável quase tão grande quanto sua planta desaparecida, aceso por dentro, como se já não fosse estranho o bastante. Ela está de chinelos, sujos por terem pisado lá fora. Ela fica descalça, ainda de pé, e sente o tapete felpudo. Deveria calçar meias, certo?

Toby está esperando ansiosamente.

— Você poderia procurar uma garrafa térmica na cozinha? Talvez em um armário — diz ela, e entrega o chá a ele; não tem ideia se eles têm uma garrafa térmica, mas isso vai deixá-lo ocupado por alguns minutos.

Ela encontra meias no quarto, além de uma cama que, como o sofá, é grande demais para o espaço, com uma pilha alta de travesseiros. Os sapatos estão na sapateira do patamar.

A carteira do marido. Um carregador de celular. Um livro aberto na sala de estar.

— Só consegui achar essa jarra — avisa Toby, segurando-a.

— Pode ser — diz ela, procurando uma calça. — E, sim, agora pode chamar o Uber.

Ela encontra uma ecobag. Calça, cueca, uma camisa, ele vai querer uma muda completa de roupas, não vai?

— Vai chegar em quatro minutos. Tem certeza de que não quer que eu prepare outra xícara de chá? — pergunta Toby quando ela entra na cozinha; ele está com um funil na mão. — Está bem frio.

— Aham — responde ela, mal ouvindo.

Uma escova de dente? Mas a eterna pergunta: Qual é a dele?

Deveria ter ficado com o cara que gostava de agarrar tornozelos.

# Capítulo 40

O marido estava de pé e se movimentando, então a lesão não deve ser tão ruim. Toby a reconforta no táxi, mas ela não precisa disso, o que é bom, porque sinceramente é difícil para um homem segurando uma xícara vazia em uma das mãos e uma jarra na outra conseguir reconfortar alguém.

Eles chegam no hospital e vão direto para a recepção.

— Meu marido foi trazido por uma ambulância — avisa ela. — Ele caiu do sótão.

— Ah, sim — diz a mulher. — Qual é o nome dele?

Boa pergunta.

— Só um segundo.

Ela procura pela carteira dele.

— Zac Efron — diz Toby, ao lado, o que parece improvável.

Mas ela abre a carteira e fica mais confusa.

— Não como o ator — explica Toby, confirmando o que está no cartão de crédito que ela tira da carteira. — Z-A-C-H E-P-H-R-O-N.

— Certo, ele já está sendo atendido — informa a recepcionista. — Em breve você poderá entrar. Pode se sentar.

— Chá? — oferece Toby enquanto esperam, e serve o chá da jarra na xícara. A bebida permaneceu precisamente na temperatura ambiente.

— Obrigada. Pode ir se quiser — diz ela. — Vou ficar bem. Ele vai ficar bem.

— Por mim, sem problemas, posso ficar.

Ela faz uma rápida pesquisa no Google no banheiro depois de terminar o chá frio, mas é difícil aprender sobre um marido chamado Zach Ephron: só encontra referências ao ator ou pessoas que se referem ao ator mas não soletram muito bem.

A sala de espera é entediante e horrível ao mesmo tempo: famílias preocupadas, um homem chorando baixinho, uma adolescente sozinha com cabelo escuro longo e a cabeça repousando nos braços, que por sua vez repousam no colo. Alguém ao telefone: *Não, ele está bem, vai ficar bem, só uns pontos.*

Toby está andando agitado, vai até um canto e volta com um pacote de balas de fruta. Ele abre e as separa por cor.

— Como você está? — pergunta ela, e ele começa pelas vermelhas.

— Bem. A Maryam disse que está tudo sob controle.

Lauren ainda está tentando conciliar as duas versões de Maryam, a constantemente distraída e a médica, que sempre esteve ali, mas que nunca tinha visto em ação. Ela se pergunta se há uma versão do mundo em que seu emprego também seja impressionante. Será que existe uma realidade em que ela própria seja médica? Ou cientista? Ou uma política que une a cidade no combate à fome?

Toby está comendo as balas alaranjadas quando uma enfermeira ou médica chama à porta:

— Quem está acompanhando Zach Ephron?

Toby reúne as balas e as enfia no bolso, e os dois vão até lá.

— Vocês podem vê-lo agora — informa a mulher. — Ele foi transferido da emergência para a ala de lesões na medula espinhal.

Lesões na medula espinhal? Lauren estava se imaginando como uma pesquisadora que descobriu como fabricar painéis solares novos e mais eficientes a partir de casca de maçã. Não está preparada para lesões na medula espinhal.

— Ele teve uma fratura, mas não precisam entrar em pânico, não é tão ruim quanto parece — diz a mulher. — Ele deve fazer uma cirurgia amanhã pela manhã, e depois vai ficar internado por uma ou duas semanas. Mas é fratura bem simples, é provável que se recupere rápido.

Uma ou duas semanas! Só para sair do hospital!

— Ele foi medicado com analgésicos e está dormindo — avisa a mulher. — Você pode vê-lo, mas é melhor não o acordar.

— Certo — diz Lauren.

Ela tenta não surtar.

—Talvez seja melhor não vê-lo agora. Acho que vou pra casa dormir um pouco e volto de manhã, pode ser?

— Claro — responde a mulher, e sorri de maneira reconfortante. — É uma boa ideia.

São quase duas da manhã e ela nem chegou em casa. Os três pegam um táxi juntos. Toby pergunta se ela quer tomar um chá, mas Maryam, graças a Deus, diz:

— Deixe ela dormir, você pode preparar um chá para mim se quiser.

No patamar, a escada ainda está abaixada, fora do lugar e retorcida. Ela dá uma empurrada, mas a escada não se dobra.

Ela se deita no meio da cama, que é definitivamente grande demais para o quarto. As coisas ainda não voltaram exatamente ao normal com Bohai, mas com quem mais ela poderia conversar? Depois de alguns minutos, manda uma mensagem. Deve estar no meio do dia para ele.

*Casada com um Zach Ephron*, diz ela, o que talvez não seja a coisa mais importante a dizer sobre o marido, mas prefere não pensar nas lesões.

*AI MEU DEUS*, escreve ele. *Alguma semelhança?*

*Nãoooo*, responde ela. *Quer dizer, ele é branco e tem cabelo castanho. Está no hospital agora, então acho que ele não está em sua melhor forma.*

*O quêêêê??? Você drogou OUTRO marido??? Loz, a gente conversou sobre isso.*

*Ele caiu do sótão*, explica ela.

*!!!! ele está bem?*

*Não sei*, responde ela, e pensa mais um pouco na pergunta, e não cai no sono, e continua sem cair no sono, até cair no sono.

Zach é extremamente popular. Ao longo dos próximos dez dias, seus amigos vão visitá-lo no hospital, e os amigos dela também, a mãe dele aparece e acaricia a cabeça do filho, uma pilha de caixas de chocolate se acumula em um dos lados da cama, a mãe dela manda um ursinho de pelúcia gigante (é amarelo e o coração que ele está segurando está bordado com a mensagem FELIZ PÁSCOA, e sua mãe explica que estava na promoção, mas mesmo assim). Nat também vai visitá-lo e segura Magda sobre a cama para que ela possa balançar os braços e gaguejar o nome de Zach. Ele foi transferido para um quarto individual, depois que ficou claro que (a) ele recebe visitas demais, o que com certeza estava irritando outros pacientes, (b) estava disposto a partilhar seu estoque de chocolate com a equipe do hospital e (c) não corria o risco de machucar a si mesmo. Muitas lesões na medula espinhal são consequências de tentativas de suicídio, e Lauren tenta não pensar nisso toda vez que passa pela porta da ala compartilhada.

Ela tem permissão de ficar com as instruções médicas dele e considera segurar a mão dele como uma esposa faria, mas em vez disso faz anotações.

Ganhou alguns dias de folga do trabalho, e seus colegas, que também conhecem e adoram Zach, dão dicas de coisas que ela pode levar para ele e perguntam sobre o horário de visitas. Zarah lhe dá uma touca de sua mãe.

— Caso fique frio no hospital.
— Estamos no verão — diz Lauren.
— O ar-condicionado pode estar muito forte.

Lauren não entende. Zach parece muito legal, mas essa preocupação toda é desproporcional.

*Como está seu boy?*, pergunta Bohai. Até Bohai está preocupado com ele, pensa ela com irritação, e desliga o celular.

Até onde sabe, Zach não está totalmente consciente. Talvez seja o efeito dos analgésicos. Ele pisca enquanto olha ao redor do quarto, fica feliz ao ver as pessoas e quando ela lhe traz coisas, mas se cansa com facilidade. Responde a estímulos. Não parece muito preocupado com o estado de sua coluna.

— Eles dizem que vai ficar tudo bem!

Sua família tem os mesmos olhos claros e é tão bem-intencionada e chata quanto ele.

Depois de dez dias, ele vai para casa e também é insuportável lá. Ele se deita no sofá grande e urina em uma garrafa que entrega a ela com um ar de desculpa patético. Ele tem que permanecer com as costas apoiadas o máximo que puder por pelo menos algumas semanas, então Toby ajuda a instalar um iPad acima da cabeça dele para que ele possa ver TV sem ter que se virar.

*Por que* Zach é tão adorado? Ele é tão inexpressivo, um nada, só ouve podcasts e come os sanduíches que ela prepara. Nos dias em que vai trabalhar no escritório, ela deixa a porta do apartamento destrancada para Toby subir e ver como ele está e bater papo no almoço. Ela deveria ser grata por compartilhar o fardo do cuidado, mas está profundamente irritada.

Nat vai visitá-los alguns dias após Zach voltar para casa; desta vez ela traz Caleb, que está calado e parece nervoso. Lauren nunca o viu desse jeito. Ele dá de presente a Zach um cartão de melhoras no qual fez vários desenhos, cada um com a legenda TIO ZACH em letras maiúsculas: Zach em um balão de ar quente, Zach montado em um elefante, Zach voando pelo ar com uma capa vermelha. E como se isso não fosse suficiente, Nat não para de dar conselhos sobre como auxiliar pessoas que estão se recuperando de lesões traumáticas e dicas de receitas de comidas que ajudam na recuperação e no fortalecimento dos ossos.

Durante a primeira semana, Lauren o higieniza com um pano toda noite — sua primeira experiência com o corpo nu dele. Ela passa uma esponja ao redor da cinta à prova d'água, pega outro pano para a virilha e o ânus e levanta o pênis com delicadeza. Certa noite, ele se anima, mas por pouco tempo.

— Você quer... você sabe...? — pergunta ela, gesticulando para o órgão com um movimento de punheta.

— Não — responde ele. — Ainda não estou sentindo desejo. Mas obrigado por perguntar.

Ele é tão grato...

— Muito obrigado — diz ele quase o tempo todo. — Eu te amo, nem acredito que você está fazendo isso tudo por mim, não acredito que caí, sou tão idiota.

Ela torce para que ele passe um dia carrancudo e ressentido. Mas ele está sempre agradecido pela atenção dela, está sempre a incentivando a sair para se divertir, mas, o mais irritante, está sempre rodeado por visitas para as quais ela tem que fazer café e trazer biscoitos; ela tem dificuldade para encontrar espaço na geladeira para todas as lasanhas cheias de consideração dos amigos, e para encontrar canecas e potes de geleia para as flores que se acumulam em cada prateleira.

Ela chama um cara para consertar a escada do sótão, e até ele acaba sentado na poltrona da sala de estar, trocando histórias com Zach e sugerindo alongamentos para ele praticar quando estiver melhor. Pelo menos a escada está funcionando outra vez. Ela a puxa e a escada não fica mais emperrada; sobe e levanta a mão, para verificar se a luz ainda pisca daquele jeito.

Zach escuta audiolivros. Tira um cochilo. Assiste a séries de comédia, às vezes a mesma que acabou de terminar.

— É relaxante — justifica.

Mais tarde, começa a ver a filmografia completa de Zac Efron.

— Nunca tinha visto nenhum filme dele, mas acho que agora é o momento certo. É maravilhoso — diz ele, gesticulando para a tela, pausada no meio de uma cena de *High School Musical 2* onde o elenco está dançando em uma quadra de beisebol.

Ele está tomando uma dose mais forte de codeína, e vai continuar assim pelos próximos três meses — ou não, porque, quando recuperar a mobilidade, ela vai mandá-lo de volta para o sótão.

Não é que ele seja um marido ruim! Até que é bonitinho agora que não está banhado nos próprios fluidos, obviamente tem muitos amigos, seus familiares parecem se amar de verdade. Ela continua se encontrando mais do que o normal com Toby e Maryam, embora eles devessem estar preparando a mudança, não rindo das piadas de Zach e o atualizando de sua busca por um apartamento.

— Mandamos a papelada para aquele apê que fica perto do hospital, parece que vai dar certo — conta Toby a ele certa tarde.
— Então ainda devemos ficar bem perto de vocês.

É a ela que eles deveriam estar reconfortando, é perto dela que Toby deveria querer ficar.

Elena geralmente se recusa a pegar o trem e fazer uma viagem tão longa, mas até ela aparece e traz um grande prato de biscoitos de amêndoa.

— Foi um pesadelo no trem — diz a amiga. — Não por ter que carregar os biscoitos, mas porque as pessoas ficavam perguntando em tom de piada se podiam pegar um. *Ah, deixe eu te ajudar com isso, ah, você trouxe o bastante para todo mundo?* Porra de sul de Londres. Ao norte do rio as pessoas não ficam puxando papo.

— Se queriam biscoito, eles é que deveriam ter quebrado a coluna — argumenta o marido.

— Exatamente! Eu deveria ter falado isso para eles.

Zach não faz nenhum dos tipos de Lauren, não é desengonçado nem baixo, nem autoconfiante e estressado, nem de longe adepto de algum hobby secreto. Ela passa cada vez mais tempo no quarto, deixando a sala de estar para ele e seus convidados. Por dez dias, esvazia as garrafas de xixi dele, antes de ele finalmente poder se levantar e se movimentar com cuidado e começar a esvaziá-las ele mesmo, ou melhor, a dizer que vai fazer isso, mas na verdade só enfiá-las debaixo do sofá e pedir desculpa dois dias depois, quando estão todas cheias e ela tem que esvaziá-las.

Vai trabalhar presencialmente na maioria dos dias e fica até tarde, para ter tempo de ficar sozinha depois das cinco da tarde, quando todos vão embora. Ou às vezes vai para o outro lado da cidade fazer aulas de dança horríveis dentro de velhos contêineres de carga com Elena. Tenta não se irritar quando a amiga pergunta de Zach ou lhe entrega um livro que Rob acha que ele iria gostar.

— Essa é a terceira vez que você vem pra cá nesta semana — diz Elena. — Você deveria se mudar, não precisa morar em Norwood Junction para sempre só porque foi o que sua avó fez. O apartamento debaixo do nosso está à venda, você deveria dar uma olhada. Imagine morar na Victoria Line! Além do mais, tem o trem que vai até a Liverpool Street em quinze minutos!

Essa é a coisa favorita das pessoas que moram nos subúrbios, pensa Lauren: listar diferentes formas de chegar à cidade.

— Doze minutos de trem até a London Bridge — diz ela, a resposta obrigatória dos moradores de Norwood Junction.

Sua viagem para casa é bastante inconveniente levando em consideração que os dois lugares deveriam ser de fácil acesso. Ela pensa na sugestão de Elena. Vender o apartamento seria uma solução para sair das vidas infinitas, pelo menos se pudesse ter certeza de que não acabaria simplesmente drogando outro marido e o forçando a invadir o antigo apartamento com ela.

Mas não vai ficar com Zach.

Ela vem tentando observar algo verdadeiro em cada marido, aceitar que são pessoas que amou e que a amaram. Mas com Zach só consegue pensar nas garrafas de xixi. E no seu sentimento implacável de culpa, é claro. Afinal, isso é totalmente sua culpa.

# Capítulo 41

Uma coisa fica clara conforme Zach aos poucos melhora e começa a se movimentar mais pelo apartamento: a lesão o deixou traumatizado. Ele está muito mais perturbado do que parece.

Está assustado.

E não quer voltar para o sótão.

Em outras circunstâncias, ela forjaria um vazamento de água, ou um acidente, se deitando no topo da escada do sótão e pedindo socorro. Mas Zach é muito próximo de Toby e Maryam, ele ligaria para eles, que subiriam correndo, ávidos para ajudar o amigo. Ela era amiga deles primeiro! Era a ela que eles deveriam estar ajudando! Zach de alguma forma também é amigo de uma família que talvez tenha formado um culto do outro lado da rua e do vizinho que mora três casas adiante e que está sempre contratando caçambas, então talvez esperar Toby e Maryam se mudarem não ajude em nada.

Ela não tem alternativa a não ser dar mais tempo a ele. Com certeza não pode repetir o que fez com Amos, primeiro por princípio, e segundo por causa de toda a codeína.

Bohai vai para Londres por algumas semanas, de férias com sua não esposa porque tecnicamente ainda é casado com outra pessoa. O nome dela é Laurel, o que parece uma afronta muito específica.

— Lauren — diz Laurel quando elas se conhecem. — Sinto como se já fôssemos amigas, os baristas sempre escrevem seu nome nos meus cafés.

Lauren fica em dúvida se a piada é simpática ou ofensiva. Talvez a ambiguidade seja o que faz dela um bom par para Bohai.

— E como vocês se conheceram? — pergunta Zach, os quatro sentados no jardim sob um céu cinza.

Ele estava começando a sair de casa, sempre com a cinta, andando com cuidado e descendo os degraus devagar, ficando de pé no jardim ou caminhando até o fim da rua e voltando.

— Fiquei em Londres por um tempo — diz Bohai. — Conheci Lauren através da minha ex.

Laurel é muito educada. Não pega o celular ao longo da tarde inteira. Seu cabelo está perfeitamente arrumado. Ela fala usando frases completas e cuidadosas, sem *hum*, *ah*, *é* ou *aham*. E se dá bem com Zach.

— Seu marido parece ótimo — comenta Bohai quando eles sobem juntos para pegar mais biscoitos e chá na cozinha. — Quer dizer, ele é meio chato, mas é o seu tipo, né?

— A sua parece bem legal — comenta ela, embora não esteja tão convencida.

— É, ela é mesmo. Vamos fazer uma superfesta de casamento. Você vai, né? Quer fazer um discurso? Vai demorar um pouco ainda, preciso agilizar o divórcio antes, talvez no verão no fim do ano que vem. Você vai odiar Sydney, lá tem morcegos enormes.

— Olha — diz Lauren, tirando os biscoitos do prato e arrumando-os de novo. — Gosto dela, mas será que ela é tão melhor do que os outros seiscentos parceiros? Tão melhor que vale a pena passar por um divórcio e construir uma vida inteira do zero?

Ele dá de ombros.

— Sei lá. Quer dizer, será? Um deles tem que ser o melhor, por que não ela? — diz ele, enquanto abre os armários. — É tão esquisito ver seu apartamento com um marido novo, eu nunca volto para as minhas antigas casas.

— Qual é — insiste ela. — Tem que ter um motivo.

Eles passaram muito tempo trabalhando nos Post-its, como ele pode simplesmente sossegar com alguém com quem nem é casado?

Ele para e parece estar realmente pensando numa resposta.

— Então — diz. — É... você sabe. Você nota algo neles e isso te faz feliz, te faz se sentir sortudo.

— Tipo o quê? Que tipo específico de coisa?

— Com a Laurel? Ãhn. Ok, top três. Um: péssimo gosto musical, sem justificativas. Horrível, de verdade. Não faço ideia de por que isso mexe comigo, mas é assim que as coisas são. Jack também tinha isso, eu cheguei em casa uma vez e ele estava ouvindo uma playlist no YouTube de músicas de propagandas dos anos 1970. Talvez tenha a ver com, sabe, não ter vergonha? Eu realmente não faço ideia.

— Péssimo gosto musical. Saquei.

— Certo — continua ele. — Dois: ela luta esgrima, e eu não sei se você já viu alguém que é bom em esgrima, mas sabe quando eles tiram o capacete e estão meio sem fôlego e o cabelo está todo desgrenhado? Isso é... ah, sinceramente, parece inapropriado que as pessoas possam fazer isso em público.

Ele nem sequer anotou *hobbies* em seus Post-its.

— E três: ela sabe quando tenho uma ideia ruim. O que é... bom, você nem precisa dizer... quase sempre.

— Quer saber? — diz Lauren. — Aposto que você não teria ficado tão animado se tivesse saído de uma despensa para entrar na vida dela. É toda a logística que faz isso dar certo para você.

— É, talvez. Mas tenho que fazer o que for preciso, né?

Ela balança a cabeça e tenta recomeçar a conversa.

— Desculpa, estou sendo uma cretina, né?

— Sei lá. Um pouco?

Agora tem que ir até o final. Lauren ainda acha que talvez Bohai não estivesse de férias quando ela ligou pedindo ajuda para lidar com Amos, que talvez ele só não quisesse sair do mundo em que estava, que talvez fosse abandonar Laurel.

— Você estava mesmo a três horas de distância de casa? — pergunta ela. — Quando te liguei daquela vez. Tudo bem se você não estava.

— Ah — diz ele. — Quando você estava tentando fazer aquele cara entrar no sótão? Aham, estava, sim. Estávamos na praia. Mas, tudo bem, acho que é justo perguntar.

Ele olha pela janela para o jardim, Laurel e Zach ainda estão conversando.

— Não preciso fingir que não fiquei aliviado por ter essa desculpa. Estávamos no comecinho da relação, mas eu gostava muito dela.

Eles ficam em silêncio por um momento.

— Estou feliz por você ter encontrado alguém — comenta ela. — Enfim, a gente deveria voltar. Que tal abrir um vinho?

— Ah. Não — diz ele. — Quer dizer, está meio cedo para contar para todo mundo, mas foda-se. Prometi que não iria beber enquanto ela não estiver bebendo, e...

— O quê? — diz ela. — Sério?

Ele está radiante, envergonhado e orgulhoso ao mesmo tempo.

— Eu sei, quer dizer, não foi planejado, mas pensamos: por que não?

— Bohai! Mas isso significa que você não vai poder enjoar dela e entrar num armário para vir aqui tomar um cafezinho comigo!

Ela ainda não está acreditando que ele realmente vai ficar com alguém pra valer.

— Está tudo bem — diz ele. — Ela é super-rica, ela e o ex inventaram um tipo doido de óculos de realidade virtual que permite sentir cheiros e venderam a empresa para o Google, nós viemos de classe executiva, vou te visitar o tempo todo.

— Uau! Nossa! Você se livrou do armário?

— Era um baú — conta ele. — Deu muito trabalho sair dele, aliás. Ainda estou com ele, mas vou quebrá-lo e jogar fora quando voltarmos. Quer dizer, e se eu brincar de esconde-esconde com meu filho e a criança entrar ali e... passar a ter pais diferentes? Não sei, acho melhor não correr o risco de ter um baú mágico com uma criança pequena por perto. Se um dia a gente se separar, vamos ter que fazer isso como todo mundo faz.

— Mas vocês não vão, né? Meu Deus, você está tão feliz que chega a ser irritante.

— Também te amo — diz ele, e a abraça forte.

\*\*\*

Ela e Zach acabam dormindo na mesma cama, e ele estende a mão para segurar a dela.

Ela esvaziou todas aquelas garrafas, preparou sanduíches para que ele pudesse comer deitado, abriu mão de sua sala de estar por ele, limpou o corpo suado dele e tudo bem, esse é o tipo de coisa que um parceiro faz pelo outro quando ficam juntos por bastante tempo, mas geralmente não é assim que uma relação *começa*. Ela não gosta que alguém cuide dela quando está doente, prefere ficar se sentindo mal sozinha, mas Zach não é assim, ele confia nela e aceita receber ajuda e atenção como se fosse um direito dos adoentados.

Ele quebrou a coluna, lembra a si mesma, ao sair do sótão no qual ela o enfiou.

Ele perdeu cerca de um centímetro de altura devido à queda, de acordo com o médico.

— Você ainda me amaria se eu tivesse cinco centímetros de altura? — pergunta ele, num tom sério certa manhã. — Um homem minúsculo. Da altura do seu tornozelo.

— Eu te amaria tanto quanto amo hoje — responde ela, o que não é mentira.

Faz tempo que desistiu da ideia de que não se deve mentir sobre o amor. Já mentiu para tantos maridos, um a mais não vai fazer diferença.

Ele sorri, agradecido.

— Você deveria entrar no sótão de novo — sugere ela. — Voltar aos trilhos. Senão talvez nunca mais consiga.

— Hum — diz ele. — Eu deveria tomar cuidado e não fazer esforço demais. Mas assim que estiver totalmente recuperado, com certeza vou!

Ele voltou a trabalhar de casa, e é como ter uma enorme capivara no espaço dela, dócil e prestativa, mas imóvel. Às vezes ela lhe entrega alguma coisa, como fazem com as capivaras nos vídeos, uma comida que ele acaba comendo, um controle remoto, um livro que ele deixa ali por perto por alguns minutos e depois coloca na mesa de centro, já abarrotada de coisas; Lauren a esvazia uma vez por dia.

— Te amo tanto... — diz ele, olhando para ela.

Ela dá um tapinha no ombro dele.

— Você tomou muita codeína. Já é a quarta vez que está vendo *17 Outra Vez*.

— Estou tão feliz por sermos casados — diz ele.

Seria conveniente se o amasse. Ele não sabe que a queda é culpa dela. Para ele, ela tem sido uma esposa excepcionalmente prestativa.

Mas esse marido atordoado e encantado não é o que ela quer.

Menciona o sótão de novo.

— É, acho que não quero — diz ele.

— Sem pressa. Eu só estava lendo uma matéria que dizia que seria bom para você. Para o seu psicológico.

— Talvez semana que vem.

Na semana seguinte, ela abaixa a escada, ainda puxando para a esquerda como de costume, veste sua lingerie mais sexy e o chama da forma mais sedutora possível.

— Que tal se a gente for lá em cima? — sugere ela. — Para se reaproximar?

— Não sei. No sótão?

— É escuro lá — argumenta ela. — E misterioso.

— Ainda estou me sentindo meio estranho em relação a ele — responde Zach. — E se a gente só ver um filme?

Meu Deus.

— Tudo bem — diz ela, seminua no patamar. — Sem problemas, fazemos isso assim que você estiver se sentindo melhor.

Ela conversa sobre isso com Elena, para tentar ter ideias novas, mas é claro que não pode explicar por que é tão importante.

— E se ele nunca mais subir? — pergunta ela. — Mesmo com o sótão lá à espreita, pairando sobre ele para sempre?

— Não sei — responde Elena. — Espere até vocês ficarem ricos e transformem o sótão em um quarto de hóspedes.

Meu Deus, ela nunca vai se livrar dele.

Toby e Maryam já arrumaram quase tudo para a mudança, e ela não suporta a ideia de ficar sozinha no prédio com esse cara insosso. Joga um balde de água no chão do sótão enquanto a luz pisca acima para que a água escorra e forme uma poça no chão do patamar; mas em vez de Zach subir e dar uma olhada, ele chama um faz-tudo, que dá de ombros e diz não saber o que aconteceu.

— Ei — diz Zach —, olha, não sei como perguntar isso, mas… aquela água no sótão… Foi você? O cara disse que parecia que alguém tinha jogado um balde de água lá em cima.

— Não — responde ela. — Como assim? Que água?

— A água que vazou do sótão!

— Claro que não fui eu.

— Sei lá — diz ele. — Parece que você quer muito que eu suba até o sótão. Eu estava pensando que talvez você devesse conversar com alguém. Deve ter sido traumático me ver cair, sabe? E ainda tem tudo o que você vem fazendo por mim, o que valorizo muito.

— Estou bem — diz ela. — Não me importo se você vai ao sótão ou não.

— Tudo bem. Se você diz.

Meu Deus. Que merda de marido.

*Que tal fingir que tem um gato preso lá?*, sugere Bohai. *Tem um gatinho fofinho lá em cima e você precisa da ajuda dele para tirá-lo de lá.* Mas, como aconteceu com a água, Zach só pediria ajuda para outra pessoa.

Ela vai ter que tomar medidas drásticas.

# Capítulo 42

No dia seguinte, ela liga para o trabalho avisando que está doente e compra uma passagem de trem para o interior. A casa de Felix fica a uma hora de caminhada da estação, mas tudo bem; precisa espairecer mesmo.

Tem um plano. Vai conseguir.

Entra pelo portão dos fundos, passa pela piscina, ao longo do muro vermelho, através do pomar. Parte dela espera que a senha da estufa tenha mudado, o que a obrigaria a pensar em outra solução, mas ainda é a mesma. A porta abre com um clique.

Precisa ser ligeira, não é como da última vez, quando entrou e saiu rápido, e não sabe se alguém está de olho nas câmeras.

Entra pela estufa, que não parece a mesma, e sobe até o salão de jogos, que também está diferente. A esposa atual tem mais influência do que ela.

Lauren está fazendo uma coisa boa. As costas de Zach ainda doem e ele está triste pela perda de seu centímetro de altura — ela vai lhe devolver isso.

Entra no quarto de Vardon. Olha no guarda-roupa, na escrivaninha (onde pega uma caixa de chumbinhos), abre o baú ao pé da cama. E lá está: a carabina de pressão. Não encontra nenhuma bolsa ou sacola para carregá-la, então tira a fronha de um dos travesseiros e enfia a arma dentro, mas a ponta fica à mostra.

É muito estranha a sensação de segurar uma arma gigante que não é bem uma arma, mas é.

Certo, desce as escadas, o mais rápido possível, e é óbvio que está carregando uma carabina. Do lado de fora, pega um ancinho no barracão de jardinagem e coloca junto com a carabina. Será que agora está menos suspeito? Assim está melhor? Não, assim é muito, muito pior; tira o ancinho.

Ela se lembra da academia, talvez tenha algo lá que possa usar. Digita a senha e entra na primeira sala. Encontra uma raquete de badminton dentro de um estojo com zíper. Tira a raquete e enfia no estojo a maior parte da carabina.

Pega um roupão e enrola na parte que não está coberta quando ouve um barulho.

Olha para cima.

A porta da sala da piscina se abre. Uma mulher, cabelo escuro preso em um rabo de cavalo, usando biquíni.

Ah, é a nova versão dela.

— Lavanderia — anuncia ela.

— Lavanderia só às terças — diz a mulher, imóvel.

Lauren se vira e corre, se atrapalha com a porta, caminha sem olhar para trás porque precisa sair de lá o mais rápido possível. Não ouve nada, então arrisca dar uma olhada, mas a mulher não a está seguindo; deve ter telefonado para Felix, ou para a polícia, ou talvez para a empresa de segurança — de qualquer forma, o problema não é alguém de biquíni a perseguir e pegar de volta a carabina, o problema é a estrada, as ruas, a cidade. Ela se afasta do portão dos fundos e vai em direção a um muro, um daqueles com videiras que ela consegue escalar. Joga sua trouxa do outro lado e sobe, escorregando umas duas vezes quando os ramos se soltam do muro, mas tudo bem, vai conseguir. A queda do outro lado é mais alta do que gostaria, mas ela dá conta, sem problemas, até que aterrissa e seu tornozelo vira e ela sente aquele momento nauseante e desesperador em que pensa *qual é o tamanho do estrago* antes de ser invadida pela dor. Não é legal.

Certo. Vamos começar pelo começo. A carabina de pressão e o roupão estão com ela. Está tudo bem.

Há uma mureta logo adiante e outro campo, depois estará fora de vista da casa de Felix. É só se apoiar no muro enquanto anda.

Pelo menos no campo há ovelhas em vez de vacas, então poderia ser pior.

A mureta também vai ajudar; pode se sentar e se recompor do outro lado. Ela consegue, então enrola o roupão ao redor do tornozelo, e procura o celular para checar os horários do trem, mas...

Putz. Está sem celular.

O que é ruim. Provavelmente o deixou cair na academia, e a nova esposa vai encontrá-lo, e a polícia vai dar um jeito de desbloqueá-lo e descobrir o nome dela.

Bem. É melhor ir embora logo.

A caminhada até a estação de trem é lenta e excruciante. Quando chega mais perto da cidade, ela solta o cabelo e tira a jaqueta, caso alguém a esteja procurando. Chega à estação e se senta na ponta da longa fileira de bancos, mas quando o trem chega e para na outra ponta, ela cambaleia o mais rápido que pode pela plataforma, usando a raquete de badminton/carabina de pressão para dar apoio ao pé machucado.

A viagem também parece interminável. O trem é lento e para em estações das quais nunca ouviu falar, Little Tarpington, Pubbles. Será que a polícia de Sussex vai atrás dela, ou será que vão telefonar para a polícia de Norwood Junction? Sem o celular ela não pode nem pesquisar como mandados de prisão funcionam.

Enfim, chega a sua estação. Deve ter chovido em Londres enquanto estava no interior, o asfalto está molhado e escorregadio. Sua passagem estava enfiada na capinha do celular, então não pode escaneá-la para sair, vai ter que esperar alguém abrir os portões de acesso e correr antes que fechem. Mas se mantém calma. Está muito perto.

Finalmente chega em casa.

Sobe as escadas devagar.

— Oi, querido — chama ela ao se aproximar do topo.

— Você voltou mais cedo — diz ele.

— Pois é, faltou energia, então mandaram a gente para casa.

Ela entra no banheiro, escora a raquete/carabina/roupão atrás da porta e vai para a sala de estar atrás de seu notebook.

— Vou tomar um banho — diz ela, olhando para o quarto de hóspedes, onde Zach está trabalhando. — Você precisa usar o banheiro?

— Não, estou de boa. Posso pegar uma daquelas garrafas, se precisar.

Lauren não vê a hora de se livrar dele.

Ela tranca a porta do banheiro e liga a torneira. Enquanto a água cai, esfrega seu tornozelo e assiste a um vídeo em que um cinquentão explica como carregar uma carabina de pressão. Se a arma fosse mais parecida com uma daquelas antigas espingardas de caça de madeira, talvez fosse menos estranho, mas essa é uma arma completa, com coronha tática e suportes, toda preta e verde. Tenta levantá-la e abaixá-la. Põe o dedo perto do gatilho, se força a tocá-lo, fazendo uma careta ao toque, sem puxar, só pelo contato mesmo. Ela não planejava fazer isso agora, mas não sabe se a esposa de biquíni encontrou seu celular, ou se alguém está prestes a tocar a campainha atrás dela.

Quando termina de ver o vídeo duas vezes a banheira já está cheia, quase transbordando. Ela sabe que não deveria se demorar, mas quer parar por um instante. Só um instante, então tira a roupa, entra na banheira e submerge com delicadeza, sentindo a água quente sobre o corpo.

Ela se dá dois minutos antes de sair e vestir a mesma roupa porque não pensou em levar outra para o banheiro; a roupa fede a ovelha, mas ela não pode sair nua com uma arma.

É tão grande, tão preta. Não gosta de tocá-la. Pensa em mandar mensagem para Bohai em busca de apoio moral, mas reflete: *É, talvez ele não me dê apoio moral desta vez.*

— Tá acabando? — pergunta ele através da porta.

— Aham — responde ela.

Chegou a hora. Ela enrola a arma no roupão, abre a porta e sorri para Zach, que retribui o sorriso. Sai andando com o máximo de delicadeza possível, carregando o pacote; ele passa por ela ao entrar no banheiro e fecha a porta.

Assim que ele entra, ela puxa a escada e desembrulha a carabina. Ela se posiciona na porta da sala de estar. Está de frente para a escada do sótão, do outro lado está a porta do banheiro e as escadas. Quer que Zach tenha dificuldade de correr até ela, e o batente da porta vai ajudá-la a se manter firme.

A abordagem vai ser bem direta. Enquanto se planejava ao longo dos últimos dias, leu muita coisa sobre as regras de segurança de carabinas de pressão, e está prestes a quebrar quase todas, mas não parece arriscado machucar Zach, a não ser que esteja bem ao lado dele. Essa posição lhe dá o máximo de distância possível, alguns metros, pelo menos, e ao mesmo tempo lhe permite manter todo o patamar à vista. Isso é bom. É uma boa tática.

A porta do banheiro se abre e Zach sai. Ele a nota, para por um instante e franze a testa.

— Parado aí, por favor — diz ela.

— Nossa, as pistolas de água estão ficando cada vez mais parecidas com armas de verdade, né? Onde você comprou essa?

Ele vai até a cozinha e sai do campo de visão dela.

Putz. Ela se ajeita contra o batente da porta e aguarda. Ele volta com uma lata de Coca-Cola.

— Isso não é uma pistola de água — avisa ela. — É uma arma. Mas não entre em pânico. Não vou atirar em você se não precisar. Só quero que suba no sótão e tudo vai ficar bem.

— Abaixe isso — diz ele. — Para de zoação. Não tem graça. Vamos *lá*, Zach.

— Não estou de zoação. Desculpa. Sinto muito, mas vai ficar tudo bem daqui a poucos minutos.

— Poxa, Lauren, pare de apontar isso para mim.

Ela vai ter que provar que está falando sério. Sabia que correria esse risco. Se um marido aparecesse apontando uma arma para ela, seguiria as ordens e entraria no sótão, mas Zach é tranquilo demais e ainda está sob efeito da codeína. A carabina tem duas balas; pode disparar uma para o lado, será convincente, mas não perigoso, então ele vai subir.

— Certo — diz ela, definitivamente nem um pouco apavorada. — Se acalme e fique longe, tá? Cuidado.

Ela desvia a mira do cano e aperta o gatilho. Não sabe se precisa apertar com força, mas pelo visto não é necessário, então há um barulho, mas não tão alto quanto esperava. Algo acontece rápido, e a bala atinge o vidro de um retrato pendurado na parede. O vidro se quebra. Meu Deus, essa coisa é mais perigosa do que ela achava, talvez isso seja uma péssima ideia.

Mas é tarde demais para recuar.

Zach está olhando para ela, horrorizado, enquanto ela volta a mirar na direção dele.

— Por favor, entre no sótão — pede ela. — Prometo que assim que você for vou abaixar a arma e podemos ligar para a polícia.

— Lauren, Lauren... — diz ele, as mãos estendidas na frente do corpo. — Isso é loucura, você não pode... você não pode apontar uma arma para mim.

Ela foi longe demais, isso não vai dar certo.

— Não é uma arma de verdade — arrisca ela.

Ela deveria ter previsto isso desde o começo e pensado em algo ameaçador, mas que não o fizesse entrar em pânico.

— Mas... você acabou de disparar!

— É uma carabina de pressão — diz ela. — É só uma carabina de pressão. Mas ainda machucaria muito se te atingisse, e você acabou de quebrar a coluna e eu não acho que seja uma boa ideia você levar um tiro e não quero ter que atirar em você. Então só preciso que você suba até o sótão. Depois disso, vou abaixar a arma. Prometo.

Então ela ouve um barulho. A porta se abrindo na base das escadas.

Zach está olhando para ela, as mãos ainda estendidas.

— Deve ser o Toby. Ele está esvaziando a geladeira e perguntou se a gente queria algumas salsichas e molho de macarrão. Falei que era só trazer pra cá. Você... você deveria abaixar essa arma e aí conversamos sobre isso quando ele for embora, tá?

De alguma forma, isso consegue ser a coisa mais irritante até agora. Toby era amigo *dela* e agora está ferrando com o plano ao trazer comida para o seu marido insuportável. Será que ele não consegue ficar um único dia sem ajudar Zach? Sinceramente, será que ele não tem limites?

— Vá embora! — grita ela, assim que ele sobe a escada e vê a cena. Toby também não consegue levá-la a sério, ele olha para a escada do sótão, para a arma, para Zach com as mãos na frente do corpo, e franze a testa, confuso.

Ela dá um passo para trás entrando na sala de estar, para manter os dois à vista.

Seu pé pisa no roupão, caído no chão atrás de si, e seu tornozelo machucado vira de novo.

Ela cai.

A carabina dispara enquanto ela cai de costas, a bala passa entre seus pés, mas não exatamente entre eles, porque corta seu dedão do pé ainda molhado e descalço e um arco de sangue respinga dele. Ela se esforça para se sentar, se ajoelha, a arma erguida outra vez — eles não sabem que as balas acabaram —, mas estão gritando, alguém deve ter ouvido, merda.

Ela olha para cima e Zach está mais pálido do que nunca, e Toby, atrás dele, recuou até as escadas; pelo carpete, há respingos de molho, que está vazando de um Tupperware, e salsichas congeladas rolam pelo chão. Ele está agarrando a própria perna e sangue escorre por entre seus dedos. Ela pensa por um instante que o sangue é do seu dedo, que jorrou magnificamente através do patamar, mas então Toby olha para cima e ela vê seu rosto. Ah, não.

— *Você atirou em mim* — diz ele, se apoiando na outra perna e na parede atrás de si.

— Não é uma bala de verdade! — exclama ela, segurando a arma.

O rosto dele, os dedos ensanguentados dele.

Só há uma saída, e é a mesma de sempre.

— Lauren, você atirou em mim, minha perna, você atirou em mim — diz Toby. — O que... Lauren, por favor, Lauren, abaixe a arma. Não sei o que está acontecendo, mas podemos resolver. Podemos tomar um chá e conversar.

— Eu vou. Vou abaixar a arma. Assim que Zach entrar no sótão.

E ela se firma outra vez, ajoelhada abaixo do batente da porta, olhando para eles.

Zach está chorando. Ele vai se sentir muito melhor em um minuto, e ela também, pensa, chorando. Um catarro grosso escorre de seu nariz, e ela sente as lágrimas quentes e depois frias em seu rosto.

— Podemos conversar sobre isso — diz Toby. — Se tem algo do sótão que você precisa, eu posso pegar, está tudo bem. Só, Lauren, por favor.

Seu dedão dói, a perna de Toby, o rosto pálido e a boca meio aberta de Zach.

— Não. Olha. Zach. Por favor. Prometo que vai ficar tudo bem se você subir. Preciso que você suba agora. Certo? Eu vou... eu vou abaixar a arma e vou mantê-la abaixada contanto que eu veja você subindo. Tá?

Zach dá um passo à frente hesitante.

— Isso — diz ela. — Você está indo muito bem. Você consegue. Uma mão no degrau, isso mesmo. Agora a outra.

Ela se arrasta de joelhos até a sala de estar para dar espaço a Zach, a arma em suas mãos, mas apontada para o chão. *Por favor, funcione*, pensa ela, *por favor, funcione, por favor, funcione.*

Ele está subindo.

A cabeça entra.

Depois o corpo.

As pernas.

Ela não pode ficar observando, então se vira, mas percebe um movimento repentino. É Toby, não é? Ele está correndo na direção dela, de alguma forma, cambaleando, o idiota de merda. Por que ele decide fazer alguma coisa logo agora, em vez de ficar por aí oferecendo xícaras de chá? Mas é tarde demais, está tudo bem, o pé de Zach desaparece, tudo o que ela precisa é de mais uma fração de segundo, então gira a arma para cima enquanto Toby se apressa em sua direção. Ela só precisa de *um instante*. Abaixa a arma enquanto cai de costas de novo. E bate no chão, de mãos vazias.

E o mundo mudou.

# Capítulo 43

Está tudo bem.

Está tudo bem. Seu dedão do pé está inteiro outra vez. Ela está deitada no carpete, as pernas meio presas sob o corpo, mas o dedão e o tornozelo estão bem, a dor parou de uma hora para outra, e a carabina sumiu. Nada do roupão que ela roubou da casa de Felix, nada de Toby vindo com uma expressão horrorizada, correndo mancando com uma das pernas deixando um rastro de sangue, nada de soluços vindos do sótão. Só os passos de um marido normal fazendo alguma coisa lá em cima; seja lá o que for que os maridos normais fazem.

Funcionou.

Ela precisa de ar. Com a mudança de mundo, a adrenalina e o pânico se dissiparam, mas as emoções estão ressurgindo, ela sabe como funciona, já viveu isso antes; seu rosto está limpo, mas seus olhos estão começando a lacrimejar. Ela se atrapalha ao tentar se apoiar nas mãos e nos joelhos e vomita, um jorro fino, amarelo e grudento, o carpete não consegue ter uma folga hoje. Ela se levanta, corre pelo patamar e desce a escada. Contorna a lateral da casa até o jardim e vê algumas cadeiras de plástico ali. Ela se debruça sobre uma delas, se sentindo enjoada e tonta, ouve alguém no jardim do vizinho e olha para cima.

É Toby.

— Oiê! — diz ele, animado. Mas quando ela tenta vomitar de novo, acrescenta: — Você tá bem?

— Meu Deus — responde ela. — Não.

Ela balança a cabeça e tenta respirar fundo. Volta a olhar para cima e o encara. Nem parece que aquele ataque ridículo aconteceu ou que ele sujou o carpete dela de sangue.

*Que estranho*, pensa ela, *saber como ele reagiria se levasse um tiro, embora ele mesmo não saiba.*

— Quer um chá? — pergunta ele. — Ainda não encaixotamos a chaleira.

Ela se ajoelha na grama vazia ao lado da cadeira, ri, chora e seca as lágrimas do rosto.

— Aham — diz ela. — Por favor, prepare um chá para mim.

Ela está deitada de costas na grama, a caneca vazia nas mãos, quando ouve alguém se aproximar pela lateral da casa.

A figura chega mais perto e olha para ela.

Um rosto familiar entra em seu campo de visão.

— Oi, Amos — diz ela.

— O que você está fazendo? — pergunta ele. — Você deixou a porta escancarada.

— Desculpe — diz ela.

— E você vomitou? E veio aqui para fora? Você sabia que eu tinha colocado mais sopa para requentar no fogão.

Ah, sim, a sopa de abóbora e lentilha de Amos. Deve ter tomado um pouco dela no almoço. Isso explica o laranja-amarelado que despejou no carpete.

— Então você ainda faz essa sopa? Você coloca canela demais.

— Por isso você deixou a porta escancarada e o fogão ligado?

Ela não está no clima para brigar.

— Esqueci — responde. — Desculpe. Olha, daqui a dez minutos eu subo, tá?

O sol saiu e está brilhando sobre ela, e a grama, ainda molhada. Ela vê um pombo empoleirado em um galho frágil demais para suportar seu peso, oscilando para cima e para baixo. Seus pés descalços estão frios e molhados, e talvez ela esteja tremendo um pouco, mas seus dedos ainda estão inteiros.

Amos franze a testa.

— Então eu vou ter que limpar seu vômito?

— Vou limpar. Só me dê dez minutos. Por favor.
Ele fica olhando.
— Por favor — repete ela.
— Então eu devo tomar minha sopa perto do seu vômito? — indaga ele.
— Acho que sim.
Ele parece não saber como reagir a isso.
— Por favor, vá embora — pede ela, e depois de um instante ele vai.
Ela fica sozinha novamente.
Algumas poucas folhas acima começaram a ganhar tons de amarelo e marrom, mas ela percebe que isso logo vai acontecer com as outras; as cores já estão surgindo nas beiradas das folhas verdes, e o dia ensolarado está ficando mais frio. O verão acabou, mais um verão, e ela o gastou cuidando de Zach e indo a pubs com Adamm e se ressentindo dos amigos por gostarem tanto de seu marido e, ah, sim, atirando em seu vizinho. Os meses passaram, está esfriando, e ela está casada com Amos de novo.
Precisa parar.
Põe a mão no bolso para pegar o celular e fazer anotações ou ligar para Bohai, Nat ou Elena, mas o aparelho não está lá. Deve estar em casa, pelo menos, e não perto de uma piscina em Sussex. Em vez dele, ela encontra um cartão de biblioteca, um sachê de açúcar e um cartão fidelidade, preenchido até a metade, de alguma cafeteria desconhecida.
Ela teve muitas vidas, e algumas foram ruins, mas várias foram boas, e talvez não haja apenas um único caminho a seguir.
O jardim está descuidado, e há um monte de flores rebeldes com várias pétalas amarelas. Deve ser uma erva daninha que saiu do controle. Ela se ajoelha e começa a contemplar as flores, mas para, não pode pensar muito nisso senão nunca vai chegar a lugar nenhum. Pega a maior e mais bonita flor e puxa o caule bem na junção com o resto da planta abaixo.
Puxa uma pétala: *mais um marido.*

Puxa outra: *ou pare agora mesmo.*
Não pode confiar em si mesma com o sótão. Não pode continuar com os maridos. Não pode continuar vendo a vida passar e nunca se decidir, ou se divertir com pessoas que ama e deletar tudo alguns dias depois. Agora, ela tem duas opções: pode parar com tudo, subir e terminar com Amos. Provavelmente seria horrível, mas ela vai superar e ele também, vai tirar as coisas dele do sótão, preencher muitos papéis, resolver os detalhes e seguir com sua vida. O que quer que aconteça, terá que confiar que seu eu futuro vai dar um jeito, sem a ajuda mágica do sótão.

Ou pode tentar mais uma vez.

Todos os maridos são homens que ela escolheu e que a escolheram. Seja quem for o próximo, vai ser alguém que ela é capaz de amar. A vida que eles vivem será uma vida que ela desejou.

Vai checar se está tudo bem com Nat, Magda e Caleb, se mantém contato com seus amigos e se tem um trabalho de que consegue dar conta. Talvez dê uma olhada no banco para ver se eles estão endividados ou inspecione os papéis de parede para confirmar se têm textura e estampa de folhas. Contanto que passe nesses testes, quem quer que seja o marido, ela vai ao encontro dele com o máximo de esperança e afeição possível. Nada de Post-its; só confiar que seu eu passado tomou uma boa decisão.

Puxa mais uma pétala.

*Mais um marido. Pare agora mesmo. Mais um marido.*

E hesita, porque começou a puxar com *mais um marido* e isso significa que ela espera que a resposta final seja essa.

Sempre comece com a resposta que você quer, disse Jason.

E se o resultado já é algo esperado, talvez seja melhor colocá-lo em prática. Mas provavelmente é mais sensato não deixar que uma flor tome decisões por ela. Chega de truques, chega de se esquivar. Ela quer algo e vai ter que admitir.

Lauren se levanta, meio tonta, as roupas molhadas grudando nas costas, depois segue até a lateral da casa e enfia a flor sem metade das pétalas no bolso. Sobe as escadas, hesitando pisar onde as machas de sangue de Toby e do molho de macarrão deveriam estar. Ela calça os sapatos, pega uma bolsa e o celular — há uma grande possibilidade de isso tudo sumir quando o mundo mudar, mas tudo bem.

Amos limpou mesmo o seu vômito, e por um instante ela se sente grata — talvez ele não seja tão ruim —, mas ele olha para ela e diz:

— Deixei o livro aberto na página da receita na cozinha.
— O quê?
— A sopa de abóbora. Eu conferi. Usei exatamente a mesma quantidade de canela que a receita pede.
— Beleza — diz ela. — Acho que me enganei, talvez eu não goste de canela.

Ela está prestes a sair da sala, então para.

— Amos — diz ela. — Obrigada por limpar. Não gosto da sua sopa, mas fico feliz que você goste. Sei que daquela vez você queria ir ao Alton Towers em vez de vir morar comigo, e eu sou grata por você não ter ido.

— O quê? Como você...
— E eu acho... — continua ela. — Não sei se deveria dizer isso ou se você vai conseguir se lembrar, mas vou tentar. Acho que você deveria considerar se mudar para a Nova Zelândia.

— Nós moramos aqui — diz ele. — Você não iria nem para Berlim.

— Ah, amor, você não iria gostar, voltaria para Londres em seis meses, vai por mim. Mas na Nova Zelândia pode dar certo.

— Você quer que eu meça sua temperatura? Você não parece...

Ela não para de falar.

— Talvez tenha uma mulher chamada Katy, não sei muito sobre essa parte. Mas acho que você está certo, não estou bem. Vou tirar um cochilo. Tem um cobertor no sótão, pega para mim?

Ele vai, reclama um pouco e fica confuso, mas vai.

Enquanto ele está lá em cima, ela corre. Não pode ver o novo marido descer, não pode tentar avaliá-lo, não pode compará-lo com sua longa lista mental, porque, assim que o fizer, vai voltar à montanha-russa, dois dias aqui, dois dias ali, e seus amigos esquecendo tudo o que fizeram juntos, e sempre mais um marido a sua espera. Antes de ele começar a descer, ela sai pela porta, desce a rua principal, cruza o semáforo sem esperar que o sinal abra e entra no pub.

Ela se senta do lado de dentro para que o marido não a veja caso passe por ali e abre o celular. As mensagens dos maridos são sempre frases simples como *Pode comprar leite?* ou *Vou me atrasar cinco minutos, desculpe*. Ela logo o encontra. Ele usa a foto de um pombo e seu nome é Sam. Certo. Então é Sam.

Manda uma mensagem: *Tô indo cuidar dos meus sobrinhos, é uma emergência, desculpe, volto em algumas horas.*

Já consegue sentir a tentação de mudar de ideia, a vontade de testar mais dez maridos, de passar só algumas horas com Sam para ter certeza.

Mas não consegue. A ânsia é a prova de que não tem autocontrole para fazer isso com responsabilidade. Ela pode agir agora mesmo, motivada pela culpa e pela lembrança de seu sangue e do de Toby no carpete, o rosto ensopado de Zach, como foi tudo por um triz. Mas se não interditar o sótão hoje, vai deixá-lo aberto para sempre.

Beberica a cerveja e tenta manter o foco. Trabalha na prefeitura outra vez, e, sinceramente, poderia ser pior. Ela ajuda pessoas e sai às cinco e meia todos os dias. Toby e Maryam enviaram várias fotos de coisas que eles ficaram com preguiça de embalar. *Vocês querem uma fritadeira elétrica?*, uma resposta do marido e sua foto de pombo, *A gente pode ficar com a de vocês se vocês ficarem com a nossa.*

O número de Bohai não muda há meses, mas ela não sabe de cor e não está salvo no celular desta vida. De qualquer forma, ele deve estar dormindo e não tem mais tempo pra conversar. Mas, ainda assim, ela manda um e-mail com o link de um artigo sobre uma espécie australiana de caranguejo que gosta de usar esponja do mar como chapéu. *Não sei por que eu estava lendo isso, mas achei interessante*, diz ela. *Me mande uma mensagem quando acordar, eu posso ter novidades.*

A mensagem mais recente de Elena são as palavras: *DOZE QUEIJOS, LAUREN. DOZE QUEIJOS*. Ela passa o dedo pela tela, mais para trás, e mais e mais, mais de um ano para trás, até encontrar a foto que Elena lhe mandou das duas, naquela primeira noite, e a legenda que ela ainda lembra: *Deve ser muito difícil para os outros lidar com a nossa beleza*. Elas não estão particularmente bonitas na foto, mas Lauren a reenvia para a amiga: *Olha nossos rostinhos.*

Alguns minutos depois, recebe uma resposta: *MAGNÍFICAS*, acompanhada de uma foto das duas na fila de um food truck, ou algo do tipo, Lauren usando uma jaqueta com lantejoulas. Talvez seja uma foto de sua própria despedida de solteira ou talvez seja de alguma outra noite que passaram juntas, mas parece que se divertiram.

Ela não bebeu quase nada, então toma mais um golinho e liga para Nat. Já encontrou uma foto de Caleb com Magda em seu colo, Caleb alegre e Magda com os olhos brilhando debaixo de um minúsculo gorro de lã.

— Aconteceu alguma coisa? — diz Nat ao atender. — Tem algo errado?

— Não — responde ela. — Acho que não. Você tem um minutinho?

— Na verdade, não, estou no supermercado.

— Beleza, é só um segundo. Como está Adele?

— O quê? Bem, ué.

— Beleza — diz ela. — Só me responde bem rapidinho… como está minha vida? Se eu fosse fazer uma única grande mudança, qual seria?

Um momento de silêncio.

— Da última vez que tentei conversar sobre isso, você não quis ouvir — declara Nat.

— Agora eu quero.

— Bem... — começa Nat. — Olha. Você sabe que eu acho que você deveria ter se candidatado àquela promoção. Mas agora acho que é tarde demais para pedir minha opinião sobre isso, então não sei o que dizer. Aliás, você chegou a ver aquele link de organização que eu te mandei? Eles te mandam um e-mail todo dia e te dão uma coisa pequena para fazer, e só demora cinco minutos, mas realmente faz a diferença. Acho que se você fizesse uma assinatura por uns meses iria ficar muito feliz no longo prazo. Quando você consegue se organizar fica bem mais fácil manter depois.

— Certo — diz Lauren. — Vou dar uma olhada.

— E não acho que aquelas bebidas que o Sam prepara são saudáveis de verdade, pelo menos não para os dentes, né? É basicamente só vinagre e açúcar. Mas olha, contanto que você esteja indo ao dentista direitinho, acho que pode beber o que quiser.

— Valeu — diz Lauren. — Só isso?

— Bom, eu estou tentando encontrar o pão indiano congelado e depois preciso ir para o caixa e depois para casa, não é que eu não queira ajudar, mas é que agora é uma péssima hora. Podemos conversar à noite?

— Perfeito — responde Lauren. — Boa sorte com o pão indiano.

Ela se recosta na cadeira. Toma mais um gole de cerveja. Independentemente de quem Sam seja, ela o escolheu, e ele a escolheu, eles ficaram juntos, e talvez isso seja um erro, mas ter um encontro com um estranho e o conhecer aos poucos também pode ser um erro, né? No último ano ela não demonstrou uma grande capacidade de tomar decisões e avaliar homens. Quem garante que ela faria uma escolha melhor agora do que quando se casou com esse cara, seja lá quando foi?

Ela escolheu o marido. Ainda não o conheceu, mas o escolheu.

E se ele não for o cara certo, ela vai dar o fora da forma antiga: lidando com uma imensa burocracia que vai exauri-la por meses, e por meio de uma tentativa de manter a cordialidade que vai colapsar porque ambos vão ficar obcecados com um vaso desaparecido, como uma metáfora de seu fracasso mútuo.

Ela volta para casa e se esconde no quintal, bem ao lado da janela da cozinha de Toby e Maryam; fora de vista do apartamento de cima. Deve ter chovido de novo enquanto ela estava no pub, embora não tenha notado; o chão está molhado.

Ouve um barulho atrás dela. É Toby abrindo a janela da cozinha.

— Ei — diz ele. — Você está...

— Estou bem — responde ela. — Estou bem. Não quero chá.

Ela deu um tiro nele recentemente, não deveria ficar irritada, mas definitivamente está.

— Ah — diz ele. — Que bom... A chaleira está na van, então eu nem conseguiria fazer, de qualquer forma.

— Desculpe. Mas sim, estou bem. Na verdade, só um segundo.

Ela não imaginava que precisaria tomar decisões importantes enquanto se esconde no jardim, mas Toby foi a primeira pessoa com quem ela conversou sobre os maridos, e esta é sua última chance de descobrir mais detalhes.

— Você e a Maryam estão bem? Quer dizer, no geral, não hoje especificamente, sei que é um saco se mudar.

— Hã? Sim?

— Ah, que ótimo. Ela não demonstrou nenhum interesse em praticar swing?

Ele fecha a cara.

— Desculpe — diz ela —, esquece, não é da minha conta, contanto que vocês estejam felizes. Só mais uma pergunta.

Sam tem hobbies? Tem barba? Qual é a coisa mais irritante que ele faz? Como é o sotaque dele? Qual é a camiseta mais feia dele? Quando ela o conheceu? Quem pediu quem em casamento? Que música eles escolheram para a primeira dança?

— E Sam e eu? — pergunta. — Nós também estamos bem?

— Olha, eu acho que sim — responde Toby.

Que bom.

— Beleza — diz ela. — Valeu. Só checando.

Toby olha para ela.

— É… só isso?

— Aham — diz ela; e acrescenta: — Boa sorte com a mudança. Vou sentir falta de vocês. Foi legal ter vocês aqui.

— Não vamos para longe — diz ele, e fecha a janela.

Sua próxima missão é tirar o marido de casa. *Ei*, escreve ela, *sinto muito, mas será que você pode dar uma passadinha no mercado para comprar fermento? Preciso para fazer um negócio.*

É o teste final, talvez ele diga que não pode, finja que não viu a mensagem ou diga que vai fazer isso, mas não faça, e nenhuma dessas opções seria irracional; mas se ele fizer qualquer uma delas, ela não vai poder seguir com o plano.

Vai até a lateral do prédio e observa o espaço estreito entre o prédio deles e o do lado, depois as lixeiras e a rua. Sente o cheiro de chuva misturado com o de comida levemente apodrecida.

Ela recebe uma resposta rápida: *Claro*.

Cerca de dez minutos depois, ouve o que tem quase certeza de que é a porta da frente. Tenta não olhar para o marido enquanto ele sai, mas acaba vendo uma figura, de casaco e calça jeans, com uma sacola na mão. Só um vislumbre. Cabelo escuro. Um borrão. Seu marido.

Ela dá a ele tempo para descer a rua, então vai na direção da frente da casa.

Hesita diante da porta. Destranca. Olha para cima.

As escadas acarpetadas. O patamar: verde-claro desta vez. Escolha certa.

A cozinha: bagunça mediana. O quarto de hóspedes: um sofá reclinável aberto, uma escrivaninha grande. O banheiro: seu reflexo no espelho, cabelo no comprimento mais ou menos certo, repartido de forma irregular como sempre, uma marca no queixo, mas ela presume que não seja permanente.

A casa não está limpa demais, mas também não está tão desarrumada. Sua planta enorme está na sala de estar — ela a comprou tantas vezes que para um instante para processar que isso significa que já a comprou *nesta vida*. Ela ama demais essa planta, já a arrastou tantas vezes da loja para casa, a mesma decisão imprudente uma vez após outra, a mesma tarefa exaustiva, e aqui a planta já foi carregada para ela.

Que maravilha. Mas também: que *timing* horrível.

— Ah, carinha — diz ela, tocando as folhas rebeldes. — Sinto muito por isso.

Não tem muito tempo. Abre gavetas, armários, e pega qualquer coisa que parece importante. Uma pasta de passaportes, seu notebook, outro notebook — o do marido, provavelmente. Uma caixa de cartões e fotos. Ela os joga na mesa do patamar. Mais uma olhada rápida, só precisa pegar mais algumas coisas. O que é importante, afinal? Uma caneca com a frase "Coventry: a capital da diversão". Uma pasta sanfonada no quarto de hóspedes na qual alguém, o marido, escreveu BRBEAC ou, percebe depois de semicerrar os olhos, PAPÉIS; acaba de descobrir mais uma coisa sobre ele, tem a letra horrorosa. Uma almofada com formato de coruja que deve ter valor sentimental, porque com certeza não está ali pela estética, e também alguns pratos bem feios que estão no escorredor. Um livro desgastado na mesa de centro.

Seu pequeno cacto e duas grandes sacolas de supermercado para guardar tudo. No último minuto, ela checa a geladeira: há uma fileira de garrafas de vidro na porta, vermelhas, roxas e rosadas, algumas com ervas e frutas dentro. Devem ser as bebidas que Nat mencionou. Claro, por que não, uma dessas também.

Tudo na mesa, só pegar e correr.
Ela puxa a escada.
E se encaminha para o sótão.
A luz acima começa a brilhar mais forte conforme ela entra.
Sobe mais e se vira para sentar na beirada do alçapão, as pernas penduradas no ar mais frio do patamar, como se estivesse na piscina de Felix novamente. O sótão ainda está escuro, mas seus olhos estão se adaptando e a luz acima aos poucos fica mais forte. Ela vê as formas ao redor, as estantes, as caixas, as cadeiras, cortinas empilhadas, decorações, malas.
Ela puxa as pernas para cima, se inclina para trás, deita e olha para o teto.
O zumbido da estática aumenta um pouquinho. Em um canto, vê um emaranhado de pisca-piscas, e eles também começaram a brilhar, mais forte e mais fraco e mais forte outra vez, rosa e vermelho e amarelo e verde e azul.
Ela vira a cabeça. Um aquecedor que eles devem ter guardado ali quando começou o verão faz um barulho e depois para.
Esta é a última vez que entra no sótão. A última vez que alguém entrará no sótão. Ela costumava se esconder aqui quando era pequena, Nat lhe contava histórias de terror aqui, as duas colocaram caixas de coisas da avó num canto e nunca mais as pegaram, seu casaco de inverno foi devorado por traças depois que ela o deixou ali em um saco de lixo no verão há cinco ou seis anos. Mandou muitos maridos subirem ali para fazer alguma tarefa inventada.
Abre uma caixa, e outra, só para olhar e refletir.
Um rádio-relógio, que certamente está aqui desde a época de sua avó, ganha vida, mostra 00:00 e crepita. Um ventilador girando devagar começa a acelerar, a poeira saindo turva das lâminas. O aquecedor é acionado de novo, mas desta vez não para.
Ela olha atrás de uma estante e vê um antigo monitor de computador no chão. A tela mostra riscos verdes e rosados irregulares, desliga e liga novamente: retângulos cinzentos disformes

caem em cascata pela tela, que zumbe e depois muda os tons para azul e amarelo.

O pisca-pisca começa a brilhar, uma luzinha de cada vez, o vidro quebra e as lâmpadas escurecem, mas agora é o próprio fio que está brilhando, derretendo o revestimento. Uma caixa de fogos de artifício na estante entra em ignição, o plástico claro se encolhe por causa do calor e dá espaço para um banho de centelhas chamejantes.

E o cheiro de fumaça.

Ela não sabe quanto tempo vai demorar para se alastrar, mas está funcionando. Pela última vez, o sótão está fazendo seja lá o que o sótão faz.

# Capítulo 44

Sam encontra o fermento e aproveita para pegar um suco de laranja, um pacote de salmão na promoção e um Kit Kat. Ele entra na fila do caixa e olha o celular enquanto espera. Há uma padaria nova do outro lado da rua do supermercado, com uma grande placa que diz "Quer pão? Tá na mão!", o que não o convence por completo, mas está feliz em ver algo aberto, e não fechado. Poderia ter ido tomar um café lá antes de ir ao supermercado. Mas agora precisa ir para casa guardar o salmão na geladeira. Um brownie, então. E um rolinho de canela para Lauren.

Passa pela loja de carpetes fechada, pelos pontos de ônibus e pela árvore morta.

Pássaros gritam para ser ouvidos em meio ao barulho do trânsito. Ele ouve um trem guinchando, o burburinho das pessoas na parte externa do pub, o apito de um caminhão em marcha a ré, as sirenes de um caminhão de bombeiros e os gritos da garotada ao redor do posto de gasolina.

Faz a curva no topo da rua e avista fumaça, o que é inesperado; a chaminé de alguns vizinhos funciona, mas ainda não está frio. Também não estão fazendo churrasco, o cheiro é estranho e denso, e há muita fumaça, grossa e cinza em contraste com o céu pálido. Depois da curva, há um caminhão de bombeiros estacionado no começo da rua, as luzes piscam através da névoa como as de uma discoteca. Ele não consegue identificar a fonte da fumaça, mas parece que vem de sua casa, por isso apressa o passo e torce para estar enganado, quando chegar lá vai ver que está tudo bem, a qualquer momento vai descobrir que é uma lixeira pegando fogo ou uma pilha de compostagem acesa no jardim de alguém; mas a cada passo fica mais claro que a fumaça está vindo do telhado de sua casa, que há mangueiras jorrando água a partir do chão e que o telhado de sua casa está pegando fogo.

As chamas estão pouco visíveis; alaranjadas, fortes.

E fumaça. Muita fumaça.

— O que está rolando? — grita ele, desejando que seja apenas um mal-entendido. — O que está acontecendo?

— Para trás, por favor — diz um bombeiro —, se afaste.

As crianças do outro lado da rua estão enfileiradas atrás do muro das casas, olhando, enquanto as mais velhas filmam. Os adultos também estão de pé na porta de suas casas, praguejando, observando, tossindo. O cheiro. Pássaros furiosos nas árvores.

Lauren não está lá, certo? Não tem como ela ter voltado nos dez minutos em que ficou fora, ainda deve estar na casa de Nat cuidando dos sobrinhos, né? Ele pega o celular e liga.

O cabideiro que ele levou três horas e meia para montar. O cobertor que sua mãe tricotou para Lauren que ele acabou de pegar no sótão para os dias frios. A sacola de plástico preta e amarela que ele pegou naquele supermercado na Dinamarca em que se lê "Netto Netto Netto". Seu computador, merda, o de Lauren também. Os passaportes. Todas as suas coisas. O clamor das pessoas ao redor, a forma como a fumaça se move.

Lauren não atende.

Ele dá um passo para trás, na direção da van que estava escondida atrás do caminhão de bombeiros. Toby está lá, de pé ao lado de uma pilha de caixas, observando o prédio.

— Está pegando fogo — anuncia ele.

— É — diz Sam.

Ele tenta ligar para Lauren outra vez. Não se permite ficar assustado quando ela não atende. Caleb está vendo vídeos no celular dela, ou Magda pegou o aparelho e o jogou no lixo, ou Lauren levou os dois para o parquinho. Com certeza está tudo bem. Está tudo bem.

Quer dizer, não exatamente *bem*, o apartamento está pegando fogo. Seu jarro em formato de abacaxi que foi tão caro já era, ele passou dois anos querendo um e decidindo se precisava ou não de um jarro de abacaxi, até que Lauren lhe deu de presente de casamento. Se bem que o jarro é de cerâmica, talvez sobreviva, né? Cerâmica é feita para aguentar o calor, certo?

Peraí, *por que* a casa está pegando fogo? Ele deixou o fogão ligado? Algo carregando? Isso é culpa dele?

— Você sabe o que aconteceu? — pergunta a Toby.

— Começou no sótão — responde Toby, com a voz trêmula.

— Merda. Caramba. Eu fui lá em cima antes de sair.

Mas só pegou o cobertor. Não dá para iniciar um incêndio só pegando um cobertor, né?

— A Maryam está bem? — indaga ele.

— Aham — diz Toby. — Está no apartamento novo.

Sam tenta ligar para Lauren outra vez. Ela não atende. Tenta de novo. Desta vez deixa uma mensagem de voz, algo que ele acha que não faz desde 2015.

— Ei, cadê você? Pode me ligar assim que ouvir essa mensagem? É que... o apartamento está pegando fogo. Bom, me avise que você definitivamente não está lá.

Ele pode ouvir na própria voz que não tem tanta certeza quanto gostaria.

— Ah — diz Toby. — Lauren está por aí.

— O quê? Ela está na casa da Nat.

Por aí onde? Por aí no apartamento?

— Não, ela está por aqui em algum lugar — responde Toby, gesticulando. — Ela estava em casa, disse que o alarme de incêndio disparou. Foi ela que chamou os bombeiros.

Sam fica aliviado imediatamente; sente um aperto no peito de novo, mas desta vez é só a fumaça, não está respirando bem, óbvio. Dá uma volta no caminhão de bombeiros, procurando por ela em meio à terrível luz densa do ar. Então a vê, sentada no meio-fio, vestindo a jaqueta de lantejoulas, por algum motivo, as pernas estendidas na rua, duas sacolas plásticas lotadas ao seu lado, e sua planta gigante, da altura dele, sobre a sarjeta.

— Porra! — solta ele, correndo até lá. — Lauren.

Ela olha para cima, o rosto inexpressivo, e foca nele.

— Oi — diz ela, e após um instante: — Sam.

— Achei que você estava na casa da Nat — diz ele ao se ajoelhar na sarjeta para abraçá-la.

— Eu voltei.

Ela parece atordoada.

— Você está bem? Alguém te examinou? Você estava lá, chegou a respirar a fumaça?

Ela odeia que cuidem dela, mas acabou de sair de um incêndio, com certeza um dos bombeiros deve tê-la examinado, certo?

— Estou bem — garante ela. — Não, sério, estou bem. Só estou feliz que estava aqui para chamar os bombeiros.

Ela olha para Sam. Toca a bochecha dele, depois o nariz, o cabelo dele, o puxa com delicadeza por um instante, depois puxa o cachecol, como se quisesse confirmar que ele ainda está lá.

— Acho que foi bem ruim — diz ela. — Eu estava... parecia que o sótão ia queimar todo, mas acho que talvez tenha pegado um bom pedaço do apartamento, afinal o fogo se alastra. Mas talvez a gente deva se mudar de qualquer forma, que tal? Walthamstow? Sydney? Berlim? Ouvi dizer que Bordeaux é legal.

Ele se levanta e se senta ao lado dela no meio-fio para olhar para a casa. Mesmo através da calça, sente a calçada enlamaçada — mas agora ele não tem outra muda de roupa para se trocar, está usando todas as suas roupas.

— Você não deveria...

Ele olha para as coisas que ela trouxe, os papéis, os computadores e, claro, *claro* que ela não deveria ter saído correndo e pegando coisas no meio de um incêndio, mas ele se sente, ao mesmo tempo, feliz por ver que algumas de suas coisas sobreviveram e chocado ao perceber que isso é tudo o que eles têm.

Sua cabeça está a mil.

— A Nat vai ficar insuportável — comenta ele.

— Merda, vai mesmo, né? — diz Lauren. — Eu não tinha nem pensado nisso.

Ela apoia a cabeça no ombro dele, que ainda está tentando absorver tudo.

É melhor começar com coisas simples. Sua sacola de compras. Não vai preparar o salmão que estava na promoção hoje.

Pega os doces.

— Quer rolinho de canela?

— Ah — diz ela. — Obrigada.

Ela aceita, então começa a chorar copiosamente, o peito sobe e desce, um choro alto e desesperado, acompanhado de tosse. Ele a abraça e diz:

— Não deixa cair catarro em cima do seu rolinho.

— São só coisas — responde ela.

— Não acredito que você salvou essa planta enorme e esquisita, obviamente a coisa mais importante que temos.

— Peguei os passaportes — contesta ela, fungando. — E os computadores. E a caneca com a frase "Coventry: capital da diversão", achei que você fosse querer.

— Muito bem — diz ele.

Ela passa a fungar menos, e ele sente que está tendo dificuldade para respirar e que sua capacidade de fingir que está bem talvez esteja se esgotando. Ele se deita de costas na calçada, e agora a parte de trás de seu único casaco também está molhada. Ele olha para o céu, e é sua vez de chorar.

— Não acredito que a porra da nossa *casa* está pegando fogo — diz.

Lauren se deita ao lado do marido e segura sua mão. Ele sente a umidade, da mão dele, da dela ou de ambos.

— Está chovendo de novo — observa ela. — Talvez isso ajude.

Ela sempre sente as gotas de chuva primeiro. Ele olha, de cabeça para baixo, um pássaro sobre a sarjeta.

— Merda — diz ele, ao se lembrar das coisas, dos detalhes de suas vidas. — Escovas de dente. Carregador de celular. Seu vestido de casamento. O papel com a pontuação daquela vez que eu ganhei de você no Scrabble.

Ela ri.

— Pois é, que bagunça.

Os sons da rua, da água, de Toby ao fundo. Das crianças do posto de gasolina, que desceram da rua principal e estão impressionadas, encantadas, horrorizadas.

— Aquela geleia de pêssego que eu comprei naquele mercado chique — diz ele; nem gostava muito, mas tinha acabado de abrir o pote. — Ah, meu Deus, a Gabby não vai ficar feliz.

Ele sente Lauren se enrijecer ao lado.

— Gabby — repete ela.

Foi um erro deixar aquele melro entrar na cozinha. Às vezes você só quer preparar um café sem um pássaro batendo irritantemente no vidro até você lhe dar uva-passa.

— Ela vai ficar bem — diz ele, tentando confortar Lauren. — Vai voltar a comer minhoca, provavelmente será até melhor para ela.

Mas Sam não consegue parar de imaginar o pequeno melro voando até a janela queimada e batendo nos destroços, esperando alguém abrir pra ele. E tinha acabado de abrir um saco de uva-passa. Ele sempre as colocava num prato que seus irmãos mais novos compraram na liquidação com o dinheiro de uma vaquinha quando ele se mudou. Nunca o tinha usado até o melrozinho cretino aparecer.

Ele fechou os olhos, mas não consegue deixar de ouvir os gritos, a água, a algazarra, os estalos. Tenta sentir cada parte do corpo, os dedos dos pés, as panturrilhas, os joelhos em um triângulo diante de si, as costas contra a camiseta que está começando a ficar molhada conforme o casaco fica ensopado.

O cheiro. É difícil acreditar que isso é o cheiro de tudo o que possuem pegando fogo.

Suas mãos também estão molhadas e sujas, ele não pode nem limpar o rosto.

— Estou tão feliz que você está bem — diz ele. — Fiquei com tanto medo quando você não atendeu ao telefone.

— Ah, é — diz ela, ainda chorando. — Desculpe, não acredito que fiz isso, mas deixei o celular no apartamento. Quem precisa de um celular quando se tem...

Ela se senta por um instante e tira algo de uma das sacolas.

— ... quando se tem um jarro em formato de abacaxi?

— Meu jarro! — exclama ele enquanto ela o agita no ar, e se levanta e pega o objeto.

Ela o guardou. É claro que o guardou.

— Então você... gosta desse jarro? — pergunta Lauren, enquanto ele aninha o objeto de volta na sacola.

Ela ri de novo e o abraça. Ele encontra um pano de prato na sacola, limpa o rosto e entrega a ela.

O apartamento queima diante deles. Sam volta a se deitar de costas para não ver; Lauren vira para olhar para ele por um instante, aperta seu joelho e também se deita.

— Você preferiria que a gente fosse casado e nosso sótão estivesse pegando fogo, ou que nunca tivéssemos nos conhecido, mas você ainda tivesse todas as suas coisas?

— Que tipo de pergunta é essa? — diz ele.

— Uma pergunta hipotética.

— Será que eu não posso só, você sabe, escolher o mundo onde estamos juntos e o sótão não está pegando fogo?

A fumaça acima dele se mistura com as nuvens.

Ela aperta a mão dele.

— Sei que não parece justo, mas na verdade não pode — replica ela.

— Acho que escolho este mundo, então — responde ele pouco depois, e os dois ficam deitados imóveis na calçada.

— Beleza — diz ela. — Que sorte. Porque é o que temos.

# Agradecimentos

Sempre que eu chego ao final de um livro, leio os agradecimentos e penso: *Sei lá, até parece que precisa de tanta gente para fazer um livro, né?*

Mas agora é minha vez de escrever alguns agradecimentos, e, no fim das contas, acontece que: é, eu me enganei, precisa, sim.

Vamos em ordem cronológica. Primeiro, agradeço aos vários grupos de amigos que me forçaram a botar a mão na massa de verdade e escrever. Kaho Abe, Helen Kwok, Chad Toprak e outros que me ajudaram a cumprir minhas responsabilidades em 2021; o pessoal do Game Pube; Rowan Hisayo Buchanan e sua turma do curso CityLit, que foram as primeiras pessoas a ler algumas páginas do livro e cujos comentários carinhosos sobre os primeiros capítulos me deram o gás de que eu precisava para terminar este livro.

Agradeço também aos cafés de Adelaide, onde escrevi boa parte da primeira versão do livro, especialmente o in dot ("indot"? "in."? Nome difícil, bolinhos deliciosos) e a filial do St. Louis no Hyde Park. Agradeço aos meus leitores beta, pelo entusiasmo, pelo olhar afiado, pelas sugestões e discussões sobre o enredo: Katrina Bell, v buckenham e Kerry Lambeth, que leram o livro quando ele tinha vinte mil palavras a mais e três finais; depois vieram Gabrielle de la Puente, Josh Hadley, Halima Hassan, Harjeet Mander, Casey Middaugh, Jinghua Qian e Sophie Sampson. Peço desculpas a Sophie, por ter dado seu apartamento para Lauren, e a Josh, por ter dado sua lesão na coluna para Zach.

No Reino Unido, à minha agente incrível Veronique Baxter (que foi gentil ao explicar que o manuscrito muito longo com múltiplos finais que eu mandei talvez não fosse a melhor versão do livro), além de outras pessoas do David Higham Associates, incluindo Sara Langham, Nicky Lund, Lola Olutola, Laney Gibbons e a equipe de tradução, Alice Howe, Margaux Vialleron e Ilaria Albani. Nos Estados Unidos, à maravilhosa Gráinne Fox no UTA.

Agradeço também às editoras incríveis Becky Hardie, Lee Boudreaux e Melanie Tutino, que perceberam os pontos fracos, as contradições, as confusões, os relacionamentos que não faziam sentido e até piadas que poderiam melhorar um pouquinho, e questionaram essas coisas com uma precisão incrível, acrescentando a medida exata de entusiasmo e motivação. Agradeço também à produtora editorial Leah Boulton, sempre muito eficiente e tranquila; e à revisora Karen Whitlock, que sabe de tudo, inclusive que os narvais têm uma presa e não um chifre. E aos muitos outros funcionários da Chatto, Doubleday e Doubleday Canada, incluindo Anna Redman Aylward, Asia Choudhry, Jess Deitcher, Todd Doughty, Julie Ertl, Katrina Northern, Maya Pasic e Gabriela Quattromini.

Enquanto escrevo estas páginas, ainda há trabalho sendo feito, ou prestes a ser feito, pelos capistas, tradutores, revisores, profissionais de vendas e marketing. Também agradeço a todas essas pessoas.

E, é claro, agradeço a todos os meus amigos e familiares. Minha mãe, que me levou a todas as bibliotecas que ficavam a meia hora de casa quando eu era pequena. Terry, que me ouviu ler este livro em voz alta quando estava quase pronto, um capítulo por noite, e disse que eu deveria deixar os trechos estressantes ainda mais estressantes. Todas as amigas que passaram por vários rostos em algum aplicativo e reclamaram de suas opções. E a cada estranho com quem troquei um olhar e pensei, só por um instante, sobre uma vida diferente em que seríamos amigos.

|            |                                     |
|-----------:|:------------------------------------|
| *1ª edição* | JUNHO DE 2024                      |
| *impressão* | IMPRENSA DA FÉ                     |
| *papel de miolo* | LUX CREAM 60 G/M²             |
| *papel de capa* | CARTÃO SUPREMO ALTA ALVURA 250 G/M² |
| *tipografia* | ADOBE CASLON PRO                  |